叔本华的治疗

The Schopenhauer Cure

[美] 欧文·D. 亚隆 (Irvin D. Yalom) 著

张蕾 译

图书在版编目（CIP）数据

叔本华的治疗 /（美）欧文·D. 亚隆（Irvin D. Yalom）著；张蕾译 . -- 北京：机械工业出版社，2021.3（2025.4 重印）
书名原文：The Schopenhauer Cure
ISBN 978-7-111-65928-0

I. ①叔… II. ①欧… ②张… III. ①长篇小说 – 美国 – 现代 IV. ①I712.45

中国版本图书馆 CIP 数据核字（2020）第 109890 号

北京市版权局著作权合同登记　图字：01-2020-2435 号。

Irvin D. Yalom. The Schopenhauer Cure.
Copyright © 2005 by Irvin D. Yalom.
I'm Calling The Police © 2019 by Irvin D. Yalom and Robert L. Berger.
Simplified Chinese Translation Copyright © 2021 by China Machine Press.

Simplified Chinese translation rights arranged with Sandra Dijkstra Literary Agency through Bardon-Chinese Media Agency. This edition is authorized for sale in the Chinese mainland (excluding Hong Kong SAR, Macao SAR and Taiwan).

No part of this book may be reproduced or transmitted in any form or by any means, electronic or mechanical, including photocopying, recording or any information storage and retrieval system, without permission, in writing, from the publisher.

All rights reserved.

本书中文简体字版由 Sandra Dijkstra Literary Agency 通过 Bardon-Chinese Media Agency 授权机械工业出版社在中国大陆地区（不包括香港、澳门特别行政区及台湾地区）独家出版发行。未经出版者书面许可，不得以任何方式抄袭、复制或节录本书中的任何部分。

叔本华的治疗

出版发行：机械工业出版社（北京市西城区百万庄大街 22 号　邮政编码：100037）
责任编辑：彭　箫
责任校对：殷　虹
印　　刷：保定市中画美凯印刷有限公司
版　　次：2025 年 4 月第 1 版第 11 次印刷
开　　本：147mm×210mm　1/32
印　　张：15.875
书　　号：ISBN 978-7-111-65928-0
定　　价：99.00 元

客服电话：(010) 88361066　68326294

版权所有 · 侵权必究
封底无防伪标均为盗版

赞誉 PRAISE

亚隆成功地将哲学、学究气质、精神病学和文学融合成了一部精彩的思想小说。

——《旧金山纪事报》

亚隆以叔本华①坎坷人生的传记为线索,穿插叙述从爱比克泰德②到尼采③的哲学辩解和实时的心理治疗过程,成功地编织了一个如辫子般灵巧流畅的故事。

——《西雅图时报》

这是一个心理治疗团体最后一年的精彩故事和一场关于生命终点的感人辩论。

——《柯克斯书评》

本书探讨了心理治疗的价值与局限,以及哲学和心理学的交汇点。

——《华盛顿邮报》

---

① 叔本华(Arthur Schopenhauer,1788—1860),德国著名哲学家,非理性主义哲学和唯意志论的创始人与主要代表之一,认为生命意志是主宰世界运作的力量。——译者注
② 爱比克泰德(Epictetus,约55—135),古罗马最著名的斯多葛学派哲学家之一,继苏格拉底后对西方伦理道德学说的发展贡献最大的哲学家,是真正集希腊哲学思想之大成者。——译者注
③ 尼采(Friedrich Wilhelm Nietzsche,1844—1900),德国哲学家、语言学家、文化评论家、诗人、作曲家、思想家。——译者注

亚隆对专业的热忱是极富感染力的，他擅长化复杂晦涩的理论观点为简明隽永的美文，这一本领使他成为业界最佳的理论推广者。把故事讲得令人着迷绝对是他的强项。

——《洛杉矶时报》

笔触细腻。亚隆时常称自己的书为"教学小说"，他在小说中对一个心理治疗团体进行了完全令人信服的再创作。

——《出版人周刊》

作为一部思想小说，本书真实有效地探索了死亡、性欲和对意义的追求。

——美国《图书馆杂志》

这是世界上首部精确描写团体心理治疗的小说，是一篇引人入胜的关于两个男人探寻生命意义的故事。

——《格林斯博罗新闻与记录》

推荐序一 FOREWORD

心理改变人生

2008年5月17日,万生心语组织了一场特别的视频连线对话。那个时候的互联网远没有现在发达,万生心语依靠租用卫星的频段完成了这场跨越大洋与欧文·亚隆的连线对话。这次对话也正式开启了欧文亚隆团体心理咨询与治疗系统培训。

在这十多年间,数十万人参加、体验了欧文亚隆团体。本书中所描绘的团体正是欧文亚隆团体。我们亲眼见证了很多人从加入团体时的困惑、焦虑、不安、孤独到完成团体治疗时的坦然、接纳、完整、真实。无数动人的故事在团体中演绎,人与人之间最深处的联结也在团体中得以呈现。

在现实团体中,我们几乎总能找到与书中角色类似的组员。例如斯图尔特作为团体的观察者和记录者,每个团体几乎都有这样一个角色。虽然有时是带领者充当这个角色,但更多的时候则是组员。他们是团体历程的记录者,通过他们的记录,团体得以延续。还有帕姆,现实团体中也经常会有一位非常有人格魅力的女性组员,她让整个团体凝聚在一起,同时也是团体前行的主要推动力,她在团体中表现优异,可以很好地帮助其他组员,却很少向团体求助,也很少关注自己的需求。菲利普离群索居，几乎断绝一切人际关系。他沉浸在书本中的样子是现代社会中很多人的真实写照。在如此孤寂的人生背后，常常是一个成员们彼此纠缠的原生家庭。这样孤单的人既离不开自己的父母，也无法融入现实生活。

这不仅是一本关于团体心理治疗的书，更是一本关于人性和存在的书。无论是叔本华的生平，还是团体治疗过程及组员的个人故事，都为我们展现了人的遭遇、挣扎、抗争，直到他做出选择。

我们可以选择逃避对死亡的恐惧，并任其摆布；也可以选择直面这种恐惧，重新审视生命。

我们可以选择自由，也就选择了孤独；也可以选择拥抱，从而选择了某些限制。

我们可以选择披上厚厚的盔甲来保护自己，哪怕这让人透不过气；也可以选择穿越痛苦，推开尘封已久的心门。当选择后者时，我们会发现，自己所渴望的正是真实的自己与真实的他人相遇，然后握住彼此的手。

死亡和孤独贯穿全书，但最精彩的是这一黑暗背景所衬托出的一个个充满了生命力的人。本书的深意正是存在主义所强调的，如何在多变的生存境遇下创造生命的意义。

正如本书所展现的，在团体治疗中，我们终将明白：虽然人依然会感到孤独，但人们的心不是一座座孤岛；虽然人依然在一步步走向死亡，但人们可以在创造中实现人生价值，热爱生活、真诚相待；虽然人依然会遭受苦难，但人们可以拥抱彼此，一起流泪，共同疗愈；最重要的是，人们可以去爱，与被爱。

有时候，改变的开始，也许只是因为你遇到了一本好书。

本文特别鸣谢欧文亚隆团体认证督导师张雅萱、左琳、汤淼、黄坤勇、唐洁，欧文亚隆团体认证咨询师吕卫红、刘兴梅、王凤华、徐志明、王小慧，以及十多年来很多参与到欧文亚隆团体培训教学中的其他教员。

万生心语

推荐序二 *FOREWORD*

欢庆生命的真谛

一

我把欧文·亚隆划归我的精神导师之列。他对我产生的影响着实深刻。

我所读的第一本他的书,便是《给心理治疗师的礼物》。彼时的我并未走上心理治疗师的道路,但那本书对于我理解心理学的助人之道,却有着十分重要的意义。那本书篇章短小,每章不过短短一两页,言简意赅。在我做着心理杂志的日子里,亚隆让我形成了对心理治疗师这一职业的审美。

后来,他的书悉数在国内出版。无论是心理小说还是专业著作,都对读者有着莫大的启迪。在这些作品背后,亚隆最让我赞赏的,就是他的诚实———种惊人的诚实。

在他的书中,对内心活动的袒露比比皆是——那些让他惊醒的噩梦,以及很久以来都没能摆脱的自卑、自我怀疑。这一切从不影响他成为一位大师。

他带着巨大勇气和冒险精神,以自己的真实状态(只要是有利于治疗的）去接近他的来访者。恰恰是这些自我暴露，让他以出人意料的方式找到了种种崭新的治疗之路——比如他的人际关系取向的团体治疗、他对精神分析的反思及其与存在主义心理治疗的整合，以及你手里的这本书：用心理小说的形式去展现他对人性、心理治疗师、团体、人际关系的思考。

欧文·亚隆认为，即使是弗洛伊德，这位现代心理治疗的鼻祖，都会深入患者的家庭。在心理治疗的发展之路上，究竟是什么样的思潮，让人们一点点设置障碍，不再敢于在真实的人性层面工作了呢？

具有开创精神的亚隆，毫无畏惧、坚持不懈地创造着，并以自己的生活和工作展现了他对以下议题——孤独、意义、死亡焦虑、自由的探索。

欧文·亚隆已90岁。2019年的1月，至爱的妻子先于他去世。对他来说，痛失自青年时就倾心相爱的妻子让他洞见了死亡的无情，但他仍不会停下创造的脚步。他说在上天也把他召走之前，自己仍有好几本书要写。

人生暮年，能活得如此充实，不断为世界奉献，这就是亚隆亲身示范的一切。他以令人信服的方式表明了自己对"欢庆生命"的态度。"你能活在每时每刻以至于愿意永远重复着每一刻的生活吗？""我愿意。"

二

在很多年前，我就读过《叔本华的治疗》一书。今天再读，仍令我获益匪浅。或许是因为我人到中年，或许是因为我也进入了心理治疗领域，在理解咨访关系、同行的治疗策略以及团体中的故事时，有着更切身的体会,所以这次阅读让我收获颇丰。

带着对亚隆所讲故事的好奇,我一层层地跌入诸多谜团。

亚隆是如何讲故事的呢?

他将自己变身成为优秀的治疗师朱利亚斯。朱利亚斯因罹患癌症、行将离世而希望回顾自己的一生并从中寻找意义,他打算从自己职业生涯中的失败病例入手。

亚隆的故事中还有一位被叔本华"附体"的大学哲学教师——在朱利亚斯这里接受了三年治疗而一无所获的性成瘾患者菲利普。菲利普称自己被叔本华救治,从而也想成为和朱利亚斯一样的治疗师。菲利普像叔本华一样,才华横溢,拒绝与他人产生深层的情感联结。和叔本华不一样的是,他相貌英俊,很容易吸引女性。在他成功地因叔本华而戒了强烈的性瘾后,他认为叔本华的哲学也能治愈别人。

亚隆很会编故事。他甚至用了协奏曲一般的篇章编排方式,把叔本华的一生与这部小说的主线交织在一起。坦率地说,这一故事设计确实引发了我对叔本华强烈的好奇。

朱利亚斯邀请菲利普进入了治疗团体。理性主义至上的菲利普,切断了与自身感受的联系,依靠叔本华的哲学在治疗团体中大受欢迎,但他却遇到了自己曾经的学生,被他玩弄过又立即抛弃的女人,也是这个团体最受欢迎的核心人物帕姆。帕姆对叔本华的哲学从迷恋变成了质疑,她日渐相信这一哲学所带来的人生是枯燥且没有意义的,并且她把这种警惕也用在了菲利普身上。

团体治疗会对菲利普有效吗?除此之外,我更好奇的是,看似非常迷人的叔本华哲学会被朱利亚斯(亚隆)的生命哲学打败吗?

这些问题的答案就要靠你自己去寻找了。

三

"我们必须先认识人的境况,然后才会考虑如何着手处理。"也许,从亚隆因躲避家中母亲咄咄逼人的尖声而坐进小镇图书馆起,那些书名首字母从 A 排列到 Z 的传记便激发了他对人性的好奇,开启了他的探索之旅。人要如何活着呢?如何才能"成为他自己"?应当深入理解人的境况,这种好奇心始终伴随着亚隆。

当父亲在家中心脏病猝发时,14 岁的欧文·亚隆目睹了医生的抢救过程,他发誓自己要成为和医生一样的人,进而考入医学院,又因对人性、文学和哲学的热爱,他最终成为一名精神科医生。

欧文·亚隆无法因循守旧、墨守成规。那些名人传记让他明白,伟大的创造者必须懂得"打破",他还有一位教授文学和艺术的灵魂伴侣——周围的一切让亚隆看到了人类心灵创造的精神巅峰,这一直是他灵感的不竭源泉。思索着人应当如何承担起责任、获得自由,他披荆斩棘,走出了一条自己的路。

欧文·亚隆的团体治疗,就是这样一种创造。他让全体成员尽最大可能直面真实。

要理解欧文·亚隆,他的思想线索是重要的切入点之一。叔本华、尼采的哲学对亚隆思想的形成产生了重要影响。尼采比叔本华更深刻地影响了亚隆,因此亚隆的第一本心理小说是以尼采为原型的,讲述了一段人们在真实的关系中相遇的心理疗愈故事。这或许正体现了他对人际关系的重视,他从不认为心理治疗关系就是一种单纯的买卖关系。

在《叔本华的治疗》中，层层谜团牵引着我们思考生命的意义，去追寻属于自己的答案。他借助帕姆对像蜜一样甜的内观的警觉，大意道出了这样的思考：恰恰是痛苦、挣扎、阴暗，让伟大的莎士比亚、尼采创作出了最辉煌的作品。所以，优秀的治疗师必须勇于进入自己的黑暗面，才能对患者的所有幻想与冲动感同身受。亚隆借朱利亚斯之口问道："你们希望我是完美无瑕的吗？"

在生命意义这一问题上，亚隆的答案藏在这样的话里："好些人不能挣脱自己的枷锁，却能做他的朋友的解放者。"

我们也需要找到自己生命的意义。

或许，人确实无法仅凭一己之力实现自己的价值。他只有活在奉献与创造中，在真实、开放的人际联结中，在爱中，才有可能悟到生命的意义吧。

王珲　十分心理创始人

谨以此书献给我的一帮老朋友:Robert Berger、Murray Bilmes、Martel Bryant、Dagfinn Føllesdahl[一]、Joseph Frank、Van Harvey、Julius Kaplan、Herbert Kotz、Morton Lieberman、Walter Sokel、Saul Spiro、Larry Zaroff。我的生命因与他们之间的友谊而美好,他们与我分享生命无可挽回的衰弱与消亡,不断地用探究精神世界的智慧和奉献支持着我。

[一] 达格芬·弗莱斯达尔(1932—),挪威人,斯坦福大学哲学教授,奥斯陆大学名誉教授。——译者注

目录 CONTENTS

壹
叔本华的治疗

赞誉
推荐序一
推荐序二

第一章	1	人自打一出生，就摆脱不了死亡的命运，尽管如此，我们仍然对延长生命抱以最大的兴趣和妄念，就像明知道肥皂泡注定要破灭，瞬间化为乌有，却仍固执地用尽气力将它越吹越大。
第二章	22	实现渴望时的狂喜，正是它，才是一切事物的本质与核心，是一切存在的目的。
第三章	28	生命是可悲的。我决定用一生来思考生命。
第四章	39	天赋好的人和天才就像两个神枪手。天赋好的枪手能打中别人打不中的目标，天才打中的目标，别人连看都看不到。
第五章	43	一生都幸福是不可能的，一个人最多只能成就不畏艰难的一生。

第六章	51	在童年时期我们就已经打下深刻的或者肤浅的世界观的坚实基础。我们的世界观在以后的时间里会得到拓展和完善，但在本质上是不会改变的了。
第七章	54	如果我们从微小的细节去看生命，会觉得一切都是那么可笑。就像在显微镜下观察一滴水，里面挤满了原生动物，我们会嘲笑它们急于奔忙，彼此争斗。无论在这滴水里，还是在人类短暂的一生当中，这一可怕的活动都带有同样的喜剧色彩。
第八章	70	启示、预言、至高的尊荣与显赫……可以在幼童柔软的心里深深地烙上它的印记，几乎成了人们与生俱来的观念。
第九章	73	在无穷无尽的空间里有无数发光的球体，每一个球体周围都环绕着数十个更小的被照亮的球体，它们灼热的核心外面是冰冷的硬壳，一层发霉的薄膜覆于表面，孕育出了生命体和意识体……
第十章	87	童年是纯真幸福的时光，是人生的乐园，是失落的伊甸园，是我们终其一生都渴望回到的过去。
第十一章	90	最大的智慧就是把享受当下作为生命的最高目标，因为这才是唯一真实的，其余的一切都是思想的游戏。反之，我们也可以把它看作最大的愚蠢，因为每个当下都如梦幻般稍纵即逝。
第十二章	107	国王带不走他的王冠和权柄，英雄们也带不走他们的武器。但他们的荣光不是来自外界，乃是发自自身。唯有他们能把自身的伟大一起带往另一个世界。
第十三章	113	当大多数人在生命的尽头回首往事时，才发现自己为了一些无谓的盼望而虚度了此生。他们会惊讶地发觉，那些被忽视的、不曾被好好享受便匆匆溜走的时光，恰恰就是他们的一生。

第十四章	132	一个拥有罕见才智的人被迫从事一份仅仅是有用的工作,就好比一个图案极其精美的贵重花瓶,却被用作厨房里的一口锅。
第十五章	139	值得注意和一提的是,人类除了具体的生活之外,还过着另一种抽象的生活……在这个冷静思考的层面,原本使之着迷并感动至深的东西,都变得冷酷、平淡、疏离:在这里,每个人都只是生活的旁观者和观察者。
第十六章	149	你无休止的吹毛求疵,你为这个愚蠢的世界以及人类的痛苦发出的哀叹,都使我夜不能寐、噩梦连连……
第十七章	158	苦难往往使生活中的小烦恼变得琐碎且不易被察觉;反之,如果没有经历苦难,即使再小的烦恼也会折磨得我们寝食难安。
第十八章	174	再也没有什么能惊动到他了。那将我们捆绑在这世上的千丝万缕的念想,曾使我们充满焦虑、渴望、愤怒和惊慌,拽着我们在苦海中彷徨,如今都已被斩断。他微笑着回头,冷眼观看这大千世界,就像看着一盘终局的棋子,胜负已定,曲终人散。
第十九章	193	野花回答我说:"傻瓜!你以为我开花是为了给别人看的吗?我开花是为了我自己,而不是因为别人。我开花是因为我喜欢开花。我活着,我开花,这就是我的愉快和乐趣所在。"
第二十章	213	我们在青年时代感受到的喜悦之情和拥有生活的勇气,部分的原因是我们正在走着上坡的路,因而并没有看见死亡——因为死亡处在山的另一边山脚下。
第二十一章	218	那些避免与同类过往甚密的人才是幸福的。

第二十二章	232	权力与欲望的糟粕总是毫不犹豫地入侵我们的生活，它干涉政治家的谈判，扰乱学者的调查。它无时无刻不在摧毁人与人之间最宝贵的关系，使原本高尚正直的人丧尽天良。
第二十三章	239	如果我能保守我的秘密，那秘密就是我的囚犯；若我不小心泄露了秘密，我便成了它的囚犯。唯有沉默之树才能结出平静的果实。
第二十四章	257	如果不想成为流氓手中的玩物和傻瓜嘲笑的对象，最重要的一条就是要保持清高，叫人难以接近。
第二十五章	260	30岁的时候，我就已经由衷地感觉厌烦了，因为不得不把那些与我完全不同的人看作同类。但凡年幼的小猫都爱玩纸团，以为这些纸团活蹦乱跳，与它们是同类。我与人类这种两足动物的关系也是如此。
第二十六章	267	确保他人心情愉快的最佳办法，莫过于向他透露你最近遇到的麻烦，或在他面前暴露自己的一些弱点。
第二十七章	285	我们应当限制自己的愿望，抑制自己的欲望，压抑自己的愤怒，并始终牢记这个事实：一个人一生中只能获得极少的值得拥有的东西……
第二十八章	291	所有的玫瑰都带刺，但带刺的未必都是玫瑰。
第二十九章	297	我的作品并不是为大众而写……我把我的作品献给那些有思想的人，这些人无论在任何时代都是少有的异类，他们有着和我相同的感受。

第三十章	314	可以把人生比之于一幅刺绣品：处于人生前半段的人看到的是刺绣品的正面，而到了人生后半部分的人，看到了刺绣品的背面。刺绣品的背面并不那么美丽，但给人以教益，因为它使人明白地看到刺绣品的总体针线。
第三十一章	319	即使没什么特别的缘由，我也总是忧心忡忡，明明毫无危险，却总是去寻找并发现各种危险；这种焦虑感导致我把极小的烦恼无限放大，使我很难与人交往。
第三十二章	326	阅读我的同类留下的不朽作品和思想是我人生最大的乐趣。如果没有书，我早就绝望了。
第三十三章	347	致欧洲的学者和哲学家们：既然你们把费希特这种空话连篇的人看作与史上最伟大的思想家康德齐名，把黑格尔这种毫无价值、厚颜无耻的江湖骗子看作深刻的思想家，那么我的作品就不是为你们而写的。
第三十四章	352	从青春的角度看待生活，生活就是漫长无尽的将来；但从老年的角度观察，生活则是一段极其短暂的过去。犹如人们坐船离开海岸越远，岸上的物件就变得越少和越难以辨别，我们以往的岁月，经历过的事情也遭遇同样的情形。
第三十五章	369	当一个像我这样的人一出生，对外界就只有一种渴望，那就是一生都尽可能地做自己，为自己的智力而活。
第三十六章	375	寒风预示着绵绵无期的霜冻即将到来，无望能拥有家、爱情、感动和快乐的每一天，都犹如生活在北极。

第三十七章	385	他继续走着，但心中已隐约地觉察到，他把他的房子，也就是他的整个人生都建在不堪一击的、虚假的根基上了。
第三十八章	389	我们必须以宽容对待人们的每一愚蠢、缺陷和恶行；时刻谨记我们眼前所见的就只是我们自己的愚蠢、缺陷和恶行。
第三十九章	405	好些人不能挣脱自己的枷锁，却能做他的朋友的解放者。
第四十章	411	当一个人的生命即将终结，即使他足够真诚并且有能力做到，也不会希望再活一次。
第四十一章	426	我可以忍受不久之后身体将消亡的想法，但是一想到将来有许多哲学教授慢慢地蚕食我的哲学，我就不寒而栗。
第四十二章	433	人类从我身上学到了一些永远不会忘记的东西。

参考文献㊀

致谢	437
关于作者	441
后记	450

我要叫警察了

㊀ 参考文献见 http://www.hzbook.com。

THE
SCHOPENHAUER
CURE

第一章

人自打一出生，就摆脱不了死亡的命运，尽管如此，我们仍然对延长生命抱以最大的兴趣和妄念，就像明知道肥皂泡注定要破灭，瞬间化为乌有，却仍固执地用尽气力将它越吹越大。

朱利亚斯像所有人一样深谙生死之道。他认同斯多葛学派㊀（the Stoics）关于"我们一出生便开始走向死亡"的观点，也赞同伊壁鸠鲁㊁（Epicurus）的论断："我存在的一天，就没有死亡；死亡来临，我就不复存在。既然两者不能共存，我又为何害怕死亡呢？"身为一名医生兼精神病学家，朱利亚斯曾不止一次在临终患者的耳边低声细述这些安慰人心的话。

虽然他相信此类悲观暗淡的哲理多少能抚慰患者的心灵，却从未料到这些话有一天会与自己产生关联，直到四个星期前那可怕的一刻，就此改变了他的生活。

那是一年一度的例行体检。为他做检查的内科医生赫伯·卡茨是他的老朋友兼医学院同学。体检结束后，卡茨医生像往常一样提醒他穿好衣服后来他的办公室听取体检报告。

赫伯坐在办公桌前，一边翻阅朱利亚斯的体检报告，一边说："总体来看，就一个 65 岁的糟老头子来说，你的身体很好。前列腺有点肿，我也一样。血液生化、胆固醇和血脂浓度都很正常，看来你吃的那些药和平日的饮食都很适度。给你开一些降血脂的立普妥㊂，配合你平时的慢跑，就足以有效地控制胆固醇了，所以你大可松一口气，偶尔吃个鸡蛋不碍事。我每周日的早餐都要吃两个鸡蛋呢。这是治疗甲状腺机能减退的处方，我稍稍调大了点剂量，你的甲状腺正在萎缩，原本健康的甲状腺细胞逐渐被纤维

㊀ 或称斯多亚学派，是塞浦路斯岛人芝诺（Zeno）于公元前 300 年左右在雅典创立的学派，主要代表人物有巴内斯、塞涅卡、爱比克泰德等。——译者注

㊁ 伊壁鸠鲁（前 341—前 270），古希腊哲学家、无神论者，西方第一个无神论哲学家，伊壁鸠鲁学派的创始人。——译者注

㊂ 立普妥（英文商品名为"Lipitor"，通用名为阿托伐他汀钙片）是一种常见的降血脂药。——译者注

第一章

化组织取代。你也知道这纯属正常情况。每个上了年纪的人都是如此,我目前也在吃甲状腺素。"

"是啊,朱利亚斯,身体的任何一个部位都逃不过衰老的命运。除了甲状腺以外,膝关节软骨也会逐渐磨损,你的毛囊开始萎缩,腰椎间盘也失去了以往的灵活性。不仅如此,你的皮肤完整性已大不如前,上皮细胞明显受损,看看你脸颊上的老年斑,就是那些棕色的斑块,"他说着便随手抄起一面小镜子递给朱利亚斯,"比上次见你的时候多了至少一打。你最近常晒太阳吗?戴没戴我上回建议的那种宽檐帽?我想你最好找皮肤科大夫看看,鲍勃·金就挺好。他的诊所就在隔壁那幢楼。这是他的电话号码。你认识他吗?"

朱利亚斯点点头。

"他用一小滴液氮就能去掉那些难看的斑块。我上个月刚让他帮我做掉了几个。没什么大不了的,花个 5 ～ 10 分钟就能解决。如今很多内科医生都自己动手做呢。对了,你背上还有一处痣最好让他也看一下,那个位置你自己看不到,就在你右肩胛骨外侧的下方,看上去和其他地方的不太一样——色泽不太均匀,轮廓也不鲜明。或许没什么大碍,但还是请他检查一下,好吗,老伙计?"

"或许没什么大碍,但还是请他检查一下。"朱利亚斯听出了赫伯的声音里那种故作轻松的紧张。可以肯定的是,当听到一位医生向另一位医生形容一颗痣"色泽不均匀,轮廓不鲜明",就不得不警惕了。这相当于在暗示这颗痣很可能是黑色素瘤[⊖]。如今回想起来,在听到那句话的瞬间,朱利亚斯原本无忧无虑的生活便

[⊖] 指有恶性变化的色素斑痣,起源于能制造黑色素的细胞的恶性肿瘤。——译者注

彻底结束了，那一刻，死神终于实实在在、张牙舞爪地显现在他面前，并从此如影相伴，挥之不去，一切随之而来的惊慌失措便可想而知了。

若干年前，鲍勃·金也和旧金山的许多医生一样，曾是朱利亚斯的患者。朱利亚斯领军精神医学界已有30年之久。作为加利福尼亚大学的精神病学教授，他培养了许多学生，5年前，还曾担任美国精神病学会（American Psychiatric Association，APA）的主席。

至于他在业界的声望如何？朱利亚斯绝对是医中翘楚，公认的顶尖的心理治疗师，就像法力无边的白袍巫师，总是愿意尽其所能来帮助患者。这就是鲍勃·金10年前因长期对维柯丁[⊖]上瘾来求助于朱利亚斯的原因。（由于在医院里总能轻而易举地接触到维柯丁，它便成了医生们的头号成瘾药。）那段时间，金的生活危机重重，迫使他对维柯丁的需求急剧增加：面对岌岌可危的婚姻和令人心力交瘁的工作，他每晚都要靠服药才能勉强入睡。

鲍勃曾试图接受心理治疗，却屡遭拒绝。他咨询的每一位治疗师都坚持让他参加一个缺陷医生康复项目，对此鲍勃十分抗拒，因为他委实不愿在类似互助会那样的治疗团体里，向其他医生"瘾君子"透露自己的隐私。可他的治疗师们却不为所动。原因是，一旦他们没有借助官方认可的康复项目来治疗一名执业的成瘾医生，所面临的风险不是医疗委员会的严厉惩罚，就是个人诉讼（例如，这位医生在临床工作中出现诊疗失误，他的治疗师也要负连带责任）。

⊖ 维柯丁（别名维可定），一种麻醉性止痛药物，其主要成分氢可酮，具有成瘾性。——译者注

第一章

就在鲍勃决定停业一段时间,到另一个城市去匿名接受治疗之际,万不得已,他找上了朱利亚斯。朱利亚斯竟愿意冒这个风险,并相信鲍勃·金最终能靠自身的力量戒掉维柯丁。尽管治疗此类成瘾者一向很困难,朱利亚斯却只花3年的时间就治愈了鲍勃,全程不用借助任何康复项目。至于他是如何做到的,这是每个治疗师都心照不宣的秘密之一——治疗成功,但不能公开讨论或发表。

离开内科医生的办公室后,朱利亚斯回到车里,呆坐了片刻。他的心怦怦直跳,剧烈到似乎整个车身也跟着晃动起来。他深吸了一口气,极力压制不断涌出的恐惧感。又接连做了几次深呼吸后,他打开手机,用颤抖的双手拨通了鲍勃·金的电话,预约了一次急诊。

"我感觉不太妙。"第二天上午,鲍勃用一把大号的圆形放大镜仔细查看了一番朱利亚斯的背部,说道,"来,你最好自己看一下,用两面镜子辅助就能看到了。"

鲍勃让他侧着身站到墙上的镜子旁,自己则手持一面大镜子举到那颗痣的一侧。朱利亚斯透过镜子瞥了一眼这位皮肤科医生:金发、面色红润,厚重的近视眼镜架在又大又长的鼻子上——他记得鲍勃曾提到过自己从小就被其他小朋友嘲笑,说自己长了一个"黄瓜鼻"。这10年来,鲍勃的变化不大。他面带倦容,和当初来找朱利亚斯看病时差不多。彼时的他总会迟到几分钟,气喘吁吁地跑进诊室。那一幕常令朱利亚斯想起《爱丽丝梦游仙境》中那只不停念叨着"迟到,在重要的日子迟到"并且永远急急忙忙赶时间的白兔先生。他倒是长胖了些,但个头还像从前一样矮,看着就像个皮肤科医生。你见过哪个皮肤科医生是身材高大的吗？朱利亚斯又顺势看了看他的眼睛——啊唷！双眼瞳孔都放大了，看起来十分不安。

"就是这个东西。"朱利亚斯透过镜子看到鲍勃用橡皮头触笔指着一处说，"就是在你右肩胛骨下方的这颗扁平痣，看到了吗？"

朱利亚斯点点头。

鲍勃一边拿尺子对着它量，一边继续说道："它的直径不到1厘米。你一定还记得医学院里教的皮肤病学ABCD经验法则——"

朱利亚斯连忙插话："皮肤病学的内容我早忘光了。你就当我什么都不懂好了。"

"好吧。所谓的ABCD经验法则就是，A代表不对称（asymmetry）——你看这儿。"他用笔尖指向病灶的不同位置，说道："它的形状不像你背上的其他几颗痣那么圆润，你看这颗，还有这颗。"他边说边指向旁边的两颗小痣。

朱利亚斯深吸一口气，试图让自己放松一点。

"B代表边缘（borders）——看这里，我知道这样看不大清。"鲍勃说着再次指向朱利亚斯肩胛骨下方的病灶，"你看，它的上边缘非常清晰，内侧却模糊不清，逐渐过渡到周围的皮肤了。C代表颜色（coloration）。看这一侧，它是浅棕色的。如果用放大镜，可以看到里面略带一丝红色和一点点黑色，甚至还有些地方是灰色的。D代表直径（diameter）。照我刚才量的，大概不到9毫米。这个直径不算大，但我们无法确定它已经长了多久，就是说，我们目前无法判断它的生长速度。赫伯医生说去年的体检还没有发现。最后，在放大镜下看，它的中心位置已明显溃烂。"

他放下镜子，说："可以把衣服穿上了，朱利亚斯。"待朱利

第一章

亚斯扣好了扣子，鲍勃坐在检查室的一把小凳子上，缓缓地开口说道："朱利亚斯，你肯定了解这方面的资料，这个问题还是比较明显的。"

"听我说，鲍勃，"朱利亚斯答道，"我知道我们之前的关系让你很为难，但请千万不要让我来替你做这个判断。不要假定我了解这个问题。别忘了，眼下我是患者，我的心理状态已经从害怕升级到恐慌了。我要你接手这件事，对我实话实说，为我治疗，就像我过去为你所做的一样。还有，鲍勃，看着我！别老这样避开我的目光，这会把我吓坏的。"

"是是是，对不起。"鲍勃直视着朱利亚斯的眼睛说，"你当初把我照顾得那么好，我也会好好照顾你的。"他清了清嗓子，继续说："好吧，凭我的临床经验判断，这很可能是个黑色素瘤。"

此时，他注意到朱利亚斯的脸颊抽搐了一下，于是赶紧补充道："即便如此，这个诊断本身也说明不了什么。大多数……听好了……大多数黑色素瘤是不难治愈的，尽管有一部分很难对付。我们还要通过病理分析来获取一些信息，比如能否确诊它就是黑色素瘤？如果是，它有多深？是否已经扩散？所以，第一步先做个活检，取一个样本送去做病理检查。"

"我会尽快联系外科医生来做病灶切除。手术时我会全程陪同。然后，把冷冻切片送去做病理检查。如果不是黑色素瘤，那就再好不过了，一切到此结束。如果结果呈阳性，确诊是黑色素瘤，就要先切除最可疑的那个结节，或者，必要的话，做多个切除。做这种手术不用住院——手术全程在外科中心进行。我可以保证不需要做植皮，你顶多请一天假，但几天内，你可能会感觉手术的部位不舒服。在拿到活检结果之前，我能说的就是这些了。

你既然这么要求，我就一定会好好为你治疗。请相信我的判断，好吗？我毕竟已经接手过几百例这样的病患了。我的护士稍后会电话通知你具体时间、地点和术前准备事项，好吗？"

朱利亚斯点了点头，两人同时站了起来。

"很抱歉，我也想让你少受点罪，但有些事该做还是得做。"说着他拿出一沓资料，"我知道你可能不想要这种东西，但我一般都会把它们发给和你情况类似的患者。看或不看都取决于个人，有些人了解得越多就越安心，有些人却宁愿什么都不知道，一出诊室就把它扔了。希望手术后能给你一些乐观的消息。"

然而，等来的消息一点都不乐观——情况甚至比先前更不容乐观了。切片活检术后3天，两人再度会面。"你想看吗？"鲍勃拿出病理检查的结果报告问朱利亚斯。见他一个劲儿地摇头，于是鲍勃又浏览了一遍报告，然后说："那好，我们一起看。我必须告诉你，结果不太乐观。可以确定是黑色素瘤，而且有不止一项的……呃……显著特征，它长得很深，最大深度超过4毫米，有溃疡，有5处结节的结果呈阳性。"

"意思是？快点儿，鲍勃，别兜圈子了。特征显著、4毫米、溃疡、5处结节是指什么？说得再直白一些，就当我是个外行吧。"

"意思就是坏消息。这是一个相当大的黑色素瘤，并且周围已经出现阳性结节。真正的危险在于可能有更大范围的扩散，我们目前还无法判断，必须等计算机断层扫描结果出来，我已为你预约了明早8点做检查。"

两天后，他们接着上回的话题继续讨论。鲍勃报告了第一个好消息，计算机断层扫描结果呈阴性，也就是说，没有迹象表明身体其他部位有扩散。"即便如此，朱利亚斯，它仍然是一个危险

第一章

的黑色素瘤。"

"有多危险？"朱利亚斯扯着嗓子问道，"我们现在到底在讨论什么？存活率吗？"

"你明白我们只能根据统计数据来回答这个问题。这当中存在个体差异。但对于一个溃疡性、4毫米深、有5处结节的黑色素瘤来说，统计数据显示5年存活率不到25%。"

朱利亚斯低垂着头，心怦怦乱跳，眼里噙着泪花，坐了好一会儿才接着问道："你说得够直白了，这样很好，请继续。我需要知道该如何向我的患者交代。我的病情究竟如何？接下去会发生什么？"

"目前还无法确切地知道，因为黑色素瘤在身体其他部位复发之前，你的身体不会有任何异样。一旦复发，尤其是当它转移到其他部位，发展的速度就会加快，少则几个月或几周。至于如何向你的患者交代，这个很难说，但合理的预期是至少还能健康地活上1年。"

朱利亚斯缓缓点了几下低垂着的头。

"你的家人在哪里，朱利亚斯？难道不该有人陪你来吗？"

"我想你应该知道，我妻子10年前就去世了。儿子在东岸，女儿在圣巴巴拉。我还没告诉他们，我觉得没必要去扰乱他们的生活。反正我通常更善于独自疗伤，但我女儿知道后肯定会立马赶过来。"

"朱利亚斯，实在抱歉要告诉你这一切。结束之前，我跟你分享一点好消息吧。目前有很多针对黑色素瘤的研究正在积极进行，国内外像这样的实验室加起来得有一打。不知什么原因，黑色素瘤的发病率上升了，在过去的10年几乎翻了一番，所以眼下这是一个热门的研究领域。很可能不久就会有重大突破了。"

  接下来的一星期，朱利亚斯过得浑浑噩噩。女儿伊芙琳是古典文学教授，听到消息后就跟学校请了假，立刻开车过来陪了他好几天。他把情况详细地告诉了女儿、儿子、兄弟姐妹和几个关系亲密的朋友。这段时间，他常常在凌晨3点钟惊醒，醒来后便大哭，哭得上气不接下气。他取消了两周内所有的个别治疗和团体治疗，苦苦想了好几个小时该如何向患者们解释他的病情。

  镜子里的他一点儿也不像是将要走到生命尽头的人。每天慢跑3英里㊀的习惯使他的身体年轻而结实，身上一块赘肉也没有。眼周和唇周有为数不多的几道皱纹——他父亲直到去世时脸上还没有任何皱纹。他的眼睛是好看的绿色，对此他一直引以为傲。这是一双坚强而真诚的眼睛，一双值得信任的眼睛，一双可以吸引任何人目光的眼睛。这双年轻的眼睛属于16岁的朱利亚斯。一个垂死之人和16岁的自己，跨越数十年的时空，隔着镜子互相凝视着。

  他望着镜子里自己那丰润、友善的双唇。即使是现在，在他最绝望的时候，这两片嘴唇也能挤出一丝温暖的笑容。他那一头乱蓬蓬的黑色卷发，只有鬓角微微泛白。他少年时住在布朗克斯区㊁，在他家的那条街上有一位白发红脸的反犹老理发师，他的小理发店就开在梅耶糖果店和莫里斯肉铺之间。老头儿每回为他理发，都要一边骂骂咧咧，一边用钢梳费劲地梳理那一头难搞的卷

㊀ 1英里≈1.61千米。
㊁ 布朗克斯区（the Bronx），纽约5个区中最北面的一个，居民主要以非洲和拉丁美洲后裔居民为主。——译者注

第一章

发,再用削发剪打薄。如今,梅耶、莫里斯和理发师都不在了,16岁的小朱利亚斯也已名列死神的黑名单。

一天下午,他试图通过阅读医学院图书馆里有关黑色素瘤的文献来获得一些掌控感,但事实证明一切都是徒劳。更糟的是,整件事情因此而变得愈加可怕了。在了解了这种疾病的可怕本质之后,朱利亚斯开始把黑色素瘤想象成一种贪婪的生物,这个怪物将乌黑的卷须深深地扎进他的肉里。他突然意识到自己不再是最高等的生物,这是多么令人吃惊啊!相反,他不过是这个怪物的宿主,正在为这种更适于生存的有机体提供养分和食物。这个有机体大量地吞噬人体细胞并以极快的速度进行细胞分裂,它突袭和吞并所有相邻的正常细胞,眼下正在以成群的细胞武装自己,以便顺着血液循环游遍朱利亚斯的全身,侵蚀他体内一个又一个的器官,或许他甜美易碎的肝脏将成为它的觅食区,他湿软的肺也将变成它的草场。

朱利亚斯索性撇开资料不看了。一个多星期过去了,该是拨开纷扰面对现实的时候了。坐下来,朱利亚斯,他对自己说。坐下来冥想死亡。于是他闭上了双眼。

他想到,死神终于登台亮相了。但这个入场式未免太过平庸——大幕被一位又矮又胖的皮肤科医生拉开,他长着黄瓜一样的鼻子,手持放大镜,身穿白大褂,胸前的口袋上绣着深蓝色的名字。

它会以什么方式谢幕呢?多半会和开场一样平庸吧。他的戏服应该是那件皱巴巴的细条纹纽约洋基队睡衣,背后印着迪马乔⊖

⊖ 乔·迪马乔(Joe DiMaggio,1914—1999),美国前职业棒球选手,纽约洋基队的中场外野手,被公认为棒球史上最优秀的全面型球员。——译者注

的5号。舞台布景呢？就是那张他睡了30年的1.5米双人床，床边的椅子上堆着皱巴巴的衣服，床头柜上放着一摞尚未读过的小说，这些书还全然不知自己将永远没机会被翻开了。多么令人悲伤失望的结局啊。朱利亚斯坚定地认为自己一生的光辉历程应该值得拥有一个更加……更加……更加什么呢？

此刻他突然想起几个月前在夏威夷度假时看到的一幕。徒步旅行时，他非常偶然地经过了一个大型佛教静修中心，看到一位年轻女子正行走在一个由小火山岩建成的环形迷宫里。到达迷宫的中心点时，她停了下来，立定冥想了许久。朱利亚斯对这种宗教仪式的本能反应一点也不宽容，通常介于嘲笑和反感之间。

现如今回想起那位冥想的年轻女子，他却体会到了一种更为柔和的情感，对她和所有的人类同胞都充满了同情，他们都是遭受进化畸形扭曲的受害者，进化赋予了他们自我意识，却不提供必要的心理工具来处理生命短暂所带来的痛苦。因此，在过去的几年、几百年，甚至几千年里，人类不懈地编造各种说法来否定生命的有限。我们每个人的一生，岂不都在不断地探寻那位至高存在者，以求与之融合来获得永生；不断地寻求上天的旨意；不断地寻找证据来证明自己活在某种未知的既定计划里；不断地通过各种仪式来自我安慰？

然而，一想到自己的名字已被列入死亡名册，朱利亚斯不禁怀疑，一个小小的仪式或许并不是什么坏事。他猛地从自己荒唐的想法中抽离出来，仿佛瞬间被灼伤了一般——这个一闪而过的念头与他毕生对仪式的反感是如此格格不入。他一向鄙视宗教，认为那不过是统治者剥夺信徒的理性与自由的工具：做仪式时穿的法袍，焚香，宗教圣书，教皇圣歌团催眠般的吟唱，转经筒，

第一章

祷告用的毯子、头巾和无边软帽，主教头戴的主教冠与手持的权杖，圣餐的薄饼和葡萄酒，临终圣事，脑袋和身子随着古老的圣歌晃动——所有这一切都被他看作历史上规模最大、持续时间最长的骗局所使用的全套装备，这个骗局赋予了领导者诸多权力，同时又满足了会众们对顺服的渴望。

但是现在，当死亡近在咫尺，朱利亚斯才注意到自己对抗世俗的冲劲儿已失去了往日的威力。或许他只是不喜欢那些带有欺骗性质的宗教仪式。或许人们缺的只是一个更合适的词来形容那些自创的小仪式。他被报纸上描写的消防员们在归零地㊀（纽约世贸中心遗址）举行的祭奠仪式所感动——每当一批新发现的遗体残骸被抬出地面时，消防员们会停下手中的工作，立定，脱帽，向逝者致敬。向死者致敬自然是无可厚非的……不，与其说是向死者致敬，倒不如说是向那些逝去的生命致敬。或许还远不止致敬或超度这么简单？消防员们统一的姿态和仪式，不也象征着彼此的联结吗？这难道不是在承认他们与每个受害者之间合一的关系吗？

在那一次和皮肤科医生进行的命运攸关的会面之后，又过了几天，朱利亚斯参加了一个由他的心理治疗师同行们组成的互助小组，在那里他对联结性有了一次亲身体验。当朱利亚斯透露他患有黑色素瘤的消息时，医生同行们都惊呆了。在鼓励他畅所欲言之后，每个小组成员都纷纷表达了自己的震惊和哀伤。朱利亚斯再也说不出话来，其他人也都无言以对。有那么几次，有人尝试发言，却欲言又止，仿佛在场的所有人都默认此时无声胜有声。

㊀ 归零地（ground zero）指美国"9·11事件"遇袭的纽约世贸中心遗址，位于曼哈顿下城，维西街20号，百老汇大道和教堂街交汇处。——译者注

在最后的 20 分钟里，大家都安静地坐着。以往，这种长时间的集体沉默几乎总是令人尴尬，但这次有所不同，反而令人感到安慰。朱利亚斯连对自己都羞于承认，这种沉默令他感到"神圣"。后来他突然意识到，小组成员们的沉默不仅表达了他们的悲痛，也是在以另一种形式立定、参与并向他的生命致敬。

或许这也是他们在向自己的生命致敬的一种方式，朱利亚斯心想。除此之外还有什么呢？除了这段神奇的存有与自我意识并存的短暂而幸福的时光，我们还拥有什么？如果有什么是值得敬重和祝福的，那非它莫属——生命，人类被赐予的最珍贵的礼物，一次纯粹的存在。如果我们仅仅因为生命是有限的或生命没有更高的目标和既定的安排，便绝望地苟活于世，就实在是愚蠢且忘恩负义了。幻想着有一位无所不知的造物者，因而用一生的时间不停地虔诚跪拜，似乎毫无意义，并且浪费生命。为何要把所有的爱都挥霍在一个幻象上，而不去热爱这个真实的世界呢？与其这样，不如欣然接受斯宾诺莎⊖和爱因斯坦给出的答案：只要低下头，向优雅而神秘的大自然和它的一切法则脱帽致敬，然后坦然地继续生活吧。

对于朱利亚斯来说，这些想法并不新鲜，他一向深谙生命的有限和短暂，但仅仅知道和深入了解完全是两回事儿。这一回死神的出现让他有了更切身的体会。这并不是说他由此变得更睿智了，只是当你心无旁骛，不再为野心、情欲、金钱、声望、掌声、

⊖ 巴鲁赫·德·斯宾诺莎（Baruch de Spinoza，1632—1677），犹太裔哲学家，近代西方哲学公认的三大理性主义者之一，与笛卡尔和莱布尼茨齐名。作为一名"一元论"者或"泛神论"者，他认为宇宙间只有一种实体，即作为整体的宇宙本身，而"上帝"和宇宙就是一回事。——译者注

第一章

知名度所干扰,视野就变得纯粹了。这种超然不正是佛法的真谛吗?也许是吧,但他更偏爱希腊哲学的中庸之道。如不卸下行装尽情欢乐,便会错过太多人生的精彩。大戏明明还未终场,又何必匆忙离场呢?

...

几天后,朱利亚斯感觉平静了许多,不再那么惊慌失措了,他渐渐将思绪转向了未来。"还能好好活一年吧,"就像鲍勃·金说过的,"虽说不能打保票,但一年至少是个合理的预期。"这一年究竟该怎么过?至少有一件事他是决意要做的,那就是绝不一味地感伤自己所剩的时日不多,以免糟蹋了这本该美好的一年。

一天晚上,他无法入睡,渴望着得到一点慰藉,于是到书房不安地翻阅起资料来。他在自己熟悉的领域里找不到任何与他的现况有关联的文章,也没有任何地方提到一个人应该如何好好地度过余生,找寻生命的意义。但随后,他的目光落在了一本卷了角的旧书上,那是一本尼采的《查拉图斯特拉如是说》[1]。朱利亚斯对这本书再熟悉不过了:早在几十年前,他就对这本书进行了深入研究,当时的他正在撰写一篇关于尼采对弗洛伊德的重大却不为人知的影响的文章。朱利亚斯认为这是一本极好的书,它比其他任何书都更能教导人们如何敬畏和赞美生命。对啊,这本书或许是块敲门砖。过分的焦虑使得他无法耐心地做系统的阅读,只是随意翻看了几页,挑了几处过去标记过的重点来看。

把一切"本是如此"都变为"我要它如此"——只有这样,

---

[1] 《查拉图斯特拉如是说》(*Thus Spoke Zarathustra*)是德国哲学家、思想家尼采的一部里程碑式的作品,几乎包括了尼采的全部思想。——译者注

我才称之为救赎。㊀

朱利亚斯是这样解读尼采这句话的：人必须选择自己的生活，必须活出生活的样子，而不是被生活所左右。换句话说，人必须热爱自己的命运。这当中最重要的是查拉图斯特拉反复提到的那个问题——我们是否愿意在永恒当中无限次重复过一样的生活？这真是一个奇妙的思维实验，朱利亚斯越是细想这句话，就越能悟出它的导向：尼采想要传达的信息是，我们要活出一种让自己愿意无限次重复的生命。

他继续翻着书，目光停在了两处用粉色荧光笔重重画下的地方："使生命圆满"和"适时而死"。

他终于领会了这两句话的意思。把生命活到极致，只有那样，你才有资格死，才能死而无憾。朱利亚斯经常把尼采的话比作"罗夏墨迹测验"㊁——两者都会提出许多对立的观点，由读者根据自己的心理状态来决定如何理解和接受。现在，他以一种完全不同于以往的心态重读此书，眼前的死亡激发了一种全新的、醍醐灌顶式的阅读体验：一页接一页，他看出了泛神论㊂"万物一体"的迹象，此前他从未领会到这些。无论查拉图斯特拉多么称颂和赞美孤独，无论他多么强调只有与世隔绝才能产生伟大的思想，他仍然孜孜不倦地热爱和鼓舞着他人，帮助他人进行自我完善和超越，与他人分享处世经验。与他人分享处世经验——朱利亚斯

㊀ 英文原文为" to change 'it was' into 'thus I willed it' —that alone shall I call redemption"，出自《查拉图斯特拉如是说》。——译者注

㊁ 由瑞士精神科医生、精神病学家罗夏（Rorschach）创立的以对称式墨迹图形诱发受测者投射主观感受、想法和个性特征的测验。——译者注

㊂ 指把神和整个宇宙或自然视为同一的哲学理论，是东方最古老的思维，认为神就是万物的本体，"自然法则"即是神的化身。

第一章

明白了！

把书本放回去之后，朱利亚斯在黑暗中凝望着金门大桥上往来穿梭的车灯，同时思考着尼采的话。几分钟后，朱利亚斯回过神来：此刻他清楚地知道自己要做什么以及要如何过好生命的最后一年。他要照着去年、前年以及过去的每一年的样子生活。他热爱心理治疗师这个职业，他喜欢与他人建立联系，帮助他们重拾生命中一些重要的东西。他对工作的热忱也许是丧妻之痛的一种升华[一]，也可能是出于他对患者给予的掌声、肯定和感激的需要。即便如此，即使动机不够高尚，他还是十分珍惜和热爱这份工作的。求上天祝福这份工作吧！

朱利亚斯缓缓地踱到满满一墙的文件柜前，打开其中一个抽屉，里面装满了许久以前看过的患者的病历和录音。他盯着那些名字——每一张病历卡都见证了曾经在这间屋子里上演的一出出辛酸的人性戏剧。他的目光扫过这一份份病历，脑海中立刻浮现出大多数患者的面孔。有些人虽已被淡忘，但朱利亚斯只要看几段当时的笔记就能唤起对他们的回忆。还有几位已被他完全遗忘，他们的面孔和故事已彻底消失在他的记忆里。

和大多数治疗师一样，朱利亚斯发现自己很难躲避外界对心理治疗领域无休止的攻击。这些攻击来自许多方面：有的来自制药公司和管理式医疗[二]机构，它们专门出钱资助一些精心策划

[一] 心理学名词，指一个人将不为社会认可的冲动转化或提炼为符合社会规范的、具有建设性意义的形式的心理反应。——译者注

[二] 美国的一种医疗服务体制，将提供医疗服务与所需资金的供给结合起来的一种系统。——译者注

的肤浅的研究，实为借助验证药物的有效性来建议缩短治疗时间；有的来自媒体，它们从不厌倦对心理治疗师的嘲讽；还有的来自行为学家、励志演说家，甚至一帮新时代巫医和邪教组织，他们全都来竞相争取这些心灵上饱受折磨的人。当然，也有来自内部的怀疑：越来越多惊人的分子神经生物学[⊖]（molecular neurobiology）新发现被频频报道，就连业内最有经验的治疗师也不禁开始怀疑自己工作的适用性。

朱利亚斯也无法不受这些攻击的影响，他常常怀疑自己的治疗效果，又时常安慰自己，打消自己的疑虑。他当然是一个颇有建树的心理治疗师。他当然为大多数，甚至是所有的患者提供过一些有价值的东西。

然而，这种怀疑就像小鬼一般，不时地在他心里作祟："你肯定、确定帮助到你的患者了吗？或许你只是懂得如何挑选那些无论如何都会自我好转的患者罢了。"

"不，不是这样的！我难道不是一个总爱挑战高难度的人吗？"

"哈！那就是你的能力有限了！还记得你上一次真正竭尽全力是什么时候吗？是接手了一位人见人怕的边缘性人格障碍患者，还是一位有严重缺陷的精神分裂症患者，抑或是一个双相情感障碍患者？"

朱利亚斯继续翻看着旧病历，他惊讶地发现自己居然有那么多治疗结束后的患者信息——这些资料有的来自不定期随访或

[⊖] 在生物大分子水平上研究神经的结构与功能的科学。以生物化学、生物物理学和分子生物学的方法，对神经科学领域中的一些具体问题加以研究和阐述，被认为是现代神经科学的生长点，是多门学科交叉形成的学科。——译者注

定期回访，有的来自与患者的偶遇，还有的是从老患者介绍来就诊的新患者口中听来的。但是，他为这些患者治疗的疗效是否持久？也许持续不久便失效了？没准还有许多治愈了的患者后来又复发了，只是单纯出于善意，不忍心告诉他罢了。

他同时也注意到了自己的失败——他总是对自己说，是因为这些人，他们还没有准备好接受更进一步的治疗。他对自己说，慢着，朱利亚斯，饶了你自己吧。你怎么知道他们就真的没治好或者永远治不好了呢？你过后就没再见过他们。我们都知道总有些人会比别人后知后觉一些。

他的目光落在了菲利普·斯莱特那叠厚厚的病历上。你不是想找失败的病例吗？他对自己说。这里就有一例。史上第一大失败病例，菲利普·斯莱特。20多年过去了，他对菲利普·斯莱特的印象仍然十分深刻。他那浅棕色的头发总是朝后梳得笔直，他纤细优雅的鼻子和高高的颧骨处处显得高贵，还有一双如加勒比海海水般清澈透明的绿色眼睛。他还记得自己有多不喜欢和菲利普的每一次会谈，几乎没有一件事令他感到开心，除了一件，那就是看着菲利普那张漂亮的脸蛋。

菲利普·斯莱特与自我疏离得如此之远，以至于他从未想过去审视自己的内心，只追求短暂而肤浅的快感，宁愿把全部精力都用来纵欲。也是托了那张漂亮脸蛋的福，他身边总是不乏主动送上门来的女人。朱利亚斯摇了摇头，快速翻阅着菲利普的病历——长达3年的心理辅导，所有的理解、支持和关心，所有关于病情的解读，换来的却是毫无进展的结果。太不可思议了！也许朱利亚斯压根就不是一个合格的心理治疗师。

且慢，先别急着下结论，他对自己说。如果菲利普一无所获，为何还要持续接受3年的治疗？为何要白白花那么多钱？说真的，菲利普讨厌花钱。也许这些疗程改变了菲利普。也许他就是个后知后觉的人——这类人常常需要花更多的时间来消化治疗师提供的养分，他们会把治疗师给的好东西先存起来，带回家，像小狗藏骨头一样偷偷藏好，等四下无人了再拿出来享用。朱利亚斯就认识一些这样争强好胜的患者，他们故意隐瞒自己的进步，只因他们不想让治疗师体会到治愈患者的满足感和操控力。

菲利普·斯莱特这个案例一进入朱利亚斯的脑海，便再也挥之不去。它就像那颗黑色素瘤一样，在朱利亚斯的心里生根发芽。菲利普的治疗失败成了他所有失败案例的象征。菲利普·斯莱特的案例有些蹊跷。这一切对抗治疗的力量是从哪儿来的？朱利亚斯翻开他的病历，开始阅读自己25年前做的初诊记录。

菲利普·斯莱特　1980年12月11日

26岁单身白人男性，杜邦公司的药剂师，具体工作为开发新农药。相貌出众，衣着随便，但气质高贵，略显拘谨，坐姿僵硬，没什么小动作，无情感表达，严肃，毫无幽默感，脸上无一丝笑意，只谈公事，无任何社交技巧。由他的内科医生伍德医生介绍转诊。

患者主诉："我常受性冲动的驱使而违背自己的意愿行事。"

为什么现在想起来治疗？上周发生的一件事是那"最后一根稻草"，他像背书一样开始平铺直叙：

我乘飞机到芝加哥参加一个专业会议，一下飞机，就直奔最近的一个电话亭，想在我认识的当地女性的名单上找一位来共度春宵。但真不走运！她们全都没空。那天是周五，她们当然很忙。

第一章

其实我早就知道要来芝加哥，我完全可以提前几天，甚至几周就打电话约她们。然后，拨完号码簿上的最后一通电话，我挂上电话，对自己说："谢天谢地，现在我总算可以读点书，睡个好觉了，这才是我一直以来真正想做的。"

患者说，"这才是我一直以来真正想做的"这句话，这个悖论，整整困扰了他一个星期，也是促使他来寻求治疗的具体动力（impetus）。"我来治疗主要想解决这个问题。"他继续说，"如果这才是我想要的——读点书和睡个好觉，那么赫茨菲尔德医生，请你告诉我，为什么我始终做不到，也不去做呢？"

渐渐地，朱利亚斯的脑海里又浮现出更多当初为菲利普·斯莱特治疗的细节。菲利普激起了他的求知欲。他们第一次会面时，朱利亚斯正在撰写一篇关于心理疗法和意志力的论文，菲利普提的那个问题——"为什么我不能做我真正想做的事"——正好为这篇论文开了一个极好的头。最重要的回忆要数菲利普那不可思议的不变性：3年过去了，他似乎完全不受任何影响，也没有做任何改变——仍旧一如既往地受着性欲的支配。

菲利普·斯莱特后来怎么样了？自从 22 年前他突然中断治疗之后，朱利亚斯就再也没有他的消息。此时朱利亚斯又开始猜测，自己的治疗是否已经在不知不觉中对菲利普起了作用。突然，他觉得自己必须知道这个问题的答案，这一时间成了一个性命交关的问题。于是他拿起电话拨通了"411"⊖。

⊖ 美国的电话查号咨询台号码，相当于国内的"114"。——译者注

THE
SCHOPENHAUER
CURE

第二章

实现渴望时的狂喜,正是它,才是一切事物的本质与核心,是一切存在的目的。

第二章

"喂,请问是菲利普·斯莱特吗?"

"正是。"

"你好,我是赫茨菲尔德医生,朱利亚斯·赫茨菲尔德。"

"朱利亚斯·赫茨菲尔德?"

"一位以前认识的老朋友。"

"很早以前了,有冰河时代那么早了吧,朱利亚斯·赫茨菲尔德。我简直不敢相信——我们少说有……20年没见了吧。怎么突然想起给我打电话呢?"

"是这样的,菲利普,我打电话是想跟你聊一下账单的事。我记得你还没有付清最后一次会谈的费用。"

"什么?最后一次会谈?可我很肯定……"

"我开玩笑呢,菲利普。不好意思,老毛病改不了了——活到这岁数了还总这么没心没肺地开玩笑。好,不闹了。简而言之,以下是我打这个电话的真正目的。我近期健康出了点问题,正在考虑退休。在决定退休之前,突然有股不可抗拒的冲动,想要见几位过去的患者。我只是做些简单的随访,满足一下自己的好奇心而已。如果你愿意,我稍后会做更多解释。所以呢……我想知道,你愿意来和我见上一面吗?聊个1小时怎么样?可以一起回顾之前的治疗,顺便让我了解你的近况,如何?这对我来说会很有意义。也许,对你也一样有意义呢?"

"嗯……1个小时。没问题。为什么不呢?这次应该不收费吧?"

"除非你想向我收费,菲利普,这回可是我想占用你的时间。就这个星期的后半周如何?比如,周五下午?"

"这周五吗?可以。我下午1点钟正好有空,可以给你1个小时的时间。放心,我不向你收费,但这次请来我的办公室见面,地址是联合大街431号，靠近富兰克林街的方向。楼层指引上有我的办公室门牌号，上面写的是斯莱特博士。我现在也是一名心理治疗师。"

朱利亚斯颤抖着挂上电话。他把椅子转了一圈，伸长脖子去看了一眼金门大桥。结束那通电话之后，他急需看一些美好的事物，给双手一些温暖。于是他往海泡石烟斗里塞满巴尔干寿百年烟丝，点了一根火柴，大口吸了起来。

哦，多美妙的感觉，朱利亚斯想，拉塔基亚芬芳温暖的泥土气息，那甜中带辣的口感，绝对是世上独一无二的。真不敢相信自己这么多年来一直没碰过它。他陷入了遐想，努力回忆着自己是从哪一天开始戒烟的。一定是在那次看完牙医之后。牙医老登布尔是他的隔壁邻居，早在20年前去世了。20年了——怎么可能呢？朱利亚斯还能如此清晰地回忆起他那张荷兰人典型的大长脸和那副金边眼镜。老登布尔医生已经长眠地下20年了。而他，朱利亚斯，还活着。至少现在还活着。

"你上颚上的水疱看起来不太妙。"登布尔医生轻轻摇了摇头说，"需要做一个活组织切片检查。"虽然活检的结果呈阴性，但还是引起了朱利亚斯的警惕，因为就在那一周，他刚参加了艾尔的葬礼。艾尔死于肺癌，是他多年的烟友兼网球球友。朱利亚斯当时正在读马克斯·舒尔（Max Schur）的《弗洛伊德：生与死》(*Freud: Living and Dying*)，这本书却没能给他任何帮助。作者马克斯·舒尔是弗洛伊德的医生，书里详细生动地记录了弗洛伊德由于常年抽雪茄引发的癌症是怎样一步步吞噬掉他的上颚、下颚，直至他的生命的。舒尔曾答应弗洛伊德在他临死的时候帮他一把，当弗洛伊德终于忍不住告诉他，自己实在痛苦不堪，延续这样的

第二章

生命已经毫无意义时,舒尔只好兑现自己的诺言,为他注射了致命剂量的吗啡。这才是医生该做的!如今像舒尔这样的医生已经无处可寻了。

朱利亚斯整整 20 年不抽烟,不吃鸡蛋、奶酪和动物脂肪,坚持健康快乐地节食,直到那次该死的体检。从现在开始,一切都解禁了:烟、冰淇淋、排骨、鸡蛋、奶酪……无所禁忌。这一切禁与不禁还有什么区别?事已至此还能有什么变数? 1 年之后,他,朱利亚斯·赫茨菲尔德,就要在土壤里被分解成无数的分子,静待它们的下一次使命。几百万年后,整个太阳系也迟早要化为一片废墟。

稍稍感觉心情又要被绝望笼罩,朱利亚斯就赶紧把注意力转回到和菲利普·斯莱特的那通电话上。菲利普成了心理治疗师?这怎么可能呢?他印象中的菲利普总是冷漠无情、心不在焉,对周遭的一切漠不关心,电话里的他听起来和过去并无两样。朱利亚斯叼上烟斗,默默地摇了摇头,一边百思不得其解,一边重新翻开菲利普的病历,继续阅读第一次会面时的口述记录。

当前病史:自 13 岁起一直受性欲驱动,青春期至今持续的强迫性手淫,有时一日 4~5 次,沉迷于性无法自拔,唯有自慰能使他平静。大量时间耗费在对性的痴迷上。自述"我要是把浪费在泡妞上的时间都用来干正事儿,现在已经是哲学、中文和天体物理学的'三料'博士了"。

人际关系:独居于小公寓,有一条狗。无男性朋友,一个都没有,也不与之前高中、大学、研究生院的任何人有任何联系,极其孤立。从未与女性建立过长期关系,有意识地避免建立持续的关系，更喜欢一夜情。偶尔与个别女性交往一个月之久。通常是女性提出分手。分手理由要么是想进一步发展，要么是生气自己被利用，要么是介意他还同时与其他女性交往。渴望新鲜感，喜欢猎艳，从不知疲倦，有时在旅行途中会钓上一个女人，发生性关系后就把她打发走，一个小时后，又离开酒店房间，四处寻欢。有记录性伴侣的习惯，类似得分表，记录显示在过去的12个月中，已和90位不同的女性发生过性关系。讲述这一切时的语气平淡无奇——不害臊也不自夸。晚上独自一人就会感到焦虑。通常，性爱就好比安定片。做过之后，就能平静一整晚，甚至舒服地看书。从无同性恋行为或幻想。

他的理想夜生活？早早地出门，到酒吧里泡妞，然后上床（最好在晚饭前），完事后尽快甩掉她，最好不用请她吃晚饭，但通常最后都不得不请她吃一顿。重要的是晚上睡觉前要留出足够多的时间来读书。不看电视和电影，不参加社交活动，也不运动。唯有阅读和古典音乐这两项消遣。大量阅读古典文学、历史和哲学；不看小说，不读流行读物。目前的兴趣是讨论芝诺和阿里斯塔克㊀。

既往病史：成长于康涅狄格州，上中产阶级家庭独子。父亲是投资银行家，在菲利普13岁时自杀身亡。他对父亲自杀的情况和原因一无所知，模糊地认为是母亲不断指责的刺激造成的。童年记忆丧失㊁——对出生后那几年的记忆甚少，对父亲葬礼的记忆一片空白。母亲在他24岁时再婚。他在学校里独来独往，狂热

㊀ 阿里斯塔克（约前315—前230），古希腊第一个著名天文学家，是历史上最早提出日心说的人，也是最早测定太阳和月球对地球距离的近似比值的人。——译者注

㊁ 指童年失忆症。——译者注

第二章

地沉迷于学习，从未有过关系密切的朋友，而且自从17岁进入耶鲁大学以来，就与家人断绝了联系。每年与母亲通一到两次电话。未曾与继父见过面。

工作经历：成功的药剂师——为杜邦公司开发以激素为基础的新型农药。标准的朝八晚五工作制，对工作没有热情，最近开始产生倦怠情绪。保持对本领域最新研究的关注，但从不加班。高收入加上有价值的股票期权。囤积狂（hoarder），喜欢把自己的资产列成表格，管理自己的投资，每个午餐时间都独自一人研究股市。

初步诊断：精神分裂症，对性有强迫性需求。极度疏离。拒绝看我，全程拒绝眼神交流，和我无个人情感交流。对人际交往一无所知，被当场问到对我的第一印象时，面部表情十分困惑，仿佛我说的是加泰罗尼亚语或斯瓦希里语，他根本听不懂。他看上去很急躁，和他在一起我感到不舒服。毫无幽默感。非常聪明，口齿伶俐但话很少，使我工作起来很费劲。过分在意治疗费用（尽管支付这笔费用对他来说很轻松）。要求降低费用，被我拒绝了。我迟了几分钟开始，这似乎让他很不高兴，毫不犹豫地询问是否会延长治疗时间以补偿前面的损失。连问了我两次：如果要取消约谈，究竟要提前多久告知才不会被要求付费。

合上病历，朱利亚斯心想：25年后的今天，菲利普居然成了心理治疗师。这世上该不会有第二个人比他更不适合这个职业了吧？他似乎一点儿也没变，仍旧毫无幽默感，仍然那么在乎钱（也许我不该跟他开账单的玩笑）。一个治疗师怎能没有一点儿幽默感呢？语气依旧那么冷漠，并且较劲儿似的要求去他的办公室会面。想到这里，朱利亚斯不禁又打了个冷战。

THE
SCHOPENHAUER
CURE

第三章

生命是可悲的。我决定用一生来思考生命。

第三章

联合大街阳光明媚，充满了节日气氛。沿街开着的 Prego、Betelnut、Exotic Pizza 和 Perry's 几家餐馆外面，几张露天餐桌早已满座，餐具碰撞的叮当声伴着人们午餐时的高声谈笑不绝于耳。系在停车计时器上的红蓝气球上印着周末人行道拍卖活动的广告。朱利亚斯走向菲利普的办公室，一路上他几乎没有正眼瞧过这些餐馆和堆满了过季品牌服装的户外摊位，仿佛这一派热闹的景象都与他无关。他甚至都没有在他平日里喜爱的商店橱窗前流连，径直走过了森田的日本古董家具店、西藏商店，以及那家以华丽的 18 世纪瓦片装饰屋顶的名为"亚洲珍宝"的商店，以往他每次经过，都要对着橱窗里那尊奇幻的女勇士人偶驻足观赏一番。

他的心并没有死。眼下，对菲利普·斯莱特这一奇人奇事的强烈兴趣让他暂时忘却了前一阵子的困扰。首先是记忆之谜，为何菲利普的形象能够如魔法般清晰地在他脑海里挥之不去？这些年来，菲利普的相貌、姓名和故事究竟潜伏在他记忆深处的什么地方？从神经化学的角度来说，他为菲利普治疗的这一整段记忆都被储存在他大脑皮层的某个地方了，这个事实令他难以接受。菲利普很有可能一直栖身于一个错综复杂的名为"菲利普"的神经网络中，这个网络由相互连接的神经元组成，一旦被某个神经传导物质触发，就会立即活跃起来，把菲利普的影像投射到他大脑视觉皮层的一个无形的屏幕上。一想到自己的大脑里藏着一个微型机器人放映员，他顿时不寒而栗。

更令他感兴趣的还属第二个谜，那就是他为何选择重访菲利普。在他长长的患者名单上，为何单单把菲利普一人从记忆深处捞出来？仅仅因为对他的治疗一败涂地吗？事情肯定没那么简单。毕竟，还有许多其他患者也没被治愈，但大多数面孔和名字都已从他的记忆中消失得无影无踪了。也许是因为大部分治疗失败者很快就主动退出了治疗，而菲利普之所以与众不同，是因为他仍坚持继续治疗。天哪，他是如何坚持下来的！在这令人沮丧的三年里，他居然一次面谈都没落下。他连一分钟都不曾迟到——也可以理解为他抠门到不愿浪费任何付费的时间。直到有一天，在一个小时的会谈结束后，他在毫无征兆的情况下，简单地单方面宣布这是他的最后一次治疗了。

即使菲利普已主动终止治疗，朱利亚斯仍坚信他是可医治的。然而，朱利亚斯总是错误地认为每个人都是可医治的。怎么会失败呢？菲利普是那么严肃认真地想解决自己的问题。他富有挑战性，思维敏捷，才智过人，但为人相当不讨人喜欢。朱利亚斯很少接收自己不喜欢的患者，但他明白，他对菲利普的反感完全不是自己的问题，而是任何人都不会喜欢他。否则菲利普也不至于一辈子连个朋友都没有。

他虽然不喜欢菲利普这个人，却爱极了他提出的那个考验心智的谜题。他的主诉，即"为什么我不能做我真正想做的事"，就是意志瘫痪的一个最吸引人的案例。或许治疗本身对菲利普没起什么作用，却为朱利亚斯的写作提供了神奇助力，治疗过程中涌现出来的许多想法，都被成功地写进了他那篇著名的文章《治疗师和意志》("The Therapist and the Will")，以及他的专著《意愿、意志和行动》(Wishing, Willing, and Acting)。有那么一瞬间，他反省自己从前或许在某种程度上利用了菲利普。现在的他，带着更强烈的联结感，决定通过弥补过去来完成自我救赎。

联合大街431号是一栋位于转角的不起眼的灰泥外墙两层楼建筑。在前厅的楼层指引上，朱利亚斯看到了菲利普的名字，"菲

第三章

利普·斯莱特博士，哲学咨询"。"哲学咨询"是什么玩意儿？朱利亚斯在鼻子里轻哼了一声，照这个意思，理发师就要改叫"理发治疗师"，菜贩子也要打出"专业豆类咨询"的广告了。他沿着楼梯上了楼，按下了门铃。

门铃刚响，门锁就"咔嗒"一声自动打开了，朱利亚斯随即进入一间小小的候诊室，里面没有任何陈设，除了一张难看的、让人一点儿也不想坐上去的黑色人造皮双人沙发。菲利普就站在两米开外的办公室门口，没有上前来招呼，只点头示意他进去。看样子也没有要握手的打算。

朱利亚斯把眼前的菲利普和记忆中的他核对了一遍，几乎没什么误差。在过去的25年里，除了眼周多了些细纹和颈部轻微松弛外，他的变化不大。一头浅棕色的头发仍向后梳着，那双炯炯有神的绿色眼睛依然左右躲闪。回想起来，在为他治疗的那几年里，朱利亚斯也极少有机会与他目光交汇。菲利普使他想起了上学时班里的一个极度自负的小孩，听讲时从不记笔记，不像朱利亚斯和班上的其他人，总是埋头奋笔疾书，生怕漏掉半点考试中可能出现的知识点。

一走进菲利普的办公室，朱利亚斯本想对这一屋子简陋破旧的陈设调侃一番，转念一想又忍住了。说是陈设，其实就是一张磨损严重、脏乱不堪的桌子，外加两把看上去很不舒服、和桌子不配套的椅子，墙上唯一的装饰就是一张毕业证书。朱利亚斯坐到菲利普指给他的那把椅子上，一脸诚恳地等待菲利普先开口。

"嗯，好久不见。真的非常久了。"菲利普用一种正式的、职业化的口吻说着话。这次他俩的角色互换了，谈话由菲利普来主导。面对自己多年前的治疗师，菲利普丝毫没有露怯。

"22年。我刚看过以前的记录。"

"为什么现在想起来找我,赫茨菲尔德医生?"

"意思是寒暄到此结束了吗?"不,不!朱利亚斯在心里自责。别乱开玩笑!他记得菲利普完全没有幽默感。

菲利普波澜不惊地答道:"这是基本的访谈技巧,赫茨菲尔德医生。步骤你是清楚的。首先要构建框架。我们已经定好了地点、时间以及是否涉及任何费用等……顺便说一句,我提供的是60分钟的会谈,不是50分钟的心理课程。所以,下一步就应该直奔主题了。我只是想尽力为您效劳,赫茨菲尔德医生,让这次谈话尽可能地高效。"

"好吧,菲利普。谢谢你。'为什么现在'这个问题提得好——我也经常用它来让话题集中,好,言归正传。正如我在电话里告诉你的,我的健康出了问题,很严重的问题,导致我开始回顾过去,重新评价一些事情,评估过去的工作,也许是年纪大了,开始总结人生了。我相信等你到了65岁,就能体会我的感受了。"

"我想我应该接受您关于总结人生的说法。但我一时还无法理解您希望对我或任何其他患者进行回访的原因,我本人是不倾向这么做的。客户支付我一笔费用,作为回报,我为他们提供专业的咨询。我们的交易就完成了。当客户离开时,他们觉得物有所值,我也觉得自己尽了全力。我无法想象将来有一天还会想要重访他们。但是,我愿意为您效劳。我们从哪儿开始呢?"

朱利亚斯是典型的那种在会谈时从不隐瞒的心理治疗师。这是他的强项之一——患者都相信他是个直言不讳的人,但今天他强迫自己忍住了。菲利普的唐突无礼使他大为震惊,但他今天并不是来给菲利普提建议的。他想要的是菲利普对他过去治疗的诚

第三章

实描述,至于朱利亚斯目前的心理状态,他知道得越少越好。如果菲利普得知他的绝望和他对人生意义的追求,看出他渴望在菲利普的人生中发挥一些重要而持久的作用,出于善意,菲利普也许会给他想要的肯定;或者,鉴于菲利普乖张的性格,也可能会故意否定他。

"好吧,感谢你愿意迁就我的想法,同意跟我见面。现在说说我想要的:首先是你对我们过去治疗工作的看法——治疗效果有多好或者多不好;其次是……这个要求可能有点过分……我非常想全面了解一下自打我们最后一次见面以来你的生活情况。我一向喜欢听故事的结局。"

看不出菲利普是否对这个要求感到惊讶,他只是默默地坐了一会儿,闭着眼睛,十指指尖相抵。然后,他小心翼翼地开始说道:"故事还没结束。事实上,我的生活在过去几年里发生了显著的变化,所以我觉得故事才刚刚开始。但我会严格按时间顺序来说,就从我的治疗开始吧。总的来说,我不得不说我在你那里的治疗是彻底失败的。一次耗时又昂贵的失败。我自认为是一个合格的患者。在我的记忆中,我一向都高度配合,很用功,定期就诊,不拖欠账单,记得做梦的内容,遵循你的每一项指示。关于这些,你同意吗?"

"是否同意你是一个配合治疗的患者吗?绝对同意。我认为还不止。我记得你是一位非常投入的患者。"

菲利普又看了看天花板,点了点头,接着说:"据我回忆,我在你那里治疗了整整 3 年。大部分时间我们每周见两次面。算起来花了……至少 200 个小时吧。费用大约是 2 万美元。"

朱利亚斯差点儿就脱口而出。每当患者说出这样的话时,他的第一反应总是"这仅仅是沧海一粟"。然后指出,在治疗过程中所处理的问题对患者的生活造成了多大的困扰,不能指望很快就治好。他说这些话的时候,经常要加上自己的个人经历——他还在接受培训的时候接手了第一个患者,3年来每周5次,总时长超过700小时。但菲利普现在已不再是他的患者,他此行的目的也不再是对菲利普进行劝导。他是来当听众的。于是,他默默地咬着嘴唇。

菲利普继续说道:"我开始找你治疗时,正处于人生的最低点,用'低谷'来形容可能更恰当些;我厌倦了当一名药剂师,成天研究如何杀虫,厌倦了我的生活,厌倦了除了读哲学书和思考历史之谜之外的一切。我来找你的原因是我的性行为。你肯定还记得,对吧?"

朱利亚斯点了点头。

"我当时整个人失控了。满脑子都是性。简直无法自拔,感觉永远欲求不满。当时那种生活状态,现在想想都不寒而栗。我四处勾引女人,越多越好。每次性交后,我的冲动会得到短暂的缓解,但我很快就重新被欲望支配。"

听到菲利普使用"性交"一词,朱利亚斯强忍住了笑意,这使他想起了菲利普是多么奇怪的一个矛盾体——如此沉溺于肉欲的一个人,却从不说带点儿猥亵含义的脏话。

"只有在那个短暂的空档,就是性交过后,"菲利普接着说,"我才能活得充实、和谐,那时我的思维才能与过去的伟人们建立起联结。"

"我记得你喜欢讨论芝诺和阿里斯塔克。"

"没错,他们,还有他们之后的许多伟人。但是这段空档,这段不受冲动挟制的时光实在太短暂了。现在我总算彻底解放了。

现在的我活出了一种更高的境界。我还是继续和你回顾我的治疗吧。这才是你的第一诉求，不是吗？"

朱利亚斯再次点头。

"我记得我当时非常热衷于治疗，对我来说这几乎成了另一种强迫症。只可惜它没能取代性的强迫症，只是与之共存而已。我还记得，我每次都热切地期待那一小时的治疗时间，却总是以失望告终。大部分治疗内容我已记不太清了——我想大概就是努力地从过去生活的角度去理解我的强迫症吧。去弄明白，我们总是试图去弄明白它。然而，当时所有的方法似乎都行不通。没有任何一种假设是证据充分、站得住脚的，更糟的是，这对我的强迫症没有起丝毫的作用。

"这就是一种强迫症。我明白。我知道我必须断然戒掉。我花了很长时间才最终意识到你根本不懂该如何帮我，我对我们的治疗失去了信心。我记得你耗费大量的时间探讨我的人际关系——我与他人的关系，尤其是与你的关系。这对我来说毫无用处，当时没用，现在也仍然没用。随着时间的推移，和你的会谈变得很痛苦。这种痛苦来自我们一直做着一些毫无意义的事，比如把我们的关系当作一段真实且长久的关系来探究，却从不承认它其实就是一种单纯的购买服务。"菲利普说完，摊开双手望着朱利亚斯，仿佛在说"你要我实话实说，我就直说了"。

朱利亚斯听得目瞪口呆。仿佛有另一个声音在替他回答："你很直接，很好。谢谢你，菲利普。继续说你的故事吧。你后来怎么样了？"

菲利普双手合十，指尖抵着下巴，眼睛盯着天花板，整理了一下思绪，继续说道："好吧，让我想想。就从我的工作说起吧。我在研发阻止昆虫繁殖的激素制剂方面的专长对公司非常重要，于是薪水大幅度上涨，但我越来越强烈地感到自己烦透了化学。然后，到了30岁的时候，父亲设立的信托基金到期了，转到了我的名下。这份礼物让我获得了自由。这笔钱够我生活几年，于是我不再订阅化学期刊，辞掉了工作，将注意力转向了我这辈子真正想要的——对智慧的追求。

"但我仍觉得痛苦，仍然很焦虑，仍旧被性欲驱使。我试过找别的治疗师，但没有一个能给我更大的帮助。有一位研究过荣格的治疗师认为我需要的不仅仅是心理治疗。他说，对于像我这样的性成瘾患者来说，获得解脱的最大希望在于灵性的转变。他的建议使我转向了宗教和哲学，尤其是远东的一些宗教哲学理念与修行，它们是唯一有意义的。其他的宗教体系都未能探索那些基本的哲学问题，而是把神作为一种手段来逃避真正的哲学分析。我甚至花了好几个星期的时间进行冥想静修。我倒不是完全没有兴趣，只是这样做还是没能停止我对性的痴迷。尽管如此，我还是觉得这么做是有价值的。只是我还没准备好。

"与此同时，除了在静修所的时候被强制禁欲——甚至在那里我也能关起门来设法解决性欲，其余时间我仍四处猎艳。和以前一样，我继续和很多女人做爱，几十个，甚至几百个。有时一天两个，随时随地，找着了就做。情形和当初在你那里治疗时差不多。和一个女人只做一次，偶尔两次，就立马换人。因为那之后我就再也感受不到兴奋了。你知道那句老话吧，'你和同一个女孩，只能有一次第一次做爱的感觉'。"菲利普说着抬起下巴，把脸转向朱利亚斯。

"最后这句话是为了表达幽默，赫茨菲尔德医生。我记得你曾经说过，有件事很不同寻常，就是在我们相处的那么长时间里，

第三章

你从未听我讲过一个笑话。"

尽管朱利亚斯知道这句俏皮话是自己曾经对菲利普说过的，但他此刻并没有心情谈笑，只能勉强咧嘴一笑。朱利亚斯想象此时的菲利普就是一个头顶插着一把大钥匙的发条娃娃。是时候再给他上上发条了。"接着又发生了什么？"

菲利普凝视着天花板，继续说道："然后有一天，我做了一个重大决定。既然没有一个治疗师能为我提供任何帮助……很抱歉，赫茨菲尔德医生，也包括你在内……"

"我听出来了，"朱利亚斯插了一句，然后迅速补充道，"不需要道歉。你只是在诚实地回答我的问题。"

"对不起，我不是故意要反复强调这一点。我继续说，既然看心理医生不是解决的办法，我决定自我治疗——采用阅读疗法，来吸收有史以来所有智者的相关思想。于是我开始系统地阅读哲学全集，从希腊的前苏格拉底学派开始，一直读到波普尔㊀、罗尔斯㊁和奎因㊂。经过一年的研习，我的强迫症仍没有好转，但我得出了一些重要的结论：这条路我走对了，我在哲学这里找到了归属感。这一步很重要——记得你和我之前总说，我在这个世上从未有过归属感。"

朱利亚斯点头道："没错，我也记得。"

㊀ 卡尔·波普尔（Karl Popper，1902—1994），奥地利犹太裔哲学家，批判理性主义的创始人。——译者注

㊁ 约翰·罗尔斯（John Rawls，1921—2002），美国政治哲学家、伦理学家。著有《正义论》《政治自由主义》《作为公平的正义：正义新论》《万民法》等，著名政治哲学家。——译者注

㊂ 奎因（Quine，1908—2000），美国哲学家、逻辑学家，是20世纪最重要的哲学家之一。著有《语词和对象》《本体论的相对性》等。——译者注

"于是我决定，既然我打算长期阅读哲学方面的书，不妨就以它为职业吧。手头的钱总有用完的一天。于是我去了哥伦比亚大学攻读哲学博士学位。我的成绩很好，写了一篇出色的学位论文，五年后取得了博士学位，顺理成章地开始了我的教学生涯。然后，就在几年前，我开始对应用哲学感兴趣，或者，我更喜欢把它称为'临床哲学'，于是就有了今天的我。"

"你还没告诉我关于你痊愈的事。"

"嗯，那是我还在哥伦比亚大学的时候，在阅读的过程中，我与一位治疗师建立了关系。这是一位完美的治疗师，他给了我其他人无法给予的东西。"

"在纽约吗？嗯？他叫什么名字？在哥伦比亚大学吗？他是哪个学院的？"

"他的名字叫亚瑟……"菲利普停了一下，望着朱利亚斯，嘴角轻微扬起，脸上露出一丝笑意。

"亚瑟？"

"是的，亚瑟·叔本华，我的治疗师。"

"叔本华？你在跟我开玩笑，菲利普。"

"我从未这么认真过。"

"我对叔本华了解得不多，只知道他那些阴郁的悲观主义陈词滥调。我从未听人在治疗过程中提到过他的名字。他怎么可能帮助到你？是什么……"

"我不想打断你，赫茨菲尔德医生，但我有个客户要来了，我一贯不想迟到——这一点一直没变。请给我你的名片。我改天再告诉你更多关于他的事。他就是最适合我的那个治疗师。毫不夸张地说，我的生命归功于天才亚瑟·叔本华。"

THE
SCHOPENHAUER
CURE

第四章

天赋好的人和天才就像两个神枪手。天赋好的枪手能打中别人打不中的目标,天才打中的目标,别人连看都看不到。

1787年，天才的诞生：暴风雨般的开始和错误的起点

暴风雨般的开始——暴风雨开始时，天才只有4英寸[①]长。1787年9月，包裹着他的羊水汹涌澎湃，把他抛来抛去，威胁着他和子宫之间脆弱的纽带。海水散发着愤怒和恐惧。思乡和绝望的酸臭化学物质裹挟着他。甜蜜温馨地漂浮着的日子已一去不复返。由于无处可去，也无望安逸，他小小的神经突触开始向四面八方开火。

所谓"学得越早，记得越牢"，亚瑟·叔本华从不曾忘记他早年学到的经验教训。

错误的起点（亚瑟·叔本华是如何差点成为一个英国人的）：亚瑟。"亚瑟——亚瑟——"海因里希·弗洛里奥·叔本华（Heinrich Florio Schopenhauer）捋着舌头发出每个音节。"亚瑟"是个好名字，是个适合伟大的叔本华商行未来领袖的好名字。

那是1787年，年轻的妻子刚怀孕两个月，海因里希·叔本华就迫不及待地做了一个决定：如果生的是儿子，就取名为亚瑟。海因里希为人高尚，从不允许任何事情凌驾于责任之上。就像他的祖先把叔本华商行交给他管理一样，他也要把它传给他的儿子。那是一个危机四伏的时代，但海因里希确信，他那尚未出生的儿子将带领公司进入19世纪。"亚瑟"就是这个身份的最佳名字。这个名字在所有主要的欧洲语言中拼写都一样，可以优雅从容地跨越国界。不过，最重要的是，它是一个英国名字！

几个世纪以来，海因里希的祖先们兢兢业业，成功地管理着

[①] 1英寸≈2.54厘米。

第四章

叔本华家族的事业。他的祖父曾款待过俄国的叶卡捷琳娜大帝。为了确保她的舒适，他曾下令把白兰地倒在客房的地板上，然后点燃，以此让房间保持干燥和芬芳。普鲁士国王腓特烈曾拜访过海因里希的父亲，他不惜花数小时来说服海因里希的父亲将公司从但泽㊀迁往普鲁士，但没有成功。现在，这个大商行的管理权被交到了海因里希手上，他相信，一位以亚瑟王的名字命名的继承人有朝一日定能带领公司走向辉煌的未来。

长期以来，经营谷物、木材和咖啡贸易的叔本华商行一直是但泽最大的贸易公司之一。但泽这座古老的汉萨同盟㊁城市，长期主导着波罗的海的贸易。但是，对这座伟大的自由之城而言，艰难时期已经到来。西方的普鲁士和东方的俄国两面夹击，来势汹汹。势单力薄的波兰再也保不住但泽的主权。海因里希·叔本华毫不怀疑，但泽的自由和稳定贸易的日子即将结束。除了英国，整个欧洲都被政治和金融动荡所淹没。英国坚如磐石。英国就是未来。英国将成为叔本华家族和企业的避风港。不，它不仅是避风港，如果这位未来继承人一生下来便是英国人，并拥有一个英国名字，家族和企业的繁荣昌盛便指日可待了。"Herr"，不，应该是"Mister"㊂亚瑟·叔本华，以英国人的身份来领导公司才是公司前途的保证。

㊀ 德国但泽（德语：Danzig），今属波兰，已更名为格但斯克（波兰语：Gdańsk），是波兰滨海省的省会城市，哲学家叔本华的出生地。——译者注

㊁ 汉萨同盟（Hanseatic League）：德意志北部城市之间形成的商业、政治联盟，13世纪逐渐形成，14世纪达到兴盛，加盟城市最多达到160个，15世纪转衰，1669年解体。——译者注

㊂ "Herr"和"Mister"，分别是德语和英语中的称谓，意为"先生"。——译者注

妻子乔安娜年仅十几岁，她恳求让自己在母亲的陪伴下安稳地生下第一个孩子。他毫不理会怀孕妻子的抗议，拖着她开始了前往英国的长途跋涉。年轻的乔安娜吓坏了，但又不得不服从丈夫坚定的意志。然而，一在伦敦安定下来，乔安娜就又恢复了往日的热情洋溢，她的魅力很快就征服了伦敦的社交圈。她在旅行日志中写道，她在英国的新朋友给她带来了安慰，令她感到安心。不久她便成了众人瞩目的焦点。

显然，对于性格阴郁的海因里希来说，外界对妻子的关注和热爱超出了他所能承受的范围，很快他的嫉妒就升级为恐慌。他喘不过气来，胸口发紧，感觉自己就要被撕裂了，他必须行动起来。于是，他贸然决定离开伦敦，再次强行带着抗议的妻子，冒着18世纪最冷的严寒，返回了但泽，此时她已怀孕近6个月。多年后，乔安娜描述了自己被强行带离伦敦的感受："没有人帮助我，我不得不独自克服悲伤。为了减轻他自己的焦虑，那个男人拖着我走了半个欧洲。"

这就是这位天才被孕育时暴风雨般的故事背景：一段没有爱情的婚姻，一位惊恐的、抗议的母亲，一位焦虑、嫉妒的父亲，以及两次穿越寒冷的欧洲的艰难旅程。

THE
SCHOPENHAUER
CURE

第五章

一生都幸福是不可能的,一个人最多只能成就不畏艰难的一生。

朱利亚斯一脸错愕地离开了菲利普的办公室。他紧握扶手，摇摇晃晃地走下楼梯，跟跟跄跄地一头扎进阳光里。他站在菲利普的楼前，一时间分不清该向左走还是向右走。这个自由的、计划外的下午带来的是困惑，而不是欣喜。朱利亚斯做事一向专注。当他不用看诊时，对其他一些重要的项目和活动，诸如写作、教学、网球、研究等，也都十分上心。但今天似乎什么都不重要了。他甚至怀疑从来就没有什么事是重要的，只是他的思维一厢情愿地把重要性强加给了每一件事，巧妙得不留一丝痕迹。今天他总算看透了人生的诡计。今天没什么重要的事可做，他就这样漫无目的地在联合大街上闲逛。

走到商业区的尽头，刚过菲尔莫尔街，就见一位老妇人推着一个助行架声势浩大地朝他走来。天哪，多么壮观的一番景象！朱利亚斯心想。他先是把脸转开了，接着又迅速回过头去看个究竟。在这样一个阳光和煦的日子里，她的衣着——层层叠叠的毛衣外面还裹了件厚实的大衣——显得十分突兀。花栗鼠一般鼓鼓的脸颊剧烈地扭动着，看样子是在固定假牙。但最糟糕的还是那团把一边鼻孔撑得老大的巨大肉瘤——这是一个葡萄大小的半透明的粉红色疣，上面还有几根长毛向外竖着。

朱利亚斯脑子里即刻浮现出"傻老太婆"几个字，但马上又更正道："她八成还没我大呢。事实上，这就是我未来的样子——疣子，助行架，轮椅。"当她走近时，他听见了她的喃喃自语："现在，让我们去前面这些商店里瞧瞧都有些什么。都有什么呢？我能找到些什么呢？"

"这位女士，我也不知道，我只是在这附近散步而已。"朱利亚斯对她喊道。

第五章

"我没在跟你说话。"

"这儿除了我没别人。"

"那也不代表我是在和你说话。"

"不是我,那是谁?"朱利亚斯用双手在眼睛上方搭了个凉棚,装模作样地朝空无一人的街道上张望。

"关你什么事啊?你这该死的街头变态。"老太太一边嘟囔着,一边哐啷哐啷地推着助行架从他身边走过。

朱利亚斯愣了一会儿,然后环顾四周,以确定没有人目睹了刚才这段奇怪的互动。"我的天啊,"他心想,"我一定是疯了……我这是在干什么?幸好今天下午不用看诊。毫无疑问,和菲利普·斯莱特在一起会使我的性格变糟。"

朱利亚斯调头循着星巴克里飘出的醉人香气走去,他决定尽情享用一杯双份意式浓缩咖啡来抵消与菲利普共度一个小时的坏心情。他坐在靠窗的座位上,看着窗外人来人往。店里店外都没有老年人。放眼望去,65岁的他已是周围最年长最年迈力衰的人了,随着黑色素瘤悄无声息地滋长和侵袭,他的内心也在迅速地老去。

两个轻佻的女店员不时地与一些男顾客打情骂俏。姑娘们不曾朝他这边看过一眼。即使在他年轻的时候,姑娘们也从未跟他调过情,如今对年迈的他更是连正眼也不瞧了。是时候承认自己永远不会有机会了,那些迷人丰满的白雪公主般唇红齿白的年轻女孩永远不会故作羞涩地冲他微笑说:"嘿,有些日子没见了,近来好吗?"这种事绝对不可能发生。生命是朝一个方向直线前进的,无可逆转。

够了,不要再自怨自艾了。他很懂得该如何劝慰满腹牢骚的人：想办法把你的目光转向外面，超越你自己。没错，就是这样——想法子把坏事变成好事。何不把它写下来，比如以个人日记的形式？这个想法越来越清晰——谁知道事情会怎样？——没准儿可以写一篇文章发表到《美国精神病学协会杂志》(Journal of the American Psychiatric Association)上，题目就叫"对抗死亡的精神病学家"(The Psychiatrist Confronting Mortality)。或者写点东西卖给《星期日时报杂志》(Sunday Times Magazine)。他完全做得到。或者干脆写本书，比如《一次死亡的自传》(Autobiography of a Demise)。这个主意不错！有时候，当你有了一个爆炸性的标题，整篇文章就如自动生成般简单了。朱利亚斯点了一杯意式浓缩咖啡，掏出钢笔，打开从地上捡起的一个纸袋，信手写了起来。一想到自己的巨作竟然以这么简陋的方式开始，他的嘴角不禁微微上扬。

1990年11月2日，星期五。"宣判日"（发现死亡之日）后第16天。

毫无疑问，来找菲利普·斯莱特这个主意糟透了。我竟然以为能从他那里得到点什么，这真是个坏主意。和他见面就是个坏主意。我绝不再见他。治疗师菲利普？简直难以置信——一个毫无同理心、不敏感、冷漠的治疗师。他在电话里听说了我有健康问题——这也是我想见他的部分原因，见面时却完全没有询问我的健康状况，连握手都没有。他如此冷淡，不人道，始终和我保持3米的距离。我为那家伙拼命治疗了3年，给了他一切，把我最好的东西全给了他。忘恩负义的混蛋。

哦，对了，我知道他会怎么说。我仿佛能听到他毫无感情、措辞严谨地说:"你我之间就是纯商业交易,我付给你钱,你为我提供专业服务。我按时支付了你每小时的咨询费。交易结束。我们扯平了,我不欠你什么。"

然后他还会补上一刀:"赫茨菲尔德医生,我们的交易中你占了最大的便宜。你得到了全额报酬,而我却没有得到任何有价值的回报。"

最糟糕的是,他说的全对。他不欠我什么。我自诩心理治疗应是一种终生服务,一种亲切的服务。我既无权强留他,又为何要对他有所期待呢?无论我渴望什么,他都给不了。

"他都给不了"——我对多少患者说过这句话,暗示他们不要指望从自己的丈夫、妻子或父亲那里得到什么。我自己却放不下菲利普这个麻木不仁、不肯付出的家伙。我要不要写一篇颂诗来提醒他关于患者在治疗结束后对治疗师的义务?

这件事为何如此重要?为何我在众多患者中偏偏选中了他来联系?我还是不明白。我在病历记录里找到了一丝线索——和他交谈让我觉得在跟自己年轻时的幻象对话。也许我身上有菲利普的影子,在十几岁、二十几岁和三十几岁的时候,我也曾被性激素左右。我以为自己知道他在经历些什么,我以为在治疗他时我比别人更占优势。这就是我一直以来这么努力的原因吗?这就是为什么他从我这里得到的关注和精力比我的其他患者加起来还要多?在每一位治疗师的工作中,总有某个患者会消耗治疗师大量的精力和注意力却没什么疗效。菲利普就是那个让我如此费心费力了三年的患者。

当天晚上,朱利亚斯回到了他称之为家的那幢又黑又冷的房子里。儿子拉里过来陪了他三天，这天早上刚回了巴尔的摩。他是在约翰斯·霍普金斯大学做神经生物学研究的。拉里走了，这着实让朱利亚斯松了一口气。拉里一脸痛苦的表情和充满爱意但笨拙的安慰带给父亲更多的是悲伤，而不是平静。朱利亚斯开始给马蒂打电话，马蒂是他在互助小组的一名同事，但朱利亚斯又觉得太沮丧了，于是挂断了电话，转而打开电脑，打算输入下午随手写在皱巴巴的星巴克纸袋子上的笔记。电脑一开机就显示"您有一封新邮件"。让他惊讶的是，这居然是一封来自菲利普的邮件。他迫不及待地读了起来：

在我们今天讨论的最后，你问到叔本华以及他的哲学对我的帮助，并表示自己想更多地了解他。我突然想到我下周一晚上7点在海岸学院有一个演讲（地址是富尔顿大街340号，图瓦永厅），你可能会感兴趣。我正在教授一门关于欧洲哲学的概论课程，星期一我将对叔本华做简要介绍（因为必须在12周内讲完2000年）。也许下课后我们可以聊一会儿。菲利普·斯莱特

朱利亚斯毫不犹豫地给菲利普回了信："十分感谢。我会去的。"他打开记事本，在下周一的那一页上用铅笔写下了"晚上7点，富尔顿大街340号，图瓦永厅"。

. . .

每逢星期一，朱利亚斯都要带领一个从下午四点半到六点的治疗团体。当天的早些时候，他还在考虑是否要把自己的诊断结果告诉大家。尽管他决定要等到自己的心态恢复平衡后再把消息告诉他单独治疗的患者们，但这个团体的情形完全不一样，成员

第五章

们都经常关注他，因此他们极有可能会发现他情绪上有一些变化，并对此发表评论。

他的担心显然是多余的。成员们欣然接受了他因为流感而取消了前两次会谈的理由，然后转而互相聊起了过去两周的生活。斯图尔特是个矮胖的儿科医生，他总是显得心烦意乱，好像总赶着去看下一个患者似的。他今天似乎很压抑，于是要求大家给他一点时间。这一点很反常，加入团体治疗一年以来，斯图尔特很少寻求帮助。他当初是在胁迫之下加入这个团体的，他的妻子用电子邮件通知他，除非他接受治疗并有了明显的改变，否则她将离开他。她还补充说，自己之所以用电子邮件，是因为他平时更重视电子通信而不是直接对话。就在上周，他的妻子继续加码，居然搬出了他们的卧室。因此，今天会议的大部分时间都用来帮助斯图尔特探究他对于妻子想要撤出他的生活这件事的感受。

朱利亚斯很喜欢这个团体。成员们经常会冒着更大的风险去开辟新的领域，他们的勇气常令他惊叹。今天的会谈也不例外，大家居然都支持斯图尔特去展现自己脆弱的一面。时间过得飞快。会谈结束时，朱利亚斯的心情好多了。他完全被这场戏剧性的会谈给迷住了，以至于在这一个半小时里他竟忘却了自己的绝望。这并不奇怪。所有的团体治疗师都知道，这是在团体的氛围中固有的一种奇妙疗愈效果。朱利亚斯每次来之前都心神不宁，尽管没有在会上明确地谈过他的个人问题，但每回结束时他的心情都大为好转。

为了赶时间，他只能到离他的办公室不远的 We Be 寿司店吃一顿简餐。他是那里的常客，每回他一落座，主厨马克便热情地大声招呼。一个人的时候，他常常喜欢坐到吧台那里——和他所有的患者一样，他对独自一人在餐馆的餐桌上吃饭感到不自在。

　　朱利亚斯像往常一样点了一份加州卷、一份烤鳗鱼，外加一份素菜卷拼盘。他很爱吃寿司，但由于害怕吃到寄生虫，一直都很谨慎地不敢吃生鱼。之前想尽办法地抵制外侵，现在看来这简直是个笑话！到头来发现身体里出了个内鬼，多么讽刺啊！让一切都见鬼去吧，朱利亚斯把谨慎抛到了九霄云外，从吃惊的主厨手中接过一份黄鳍金枪鱼寿司，津津有味地吃了起来。朱利亚斯吃完便匆忙赶往图瓦永厅，赴他和亚瑟·叔本华的第一次约会。

THE
SCHOPENHAUER
CURE

第六章

在童年时期我们就已经打下深刻的或者肤浅的世界观的坚实基础。我们的世界观在以后的时间里会得到拓展和完善,但在本质上是不会改变的了。㊀

㊀ 译文出自《人生的智慧》,叔本华著,韦启昌译。——译者注

家中的叔本华爸爸和妈妈

叔本华的爸爸海因里希·叔本华是个怎样的人呢？他坚强、阴郁、压抑、不屈、骄傲。据说，早在1783年，也就是叔本华出生前5年，但泽被普鲁士人封锁了，食物和粮草都极为匮乏。叔本华一家被迫在乡下的庄园里接待一位敌军将领。作为奖赏，这位普鲁士军官答应给海因里希使用军队粮草的特权。海因里希是如何答复的呢？"我的马厩目前粮草充足，先生。等哪一天断粮了，我就把马杀了。"

叔本华的妈妈乔安娜呢？她浪漫、可爱、活泼，富有想象力，但轻浮。虽然1787年全但泽的人都认为海因里希和乔安娜的结合是一门上好的亲事，事实却证明这是一段悲剧性的孽缘。乔安娜的娘家姓特罗泽纳，一家出身贫寒，长期以来一直对高高在上的叔本华家怀有敬畏之情。因此，当38岁的海因里希前来向17岁的乔安娜求爱时，特罗泽纳全家兴高采烈，乔安娜便默许了她父母的选择。

乔安娜承认她的婚姻是个错误吗？多年后，她在文章中为其他面临婚姻抉择的年轻女性敲了一记警钟："显赫、地位和头衔对年轻女孩的心施加了太过诱人的魔力，诱使女性纷纷结婚……踏出了这错误的一步，余生都将为之遭受最严厉的惩罚。"

"余生都将为之遭受最严厉的惩罚"，这是来自叔本华母亲的严词警告。她曾在日记中吐露，在海因里希向她求爱之前，她曾有过一段初恋，但命运夺走了她的爱情，她是以一种听天由命的态度接受海因里希·叔本华的求婚的。她有选择的余地吗？多半是没有。这种典型的18世纪权宜婚姻是由她的家庭出于财产和地位的考虑安排的。他们之间有爱情吗？海因里希和乔安娜之间根本没有爱情可言，从来就没有过。后来，她在回忆录中写道："他既没有要求我，我也没有假装自己有多爱他。"家中的其他成员也一样没能得到丰盛的爱——年幼的亚瑟·叔本华没有，小他9岁的妹妹阿黛尔也没有。

父母对孩子的爱源于父母之间的爱。我们偶尔会听到这样的故事，父母之间的爱太过强烈，耗尽了他们对整个家应有的爱，只把爱的灰烬留给了孩子。但是，这种零和的爱情经济模式根本说不通。反之似乎才是正确的，一个人爱得越多，就会以越多的爱来回应孩子，甚至所有人。

亚瑟·叔本华缺爱的童年严重影响了他后来的人生。被剥夺了母爱纽带的孩子常常无法建立起爱自己、相信自己会被他人所爱及热爱生命所必需的基本信任。成年以后，他们变得与人疏远，退缩到自己的世界里，人际关系常常很敌对。正是这样的心理世界从根本上影响了亚瑟·叔本华的世界观。

THE
SCHOPENHAUER
CURE

第七章

如果我们从微小的细节去看生命，会觉得一切都是那么可笑。就像在显微镜下观察一滴水，里面挤满了原生动物，我们会嘲笑它们急于奔忙，彼此争斗。无论在这滴水里，还是在人类短暂的一生当中，这一可怕的活动都带有同样的喜剧色彩。

第七章

　　差5分钟7点，朱利亚斯敲掉海泡石烟斗里的灰，走进图瓦永厅的礼堂。他在第4排靠近侧廊的位置坐下，环顾着这间圆形的阶梯教室——从讲台所在的第1层开始，整整20排座椅，一路向上陡升。200个座位中大部分是空着的；其中30个左右是坏的，缠着黄色的塑料绳。两个流浪汉带着一沓捡来的报纸四仰八叉地霸占了最后一排座椅。30个左右的座位上坐着一些不修边幅的学生，零零散散地分布在各排，唯独空出了前3排。

　　朱利亚斯心想，这就跟在治疗团体里一样，没有人喜欢坐在带领者旁边。在那天早些时候的团体会谈上，他两边的座位也被故意留出来给迟到的成员，他还开玩笑说，看来迟到的惩罚就是挨着他坐。朱利亚斯想起团体治疗圈有一个关于座位的说法：最依赖的人会坐在带领者的右边，而最偏执的那位则坐在带领者正对面。但是，根据他的经验，不愿意坐在带领者旁边才是唯一可循的规律。

　　像图瓦永厅这样简陋失修的建筑在整个加利福尼亚海岸学院的校区里随处可见。这所学校的前身是一所商科夜校，后来被简单地扩建和升级为一所本科大学，如今显然已经进入了无人管理、杂乱无章的状态。在来的路上，朱利亚斯步行穿过令人讨厌的田德隆区，竟发现学校里那些邋里邋遢的学生和社区里四处可见的流浪汉几乎没两样。在这种环境里教书，什么样的教师才会不自暴自弃呢？朱利亚斯渐渐开始理解菲利普为何要转行从事临床工作了。

　　他看了看表，7点整。不出所料，菲利普准时步入礼堂，一身典型的教授打扮——卡其裤，格子衬衫，一件褐色灯芯绒夹克，肘部有补丁装饰的那款。他从一个磨损严重的公文包里拿出讲稿，连看都不看一眼观众就直接开讲了：

今天讲《西方哲学概论》第18讲，亚瑟·叔本华。今晚我将采用不同的方式，更加间接地追踪我们的研究对象。如果我一开始没有条理，请你们暂时忍耐，我保证会很快回到主题。现在就让我们先来看一看历史上一些伟人的首次亮相吧。

菲利普扫了一眼观众，想看看有没有人点头表示理解，无奈一个也没有。他用食指示意离他最近的一个学生上台来，又指了指黑板，接着口头拼出了三个单词——"desultory"（没有条理）、"forebearance"（忍耐）、"debut"（首次亮相），并做了解释，由那位学生在黑板上一笔一画地做着听写。任务完成后，学生正打算返回自己的座位，不料菲利普却指着第一排的一个座位，示意他在那里就座。

来说说伟人们的初次亮相吧。相信我，你们很快就会明白我以这种方式开场的用意。想象一下莫扎特9岁时在大键琴上的完美演奏，震惊了整个维也纳宫廷。或者，如果莫扎特没能引起你们的共鸣（他说着露出了一丝不易察觉的微笑），那就想象一些你们更为熟悉的人物，比如19岁的披头士乐队首次向利物浦的听众演奏他们的作品。

还有一些惊艳的首次亮相，其中就包括约翰·费希特[○]的那次不寻常的崭露头角。（此时他又提示那位学生上来在黑板上写下"费希特"三个字。）你们有谁记得他的名字？我们上一讲讨论了18世纪末19世纪初继康德之后出现了几位伟大的德国唯心主义

[○] 约翰·戈特利布·费希特（Johann Gottlieb Fichte, 1762—1814），德国作家、哲学家、爱国主义者，是古典主义哲学的主要代表人之一。——译者注

第七章

哲学家,有黑格尔[一]、谢林[二]和费希特。这其中,费希特的生平和亮相最为引人注目,因为他最初不过是德国一个叫拉梅诺的小村子里的一个贫穷的、没受过教育的牧鹅人,当地唯一出名的就是牧师每周日激动人心的布道。

一个星期天,村里来了一个有钱的贵族,他来晚了没赶上听布道。正当他一脸失望地站在教堂门口,一位上了年纪的村民上前来告诉他不必绝望,年轻的鹅倌儿约翰可以再为他讲一遍。村民把约翰找来,他果然把布道一字不差地复述了一遍。男爵为这位年轻鹅倌儿惊人的记忆力所折服,于是资助了约翰的教育,并安排他到普弗塔学校就读。普弗塔是一所著名的寄宿学校,后来许多著名的德国思想家都就读于此,包括我们下一讲的主题,弗里德里希·尼采。

约翰从寄宿学校到大学一路保持着优秀的成绩。后来,他的赞助人去世了,约翰失去了经济来源,只好到一个德国人家里当家庭教师,教一个年轻人学习康德的哲学。当时他还未曾读过康德,但很快他就被康德非凡的思想深深地迷住了。

说到这里,埋头看讲义的菲利普突然抬起头来,打量着听众。他没有发现任何人眼睛里闪烁着听懂了的光芒,便再次示意那位学生在黑板上写下了"康德"两个字,并对着听众不满地嘘声说道:

[一] 格奥尔格·威廉·弗里德里希·黑格尔(Georg Wilhelm Friedrich Hegel,1770—1831),德国哲学家,略晚于康德,是德国19世纪唯心论哲学的代表人物之一。——译者注

[二] 弗里德里希·威廉姆·约瑟夫·谢林(Friedrich Wilhelm Joseph Schelling,1775—1854),德国哲学家。——译者注

喂，有人在听吗？康德，伊曼努尔·康德，康德，康德，还记得吗？上周我们花了两个小时的时间专门讨论他，记得吗？康德和柏拉图是世界上两位最伟大的哲学家。我向你们保证，期末考试必考康德。啊哈，这就对了……我看见有人醒过来了，有一两双眼睛睁开了，有人开始动笔了。

好，我刚才讲到哪儿了？哦，对了，鹅倌儿。紧接着费希特又在华沙谋得了一份家庭教师的工作，身无分文的他只能走着去，好不容易走到了，却被对方拒绝了。考虑到华沙离康德的家乡哥尼斯堡只有几百英里，他决定步行前往拜见大师本人。两个月后，他终于到了哥尼斯堡。他冒昧地找上门，却没能得到康德的接见。康德的生活作息很有规律，不喜欢接待不速之客。我上周已经向你们描述过他生活作息的严谨性，简直精确到镇上的人能根据他每天散步的时间来为钟表对时。

费希特猜想自己被拒绝的原因是没有推荐信，为了能得到康德的接见，他决定写封信去毛遂自荐。就这样，他的第一篇手稿，著名的《试评一切天启》(*Critique of All Revelation*) 在一次非凡的创作能量大爆发中诞生了。他在文章中应用康德的伦理观和责任观对宗教进行了诠释。康德对这部作品印象深刻，不仅同意与他会面，还鼓励他出版这部作品。

由于一些莫名其妙的操作失误，也可能是出版商的营销策略，这部作品最终是以匿名的形式出版的。作品非常出色，以至于评论家和读者都误以为是康德本人的新作。最终，康德不得不发表声明，称这部优秀手稿的作者不是他，而是一位非常有才华的年轻人，名叫费希特。康德的赞誉为费希特在哲学上的发展提供了保障，一年半后，他被聘为耶拿大学的教授。

第七章

菲利普再次抬起头来，一脸的欣喜若狂，不自然地朝空中挥了一下拳头，激动地说："这就是我所说的初次亮相！"没有一个学生抬起头来，貌似没有人注意到菲利普短暂而尴尬的热情表现。对此菲利普并没有表现出灰心丧气，而是泰然自若地接着说道：

接着再来看一些你们更感兴趣的——体育明星的初次亮相。应该没人会忘了这些人的初次亮相——克里斯·埃弗特[一]、特蕾西·奥斯汀[二]、十五六岁就夺得职业网球锦标赛大满贯的张德培[三]、象棋神童鲍比·费舍尔[四]和保罗·摩菲[五]，还有11岁就赢得古巴国际象棋冠军的何塞·拉乌尔·卡帕布兰卡[六]。

最后，我想来谈一谈文学界的处女作，有史以来最辉煌的文学处女作，一个20多岁的年轻人，以一部宏伟的小说在文坛上大

[一] 克里斯·埃弗特（Chris Evert, 1954— ），美国著名女子网球运动员，首位登上WTA单打排名第一的选手，曾经18次夺得网球大满贯女子单打冠军，其中包括创纪录的7次法国网球公开赛女单冠军。——译者注

[二] 特蕾西·奥斯汀（Tracy Austin, 1962— ），美国著名女子网球运动员，三年里两度问鼎美网。——译者注

[三] 张德培（Michael Chang, 1972— ），美籍华裔网球选手，1989年以17岁的年龄和15号种子选手的身份夺得法国网球公开赛的男单冠军，这个大满贯赛男单夺冠的最小年龄纪录一直保持至今。——译者注

[四] 鲍比·费舍尔（Bobby Fischer, 1943—2008），美国国际象棋棋手，国际象棋世界冠军。15岁获得男子特级大师称号，成为当时国际象棋史上最年轻的特级大师。——译者注

[五] 保罗·摩菲（Paul Morphy, 1837—1884），美国国际象棋手。6岁学棋，12岁时被誉为国际象棋神童，19岁战胜所有美国大师，20岁获美国首届冠军，21岁战胜欧洲各国所有强手。被誉为当时世界上最为杰出的国际象棋大师之一。——译者注

[六] 何塞·拉乌尔·卡帕布兰卡（José Raoul Capablanca, 1888—1942），古巴国际象棋手，1921～1927年的国际象棋世界冠军。——译者注

放异彩……

说到这里，为了制造出一种悬念，菲利普停了下来。他抬起头，脸上洋溢着自信的光芒。很显然他对自己正在做的事相当有把握。朱利亚斯难以置信地望着他。菲利普到底在等什么？难道是等着学生们好奇地坐立不安，喃喃自语着"究竟这位文学奇才是谁"吗？

坐在第五排座位上的朱利亚斯转过头来扫视着整个礼堂：学生们个个目光呆滞，瘫坐在椅子上，或乱涂乱画，或聚精会神地看报纸，或玩填字游戏。在他的左边，一个学生横躺在两张椅子上睡得正香；在他的右边，两个学生在这排座椅的尽头忘情地拥吻。就在他正前方的那排座位上，两个男生用手肘互相推了推，回头朝教室后面不怀好意地向上瞟着，八成是在看后排某个女生的裙底。尽管好奇，朱利亚斯还是没有跟着回头去看个究竟，而是把注意力转回到了菲利普身上。菲利普继续侃侃而谈：

这位奇才是谁呢？他就是托马斯·曼[⊖]。当他像你这么大的时候，是的，像你这么大的时候就开始创作他的巨著了，年仅26岁就出版了这部名叫《布登勃洛克一家》（*Buddenbrooks*）的杰出小说。托马斯·曼，我真的热切希望你们能知道，他后来成为20世纪文坛的一位杰出人物，并获得了诺贝尔文学奖。（此时菲利普又指示那位负责板书的学生听写了"曼"和"布登勃洛克一家"两个词。）于1901年出版的小说《布登勃洛克一家》，描写的是一个

⊖ 托马斯·曼（Thomas Mann，1875—1955），德国小说家和散文家，1929年获得诺贝尔文学奖。——译者注

第七章

经历了四代人的德国名门望族的兴衰史。

那么,这和哲学又有什么关系呢?和今天这一讲的主题又有什么关系呢?正如我之前保证过的,虽然有点跑题,但一切都是为了更有力地回归主题。

这时朱利亚斯听到礼堂里一阵沙沙作响,还伴有脚步声。朱利亚斯正前方那两个用手肘推来推去的偷窥者大大咧咧地收拾好东西离开了教室。在这排座椅尽头拥吻的那对情侣也走了,甚至连被指定负责板书的那位同学也不见了。

菲利普继续说道:

对我而言,《布登勃洛克一家》最值得注意的段落出现在小说的最后,就是那段关于男主人公,一家之主老托马斯·布登勃洛克临终前的描写。一个20出头的年轻作家对生命终结的问题有着如此深刻的见解和如此敏锐的洞察力,这着实令人震惊。(此时菲利普举起那本破旧的书,嘴角掠过一丝淡淡的微笑。)我推荐所有面临死亡的人都去读读这一部分。

此时朱利亚斯听到了划火柴的声音,原来是两位学生一边点着烟一边走出了礼堂。

当死神前来认领他时,托马斯·布登勃洛克感到困惑并陷入了绝望。他的信仰体系没有一样能给他带来安慰——早已无法满足他形而上需求的宗教观做不到,他世俗的怀疑主义和唯物主义的达尔文主义倾向也不行。用托马斯·曼的话说,没有任何东西能给这位垂死之人"在死亡不断逼近的敏锐的目光中哪怕一个小时的平静"。

此时，菲利普抬起头来提醒道：

接下来发生的事情非常重要，由此，我要开始接近今晚这一讲的主题了。

绝望之际，托马斯·布登勃洛克偶然从他的书柜里抽出一本廉价的、快要散开的线装哲学书，那是几年前在一个旧书摊上买的。读着读着，他很快就平静了下来。就像托马斯·曼在书里所写到的，他对"一个优秀的头脑是如何掌控这个名为生命的残酷弄人的东西"这件事大为惊叹。

这本哲学书的清晰卓见令这位垂死之人如痴如醉，他头也不抬地连看了好几个小时。当读到题为"论死亡及其与永生的关系"这一章节时，他感觉句句深入人心，更是如饥似渴地不停往下看，仿佛是在为自己的生命而读。读完之后，托马斯·布登勃洛克已彻底变了个人，他找到了生命中前所未有的安慰与平静。

这位垂死之人究竟发现了什么？（这时，菲利普突然切换成一种神谕般的口吻说道。）现在听好了，朱利亚斯·赫茨菲尔德，因为这很可能对人生的期末考试非常有用。

突然被人在这样的公开演讲中直呼其名，朱利亚斯不禁大为震惊，他猛地坐直了身子，紧张地环顾四周，这才惊讶地发现礼堂里早已空无一人，就连那两个流浪汉也走了。

菲利普似乎对此毫不在意，他用他那平静的声音继续说道：

第七章

下面我来读一段《布登勃洛克一家》里的文章。(他打开一本破烂的平装书。)你的作业就是认真阅读这本小说,尤其是第九部分。你会发现它有多么宝贵——远比试图提取患者久远的记忆要有价值得多。

"我可曾想过让自己的生命在儿子身上延续?在一个比我更软弱、更摇摆、更胆怯的人身上继续活着?多么盲目、幼稚、愚蠢的想法!儿子又能为我做些什么呢?我死后又会去向哪里?啊,答案是那么清晰。我将与过去的我、现在的我或将来的我共存,尤其是那个活得最充实、最强大、最快乐的我!……我可曾憎恨过生命,纯粹、强大、坚韧的生命?多么愚蠢而错误的想法!我恨只恨自己无法继续承载生命。我爱你们所有这些有福之人,很快,再过不久,我将卸下自身狭隘的枷锁,不再与你们隔绝。那个爱你们的我的灵魂,将自由自在地与你们所有人同在。"

菲利普把书本合上,继续读他的讲义。

那么,究竟是谁写了这本彻底转变托马斯·布登勃洛克人生态度的书呢?托马斯·曼并没有在小说中透露作者的姓名,但40年后,他以一篇精彩的文章说明了那本书的作者正是亚瑟·叔本华。他接着描述了自己如何在23岁时第一次体验到阅读叔本华的巨大乐趣。他形容叔本华的文字是"如此始终如一的清晰、全面,语言表达如此强而有力,优雅精妙、精准贴切,如此才华横溢、活泼而又严谨。这在德国哲学史上是绝无仅有的"。又描述叔本华的思想是"激昂的,震撼的,在强烈的对比间摇摆,在本能和理性间拉锯,在激情和救赎间游走"。可见他不仅完全因叔本华的文字魅力而陶醉，同时也被他的思想精髓深深地吸引。托马斯·曼当时就做了决定，叔本华的文字与思想太有价值了，他不能私藏，于是立刻毫无保留地把它献给了他小说里那位苦难的主人公。

除了托马斯·曼，还有许多其他伟大的思想家也承认自己从亚瑟·叔本华身上获益良多。托尔斯泰称叔本华为"出类拔萃的天才"。对理查德·瓦格纳㊀来说，叔本华是"天赐的礼物"。尼采说，自从他在莱比锡一家二手书店买了一本破破烂烂的叔本华著作后（用他的话说就是"让那个既活跃又沉闷的天才为我的思想做工"），他的人生就完全改变了。叔本华彻底改变了西方世界的知识版图，如果没有他，我们就无法拥有如此伟大的弗洛伊德、尼采、哈代㊁、维特根斯坦㊂、贝克特㊃，易卜生㊄，康拉德㊅。

㊀ 威廉·理查德·瓦格纳（Wilhelm Richard Wagner，1813—1883），德国作曲家、剧作家、指挥家、哲学家。——译者注

㊁ 托马斯·哈代（Thomas Hardy，1840—1928），英国诗人、小说家，代表作有《德伯家的苔丝》《无名的裘德》《还乡》和《卡斯特桥市长》等。——译者注

㊂ 路德维希·维特根斯坦（Ludwig Wittgenstein，1889—1951），出生于奥地利，后入英国籍。哲学家、数理逻辑学家。语言哲学的奠基人，20世纪最有影响的哲学家之一。——译者注

㊃ 塞缪尔·贝克特（Samuel Beckett，1906—1989），爱尔兰作家，创作的领域包括戏剧、小说和诗歌，是荒诞派戏剧的重要代表人物，1953年凭借《等待戈多》声震文坛，1969年获得诺贝尔文学奖。——译者注

㊄ 亨利克·易卜生（Henrik Ibsen，1828—1906），挪威戏剧家，欧洲近代戏剧的创始人，现实主义戏剧的杰出代表，著有诗剧《彼尔·英特》(1867)，社会悲剧《玩偶之家》(1879)等，其象征性剧作《野鸭》(1884)、《当我们死而复醒时》(1899)等反映其"精神死亡"的思想。——译者注

㊅ 约瑟夫·康拉德（Joseph Conrad，1857—1924），英国作家，擅长写海洋冒险小说，有"海洋小说大师"之称。——译者注

第七章

菲利普从怀里掏出一只怀表,仔细端详了一会儿,然后一本正经地说:

现在我们来对叔本华的介绍做一个总结。由于他的哲学博大精深,无法简单概述,因此,我选择去激发你们的好奇心,希望你们能仔细阅读课本里长达60页的那一章。我想把这最后的20分钟留给观众提问和讨论。听众有问题要问吗,赫茨菲尔德医生?

朱利亚斯被菲利普的语气弄得心烦意乱,他又一次扫视了一下空荡荡的礼堂,然后轻声说道:"菲利普,你没发现听众们已经都走光了吗?"

"什么听众呀?你是指那些所谓的学生吗?"菲利普轻蔑地摆了摆手,表示根本没把他们放在眼里,他们的到来和离去对他没有丝毫影响。"而你,赫茨菲尔德医生,才是我今天的听众。这堂课本来就是为你一人准备的。"菲利普说道。在一个空旷的礼堂里对着10米开外的人说话,他竟丝毫不觉得尴尬。

"好吧,我上钩了。为什么你今天的听众是我?"

"你想想看,赫茨菲尔德医生……"

"我宁愿叫我朱利亚斯。如果我管你叫菲利普,并猜想你不会介意,那么你就应该叫我朱利亚斯才对。啊,这句话我仿佛说过。我清楚地记得我很久以前就说过'请叫我朱利亚斯,我们并不陌生'。"

"我从不对客户直呼其名,因为我是他们的专业顾问,而不是朋友。但是,既然你要求,那我就叫你朱利亚斯吧。我重新开始吧。你问我为什么把你作为唯一的目标听众。我的回答是,我只是在回应你的求助。想想看,朱利亚斯,你以回访为理由要求见我,而其实这个请求里还包含有其他的请求。"

"是吗?"

"是的。让我详细分析一下这件事。首先,你的声音里有一种紧迫感。这表示我们的见面对你来说特别重要。很显然,你要求见面并不是单纯出于对我工作情况的好奇。是的,你还另有所图。你提到,你的健康受到了威胁,对于一个65岁的人来说,这多半意味着你正面临死亡。因此,我只能猜想你很害怕,正在寻求某种安慰。于是我便用今天的讲座来回应你的请求了。"

"菲利普,你这个回应太拐弯抹角了。"

"并没有比你的请求来得更拐弯抹角,朱利亚斯。"

"说的好!可是,我记得你从不在乎拐弯抹角。"

"我现在已经可以做到了。你向我请求帮助,我就把你介绍给一个对你最有帮助的人。"

"所以你的目的就是通过描述托马斯·曼小说里垂死的布登勃洛克是如何从叔本华那里得到慰藉的,以此来给我安慰吗?"

"完全正确。但我提供给你的这些仅仅是开胃菜而已,先让你尝一尝味道。而我作为你学习叔本华的向导,会继续为你提供丰盛的大餐。并且,我还有一个建议。"

"什么建议?菲利普,你又有什么惊喜,你已然成功地激起了我的好奇心。"

"我已经完成了咨询师⊖项目的课程学习,并且满足取得加利

⊖ 原文为"counselor",此处"咨询师"指心理咨询师或治疗师。——译者注

第七章

福尼亚咨询执照的所有其他条件，只差 200 个小时以上的专业指导了。我当然可以继续以临床哲学家的身份执业，这个领域并不受国家的监管，但咨询师的执照能给我带来很多好处，包括购买医疗事故保险和更有效地推销自己。我不像叔本华，我既没有独立的经济来源，也没有任何可靠的学术支持。另外，你也亲眼看到了，这所破大学里的蠢蛋们对哲学根本不感兴趣。"

"菲利普，我们为何要继续这样隔空喊话？讲座已经结束了。你何不坐下来，以一种放松的方式继续谈论？"

"当然可以。"菲利普整理好讲稿，塞进公文包，慢慢走到前排的座位坐下。他们虽然比刚才离得近了些，但中间仍隔着四排座位，菲利普不得不费劲地扭过头去才能看见朱利亚斯。

"所以，我猜你打算和我交换条件——我指导你，你教我叔本华，对吗？"朱利亚斯轻声问道，终于不用再扯着嗓子喊了。

"没错！"菲利普转过头去，尽管仍够不到与朱利亚斯对视的角度。

"你考虑过这个计划的实施细节吗？"

"我已经想了很多，事实上，赫茨菲尔德医生……"

"朱利亚斯。"

"对，对，朱利亚斯，我想说的是，几个星期来，我一直在考虑打电话请你做我的导师，但又迟迟不敢打，主要是出于经济原因。所以，当我接到你的电话时，这个惊人的巧合着实让我大吃一惊。至于细节方面，我建议我们每周见一次面，把时间分成两半，一半时间由你为我的患者提供专家意见，另一半时间由我来指导你学习叔本华。"

朱利亚斯闭上眼睛，陷入了思考。

菲利普等了两三分钟后说道:"你对我的提议怎么看?虽然我确定没有学生会来,但按照课表我课后还得在办公室接受学生来访,所以必须回行政大楼去。"

"嗯,菲利普,这可不是一个普通的提议,我需要多一点的时间来考虑。我们这周晚些时候再见吧。我星期三下午休息。你四点钟有空吗?"

菲利普点点头。"我星期三下午三点以后有空。我们在我的办公室见面可以吗?"

"不,菲利普,这次来我的办公室。就在我家里,太平洋大道249号,离我以前的办公室不远。这是我的名片。"

朱利亚斯日记节选

菲利普在讲座结束后提出的互相指导的建议令我大吃一惊。一个人居然这么快就又回到了另一个人熟悉的力场!就像梦境中的状态依赖记忆(state-dependent memory)一样,梦境中奇怪的熟悉感会提醒你,在其他梦境中,你也曾去过同样的地方。

同菲利普在一起也是如此。只同他在一起待了一小会儿,很快地,我对他的深刻记忆和一种特殊的由菲利普引发的精神状态,瞬间重现了。他是如此傲慢、自负、冷漠的一个人。但我仍然被他身上某种说不清楚是什么的强烈特质所吸引。是他的才学吗?是他的高傲和超凡脱俗,外加无可救药的天真吗?22年过去了,他居然一点没变。不,并不是完全没变!他已摆脱了性欲的强迫,不再被迫终日四处搜寻女性。他已经达到了自己过去向往的更高境界。他还是爱操控别人——这一点依然如故,并且表现得淋漓尽致,他却不自知。他一手安排了所有事,包括我该如何欣然接

第七章

受他的提议，该如何用我的 200 个小时来换取他对我的叔本华辅导，并且厚颜无耻地把一切说得仿佛是我提出的，是我想要的，而且是我需要的。不可否认我对叔本华有一点点感兴趣，但是与菲利普相处几百个小时，一起了解和学习叔本华并不是我现在想要做的事。况且，如果他读的那段关于垂死的布登勃洛克的片段就是叔本华能给我的最好的帮助，那他并没有打动我。关于重新与宇宙合一之后，我的存留、我的记忆和我的独特意识将不复存在的这一说法，简直是最冷酷的安慰。不，这根本就算不上什么安慰。

除此之外，究竟是什么吸引了菲利普呢？这又是另一个问题了。他之前贬损我，说在我这里治疗白白浪费了他两万美元，或许他还想着从我这里要回一些投资的回报吧。

指导菲利普？使他成为合法的正规治疗师？这是一个令人进退两难的问题。我究竟想不想帮助他入行？如果我不相信一个愤世嫉俗的人（比如菲利普）能够帮助别人成长，我还愿不愿意支持他？

THE
SCHOPENHAUER
CURE

第

八

章

启示、预言、至高的尊荣与显赫……可以在幼童柔软的心里深深地烙上它的印记，几乎成了人们与生俱来的观念。

第八章

风平浪静的幼年时期

乔安娜在日记中写道，亚瑟1788年2月出生后，她像所有年轻的新手妈妈一样，对她的"新娃娃"爱不释手。但这种新鲜感很快就消失了。几个月后，乔安娜厌倦了她的新玩具，在但泽的无聊和孤寂中日渐憔悴。她心里渐渐萌生出某种念头——她总是模糊地感觉，生儿育女并不是自己真正的命运，还有另一个未来在等着她。她在叔本华乡下的庄园里度过的每一个夏天都特别难熬。尽管海因里希每周都和牧师一起前来陪她过周末，其余时间都是乔安娜独自带着亚瑟与仆人们一起度过的。出于强烈的嫉妒心，海因里希禁止妻子以任何理由外出或在家招待邻居。

亚瑟5岁那年，他们一家面临巨大的压力。那一年，但泽遭普鲁士吞并，就在那位当年被海因里希羞辱过的将军率部队抵达之前，叔本华全家逃到了汉堡。1797年，乔安娜在这个陌生的城市生下了她的第二个孩子——阿黛尔，从此陷入了更深的困顿与绝望。

海因里希、乔安娜、亚瑟、阿黛尔——父亲、母亲、儿子、女儿，这四个被命运捆绑在一起的人，内心却毫无联结。

在海因里希眼里，年幼的亚瑟与虫蛹无异。他注定要破茧而出，成为叔本华家族企业的未来领袖。海因里希和叔本华家族历代的父亲一样。他一味经商，对儿子不管不顾，一心只打算在亚瑟的童年一结束便立即行动起来，承担起父亲的责任。

至于妻子，海因里希对她又有什么计划呢？她是叔本华家族的种子荚和摇篮。她极其重要，必须被很好地控制、保护和约束。

乔安娜本人又是什么感觉呢？她感觉自己被困住了。嫁给海因里希，被他供养，就是她这辈子最致命的错误。他的无趣使她如坐牢笼，他的冷酷让她活力殆尽。至于儿子亚瑟呢？他岂不也是这陷阱的一部分，就像她棺材上的封条吗？乔安娜才华横溢，渴望表达，渴望实现自我。随着这种渴望以惊人的速度滋长，儿子亚瑟已远远补偿不了她的自我牺牲。

她的小女儿呢？海因里希几乎从未注意过阿黛尔。她是这出家庭戏剧里一个微不足道的小角色，注定要以乔安娜·叔本华助理的身份度过她的一生。

叔本华一家就这样各自走上了不同的人生道路。

父亲，由于不堪焦虑和绝望的重负，缓缓走向死亡。在亚瑟16岁那年，他爬上他们家仓库高高的货窗，纵身跳入汉堡运河冰冷的水中。

母亲，在海因里希纵身一跃的瞬间跳脱了她婚姻的牢笼。她一脚踢开汉堡的煤污，像风一般飞奔到魏玛，很快就在那里创建了德国最活跃的文学沙龙之一。在那里，她成了歌德等一帮杰出文学家的挚友，创作了十多部畅销的浪漫小说，其中大多是关于被迫进入婚姻的女性因继续渴望爱情而拒绝生育的故事。

至于年轻的亚瑟·叔本华，他最终成长为有史以来最聪明的人之一。作为世上最绝望、最厌世的人之一，他在55岁时写下了这么一段话⊖：

> 对于知道真相的人来说，这些小孩有时就像是无辜的少年犯：虽然他们并非被判了死刑，而是被判了要生活下去，但对于这一判决的含义，这些小孩并不明白。尽管如此，每个人都想活至高龄，亦即进入这样的状态："从今以后，每况愈下，直到最糟糕的一天终于来临。"

⊖ 译文出自《叔本华思想随笔》，叔本华著，韦启昌译。——译者注

THE
SCHOPENHAUER
CURE

第九章

在无穷无尽的空间里有无数发光的球体，每一个球体周围都环绕着数十个更小的被照亮的球体，它们灼热的核心外面是冰冷的硬壳，一层发霉的薄膜覆于表面，孕育出了生命体和意识体……

朱利亚斯位于太平洋高地的房子宽敞宏伟，以现在的房价，他是绝对买不起这偌大的一所房子的。他是旧金山为数不多的在30年前就幸运地买了房的百万富翁之一。由于妻子米里亚姆当年继承了一笔3万美元的遗产，他们才得以买下这幢房子。过后房价就一路飙升，使得这笔投资比他们夫妻俩的任何一笔投资都要成功。米里亚姆去世后，朱利亚斯觉得一个人不必住这么大的房子，曾考虑出售，最终还是决定把房子的一楼改成了自己的诊所。

房子的前面是一个高出路面四级台阶的平台，以蓝色瓷砖喷泉装饰。左侧的几级台阶通向朱利亚斯的办公室，右侧则是一段较长的楼梯通往他的家。菲利普在约定的时间准时到达。朱利亚斯到门口迎接他，把他引进办公室，并指示他坐在那把红褐色的皮椅上。

"想喝点什么，咖啡还是茶？"

菲利普没有环顾四周就径直坐下了，完全忽略朱利亚斯的询问，迫不及待地开口问道："我在等你关于指导计划的决定。"

"啊，又来了，总是这么直奔主题。做这个决定让我很为难，有许多问题想不明白。你的请求本身就很矛盾，彻底把我给弄糊涂了。"

"毫无疑问，你想知道，我既然完全否定了你作为一名治疗师的专业能力，为何又来请你指导？"

"完全正确。你已非常清楚地表明，我们的治疗是一个巨大的失败，浪费了你3年的时间和一大笔钱。"

"这并不矛盾。"菲利普立即反驳道，"一个治疗师即使有一两次治疗不成功，也仍然可以成为一名称职的治疗师和督导。研究表明，对每个治疗师来说，都有大约1/3的患者是无法成功治愈

第九章

的。此外，不可否认，我的固执和僵化也是造成治疗失败的重要原因。你唯一的错误就是采用了不适合我的治疗方式，而且坚持了太久。不过，我并不是没有注意到你为我所做的努力和表现出来的兴趣。"

"说得不错，菲利普，逻辑上是对的。但是，向一个没给过你任何帮助的治疗师求教这件事仍然说不通。真该死，换作我，一定会另请高明。我总感觉另有原因，一些你不肯说的原因。"

"我或许应该适当地收回一些曾经说过的话。说我没有从你那里得到任何帮助并不完全准确。你确实说了两句让我无法忘怀的话，这两句话可能对我的康复有一定的帮助。"

菲利普没再往下说。有那么一会儿，朱利亚斯感到十分恼火，因为自己不得不再三询问才能获得更多的细节。难道菲利普真的幼稚愚蠢到以为他对此不感兴趣？最终，他还是让步了，问道："是哪两句话？"

"嗯，第一句话听起来不怎么样，但作用却不小。我一直都在跟你描述我典型的夜生活——你知道的，就是出去随便勾搭一个女人，和她共进晚餐，然后回房间重复上演那一套屡试不爽的香艳戏码。我曾问过你对我的夜生活有何看法，是否令人反感或不道德。"

"我不记得当时是如何回答的了。"

"你当时回答，既没有反感也没觉得不道德，只是无聊透顶罢了。我才如梦初醒，原来自己日复一日地过着如此无聊的生活。"

"啊，有意思。这就算一句了。另外一句呢？"

"我们有一次在讨论墓志铭。我忘了具体出于什么原因，只记得你问我会为自己选择什么墓志铭……"

"很有可能。每次谈话陷入僵局,需要些话题来激活,我都会用到这个问题。然后呢……?"

"嗯,你提议说我将来可以在墓碑上刻一句'他一生热衷于性交'。然后又补充说,既然这句话对我的狗也同样适用,索性就和狗共用一块墓碑吧。"

"这句话说得太重了。我真的说过这么刻薄的话吗?"

"刻不刻薄一点儿也不重要。重要的是这句话的效力和持久性。直到过了很久,大约十年后,它终于对我起效了。"

"延时生效的干预措施!直觉告诉我,这些措施远比我们认为的更重要。我一直想研究这个。但是,为了今天的目的,请告诉我,上次见面时,你为什么闭口不提,是不愿意承认我在某种程度上,虽然只是很小的程度上,对你有过帮助吗?"

"朱利亚斯,我看不出这和我们目前的问题有任何关系。我们目前的问题是你是否愿意当我的心理治疗督导,并且允许我做你的叔本华哲学导师这件事。"

"正因为你不认为它们有关系才使它变得更重要了。菲利普,我不想耍什么外交手段。坦白地说,我不确定你是否具备成为一名治疗师的基本条件,因此,我有点怀疑这个指导是否有意义。"

"你说我不'具备条件'?麻烦具体说明一下。"菲利普说话时没有表现出任何不自在。

"我这么说吧。我对心理治疗一直有一种使命感,它不仅是一种职业,更是一种关心他人的生活方式。我看不出你有足够的爱心。好的治疗师会想要帮人减轻痛苦,助人成长。但我在你身上看到的只有对他人的蔑视——看看你是怎么嫌弃和羞辱你的学生的。治疗师需要了解和体恤患者的感受,而你对此却毫不关心。

第九章

就拿我们俩来说吧。你从我给你打电话的内容猜到我得了绝症，可是你却从未对我说过一句安慰或同情的话。"

"说些空洞的表示同情的话难道就有用吗？我给你的帮助要多得多。我可是为你准备了整整一场讲座的内容呢。"

"我现在明白了。但这一切都太隐晦了，菲利普。这让我觉得自己是被操纵，而不是被关心。如果你能直接一点，能用心给我传达一些信息，对我会更好。其实这不需要你做什么了不起的大事，只需简单询问我的病情或心情，或者，天哪，甚至是很简单的一句'听说你要死了，我很难过'。这么做对你来说很难吗？"

"如果是我病了，我不会想听到这些话。我更需要叔本华那些用来面对死亡的工具、思想和远见——这正是我教给你的。"

"即使到了现在，菲利普，你还懒得去证实自己的假设，证实我是否得了绝症。"

"是我弄错了吗？"

"再试一次，菲利普。说出那句话，没关系的。"

"你说你有严重的健康问题，能跟我多说说吗？"

"不错的开始，菲利普。开放式的评论是目前最好的选择。"朱利亚斯停了下来，想了想该向菲利普透露多少。"嗯，我最近刚得知自己得了一种叫恶性黑色素瘤的皮肤癌，会对我的生命构成严重威胁，尽管医生向我保证，我应该还能健康地生活一年。"

"我现在更强烈地感到，"菲利普答道，"我在讲座中提到的叔本华式的观点对你很有价值。我记得你在为我治疗时曾说过，生命是一种'有永久解答的暂时状态'（temporary condition with a permanent solution）——这就是叔本华的哲学观点。"

"菲利普，那不过是句玩笑话。"

"大家都知道你的人生导师西格蒙德·弗洛伊德是怎么看待玩笑的[1]，不是吗？所以我的观点仍然成立，叔本华的智慧包含了很多对你有益的东西。"

"我还不是你的导师，菲利普，这还有待决定。但我可以先免费为你上一课《心理治疗第一讲》。在治疗中真正重要的不是观点，不是愿景，也不是工具。如果你在治疗结束时向患者征询疗程反馈，他们会记得什么？答案永远都不是观点，而是关系。他们不大会记得治疗师给出的重要见解，反而会深情地回忆和治疗师之间建立的私人感情。根据我大胆的猜测，其实你也一样。你为何把我记得那么牢，那么珍惜我们之间发生的一切，以至于这么多年过去了，还来找我当督导？这绝不仅仅是因为那两句话——听起来可能很煽情——不，我相信这是因为你我之间的某种纽带。我相信你可能对我有很深的感情，因为不管相处起来有多艰难，我们之间的关系都是有意义的，所以你现在又回头来找我，希望能得到某种形式的接纳。"

"大错特错，赫茨菲尔德医生……"

"是啊，是啊，错得太离谱了，只要一提到'接纳'，你就又马上回到正式的称呼上去了。"

"大错特错，朱利亚斯。首先，我想提醒你，不要错把你对现实的看法当作理所当然的真相，也不要错误地以为你的使命就是把自己的看法强加于人。你本人很渴望并重视人际关系，于是你错误地认为我，或者每个人，都必然如此。并主观地认为如果我不认同，就一定是压抑了对人际关系的渴望。"

---

[1] 弗洛伊德曾说过："没有所谓玩笑，所有的玩笑都有认真的成分。"——译者注

第九章

菲利普继续说道:"对于我这样的人来说,哲学方法似乎更可取。事实是,我和你本就是两种人。我从来没有从别人的陪伴中获得过快乐,他们的胡言乱语、他们的需求、他们短暂而琐碎的奋斗、他们毫无意义的生活在我看来都是累赘和障碍,妨碍了我与为数不多的几位伟人的交流,而与他们的交流才是真正有意义的。"

"既然如此,为什么要成为一名职业的治疗师呢?为什么不与伟人们同在?为什么要忙着为这些毫无意义的生命提供帮助?"

"假如我像叔本华那样可以靠遗产生活,我今天绝不会在这里。这完全是出于经济需要。教育的开销已花光了我的银行存款,教师这份职业收入微薄,加上学校濒临破产,我不确定自己能否被继续雇用。我每周只需要见几个客户就足够应付我的开支。我省吃俭用,除了能自由追求那些对我真正重要的东西,比如阅读、思考、冥想、音乐、下棋以及和我的狗'拉格比'一起散步,其他的我什么也不想要。"

"你还是没有回答我的问题。既然我的工作方式和你想要的完全不同,为何还来找我?我猜是我们过去的关系中的某种东西把你吸引到我这儿来了,你却不置可否。"

"我没有回应是因为这实在太离谱了。但既然这对你很重要,我将继续思考你这一猜测。不要认为我是在质疑基本人际关系需求的存在。叔本华就曾说过,两足动物(这是他的原话)都需要挤在火边取暖。不过他同时警告说,小心太多人挤在一起被烫伤。他喜欢豪猪,因为即使是挤在一起取暖,也会用它们的棘刺来保持各自的独立性。他珍视自己的独立,不依赖任何外界的事物来获得幸福。事实上不只他一个人这样想,其他一些伟人,如蒙田,也有同样的观点。"

菲利普继续说道:"我也怕两足动物,所以我赞同他的观察,一个快乐的人是一个能避开大多数同类独处的人。你难道不同意是两足动物把人间变成了地狱吗?叔本华认为'homo homini lupus',翻译过来就是'人是自食的狼'。我敢肯定,他给萨特的《禁闭》㊀带来了灵感。"

"说得好,菲利普。但这更加证实了我的观点——你可能不具备当治疗师的条件。你的观点完全没有触及友谊。"

"每次我主动接近别人,结果都丧失了一部分自我。我成年后就没有友谊,也不想建立任何友谊。你可能还记得,我是一个孤独的孩子,母亲冷漠,父亲不快乐,最终还结束了自己的生命。坦白地说,我从来没有遇到过对我感兴趣的人,不是因为我没试过。每次我试图交朋友,就有和叔本华一样的体会,他说他只发现了可怜的人、智力有限的人、坏心肠的人和卑鄙的人。我指的是活着的人,而不是那些已故的伟大思想家。"

"你也认识我呀,菲利普。"

"那是一种职业关系。我指的是社交接触。"

"你的行为已经把这些态度表现得淋漓尽致。你对人的蔑视和由此引起的社交技巧匮乏,就凭这两点,你在为别人治疗时还怎么可能与人互动?"

"我们在这一点上并没有分歧——关于提高社交技巧这一点,我同意你的观点。叔本华说,一点点的友好和温暖,就可以操纵

㊀ 《禁闭》(*Huis-clos*),法国作家萨特于1945年创作的戏剧,是萨特最具代表性的哲理剧,作品探讨个体与他人的关系问题,以戏剧的形式重申了他的存在主义观点。——译者注

第九章

人,就像在使用蜡之前要先将它加热至熔化。"

朱利亚斯站了起来,摇了摇头。他为自己倒了一杯咖啡,来回踱着步说:"蜡的使用不仅是一个糟糕的比喻,事实上,这是我听过的关于心理治疗的最糟糕的比喻,没有之一。你说话还真是毫不留情啊。顺便说一句,我仍然对你的朋友兼治疗师亚瑟·叔本华没有好感。"

朱利亚斯又坐了下来,抿了口咖啡,说:"我就不再问你喝不喝咖啡了,我猜你今天来除了我的答复之外,对什么都不感兴趣。既然你的目的那么明确,菲利普,我就开门见山了。我的决定如下……"

在整个谈话过程中,菲利普一直在回避他的目光,此时,他第一次直视着朱利亚斯。

"菲利普,你很聪明,又相当博学。也许你最终会找到一种方法来利用你的知识为心理治疗服务。也许你最终会做出一些真正的贡献。我希望如此。但你目前还不具备成为一名治疗师的条件。你的人际交往能力、敏感度和觉察力都需要提高——而且差的不是一点儿。但我想帮你。我失败过一次,如今有了第二次机会。你能把我当作你的盟友吗,菲利普?"

"让我完整地听完你的建议再回答这个问题吧,我感觉你的话已经到嘴边了。"

"天啊!好吧,听好了。我,朱利亚斯·赫茨菲尔德,同意做菲利普·斯莱特的导师,如果,且仅当,他先作为一个患者在我的心理治疗团体里待足六个月。"

菲利普第一次露出了惊讶的表情。他没有料到朱利亚斯会提出这样的条件。"你不是认真的吧?"

"绝对认真。"

"我告诉你我曾像老鼠一样在暗无天日的下水道里横冲直撞了这么多年,好不容易整理好了自己的生活。我告诉你我想以治疗师的身份谋生,因此我需要一个督导——这是我唯一需要的东西。相反,你却要给我我不想要也要不起的东西。"

"我再说一遍,你还没有准备好接受指导,还不具备成为一名治疗师的条件,但我认为,团体治疗可以解决你的缺陷。你首先得接受一段时间的团体治疗,然后,也只有到那时,我才能指导你。这就是我的条件。"

"你的团体治疗怎么收费?"

"不贵。一次70美元,进行90分钟。顺便说一句,即使缺席,也是要收费的。"

"一组有几个患者?"

"我尽量保持在7个左右。"

"7乘以70美元——那才490美元一个半小时。真是个有趣的商业冒险。你提供这样的团体治疗意义何在呢?"

"意义何在?我们一直在谈论什么来着?听着,菲利普,恕我直言,如果你不明白自己和他人之间的关系究竟是怎么一回事,又如何能成为一名治疗师?"

"不,不。这一点我明白。这个问题提得不够准确。由于我没有接受过团体治疗方面的培训,所以很想知道它是如何运作的。听一群陌生人集体描述他们在生活当中遇到的问题对我有什么益处?尽管如叔本华所说的,知道别人比你遭受更多的痛苦总是一种快乐,但一想到要听这么一出'痛苦大合唱',我还是不禁胆寒。"

第九章

"哦,你是想了解如何适应团体治疗,这个要求很合理。我特别重视为每一位新加入的成员提供情况介绍,这是每个治疗师都应该重视的。我来给你做个宣传吧。首先,我的方法是严格的人际交往模式。我会先假设这个群体的每一个成员,都因为在与人建立持续的关系方面存在困难……"

"可事实并非如此。我就不想要也不需要……"

"我知道,我知道。关于这个说法,你先迁就我一下,菲利普。我只是说,我假设这些人际交往困难是存在的——不论你同不同意,我都假设有这样一种情况。至于团体治疗的目标,我可以很明确地说,团体治疗就是为了帮助每个成员尽可能多地了解自己如何与团体中的每个成员相处,包括治疗师。我的治疗只针对此时此地的情况,菲利普,这是作为治疗师必须掌握的基本理念。换句话说就是,团体治疗的内容无关过去,只管现在。我们不必去深究每个成员的过去,只关注成员们当下的情况。针对'此地',指的是不去管成员们在其他关系中出了什么问题。我首先假设成员们会在团体中表现出和困扰他们的社交生活相同的行为,然后进一步假设,最终他们会把在团体中建立关系的体验推广到他们的外部关系中去。明白了吗?如果你愿意,我可以给你一些阅读资料。"

"现在清楚了。团体治疗有什么基本规则吗?"

"首先是保密性,不能对任何人说起团体里其他成员的事。其次是努力袒露心声,并诚实表达你对其他成员的看法。最后是任何交流都要在团体内进行。如果成员之间在团体以外有单独接触,必须把话题带回团体内共同讨论。"

"这就是唯一能使你同意指导我的途径?"

"完全正确。你希望我训练你的话,这就是先决条件。"

菲利普默默地坐着,闭着眼睛,双手紧握抵着前额。随后,他睁开眼睛说:"我同意你的建议,前提是你愿意把团体治疗时间计入指导的时数。"

"这就有点过分了,菲利普。你能想象这样做给我带来的道德困扰吗?"

"那你能想象你的建议给我造成的困扰吗?我从不想重视与任何人的关系,你现在却要我把注意力转向与他人的关系上。另外,你难道不是在暗示我要提高社交技能才能更加胜任治疗师这个工作吗?"

朱利亚斯站了起来,把咖啡杯拿到水槽边,感觉自己莫名地被绕了进去,不禁摇了摇头。他回到座位上,缓缓吐了一口气,说:"有道理,我同意把团体治疗时间计入指导时数。"

"还有一件事,我们还没有讨论这个交易的具体安排,也就是我为你提供有关叔本华的指导这个交换条件。"

"无论这件事我们打算怎么做,都得先缓一缓,菲利普。再给你一个治疗建议——避免与患者建立双重关系,否则会干扰治疗。这里的双重关系指的是各种附属关系,如恋爱关系、生意关系,甚至是师生关系。所以为了你好,我更建议我们保持简单明了的医患关系就好。因此我建议先从团体治疗开始,然后再进入指导关系,接下来,可能但不保证,才是你的哲学教学时间,尽管目前我并没有很渴望去研究叔本华。"

"不过,我们能不能先为后续的哲学咨询定个价?"

"这件事还没确定,况且也为时尚早,菲利普。"

"我还是想先确定一下费用。"

第九章

"你还真是让人惊奇不断啊,菲利普。你最担心的事和你不在乎的事都那么出人意料!"

"无论如何我还是要问,合理的费用是多少?"

"我的指导费用和我的个人治疗费用一样,但对初学者可以打一点折。"

"成交。"菲利普点着头。

"稍等,菲利普。我想确定你认真把我以下这些话听进去了——我并不重视学习叔本华哲学这件事。当我们第一次谈到这个话题时,我只是表现出了一点点兴趣,想知道叔本华是如何对你产生这么大的影响和帮助的,你却自作主张地以为我们已经商定了一个计划。"

"我希望能引起你对他作品更强烈的兴趣。他的许多观点对我们这个领域很有价值。他在很多方面都比弗洛伊德超前,弗洛伊德大量借用了他的成果,这却没有得到承认。"

"我对此不抱任何成见,但是,我再重复一遍,就你所说的那些关于叔本华的事并没有激起我任何欲望去深入了解他和他的作品。"

"也包括我在讲座中提到的他对死亡的看法吗?"

"尤其是这一点。一个人的本质生命(essential being)最终会与某种模糊的、虚无缥缈的宇宙生命力量重新结合,这种想法并没有给我带来任何安慰。如果意识已经不复存在了,我又能从中得到什么安慰呢?同样地,当我知道我的身体分子将被分散到太空,最终我的DNA将成为其他生命形式的一部分时,我也没有得到多少安慰。"

"我希望我们能一起读他关于生命之不可毁灭性和死亡的文

章。我敢肯定我们读完之后——"

"现在不行，菲利普。我目前对死亡不感兴趣，我只想让余下的日子尽量过得充实，这就是我目前的想法。"

"死亡是不可避免的，是一切纷扰的终点线。苏格拉底说得最透彻，他说'要想活得好，就必须先学会死得好'。或者如塞涅卡所说的，'只有愿意并准备好结束生命的人才可能享受生活的真正滋味'。"

"是啊，这些道理我当然懂，也许抽象地来讲它们是对的。我完全赞成将哲学的智慧结合到心理治疗中去。我也知道叔本华在许多方面都对你大有帮助，但并不是所有的方面。你可能还需要一些补救性的治疗。团体治疗这时正好派上用场。下周一下午四点半是你的第一次会谈，我期待你的到来。"

THE
SCHOPENHAUER
CURE

第十章

童年是纯真幸福的时光,是人生的乐园,是失落的伊甸园,是我们终其一生都渴望回到的过去。

亚瑟一生中最快乐的那几年

亚瑟九岁时,他的父亲决定是时候接管他的教育了。他的父亲的第一步是把他寄养在勒阿弗尔⊖的一个商业伙伴格雷戈里·德·布莱希梅尔家里两年。在那里,亚瑟要学习法语和社交礼仪,以及如海因里希所说,"通晓各国书籍"。

九岁就被迫离家,与父母分离?大多数孩子会认为这样的流放是一场灾难性的人生事件吧。然而,在后来的生活中,亚瑟却把这两年描述为"迄今为止童年最快乐的时光"。

在勒阿弗尔发生了一件重要的事情:这也许是亚瑟一生中唯一的一段备受关怀、享受生活的日子。在那之后的许多年里,他一直怀念着快乐的布莱希梅尔一家,与他们共度的时光让他感受到了亲子之爱。他的每封家书都写满了对布莱希梅尔一家的赞赏,以至于母亲觉得有必要提醒他牢记父亲的美德与慷慨:"别忘了你父亲是怎么答应你花一瓶路易·迪奥⊜的钱去买那支象牙长笛的。"

在他旅居勒阿弗尔期间还发生了另一件事。亚瑟结识了一位朋友,这也是他一生中为数不多的朋友之一,他就是布莱希梅尔家的儿子安蒂姆。由于与亚瑟同龄,他俩在勒阿弗尔时走得很近,亚瑟回到汉堡后,还偶有书信往来。

多年以后,这两位二十几岁的小伙子又再次见面,偶尔还一起出去寻欢作乐。直到后来他们的人生道路和兴趣发生了分歧,安蒂姆成了一名商人,从亚瑟的生活中渐渐消失了。直到 30 年后,他们又恢复了简短的通信。亚瑟曾在信中向他寻求一些理财

⊖ 勒阿弗尔,法国北部一个海滨城市。——译者注
⊜ 法国名酒,价格昂贵。——译者注

第十章

建议,当安蒂姆回信建议以收费的方式为他理财时,亚瑟突然中断了联系。那段时间,亚瑟对每个人都心存疑虑,无法相信任何人。他把安蒂姆的信丢到一旁,只在信封背面草草写下了他父亲非常钦佩的西班牙哲学家格拉西安㊀的一句嘲讽的格言:"不扫自家门前雪,专管他人瓦上霜。"

又过了 10 年,亚瑟和安蒂姆见了最后一次面。这是一次尴尬的会面,他们发现彼此已无话可说。亚瑟形容他的老朋友是"一个让人无法忍受的老头子",并在他的日记中写道:"与分别了几十年的老朋友重逢竟是一生中最大的失望之一。"

亚瑟在勒阿弗尔期间发生的另一标志性事件就是他与死亡的初次邂逅。那段时间,他在汉堡的童年玩伴戈特弗莱德·贾尼什去世了。虽然亚瑟曾含蓄地表示他再也没有想起过戈特弗莱德,但显然他从未真正忘记这位死去的童年玩伴,也无法忘记他初遇死亡的震惊,因为 30 年后,他在日记中记录了一段自己的梦:"我发现自己在一个陌生的国度,一群人站在田间,其中一位高大修长的男人欢迎我,不知怎的,我知道他就是戈特弗莱德·贾尼什。"

亚瑟毫不费力地解释了这个梦。当时他住在柏林,那里正流行霍乱。梦中与戈特弗莱德重逢的画面只能说明一件事:死亡即将降临。因此,亚瑟二话不说,立即动身离开柏林,逃离死亡的威胁。他选择搬到法兰克福,并且在那里度过了他生命的后 30 年,搬家主要也是考虑到那里不会有霍乱。

㊀ 格拉西安,17 世纪西班牙耶稣会教士、思想家、哲学家。代表作品《谋略书》,尼采和叔本华是他的崇拜者中最著名的两位。——译者注

THE
SCHOPENHAUER
CURE

第
十
一
章

最大的智慧就是把享受当下作为生命的最高目标，因为这才是唯一真实的，其余的一切都是思想的游戏。反之，我们也可以把它看作最大的愚蠢，因为每个当下都如梦幻般稍纵即逝。

第十一章

菲利普的第一次团体治疗

第一次参加团体治疗,菲利普提前 15 分钟到场,仍旧是那身与前两次见朱利亚斯时一模一样的打扮:一件皱巴巴的褪色格子衬衫,一条卡其长裤,外加一件灯芯绒外套。菲利普对着装、室内陈设、听课的学生,还有几乎所有与他有过来往的人总能保持一贯的漠不关心,对此,朱利亚斯感到十分惊讶,于是他又一次开始质疑自己邀请他加入这个团体的决定,究竟是出于正确的职业判断,还是一次任性的鲁莽行为(chutzpah)?

"chutzpah"㊀一词指的是原始的、无所顾忌的鲁莽。有个著名的故事很好地诠释了这个词:一个男孩谋杀了自己的父母,然后以自己是孤儿为由向法庭请求宽恕。朱利亚斯每每反思自己的生活方式,都会想到"chutzpah"这个词。或许他自始至终都很鲁莽,但他第一次有意识的鲁莽行为发生在他 15 岁那年的秋天,当时他的家人从布朗克斯搬到了华盛顿特区,由于父亲的经济状况出了问题,一家人搬进了华盛顿西北部法拉格特街的一所联排小屋。没有人了解父亲出现财政危机的真正原因,但朱利亚斯确信这与水源地赛马场㊁(Aqueduct racetrack)和一匹名叫"完美女郎"的赛马有关,那是父亲和他的牌友维克·维塞洛共同拥有的一匹马。维克这个人经常神出鬼没,他总在黄色上衣的口袋里塞一条粉色的手帕,每回都鬼鬼祟祟地选择朱利亚斯的母亲不在家的时候才敢登门。

父亲的新工作是管理一间亲戚开的酒行,这位亲戚 45 岁那年

㊀ 希伯来文。——译者注
㊁ 位于纽约市皇后区的一个赛马场。——译者注

死于冠状动脉疾病。冠状动脉疾病这一隐形杀手已导致整整一代的男性德国犹太人死的死残的残。他们大多 50 岁上下，都是从小吃酸奶油和肥牛片长大的。虽然父亲很讨厌这份新工作，却必须靠着这份收入来偿还债务。这份工作的工资高，工作时间长，这样一来父亲就没时间再流连于当地的两个赛马场——劳雷尔和皮姆利克。

1955 年 9 月，朱利亚斯刚进罗斯福高中的第一天就做了一个重大决定：他要改过自新。刚到华盛顿的他默默无闻，是一个不受过去羁绊的自由灵魂。过去的三年，他在布朗克斯的公立初中混得并不光彩。赌博对他的吸引力曾经胜过学校里的任何一项活动。那时候的他每天下午都泡在保龄球馆里，聚众下注，赌他还是他的搭档左手钩球高手马蒂·盖勒赢球。他还同时经营着一档小型的博彩，以一赔十的赔率，让人从中任选三个棒球手，在一天当中共能击出六支安打就算赢。其实不管这群傻瓜选谁——曼特尔、卡林、亚伦、弗农，还是"真男人"斯坦·穆休，⊖他们的赢面都很小，要下二三十注才有可能赢一次。为了吓唬那些企图砸他生意的无赖，朱利亚斯成天和一群臭味相投的朋克青年混在一起，久而久之也混出了一副街头霸王的痞气。为了扮酷，他在班上少言寡语，三天两头翘课跑去洋基体育场观看米奇·曼特尔训练和比赛。

直到那一天，他和父母亲一块儿被叫到了校长办公室，眼前摆着的是那本几天前就不翼而飞的赌注账簿，一切才开始发生改变。事后，他被罚放假前连着两个月禁足，并且不准去保龄球馆

⊖ 均为美国职业棒球手。——译者注

第十一章

和洋基体育场,放学后不准去运动,也没有零花钱。尽管该罚的都罚了,朱利亚斯却看出父亲的心思并不在这上面,而是完全被他的"三位球员六支安打"的赌法所吸引。朱利亚斯一直很钦佩校长,这次事件后校长对他大失所望,反而给他敲了一记警钟,让他因此想要改过自新。但为时已晚,朱利亚斯能做的改变实在是太少了,充其量只是把学习成绩勉强提高到中下的水平,想结交新朋友是不可能了,由于他的"人设"已被固定,没人会在乎朱利亚斯决心变成什么样子。

这段经历使得后来的朱利亚斯对"人设固定"这一现象极为敏感:多少次他明明发现团体治疗的患者发生了巨大的变化,但仍被团体内的其他成员视同往日。这种情况也常见于患者家中。许多病情好转的患者在探望父母时都经历了类似的痛苦:他们必须时刻防止再次陷入原来的角色,必须费尽心思地说服父母和兄弟姐妹,自己确实变得和从前不同了。

朱利亚斯宏大的改造计划就从他们举家搬迁的这一刻开始了。在华盛顿特区上学的第一天是9月里温暖干燥的小阳春,朱利亚斯踏着一路的梧桐树落叶,构思着自我改造的整体方案,大步流星地走进了罗斯福高中的大门。他很快就注意到礼堂外面张贴着的竞选班长候选人的广告,于是灵机一动,不等找着男生宿舍,就先把自己的大名写到了海报上。

这次竞选的胜算很小,简直比铁公鸡克拉克·格里菲斯[一]手下那支无能的"华盛顿参议员队"排名不再垫底的概率还要小得

[一] 克拉克·格里菲斯(Clark Griffith,1869—1955),前美国大联盟职业棒球手,绰号"老狐狸"(The Old Fox),1946年入选棒球名人堂。退役后执掌过多支球队,包括"华盛顿参议员队"(Washington Senators)。——译者注

多。他对罗斯福高中一无所知，一个同学也不认识。过去在布朗克斯的那个朱利亚斯会去竞选班委吗？绝对不可能。但也正因为如此，新人朱利亚斯才决定要去冒这个险。最坏的结果会是什么？大不了就是他的名字将会人人皆知，所有人都会认为他，朱利亚斯·赫茨菲尔德，是一股新生力量，一个有潜力的领导者，一个不容小觑的男生。更重要的是，他喜欢凑热闹。

当然，他的对手会把他斥为一个无聊的笑话，一个不知天高地厚的无名小卒。针对这一切，朱利亚斯有备而来，他准备了一段有趣的即兴演讲，内容大致是"相对对手们的当局者迷，作为新人的他更能旁观者清"。长期在保龄球馆里对着那帮赌徒连哄带骗着实练就了他的三寸不烂之舌。新人朱利亚斯一无所有，大可以无所畏惧地走到一群学生面前宣布："大家好，我叫朱利亚斯，是个新来的，这次竞选班长希望能得到你们的支持。我对校园政治那一套一窍不通，但是，有时候一个全新的形象比什么都强。此外，我完全独立——不属于任何小团体，因为我谁也不认识。"

结果，朱利亚斯不仅重塑了自己的形象，而且差一点就赢得了选举。当时正值罗斯福高中的橄榄球队连输了18场比赛，而篮球队也毫无建树，全校师生都士气低落之际。另外两位候选人同样不堪一击：凯瑟琳·舒曼是那位小个子长脸牧师的女儿，专门主持学校集会前的祷告仪式。人倒是聪明伶俐，但是过于神经质，所以不怎么受欢迎。另一位竞争对手理查德·海希曼长着一头红发，是个帅气但脾气暴躁的橄榄球中卫，在学校里树敌众多。因此，朱利亚斯借着对手的反对票占了上风。此外，出乎他预料的是，自己立刻受到了几乎全体犹太裔学生的爱戴。犹太裔学生约占学生总数的30%，此前，他们一向保持不问政治的低调态度。

第十一章

如今,他们爱他,这群生活在梅森-迪克森线[1]地区的胆小犹豫、从不惹事的"犹太佬",居然热烈地爱上了他这位胆大鲁莽的纽约犹太人。

那次选举简直就是朱利亚斯人生的转折点。他的胆大鲁莽为他赢得了不少支持,也成了他得以重塑身份的基础。三个犹太高中联谊会为他争得你死我活,他一时间成了既有胆识又有青春期少年梦寐以求的神秘"气质"的抢手货。不久之后,他一出现在食堂就立刻被人群包围,放学后经常被看到和可爱的米里亚姆·凯伊手牵着手散步。米里亚姆是校报的编辑,也是全校唯一一位与凯瑟琳·舒曼不相上下,有机会成为优秀学生代表在毕业典礼上致辞的女生。他和米里亚姆很快就如胶似漆、形影不离了。米里亚姆引导他鉴赏艺术和美学,朱利亚斯却从未带她领略保龄球或棒球比赛的刺激场面。

胆大鲁莽就这样伴随着朱利亚斯一路走来。他不仅以此为荣,还不断地发扬光大。后来,每当听到别人形容他"有独创精神、特立独行、有勇气接手那些令其他治疗师头疼的患者"时,他总是会心一笑。但是胆大鲁莽也有负面的影响,那就是自大。朱利亚斯已不止一次因为自大而犯错。他经常做一些超出自己能力范围的尝试,要求患者配合做一些本质上不可能的改变,使他们经历了一次次漫长而最终毫无成效的治疗。

那么,朱利亚斯凭什么认为菲利普还可能被改造?究竟是出于同情还是全凭医者的不放弃?或许还有好大喜功的自大心理在

---

[1] 梅森-迪克森线(Mason-Dixon line),美国宾夕法尼亚州和马里兰州的分界线,也是美国内战前的南北区域分界线。这条分界线是美国历史上文化和经济的分界线。——译者注

作祟？他百思不得其解。当朱利亚斯把菲利普领到团体治疗室时，他久久地打量着这位顽抗的患者。菲利普一头浅棕色的直发一丝不苟地朝后梳着，高耸的颧骨使皮肤看起来更加紧绷，他眼神机警，脚步沉重，看上去就像正在被押赴刑场。

朱利亚斯心中泛起一阵怜悯，于是用他最温柔、最令人欣慰的声音安抚菲利普道："你瞧，菲利普，团体治疗看似非常复杂，却也有一个千年不变的特点。"

菲利普这次居然保持沉默，没有像往常那样好奇地询问这个"千年不变的特点"是什么，对此朱利亚斯并未流露出半点失望的神情，而是继续若无其事地说道："这个特点就是，新成员在参加完第一次团体治疗后，总感觉比自己预期的更舒服、更有趣。"

"朱利亚斯，我并没有任何不适。"

"那就先记着我的话，以备参考吧。"

菲利普在门厅那儿停了下来，站在他们几天前见面的办公室门口。朱利亚斯碰了碰他的手肘，领着他穿过门厅，来到隔壁那间三面环绕着落地大书橱的房间。第四面墙上有三扇镶着木板的窗户，窗外是一座日式花园，点缀着几棵矮小的五针松、两簇小卵石，还有一个八英尺[一]长的狭长池塘，一条锦鲤在里面游来游去。房间里的家具简单实用，只在门边放了一张小桌子，七张舒适的藤椅围成一圈，还有两张放在角落里。

"就是这里。这是我的图书室兼团体活动室。趁着其他人还没到，让我把详细情况跟你介绍一下。每周一，我会提前10分钟左右打开前门，成员们来了就可以自己进到这个房间。我4点半准

[一] 1英尺≈0.30米。

第十一章

时进来,我们就立即开始,直到 6 点结束。为了免去记账开票的烦琐,诊疗费是一次一结,成员们会在离开前把支票放在门边的小桌上。还有什么不清楚的吗?"

菲利普摇头表示没有问题,然后环顾了一下房间,深深吸了一口气。他径直走到书架前,把鼻子凑近那一排排皮面装订的书,又吸了一口气,显得神情愉悦,然后驻足在那里,开始认真查看每一本书的书名。

接下来的几分钟里,有五个人陆续走进房间,每个人就座前都不约而同地瞥了一眼菲利普的背影。菲利普全然不顾他们进来时的动静,仍旧头也不回地继续研究朱利亚斯的藏书。朱利亚斯在长达 35 年的团体治疗生涯中,观察过无数新成员加入时的情形。几乎都是一样的模式:新成员满怀忧虑地走进来,对热情欢迎他并做自我介绍的其他成员表现出恭敬的态度。偶尔有新成立的团体会误认为新成员的加入占用了治疗师对其他人的关注,使得每个人的获益都相应减少,因而排斥新来者;相反,成熟的团体则会欢迎新人,因为他们懂得适当的人数比例非但不会减弱反而能够增强治疗效果。

偶尔会有新人直接参与到讨论中来,但一般来说,他们在第一次会谈的大部分时间里都保持沉默,他们在试图弄清规则,并等待被邀请加入讨论。但是,像菲利普这样冷漠到背对着大家、无视其他成员的新人呢?这可是朱利亚斯前所未见的,就算在精神病病房的精神病患者团体中也十分罕见。

朱利亚斯心想,邀请菲利普加入绝对是个大错。不得不告诉大家自己患了癌症,这已经够他今天忙的了。现在他还要操心菲利普的事,简直不堪重负。

菲利普到底怎么回事？难道只是过于害怕和害羞？不太可能。不，他一定是对我坚持让他加入团体这件事感到很窝火，并且，以他消极攻击的方式向我和整个团体竖中指。天哪，朱利亚斯心想，我恨不得把他晾出去，什么都不做，任他自生自灭。要是能就这么在一旁坐着看热闹，看他如何遭受成员们激烈的集体炮轰，该是多么愉快的享受啊。

朱利亚斯不常记得笑话，现在却突然想起了几年前听过的一则，说的是：一天早上，一个儿子对他妈妈说，"我今天不想去学校"。

"为什么呀？"妈妈问。

"两个理由。第一，我讨厌那些学生；第二，学生也讨厌我。"

妈妈答道："你必须去学校，同样是两个理由。第一，你已经45岁了；第二，你是校长。"

是的，他已经长大成人了。他是这个团体的治疗师。他的工作就是帮助新成员融入团体，保护他们不受自己和其他成员的伤害。尽管他更鼓励成员们自行掌控会谈的进程，自己几乎从未率先发言过，但今天他别无选择。

"现在是四点半。我们准时开始。菲利普，过来坐吧。"菲利普转过身来面对着他，却没有朝椅子走去。他是聋了吗？难道真是社交低能？朱利亚斯在心里小声骂道。直到朱利亚斯用眼神狠狠地示意他在一张空椅子上坐下，菲利普才终于入座。

朱利亚斯先对着菲利普说："这就是我们的团体。今天有一位叫帕姆的成员没来，因为她要外出两个月。"接着，他转身对其他成员说："我几周前提到过，可能要向大家介绍一位新成员。我上周和菲利普见了一面，于是他从今天开始加入我们。"废话，否则他今天怎么会出现在这里，简直蠢话连篇。朱利亚斯心想，行了，

第十一章

不要再手把手地教了，任由他自生自灭吧。

就在这时，斯图尔特冲了进来，"扑通"一声坐下来，嘟嘟囔囔地为自己的迟到道歉。看得出他是直接从医院的儿科诊所赶过来的，连身上的白大褂都没来得及脱。此时所有的成员都转向了菲利普，其中四位做了自我介绍，并向菲利普表示欢迎："我是瑞贝卡，托尼，邦妮，斯图尔特。你好，很高兴见到你。欢迎欢迎。很高兴有你加入。我们正需要一些新鲜血液——我是指新的成员。"

还有一位成员没有打招呼。这是一个很有魅力的男人，只是年纪轻轻就谢了顶，只剩两侧一圈浅棕色的头发。他有着橄榄球前锋一样的魁梧身材，却难掩几分衰老。他用一种与外表反差很大的语气柔声说道："嗨，我是吉尔。菲利普，希望你不要觉得我在忽视你，但我今天实在迫切地需要和大家一起谈谈我的事，之前还从未有过如此强烈的需要。"

菲利普没有任何反应。

"可以吗，菲利普？"吉尔重复道。

菲利普吃了一惊，瞪大了眼睛，点了点头。

于是吉尔转向那几张熟悉的面孔，开始了他的分享："这一周发生了很多事情。今天早上在和我太太的心理医生谈过之后，事情终于到了不可收拾的地步。在过去的几周里，我跟你们说过，治疗师是如何给罗丝看一本关于虐待儿童的书，并让她相信自己小时候曾受到过虐待。这就像一种固定的观念，就是你们专业上所谓的……'定见'（idea feexed）⊖吗？"吉尔一边说着一边用眼

⊖ 此处为小说人物的拼读错误。——译者注

神向朱利亚斯求助。

"是成见（idée fixe）⊖。"菲利普立刻用完美的法语发音插了一句。

"没错。谢谢！"吉尔说。他飞快地瞥了一眼菲利普，轻声地补了一句："哇，真够快的。"然后继续分享他的故事："罗丝一直有种成见，认为她的父亲在她小的时候性侵过她。她因此一直无法释怀。要说她还记得当时发生过什么性行为吗？倒也不是。当时有目击者吗？也没有。但她的治疗师认为，如果她对性生活感到沮丧和恐惧，注意力不集中，情绪失控，尤其是对和她发生关系的男性大发脾气，那么她之前肯定受到过性侵害。这就是那本该死的书上写的。而她的心理医生对此也深信不疑。所以，就像我一直跟你们吐槽的那样，这几个月来我们几乎没谈别的，我太太的治疗就是我们生活的全部。根本没时间做其他事情，也没有其他话题可聊。我们之间已根本不存在什么性生活，完全没有交流。这样也就算了。就在几周前，她让我给她的父亲打电话（她自己不愿和他说话），邀请他来参与她的心理治疗。她还说，为了'安全起见'，她想让我陪着她。"

"于是我给岳父打了电话，他当即就同意了，昨天就从波特兰乘大巴下来，今早就提着一只破旧的手提箱出现在了治疗中心，因为会谈后他还要马上乘大巴回去。这次会谈简直是场灾难，完全乱了套了。罗丝自始至终都在朝父亲发泄，不停地发泄，无休无止，毫不松口，却只字未提对父亲的感谢，毕竟老人家为了配合她那90分钟的治疗，从几百千米外大老远赶了过来。她把所

⊖ 法语心理学名词，表示固定观念、成见或偏执。——译者注

第十一章

有罪名都往他身上扣,甚至说他邀请邻居、牌友,还有消防局的同事到家里来和年幼的她发生性关系——她父亲年轻时是一名消防员。"

"她父亲当时做何反应?"瑞贝卡问道,她是一个纤细高挑、非常漂亮的40多岁的女人。她全程探着身子,聚精会神地听吉尔说话。

"他的举止非常绅士,一看就是个不错的老人,大约70来岁吧,为人和蔼可亲。这是我第一次见他。他真是个好人,天啊,我真希望自己能有像他那样的父亲。他全程坐在那里默默承受,还告诉罗丝,如果她真的有满腔的愤怒,最好全都宣泄出来。他只是一直温和地否认她那些疯狂的指控,并猜测她生气的真正原因是身为父亲的自己在她12岁时抛弃了家庭——我觉得这不无道理。他还说,罗丝的愤怒是由她的母亲"助长"(fertilize)的——他的原话,他是个农民,母亲从小就不停地向她灌输父亲的坏话。他说自己当年是不得已才离家的,因为快要被她的母亲逼疯了,如果不走,那一定活不到现在。不瞒你们说,凭我对罗丝母亲的了解,他说得一点也没错。

"治疗结束后,他请求搭我的车去巴士终点站,还没等我回答,罗丝就说她觉得和他同坐一辆车不安全。她的父亲说了句'明白了',就拖着箱子走了。"

"10分钟后,我们开车经过市场街时,又看见了他老人家——白发苍苍、弯腰驼背地独自拉着行李箱。这时天已经开始下雨了,我对自己说,'这也太不像话了!'我实在忍无可忍,就对罗丝说,'他是专程为你来的,是来参与你的治疗的。他大老远从波特兰赶来,天又下着雨,不管了,我必须要送他去车站'。

于是我把车停在路边，请他上车。罗丝瞪着眼睛赌气说，如果他上车，她就下车。我说，'你请便'。然后指着街上那家星巴克，让她先去那里等着，我几分钟后就回来接她。她果真下了车，大步走开了。那是大约五个小时前的事了。她根本没去星巴克。我开着车去了金门公园，一直四处游荡到现在，再也不想回那个家了。"

吉尔一口气说完，便筋疲力尽地瘫倒在了椅子上。

其余几位成员，托尼、瑞贝卡、邦妮和斯图尔特，都异口同声地表示赞同："好样的，吉尔。""是时候这样了，吉尔。""哦，你做到了。""哇，干得好。"托尼说，"你终于摆脱那个泼妇了，我不知有多高兴呢。""如果你没地方住，"邦妮说着，紧张地用手拨了拨那头棕色的卷发，又扶了一下那副黄色镜片的大框眼镜，说道："我那儿倒是有间房空着。别担心，你很安全。"她咯咯地笑着补充道，"我太老了不适合你，况且我女儿也在家。"

朱利亚斯对整个团体施加的压力感到不满（因为他已见过太多成员因为不好意思让整个团体失望而不得不退出团体治疗的例子），于是他进行了第一次干预："反响非常强烈，吉尔。你现在感觉如何？"

"好极了。我感觉很好。只是我……我不想让大家失望。但事情发生得太快了——这一切都是今天早上才发生的……我现在浑身发抖，心神不定……不知该怎么办。"

朱利亚斯接着问道："你是说，你其实不想刚刚才摆脱妻子的操控，就又来受咱们团体的控制。"

"我想，是这样的。是的，我明白你的意思。没错，但事情往往有好有坏。我是真的很需要这种鼓励……我非常感谢大家……

第十一章

我需要指引——这可能是我人生的一个转折点。朱利亚斯,其他人都发表看法了,除了你。当然还有我们的新成员,你叫菲利普,对吧?"

菲利普点点头。

"菲利普,你可能不了解我的处境,但朱利亚斯是了解的。"吉尔说着便转向朱利亚斯问道,"你怎么看?你觉得我该怎么办?"

朱利亚斯的身子不由自主地往后退了一点,心想,最好没人看出他的反应。

和大多数治疗师一样,他讨厌这种关于"该做什么,不该做什么"的问题。他已经预感到会被这么问了。

"吉尔,你不会喜欢我的答复的。我的回答就是,我不能告诉你该不该做什么。那是你该做的,必须由你来决定,而不是我。我之所以这么回答,原因之一是你当初加入这个团体就是为了学会相信自己的判断。另一个原因是,对于你和罗丝的婚姻,我所了解的全是你的一面之词。这就无法保证你给我的信息都是客观公正的。我所能做的就是帮助你在自己身上找一找让生活陷入困境的原因。我们无法理解或改变罗丝;重要的是你本人,即你的感觉,你的行为,因为这些才是你所能改变的。"

大家顿时安静了下来。朱利亚斯说得没错,吉尔不喜欢这个回答,其他成员也不接受。

第一个打破沉默的是瑞贝卡。她先是松开头上的发卡,用力把一头乌黑的长发拨散,再重新把发卡别上,然后转身对着菲利普说:"你是新来的,不了解我们其他人都知道的故事背景。但有时候童言无忌反而……"

菲利普仍安静地坐着。不确定他是否听见了瑞贝卡对他说的话。

"是啊，菲利普，说说你有什么看法？"托尼用一种极罕见的温柔语调询问道。托尼皮肤黝黑，脸颊上满是坑坑洼洼的瘢痕，那件旧金山巨人队的黑色T恤和紧身牛仔裤将他精干匀称的运动身材展现得淋漓尽致。

"我就说说我的观察和一点建议吧。"菲利普说着，双手合十，头向后仰着，两眼盯着天花板，"尼采曾经写道，人与牛的主要区别在于，牛懂得如何无忧无虑地活在当下，也就是说，没有恐惧，不为过去所累，也不惧怕未来。然而，我们这些不幸的人类总是被过去和将来所困扰，只能在短暂的现在有片刻放松。你们知道我们为何如此渴望回到童年的幸福时光吗？尼采告诉我们，这是因为那些童年的日子是无忧无虑的，没有烦恼，也还没被沉重、痛苦的回忆和残存的往事所压垮。请允许我做一下注释，我引用的是尼采的一篇文章，但这个想法并不是他原创的——就像他的许多文章一样，在这篇文章中，他同样抄袭了叔本华的作品。"

他停顿了一下。房间里一片寂静。朱利亚斯在椅子上不自在地扭来扭去，心想，哦，该死，我一定是疯了才把这家伙带到这儿来的。这简直是我见过的最糟糕、最奇怪的进团方式。

这回轮到邦妮来打破沉默。她两眼直勾勾地盯着菲利普说："菲利普，你这么说真有意思。我只知道我一直渴望回到童年，却从没这样去理解过它。童年时光之所以让人觉得自由和珍贵，是因为没有沉重的往事把人压垮。谢谢你，我会记住这句话的。"

"我也是。这个说法很有趣。"吉尔说道，"你刚才不是说要给我什么建议吗？"

"是的，以下是我的建议。"菲利普的声线平稳、柔和，但依然不与人对视，"你妻子是那种特别无法活在当下的人，因为她背

第十一章

负着太多过去的包袱。她是一艘正在下沉的船。马上就要沉入水底了。我建议你马上跳船并快速游开。因为船在下沉时会产生强有力的尾流，为了避免被带入水底，我劝你尽快尽全力地游开。"

又是一片沉默。整个团体的人都惊呆了。

吉尔说："嘿，没人会指责你说话含蓄。我问了一个问题，你给出了答案。为此我很感谢，非常感激。欢迎加入我们的团队。其他人还有什么意见吗？我想听听。"

"好吧，"菲利普说着，仍然抬头望着天花板，"既然如此，让我再补充一点。克尔凯郭尔[⊖]将一些人形容为'双重绝望'，也就是说，他们处于绝望之中，但过分自我欺骗，甚至不知道自己处于绝望之中。你可能就处于双重绝望之中。我的意思是，我自己的大部分痛苦源于被欲望驱使。一旦我满足了一个欲望，我就能享受片刻的满足，但很快就转化为无聊，然后这种无聊又被另一个欲望的出现打断。叔本华觉得这是人类的普遍状况——欲望，一时的满足，无聊，进一步的欲望。

"现在回到你的问题上，我怀疑你是否已经探索过自己内心无尽的欲望循环。也许你太过专注于妻子的愿望，以至于无法了解自己的欲望？今天在座的其他人都为你喝彩的原因，难道不正是你最终拒绝被她的意愿所左右吗？换句话说，我想问的是，你是否因为过于关注妻子的愿望而耽搁了对自己内心的探索或干脆就偏离了轨道？"

吉尔听得目瞪口呆，目不转睛地盯着菲利普说："实在太深刻了。我知道你说的话中有一些深刻而重要的东西——关于这种双

⊖ 克尔凯郭尔（Kierkegaard，1813—1855），丹麦哲学家、神学家及作家，通常被视为存在主义之父。——译者注

重绝望的想法，但我还没完全听明白。"

此时大家的目光都集中到了菲利普身上，而他的眼睛却始终盯着天花板。"菲利普，"瑞贝卡说，这时她已经重新别好发卡，"你不是说吉尔只有把自己从与妻子的捆绑中解脱出来，才能真正开始探索自我吗？"

"或者，"托尼说，"他是在利用与妻子纠缠不清的关系避免看清自己究竟有多糟？天啊，这句话说的不正是我和我的工作之间的关系吗？过去的一周我一直在思考这个问题，我只是一味地为自己是一个木匠，一个蓝领阶层，收入低，被人瞧不起而感到羞愧，却从未花时间思考过那些真正该处理的破事儿。"

见大家对菲利普的话如此感兴趣，纷纷七嘴八舌地参与讨论，朱利亚斯十分惊讶，他感觉到自己的好胜心一下被激起来了，但又立刻被压了下去，他不断提醒自己要以团体治疗的目标为重。"冷静点，朱利亚斯，"他对自己说，"这些人需要你；他们不会为了菲利普而抛弃你的。这里发生的一切都很好；他们正在努力接纳新成员，而且每个人都在思考自己接下去的努力方向。"

他本打算今天在团体里讨论他的诊断结果。从某种意义上说，他是不得已而为之，因为他已经告诉菲利普他得了黑色素瘤，为了避免其他人觉得他与菲利普的关系特殊，才不得不把这一消息与所有人分享。但他失去了先机。首先是吉尔的紧急情况，然后是整个团体对菲利普着了迷。他看了看时钟，只剩 10 分钟了，已没有足够的时间把问题说清楚。朱利亚斯决定下次会谈一开始就要宣布这个坏消息。于是他选择保持沉默直到会谈结束。

THE
SCHOPENHAUER
CURE

第十二章

国王带不走他的王冠和权柄,英雄们也带不走他们的武器。但他们的荣光不是来自外界,乃是发自自身。唯有他们能把自身的伟大一起带往另一个世界。

1799年，亚瑟经历的选择及其他世间惨状

九岁的亚瑟从勒阿弗尔回来后，便被父亲送往一所私立学校就读。这所学校的主要任务就是培养未来的商界人士。在那里，他学到了当时的优秀商人必须掌握的技能：货币换算、使用欧洲各门主要语言写商业信函、研究运输路线、贸易中心、土地产量及其他类似的有趣专题。但亚瑟并不觉得有趣；他对这些知识一点儿都不感兴趣，在学校里也没有结交到什么亲密的朋友，唯独越来越担心父亲为他规划好的将来——在当地一位商业巨头那里当七年学徒。

亚瑟自己想要什么呢？肯定不是经商，他对这一行十分讨厌。他渴望成为一名学者。虽然他的许多同学也不喜欢长期当学徒，但都不及亚瑟的抗拒。尽管父母对他软硬兼施——母亲曾在一封信中指示他"暂时放下那些书本……你才15岁就已经读遍了德国、法国及一部分英国的佳作"，但他仍是一有时间就潜心钻研文学与哲学。

亚瑟的父亲海因里希因为儿子的兴趣而备受折磨。亚瑟所在学校的校长告诉他，他的儿子热爱哲学，非常适合做一名学者，最好能转学去文科中学，以便更好地为上大学做准备。海因里希也许已经从心底里感觉到校长的忠告是正确的，很显然儿子一直在贪婪地阅读和消化家族藏书中的哲学、历史和文学作品。

海因里希该怎么办？他的继任者，整个公司的未来，以及他要延续叔本华家族的血统以尽对祖先的孝道，这一切都处于紧要的关头。此外，一个叔本华家的男子竟然要靠穷学者的微薄收入来生活，一想到这个他就不寒而栗。

第十二章

　　一开始,海因里希曾考虑通过他的教会为儿子设立终身年金,但这样做的成本太高了,生意又不景气,加上还要为妻子和小女儿的将来提供经济保障,便打消了这个念头。

　　于是,一个略带残酷的解决办法开始在他的脑海中形成。一段时间以来,他一直拒绝乔安娜想去欧洲长途旅行的请求。那时的欧洲正值艰难时期,国际局势十分动荡,以至于汉萨同盟城市都受到了威胁,他必须时刻关注生意上的事。然而,由于长期劳累,加上他渴望卸下生意的重担,原本拒绝乔安娜请求的心开始动摇了。慢慢地,他想出了一个一箭双雕的计划,既能让妻子高兴,又能解决亚瑟的前途问题。

　　他的决定就是给他15岁的儿子一次选择的机会。"你必须做出选择,"他对儿子说,"要么陪父母去欧洲旅行一年,要么做一名学者。如果选择前者,你必须向我保证,旅行一结束,就立刻开始你的学徒生涯;如果选择后者,就意味着要放弃这段旅程,留在汉堡,并立即转学到传统的正规学校,为将来继续深造做准备。"

　　很难想象一个年仅15岁的少年要面临这样一个足以改变他一生的抉择。也许这是一向迂腐的海因里希在指导儿子如何进行生存的选择吧。他或许想借此教导儿子,选项之间往往是互相排斥的,有其一就不能有其二。(果然,多年以后亚瑟就写下了"一个什么都想干的人终将一事无成"的名句。)

　　也可能海因里希是想让儿子预先尝到放弃的滋味,也就是说,如果亚瑟不能放弃旅行的乐趣,又怎么指望自己能放弃世俗的乐趣,过着学者那种清贫的生活呢?

　　也许我们对海因里希太过仁慈了。他的提议多半是不真诚的,因为他知道亚瑟不会，也不可能拒绝这次旅行。在1803年，没有一个15岁的孩子能做到这一点。在那个年代，这样的旅行是个千载难逢的好机会，只有少数条件优越的幸运儿才能享受到。在摄影技术出现之前，人们只能通过素描、绘画和旅游杂志来欣赏异国风景（顺带提一下，乔安娜·叔本华后来在这一领域颇有建树）。

亚瑟觉得自己在出卖灵魂吗？他的决定使他痛苦吗？关于这些问题，历史没有给出答案。我们只知道1803年，年仅15岁的他和他的父亲、母亲，外加一个仆人踏上了历时15个月的旅程，穿越了整个西欧和英国。他6岁的妹妹阿黛尔则被寄养在汉堡的一个亲戚家中。

亚瑟遵照父母的要求，用各国语言在旅行日志中记录了许多旅行随想。他有着惊人的语言天赋；15岁便精通德语、法语和英语，对意大利语和西班牙语的使用也略知一二，他最终掌握了十多种现代和古代的语言。许多造访过他的纪念图书馆的参观者发现，他习惯用每一本书的原文语言来写批注。

亚瑟的旅行日记提供了一个微妙的预示，即把兴趣和性格特征结合起来，就能形成一种持久的性格结构。他的日记字里行间都流露出他对人间惨状的着迷。亚瑟用细腻的描写记录下了沿途触目难忘的景象，他的笔下有威斯特伐利亚⊖饥肠辘辘的乞丐，有战争爆发前惊慌逃窜的人们（当时正值拿破仑战役在酝酿爆发），有伦敦街头的小偷、扒手和醉鬼，有普瓦捷⊜的抢劫团伙，还有

⊖ 威斯特伐利亚（Westphalia），又名西伐利亚，德意志西北部的历史地区。——译者注

⊜ 普瓦捷（Poitiers），又译为普瓦提埃，法国西部城市。——译者注

第十二章

在巴黎展出的断头台。在土伦⊖时,他感叹那六千苦役注定要像在动物园里一样,永远被囚禁在废旧的军舰上。他描绘了曾关押过"铁面人"(the Man in the Iron Mask)的马赛的堡垒,还记录了黑死病博物馆,这里展出了一些当年在隔离区用几桶热醋泡过方能寄出的信件。在里昂,他谈到了人们如何漠然地走过他们的父兄在法国大革命中牺牲的旧址。

在温布尔登时,在一所纳尔逊勋爵在英国时曾就读过的寄宿学校里,亚瑟把英语练得格外纯熟。他还观看了公开处决和海军鞭刑,参观了医院和收容所,并独自穿过伦敦逼仄拥挤的贫民窟。

佛陀年轻时生活在他父亲的宫殿里,在那里,人类的共同命运对他来说是隔着一层面纱的。直到他第一次走出宫殿,才得以目睹生命中的三大原始恐惧:疾病、衰老和死亡。在发现了生命可悲可怕的本质之后,他便抛弃了尘俗,开始寻求将普罗大众从痛苦中解脱出来的方法。

⊖ 土伦(Toulon),位于马赛以东 65 千米处,法国东南部滨地中海的港湾都市。——译者注

⊜ "铁面人"(the Man in the Iron Mask),指路易十四统治期间,1703 年死于巴黎最黑暗的巴士底狱的一个戴天鹅绒面罩(后在大仲马的书中被改为铁面罩)的囚犯。这名男子在被幽禁的 34 年间一直佩戴面罩并被禁止说话,关于他的真实身份有各种猜测,却从未被证实。——译者注

⊜ 马赛(Marseille),仅次于巴黎和里昂的法国第三大城市和最大海港。——译者注

㊃ 黑死病(Black Death),从 1347~1353 年,席卷整个欧洲的鼠疫大瘟疫,夺走了 2500 万欧洲人的性命,占当时欧洲总人口的 1/3。——译者注

㊄ 里昂(Lyon),法国第二大城市。——译者注

㊅ 霍雷肖·纳尔逊(Horatio Nelson,1758—1805),英国帆船时代最著名的海军将领,军事家。——译者注

早年见识到的那些苦难也同样深深地影响着亚瑟·叔本华的人生和思想。他不曾忘记那段与佛陀相似的经历，多年之后，他在描写那趟旅行时写道："我在17岁那年见识到了学校教育未曾教过的人生苦难，并深受影响，就像年轻时的佛陀看见了疾病、痛苦、衰老和死亡。"

亚瑟从未信仰过任何宗教，但年轻时曾有意要接受信仰，希望能借此摆脱对生命无常的恐惧。假如他真的相信上帝的存在，那么他十几岁时历经的这段满目疮痍的欧洲文明之旅便是对他信仰的最严峻考验。他在18岁时写道："这个世界真是上帝创造的吗？不，倒不如说是出自魔鬼之手！"

THE
SCHOPENHAUER
CURE

第十三章

当大多数人在生命的尽头回首往事时,才发现自己为了一些无谓的盼望而虚度了此生。他们会惊讶地发觉,那些被忽视的、不曾被好好享受便匆匆溜走的时光,恰恰就是他们的一生。

> 小猫也有小猫的烦恼，
> 就是最终要长成大猫。
> 小猫也有小猫的烦恼，
> 就是最终要长成大猫。㊀

朱利亚斯从床上坐起来，睁开双眼，甩了甩头，想把那些烦人的诗句从脑子里赶出去。此刻是早晨6点钟。这是继上周一后的又一个团体治疗日，奥格登·纳什那几句奇怪的诗整宿在他脑海中萦绕，伴随他度过了又一个难眠之夜。

尽管每个人都承认生命就是一道该死的减法题，但很少有人知道，在生命的后几十年里，等待我们的最大损失之一就是整晚的好睡眠。关于这一点，朱利亚斯比谁都清楚。他晚上睡得很浅，充其量只能算是打了个盹儿，常常一晚上要醒来好几次，几乎从未进入过脑波极慢、最为放松的熟睡阶段。这种低质量的睡眠甚至令他对上床睡觉这件事产生了畏惧。和大多数失眠患者一样，他早上醒来时要么认定自己睡得比实际少很多，要么觉得自己根本整晚都没睡。只有当他仔细回顾夜间的思想活动时，发现自己曾反复思考了一些白天清醒时绝不可能思考的稀奇古怪的问题，才能确信自己的确是睡着了。

但今天早上，他完全搞不清楚自己究竟睡了多久。这首"小猫变大猫"的短诗一定是在梦境中出现的，但他在夜里进行的其他思考却说不清究竟发生在清醒时还是只在梦中，既不像清醒时那样思路清晰、目的明确，也不像做梦时那样离奇古怪、反复无常。

㊀ 译自美国荒诞诗歌大师、剧作家奥格登·纳什（Ogden Nash，1902—1971）的短诗《小猫》(*The Kitten*)。——译者注

第十三章

朱利亚斯坐在床上,遵照他平日里给患者的指示,闭上眼睛回想这首小诗,企图帮自己回忆起夜间的幻想、入睡前看到的画面和梦中的情景。这首诗写的是那些喜欢小猫但不喜欢小猫长大的人。这些和他又有什么关系呢?他既爱小猫,也爱大猫。他小时候很喜爱父亲商店里的两只成年猫,爱他们的小猫,也爱他们小猫的小猫,但他不明白为何这首诗会如此烦人地钻进他脑子里便再也出不去了。

再一想,这首诗也许是一个残酷的提醒,提醒朱利亚斯他一生都被一个错误的神话所误导,即错误地相信自己的一切——包括财富、地位和荣耀,都在不断地上升,生活总是会越过越好。当然,现在他意识到事实恰恰相反——这首诗说得一点也不错,人的一生始于美好。一生中最宝贵的是纯真无邪的童年。童年的记忆里没有愧疚,没有欺诈,也没有学识和责任的负担;唯有各种好玩有趣的游戏,如捉迷藏、夺旗子[一]和用父亲店里的空酒盒子搭堡垒,这岂不是人一生中最美好的时光?随着岁月的流逝,生命的火焰渐渐暗淡,内心也变得愈加冷酷无情。然后,才是那被留到最后的最糟糕的部分。他回忆起上次和菲利普见面时关于童年的谈话。毫无疑问,尼采和叔本华在这一点上是对的。

朱利亚斯点了点头,心中泛起一丝感伤。的确,他从未真正享受过当下,从来没有把握过现在,也从未对自己说过,"这样就好,此时此刻,这就是我想要的!眼前的一切就是最美好的。让我留住这一刻,永远地留在这里"。不,他一直相信生命中最美好的尚未出现,因此一直对未来充满向往,幻想自己会随着年龄的

[一] 夺旗子(capture-the-flag),一种欧美传统运动。——译者注

增长而变得更睿智、更成功、更富有。然而,剧情突然来了个大反转,使得他原先对未来的憧憬瞬间幻灭,反而开始痛苦地追忆那些逝去的美好时光。

这个逆转究竟是从何时开始的?对未来的美好憧憬又是何时被怀旧所取代的?肯定不是在大学期间,在朱利亚斯看来,大学的一切都是他后来幸运地考上医学院的前奏(和障碍)。也不是在上医学院的时候,刚上医学院的头几年,他一直渴望能走出课堂到病房去见习,做梦都想要穿一身白大褂,把听诊器塞在口袋里或像围巾一样随意挂在脖子上。也不是在医学院三、四年级的见习阶段,当他终于如愿地去到病房,又开始向往成为更重要的人,那样就可以做关键的临床决定,救死扶伤,穿上蓝色的手术服,推着患者穿过走廊冲进手术室,进行紧急创伤外科手术。更不可能是在他成为精神科的总医师后,那时的他刚有机会一探萨满教㊀的究竟,又开始惊叹自己所选择的专业的局限性和不确定性。

毫无疑问,朱利亚斯长期坚持不满足于现状的态度也严重影响了他的婚姻。虽然他在高一那年就对米里亚姆一见钟情,但他同时也恨她,认为她的存在令他失去了许多大好机会。他从不完全承认自己的求偶之路就此结束,也丝毫不想限制自己放纵欲望的自由。那阵子他刚开始实习,就发现医院的职工宿舍与隔壁护士学校的宿舍仅一墙之隔,里面住的全是些爱慕医生的待嫁小护士,那感觉就像一头撞进了糖果铺,各色各样的糖果任他吃了个饱。

㊀ 萨满教(shamanism)是在原始信仰基础上发展起来的一种民间信仰活动。萨满教传统始于史前时代并且遍布世界。萨满教的理论根基是万物有灵论。——译者注

第十三章

真正的逆转发生在米里亚姆去世以后。10年前的一场车祸将米里亚姆从朱利亚斯身边夺走了。10年来，朱利亚斯对她的珍爱却比她在世时有增无减。每当想到米里亚姆曾令他的生命如此丰饶满足，朱利亚斯便绝望地叹息，那毕竟是一段真正的田园诗般的日子，是他生命的上升时刻，然而却稍纵即逝。直到如今，10年过去了，他还无法一口气叫出她的名字，必须得一字一顿地说出来。他也知道，除了米里亚姆，不会再有第二个女人对他如此重要。偶尔有一两位女性闯进他的生活，暂时排解了他的寂寞，但没过多久，他们双方就都意识到，米里亚姆终究是不可取代的。直到最近一段时间，他的孤独感才因为一大群男性朋友而有所减轻，这群朋友中有几个就来自他的心理互助小组；再加上他的一对子女，最近这几年，每逢假期，他都和两个孩子以及五个孙子孙女在家中团聚。

但所有这些思绪和回忆都不过是睡前的预告和前奏而已——他脑子里不断预演的第二天下午要如何向治疗团体公布他的病情才是当晚的重头戏。

虽说他已经向许多朋友和个别治疗的患者公开了自己得癌症的消息，但奇怪的是，唯独向治疗团体"坦白"令他感到心事重重、痛苦不堪。朱利亚斯认为这一定是因为自己已经爱上了这个团体。25年来，他一直都热切盼望着每一次团体会谈。对他来说，治疗团体不仅仅是一群人而已，它有自己的生命，有一种经久不衰的独特魅力。虽然新老成员不断更替，最初的成员（当然，他本人除外）都已不在了，但它仍保持着自身的持续稳定和看似不朽的核心文化，用行话来说就是一套独特的"规范"——这是一套不成文的规则，没人说得出具体内容，但每个人都不约而同地认同某种行为是否恰当。

团体治疗比一周当中的任何其他活动都更消耗他的精力,朱利亚斯竭尽全力维持着它的正常运作。这个团体就像是一艘具有神圣使命的救援船,目的是把一群饱受折磨的人送往更安全、更快乐的港湾。乘客的数量有多少?由于平均疗程为 2～3 年,朱利亚斯估算乘客人数至少有 100 人。他脑海中时常会飘过一些往期成员的回忆,时而是一些交流的片段,时而是某张面孔或某个事件一闪而过。想到那些曾经朝气蓬勃的时光以及那些充满生机、意义和辛酸的事件都只化作几缕残存的回忆,难免令他伤感。

多年前,朱利亚斯曾尝试将每一次会谈都录成视频,并在下次会谈时回放一些特别难处理的交流片段。这些旧录像带的格式早已过时,无法在如今的视频播放设备上播放。有时,他也想过从地下室的储藏间里把这些老古董找出来,转换一下格式,让那些回忆起死回生。但他也只是想想而已,从未真正做过。他无法忍受亲眼看到生命的虚无本质被证实,看到过去的时光是如何被储存在光鲜亮丽的电子设备里,又是如何迅速地和眼下以及未来的每一刻一起在虚无的电磁波里消失殆尽。

团体治疗需要一定的时间来建立稳定性和相互信任。通常,一个新的团体往往会将那些动机不强或能力不足而无法参与团队任务(即与其他成员互动并分析互动情况)的成员分离出来。然后,由于成员间开始争夺权力、中心地位和影响力,团体可能会经历数周不愉快的冲突,但最终,治疗的氛围会随着相互间信任的建立而开始越变越浓。他的同事斯科特曾经把治疗团体比作一座在战斗中搭建的桥梁。大多数伤亡(这里指中途退出的人)都发生在早期的成型阶段,一旦这座桥建成了,就可以把许多人(即

第十三章

留下来的初期成员和所有后来加入这个团体的人）送往更美好的地方。

朱利亚斯曾写过一些专业论文介绍治疗团体帮助患者的各种方式，但他一直找不到合适的文字来描述真正关键的因素，即团体的治疗氛围。他在其中一篇文章中将良好的治疗氛围比作让严重皮肤损伤的患者体会到全身浸泡在令人舒缓的燕麦浴中的感觉。

带领一个团体的主要好处之一就是一个强大的治疗团体常常会连带着疗愈患者以及治疗师本人。这一事实似乎被那些专业文献忽视了。虽然朱利亚斯在会面后常常感觉到轻松，但他一直无法明确其治疗原理。这仅仅是在短短90分钟里忘掉自我的结果？还是治疗本身就具有利他作用？又或者是他在欣赏自己的专业能力，为自己的能力感到自豪，并享受来自他人的崇敬？或者以上全是？在过去的几年里，朱利亚斯放弃了钻牛角尖，渐渐接受了一种通俗易懂的解释，即自己是在团体的治愈之水中泡好的。

将自己患黑色素瘤这一消息向团体成员公开似乎是一个重大之举。他想，向家人、朋友以及所有居于幕后的人敞开心扉是一回事，但要向他的主要观众展露自己最真实的一面却是另外一回事。对于这个团体来说，朱利亚斯曾是疗愈者、医生、牧师，甚至是萨满法师。这样一来就等于承认自己年老无用了，并公开承认自己的生活将不再走向盛大光明的未来。事情一旦公开，一切将不可逆转。

朱利亚斯一直很想念近期缺席的帕姆，帕姆现在正在旅行，一个月内不会回来。他很遗憾她将错过今天的消息发布。在他看来，帕姆是这个团体关键的一员，她总能给其他人带来安慰和疗愈，对他亦是如此。但是这个团体却没能帮她克服对丈夫和前任情人的极度愤怒与强迫想象[1]，绝望的帕姆只好到印度的一个佛教静修中心去寻求帮助，朱利亚斯为此十分懊恼。

于是，下午四点半，朱利亚斯带着这些复杂的情绪忐忑不安地走进团体活动室。此时成员们已经坐好了，正在聚精会神地看一些传单，一见朱利亚斯进来，就连忙收了起来。

奇怪，朱利亚斯心想。难道是他迟到了？他迅速地瞥了一眼手表。没有迟到，正好是 4 点 30 分。于是他不再理会这些，开始背诵他事先准备好的那番话。

"好，我们开始吧。你们也知道，我从来没有率先发言的习惯，但今天是个例外，因为有些心里话我必须向你们坦白，虽然这些话我实在难以启齿。

"事情是这样的。大概一个月前，我得知自己得了一种严重的，坦白说，不只是严重，而是一种危及生命的皮肤癌，叫'恶性黑色素瘤'。我一向以为自己很健康，这是在最近的一次例行体检中发现的……"

说到这里，朱利亚斯不得不停了下来。他发觉不太对劲：成员们的面部表情和肢体语言都不太正常。他们的姿势也不对。他们应该都面向他，并注视着他。相反，没有一个人是完全面向他的，也没人敢直视他，所有人的目光都在躲闪，唯有瑞贝卡一人在偷瞄腿上的那张纸。

"怎么回事？"朱利亚斯问道，"我觉得你们并没有在听我说话。大家今天似乎都在忙别的事。瑞贝卡，你在看什么？"

---

[1] 强迫想象是强迫性思维（obsessional thinking）的一种，指患者脑海中反复多次出现某一冲动意念或想象，会反复或持久地很不合适地闯入头脑，伴有主观的被强迫感觉和痛苦感。——译者注

第十三章

瑞贝卡立刻把纸折好,塞进手提包里,避开了朱利亚斯的目光。大家安静地坐着,直到托尼打破了沉默:

"那好,我来说吧。我无法代替瑞贝卡回答你这个问题,我只能代表我自己。我的问题就是,在你开口之前,我就已经知道你要告诉我们的关于……健康的事情了。所以我做不到假装成第一次听说的样子看着你,又不能打断你的话,告诉你我早就知道了。"

"怎么回事?你说你知道我要说什么是什么意思?今天到底是怎么了?"

"朱利亚斯,很抱歉,请允许我解释一下。"吉尔连忙说道,"我想,这件事情有一部分过错在我。上次会谈结束后,我感觉很累,一时间不知道该不该回家,该什么时候回去,晚上要在哪里过夜。于是就把大家硬拽去咖啡馆,边喝咖啡边接着讨论。"

"是吗?然后呢?"朱利亚斯做了个乐团指挥一般的手势,诱导他继续往下说。

"然后,菲利普就把事情跟我们说了。就是,关于你的健康问题和恶性骨髓瘤……"

"是黑色素瘤。"菲利普小声地纠正他。

吉尔瞥了一眼手里的那张纸。"对,黑色素瘤。谢谢你,菲利普。我总是弄混,一会儿要是再出错请继续纠正我。"

"多发性骨髓瘤是一种骨癌,"菲利普补充道,"黑色素瘤是一种皮肤癌,想想黑色素、色素、皮肤色素……"

"所以那些传单是……"朱利亚斯打断了他的话,用手示意吉尔或菲利普解释一下。

"菲利普下载了你的病情资料,准备了一份摘要,几分钟前我们刚进屋时，他就把摘要发给了大家。"吉尔说着，把传单递给朱利亚斯，朱利亚斯一眼就看到了那个标题：恶性黑色素瘤。

朱利亚斯大为吃惊，身子不由地往后靠了靠。"我……呃……怎么说呢……我觉得自己被抢先了，我本以为有一个重大新闻要发布，结果被抢先了，自己的人生故事，或者说是死亡故事，倒被别人给抢先报道了。"说罢，朱利亚斯又转身对着菲利普说，"你考虑过我会怎么想吗？"

菲利普仍然面无表情，既不回答，也不看朱利亚斯一眼。

"这么说好像不太公平，朱利亚斯。"瑞贝卡一边说着，一边摘下发卡，松开她长长的黑发，在头顶上盘了个发髻，继续说道，"这不能怪他。首先，菲利普那天会后根本就不想去咖啡馆，理由是他从不参加社交活动，而且还要备课。他真的是被我们硬拉去的。"

"没错。"吉尔接着瑞贝卡的话继续说道，"我们那天主要谈的是我和妻子的事，以及那天晚上我要在哪里过夜。然后，大家自然而然地就问起菲利普为何来接受治疗，这很正常，每个新成员都会被问到这个问题。于是他就把你生病之后打电话给他的事告诉了我们。听到那消息，我们都非常震惊，非要问清楚不可，就逼着他把知道的事全告诉我们了。现在回想起来，他当时就算想瞒也瞒不住了。"

"菲利普甚至还问我，"瑞贝卡补充道，"你不在的情况下，大家这么聚在一起是不是符合规定。"

"符合规定？这话是菲利普说的？"朱利亚斯问。

"那倒不是，"瑞贝卡说，"细想一下，'符合规定'（kosher）这个词是我说的，不是他。但他就是这个意思。我告诉他，我们

第十三章

会后经常在咖啡馆碰面，你从不反对，只是要求我们在下次会谈时向所有不在场的人汇报情况，以保证彼此之间没有秘密。"

趁着瑞贝卡和吉尔回答之时，朱利亚斯已渐渐冷静下来，这是件好事。此时的他被满脑子负面情绪搅得心烦意乱："这个忘恩负义的混蛋，阴险的小人。我一直在努力帮他，这就是他给我的回报吗？真是好人没好报。我可以想象，他一定没告诉大家自己的情况，包括他当初为何来我这里接受治疗……我敢打赌，他肯定故意忘了说自己当年曾无情无义地玩弄了数以千计的女人。"

但他最终还是把这些想法都藏在了心里，考虑到上次见面之后发生的事情，他逐渐消除了心中的怨恨。他意识到，这群人必定会向菲利普施加压力，要他一同参加会后的咖啡聚会，而菲利普会在压力的左右下赴约——错就错在自己没有及时提醒菲利普关于成员们定期在会后小聚的事。而且，吉尔说得对，成员们必定会问菲利普参加治疗的原因，他们从不放过任何一个新成员。所以，菲利普必定要向他们讲述他俩不寻常的过去以及随后的治疗协议——他根本毫无选择，不是吗？至于他传播有关恶性黑色素瘤的信息，这倒是菲利普自己的主意，无疑他想利用此举来讨好大家。

强压怒火的朱利亚斯浑身发抖，怎么也笑不出来，勉强继续说道："好吧，我会尽最大的努力来谈论这件事。瑞贝卡，让我好好看看那张传单。"朱利亚斯迅速地扫了一眼，说："这些医学数据看来是准确的，我就不再重复了，我只想告诉你们我的经历。医生在我背上发现了一颗不寻常的痣，活检证实是恶性黑色素瘤。所以，这就是我前几次取消团体会谈的原因——这几周我过得很艰难，真的很艰难，这种事只能慢慢消化。"朱利亚斯的声音在颤抖。"正如你们看到的,现在要开口说这件事对我来说还是很难。"他停顿了一下,深深地吸了一口气,接着说,"医生也无法预测未来的情况,但重要的是,他们坚信我至少还能健康地活一年。所以这个团体还能照常运作12个月。不,等等,这么说吧,如果健康状况允许的话,我答应再带领大家一年,之后就要结束这个团体治疗了。对不起,我笨嘴笨舌的,毕竟还没有经验。"

"朱利亚斯,这病真的严重到威胁生命吗?"邦妮问道,"根据菲利普在网上查找的信息……所有这些数据显示,黑色素瘤也是分阶段的。"

"对于直截了当的问题最直接的回答就是'是的'——这绝对会危及生命。这个病将来很可能会要了我的命。我知道这个问题不好问出口,但我很欣赏你的直率,邦妮,因为我和大多数重病患者一样,讨厌人们在我面前支支吾吾、欲言又止,那样反倒会让我感到孤独和害怕。我必须适应新的现实。虽然很难接受,但不得不承认,我之前健康的、无忧无虑的生活肯定要结束了。"

"我在想菲利普上星期对吉尔说的话。我想知道,那些话对你有价值吗,朱利亚斯?"瑞贝卡问道,"我不确定是在咖啡馆还是在这里谈到的,说的是人会通过与世界的各种关联来定义自己或生活。我说得对吗,菲利普?"

菲利普仍旧避开了对方的眼神,很有分寸地回答道:"我上周在和吉尔谈话时指出,一个人的关联越多,当他与这些关联断开时,他的生活就变得越沉重,经历的痛苦也就越多。因此,叔本华和佛教思想都认为,人必须从这些关联中解脱出来,而且——"

"我不认为这对我有帮助。"菲利普的话被朱利亚斯打断了,"我也不确定这是不是这次会谈的目的。"他注意到瑞贝卡和吉尔

第十三章

之间迅速交换了一个意味深长的眼神,接着说道:"我的看法正好相反。关联,甚至是大量的关联,是完整的人生不可或缺的组成部分,为了避免预期的痛苦而拒绝产生关联,你的人生必定是不完整的。我不是要打断你们的对话,瑞贝卡,但我认为更重要的还是你们的反应,你们每个人对我宣布这一消息的反应。我罹患癌症这一消息显然会激起一些强烈的感受,毕竟我和你们中的许多人已经相识多年了。"朱利亚斯停了下来,看了看围坐一圈的成员。

一直瘫坐在椅子上的托尼,动弹了一下身子,说:"听见你方才说对我们来说重要的是你还能带领这个团体多久,我非常震惊。这句话连我这个一向被指责麻木的人听着都很不舒服。我不否认自己有过这样的想法,但是,朱利亚斯,我最担心的还是这个病对你来说意味着什么。我说,让我们一起面对吧,你对我来说一直都相当……我是说……真的很重要,你帮助我克服了一些非常糟糕的事情……我是说,我,我们,能为你做点什么吗?这件事对你来说一定很可怕。"

"我也是。"吉尔说。所有的人(除了菲利普)都纷纷表示同意。

"我来回答你,托尼。但首先要说的是,我非常感动,换成是几年前,你绝对不会如此直接、如此慷慨地伸出援手。老实回答你的问题,这件事太可怕了。一时间各种感受如潮水般涌来。几周前我取消了团体会谈,当时正值我情绪的最低谷。我不停地和我的朋友,和所有支持我的人聊天。现在,此时此刻,我已经好多了。人对任何事都能慢慢习惯,包括致命的疾病。昨天晚上,我脑子里反复出现那句话——'人生就是一个又一个该死的失败'。"

朱利亚斯停了下来。此时大家都不说话，眼睛死死地盯着地板。朱利亚斯补充说："我想坦率地处理这件事……什么都可以谈论……我不回避任何事情……除非你们的问题具体到我答不上来。我今天说得够多了，用不着花全部的时间来谈我的事。我想说的是，我仍有足够的精力像往常一样带领大家治疗。事实上，对我来说，一切都保持原样很重要。"

邦妮沉默了片刻，开口说道："说实话，朱利亚斯，我当然有问题要处理，但我不知道……与你眼下正经历的事相比，我的问题似乎有点不值一提。"

吉尔抬起头，补充道："我也是。我的事情——无论是学习如何与妻子对话，与她继续相处，还是逃离那艘正在下沉的船，相比之下，都显得那么微不足道。"

菲利普伺机接着他们的话说："斯宾诺莎喜欢用一个拉丁短语，'sub specie aeternitatis'，意思是'从永恒的角度'。他认为，如果从永恒的角度来看，再烦人的日常琐事也会变得不那么令人不安了。我相信心理治疗可能大大低估了这一概念的作用。"说到这里，菲利普转过身来，直截了当地对朱利亚斯说："这也许能给你一点安慰，即使你正面临着如此严重的打击。"

"看得出来你是想帮我，菲利普，我很感激。但是此刻，从永恒的角度看待生命的观点已经不适合我了。我跟你说说为什么吧。我昨晚没睡好，一直在感伤自己没有好好珍惜过去的每一个当下。年轻时，我总是把眼下看作一段前奏，那更美好的将来才是值得期盼的乐章。然而多年之后，我突然发现自己又反过来沉浸在怀旧之中。我最欠缺的就是珍惜当下，而这恰恰是你那个超脱的观点的问题所在。我认为，用这个观点来面对生命未免本末

第十三章

倒置了。"

"我不得不插一句，朱利亚斯，"吉尔说，"据我观察，我认为菲利普的任何说法你都不太可能接受。"

"吉尔，对于你这个观察我会加以注意的。但这只是一种观点。你都观察到什么了呢？"

"嗯，我观察到，你就是不尊重他提出的任何东西。"

"吉尔，我大概知道朱利亚斯会如何回应。"瑞贝卡说。"这还不能算是观察，你只是在猜测他的感受罢了。而我观察到的是……"她说着便转向朱利亚斯，"这是你和菲利普第一次当着大家的面直接对话，其实还算不上完全直接。还有，你今天好几次打断了菲利普的话，我还从未见你对别人这样打断过。"

"说得好，瑞贝卡，"朱利亚斯回答，"对，非常直接而准确的观察。"

"朱利亚斯，"托尼说，"我完全搞不懂这是怎么回事。我也不明白你和菲利普之间是怎么回事。他说你突然打电话给他，对吗？"

朱利亚斯低垂着头坐了几分钟，然后说："是啊，我知道这一定让你们所有人都很困惑。好吧，我直截了当地，或者说是根据我的记忆，尽量还原一下事情的经过。我被确诊后，陷入了绝望之中，觉得自己就这么被判了死刑。震惊之余，我开始怀疑自己一生中所做的事情是否有任何长远的意义。我在这个问题上苦苦思索了一两天，由于我的生活与工作密切相关，我开始回想过去看过的患者。我是否真的对某个人的生命产生过深远的影响？我觉得自己的时间已经浪费不起了，于是，当场就决定要联系一些老患者。我联系的第一个人就是菲利普，到目前为止也是唯一的一个。"

"为什么选择菲利普呢?"托尼问道。

"这是一个价值 6.4 万美元的问题⊖——也许这个说法已经过时了,现在最重要的问题要值 6400 万美元了吧?简短的回答是,我也不知道。我思前想后,这个选择并不明智,因为如果我想让自己的价值得到肯定,明明有很多更好的人选。尽管我努力了整整 3 年,最终还是没帮上菲利普什么忙。也许我希望在他身上看到一些治疗的延迟效应——曾经有一些患者报告过这样的事情。但事实并非如此。也许我是受虐狂,喜欢自揭伤疤。也许我选择这个最大的失败案例是为了给自己第二次机会。我承认,其实我也不清楚自己的动机何在。在我们讨论的过程中,菲利普告诉了我他转行的事,并问我是否愿意当他的导师。"接着,朱利亚斯面向菲利普说道,"菲利普,我想你已经把这件事告诉了大家吧?"

"我提供了一些必要的细节。"

"你还能说得更隐晦一点吗?"

菲利普把目光移开了,其余的人也都显得很不自在。沉默了许久,朱利亚斯终于又开口了:"菲利普,我为刚才的挖苦道歉,但你真的看不出那个回答会让我很难办吗?"

"正如我所说的,我向其他人提供了一些必要的细节。"菲利普说。

邦妮转过身来对朱利亚斯说:"我就直说了。这种话听着很不舒服,我必须出手救你。我认为今天的事情已经够你烦的了,我

⊖ 这一说法源自美国 1955 ~ 1958 年播出的一档名为"The $64 000 Question"的电视有奖问答节目,参与者每答对一题就获得相应的奖金,奖金额度随答题数目而增加,答对最后也是最难的一道题即可获得 6.4 万美元的最高额奖金。——译者注

第十三章

觉得你目前需要得到一些照顾。请告诉我们,我们今天能为你做些什么吗?"

"谢谢你,邦妮,你说得对,我今天状态不好。你这么问我很开心,但我不确定能不能答得上来。我要跟你们说句心里话——有些时候,我因为一些个人问题心事重重地走进这个房间,但每回离开时都感觉轻松愉快,完全是因为有你们这群很棒的成员。也许这样能回答你的问题。对我来说,最大的帮助就是你们所有人都继续发挥这个团体的作用,不要因为我的事而使讨论进行不下去。"

又是一阵短暂的沉默之后,托尼说:"发生了今天这些事之后,要再回到正轨真的很难。"

"没错。"吉尔说,"再回头去谈论其他事情,多少会有点尴尬。"

"每当这种时候,我就会想念帕姆。"邦妮说,"不管处境有多尴尬,她总能理出个头绪来。"

"巧了,我刚才也在想她。"朱利亚斯说。

"这可真是心灵感应。"瑞贝卡说,"就在1分钟前,就在朱利亚斯谈论成功与失败的时候,我脑子里一下就闪过了帕姆的名字。"她转向朱利亚斯,继续说道:"我知道她是我们几个中你最喜爱的一个——很明显,绝对错不了。我想知道的是,你是否也觉得对她的治疗失败了。她毕竟是因为我们帮不了她,才请了几个月的假去寻求另一种治疗。这么做会有损你的自尊心吧。"

朱利亚斯并没有直接回答,而是指了指菲利普,说:"也许你应该先把情况跟他说明一下。"

"帕姆在我们当中很有影响力。"瑞贝卡对菲利普说,尽管菲利普并没有看她,"她的婚姻和与情人的关系都破裂了。她决定走出婚姻,但情人却选择不和妻子离婚。她烦透了这两个男人,每天都被他们搞得心烦意乱。尽管我们尽了最大的努力，还是帮不了她。绝望中，她前往印度，到一所佛教静修中心去寻求一位著名导师的帮助。"

菲利普没有丝毫反应。

瑞贝卡又转身面对朱利亚斯问道："那么，你对她的离开有何感想？"

"应该说，这件事如果发生在15年前，我会非常紧张，甚至还可能提出强烈反对，我会认定她企图寻求另一种形式的开导，只是在抗拒做出改变。但这些年我变了。如今的我会利用一切所能获得的帮助。我发现，参与一些其他形式的成长，包括一些稀奇古怪的方式，往往可以为我们的治疗工作开辟新的局面。我真心希望帕姆也能有所收获。"

这时，菲利普说："对她来说，这也许一点儿也不稀奇古怪，反而是个绝佳的选择。叔本华对东方的静修一直持肯定态度，认为它强调心灵的净化，看透世间幻象，通过放下执念来减轻痛苦。事实上，他是第一个将东方思想引入西方哲学的人。"

菲利普的这番话没有特别针对谁说，也没有人回应。朱利亚斯对频频听到叔本华这个名字感到十分恼火，但当他注意到有几个成员对菲利普的话点头表示赞赏时，又把怒气压了回去。

一阵短暂的沉默之后，斯图尔特说："我们是不是应该回到几分钟前朱利亚斯说的那样，对他来说，最好的办法就是继续我们的治疗。"

"我同意，"邦妮说，"可是要从哪儿说起呢？你和妻子有什么后续发展吗，斯图尔特？上次听说她给你发电子邮件说她在考虑离婚。"

第十三章

"那件事算是平息了,我们目前就维持现状。她仍然和我保持距离,但至少情况没有进一步恶化。还是看看大家有没有其他问题要解决吧。"斯图尔特环顾了一下房间,"我能想到的还有两件事。吉尔,你和罗丝怎么样?有什么进展吗?还有,邦妮,你刚才提到有事情要处理,但又觉得不太重要。"

"我今天就不谈了吧。"吉尔低着头说,"上周占用了大家太多时间,但结果还是战败投降。我很惭愧,回家之后情况一点都没有改善。菲利普和你们大家为我提供的那些好建议全都白费了。你怎么样,邦妮?"

"我那件事情在今天看来根本就不值一提。"

"还记得我是怎么理解波义耳定律[一]的吗?"朱利亚斯说,"少量的焦虑同样会弥漫扩散,直至充满我们全身。所以你感受到的焦虑其实跟其他遭遇明显不幸的人的焦虑是差不多的。"他看了看表,继续说道:"时间已经差不多了,要不要先把话题提出来,好将它列入下周的待议事项?"

"这么做是为了防止我下周临阵脱逃吗?"邦妮问,"这主意不错。我想说的是,我长得又丑又胖,还笨手笨脚,而瑞贝卡,还有帕姆,她们俩既漂亮又时髦。尤其是你,瑞贝卡,你勾起了我许多旧时的痛苦,我总感觉自己老是笨手笨脚,相貌平平,没人喜欢。"邦妮停下来看着朱利亚斯:"好啦,终于说出来了。"

"这个问题就留待下次讨论吧。"朱利亚斯说着站起身来,示意会谈结束。

[一] 波义耳定律(Boyle's law,又称波马定律),是由英国化学家波义耳(Boyle)在1662年根据实验结果提出的,指在密闭容器中的定量气体,在恒温下,气体的压强和体积成反比关系。——译者注

第十四章

THE
SCHOPENHAUER
CURE

一个拥有罕见才智的人被迫从事一份仅仅是有用的工作,就好比一个图案极其精美的贵重花瓶,却被用作厨房里的一口锅。

第十四章

1807年，亚瑟·叔本华差点成为商人

1804年，叔本华一家结束了他们的游学旅行○，16岁的亚瑟心情沉重地履行了他对父亲的承诺，开始了他在参议员杰尼斯这位汉堡著名商人那里长达7年的学徒生涯。亚瑟一下子陷入了双重生活，不仅要完成学徒的所有日常工作，还利用每一分空闲时间偷偷地研读文化史上的伟大著作。此时他已内化○了父亲的大部分思想，时常会为自己偷取时间阅读而悔恨自责。

然后，9个月后发生的那件令人震惊的事成了亚瑟这一生最重要的事件之一。父亲海因里希·叔本华年纪不过65岁，但身体每况愈下：不仅出现了黄疸，还感觉疲惫、沮丧、思维混乱，常常连老朋友都认不出来。1805年4月20日，他拖着虚弱的病体，想方设法回到了他在汉堡的仓库，慢慢地爬上谷仓的顶楼，从窗户纵身一跃，跳进了汉堡运河。几个小时后，他的尸体被发现漂浮在冰冷的河水中。

所有的自杀事件都会给身边活着的人留下震惊、内疚和愤怒的伤痕，亚瑟也毫不例外地经历了所有这些情绪。想象一下亚瑟经历的这一系列复杂情感，他对父亲的爱使他感到巨大的悲痛和失落；他对父亲的怨恨又引发了内心无限的悔恨——从他后来经常谈到父亲的过分严厉给他带来的痛苦，看得出他对父亲是有怨气的。由于亚瑟很清楚父亲将是他成为哲学家道路上永远的障碍，

○ 游学旅行是旧时英美富家子弟在欧洲大陆主要城市的观光旅行，是其教育的一部分。——译者注

○ 内化（internalization），心理学名词，指在思想观点上与他人的思想观点相一致，自己所认同的新的思想和自己原有的观点、信念，结合在一起，构成一个统一的态度体系。——译者注

如今这个重获自由的大好机会必然会引起他强烈的内疚感。说到这一点,我们很难不联想到另外两位同样是早年丧父的崇尚思想自由的伟大哲学家尼采和萨特。尼采的父亲是一位路德教牧师,如果不是他在尼采孩提时代就去世了,尼采会成为一个反基督分子吗?萨特也曾在自传中表达过宽慰,因为自己不必再背负寻求父亲认可的重担。其他人可就没那么幸运了,比如克尔凯郭尔和卡夫卡[一],他们终其一生都活在父辈评判的重压之下。

亚瑟·叔本华的众多作品涵盖了大量的思想、主题、历史和科学的好奇心、观念和情感,只有少数几篇温暖的短文是记录个人情感的,而它们全都与父亲海因里希·叔本华有关。在其中一篇文章中,亚瑟提到父亲非常诚实地承认自己做生意是为了赚钱,他不仅为父亲的直率感到自豪,还将其与许多哲学家同行(尤其是黑格尔和费希特)的表里不一进行了对比,指责他们一面大肆追求财富、权力和名望,一面却谎称是在为全人类服务。

60岁那年,他本打算把自己全部作品献给父亲以表缅怀。献词的措辞被反复修改了多次,最终还是没有发表。其中一版的开头这样写道:"我本人及一切成就都归功于这个高尚、卓越的灵魂……凡在我的作品中寻得各种喜乐、安慰和指引的,就当知晓您的大名,并且知道,若不是因为海因里希·叔本华一生高尚,亚瑟·叔本华可能已毁灭100次了。"

鉴于海因里希生前并未对儿子表达过太多的情感,亚瑟却对他报以感人的孝心,这一点着实令人费解。他写给亚瑟的信常常是满纸批判。比如这一段:"跳舞和骑马根本无法提升商人的谋生

[一] 卡夫卡(Kafka, 1883—1924),奥匈帝国犹太裔作家,西方现代主义文学和表现主义文学的先驱和大师。——译者注

第十四章

技能。作为商人，要能写出好看易懂的信函。我经常发现你的大写字母仍然写得歪歪扭扭、奇丑无比。"再比如这一段："不要驼背，这样很影响形象……如果有人在餐厅里弯腰驼背，绝对会被误认为是裁缝或鞋匠。"在他写给儿子的最后一封信里，海因里希嘱咐道："关于保持正确的走路姿势和坐姿这件大事，我建议你要求身边的每一个人在你疏忽的时候使劲打你一下以示提醒。王室家族的孩子们都是这么被要求的，一时的疼痛总好过一辈子都身形不正。"

亚瑟真不愧是海因里希的儿子，无论是外貌还是气质，从里到外都和父亲如出一辙。17岁那年，母亲在给他的信中写道："我比谁都清楚，你的性格里拥有太少的青春快乐，有着明显的忧郁倾向，这一切都来自你父亲的不幸遗传。"

但亚瑟同时也继承了父亲的诚实与正直，这在他面对父亲去世后的两难抉择时起了决定性的作用：即使讨厌从商，也要留下来继续当学徒吗？最终，他决定遵循父亲的行事准则——信守诺言。

关于这个决定，他是这么写的："我继续留在商业资助人那里任职，一部分原因是我的过度悲伤已经摧毁了我的精神能量；另一部分原因是，如果在父亲去世后就立刻撤销他的决定，我良心上会感到内疚。"

如果说亚瑟在父亲自杀后觉得要义不容辞地坚守阵地，那他的母亲则全然不同。她以旋风般的速度改变了自己的生活。在给17岁的亚瑟的一封信中，她这样写道："你的性格和我完全不同。你天生优柔寡断，我却太果断，太坚决了。"在寡居了几个月后，她就毅然卖掉了叔本华家族的豪宅，清算了这家历史悠久的家族企业，搬离了汉堡。她对亚瑟夸耀说："我总是做出最令人兴奋的选择。想想我选择在哪里居住就知道了，我没有选择像其他女性那样搬回老家，回到亲戚朋友身边，而是选择去了魏玛，一个对我来说几乎陌生的城市。"

为何选择去魏玛？因为乔安娜野心勃勃，渴望能更接近德国的文化中心。她对自己的社交能力充满信心，知道自己定能心想事成。果然，不出几个月，她就为自己创造了一种非凡的新生活：她创办了魏玛最热闹的沙龙，并与歌德和许多著名作家、艺术家结下了深厚的友谊。不久，她便开启了自己的职业生涯，首先是作为一名成功的旅行日志作家，记录了叔本华一家的旅行和一趟法国南部之旅。后来，又在歌德的鼓励下写小说，创作了一系列浪漫的爱情小说。她是第一批真正获得解放的女性之一，也是德国首位以写作为生的女性。在接下来的10年里，乔安娜·叔本华一跃成为知名的小说家，在当时19世纪的德国，她的名气不亚于现在的丹尼尔·斯蒂尔[一]。在那几十年间，亚瑟·叔本华一直被称为"乔安娜·叔本华的儿子"。19世纪20年代末，乔安娜出版了一套多达20册的全集。

尽管历史普遍把乔安娜形容得自恋且冷漠，虽然这很大程度上是基于亚瑟对其母亲的严厉批评，但毫无疑问，她才是那个唯一能使亚瑟重获自由并将他送上哲学之路的人。实现这一转变的工具就是她于1807年4月（也就是亚瑟父亲自杀的两年后），写给亚瑟的这封决定命运的信。

[一] 丹尼尔·斯蒂尔（Danielle Steel, 1969—），美国通俗文坛最具代表性的畅销书作家之一，发表了25部作品，发行量超过1.3亿册。——译者注

第十四章

亲爱的亚瑟:

你3月28日那封严肃而平静的来信,使我完全读懂了你的心,同时也使我警觉,你很可能走上了一条完全错失自己天命的路!因此我必须尽一切可能来拯救你。我深知过着违背自己灵魂的生活是多么痛苦;如果可能的话,我亲爱的孩子,我绝不让你受这样的苦。哦,我最亲爱的亚瑟,为何你如此轻视我的建议?你现在想要的,其实也是我当初最热切的愿望。我不管他人如何诋毁,还是努力去实现这一愿望……我亲爱的亚瑟,倘若你不愿成为一个庸俗的商人,我是绝不会给你设置任何障碍的。因此你必须先找到属于自己的路,并做出选择。然后,我会在适当的时候尽我所能地给予你建议和帮助。首先,试着让自己平静下来……切记,你必须选择能为你带来高收入的专业,不仅因为这是你唯一的生活方式,还因为你无法只靠遗产就过上富足的生活。如果你已经做出了选择,告诉我,但这个选择必须由你自己来做……如果你有力量和勇气去做这件事,我很愿意帮你。但是,也不要像一个纯学者那样把生活想象得太美好。我如今才真正接触到了生活,亲爱的亚瑟。生活中的大部分时间都在创作,既累人又麻烦,只有真正热爱它才能感受到它的魅力。也不要指望以此来致富,作家一般只能艰难地勉强维持生计……要想成为一名作家,你必须要能写出一些优秀的作品……现在比以往任何时候都更需要聪明的头脑。亚瑟,仔细考虑一下并做出选择,但要坚定。让你的毅力永不失败,你就会安全地达成你的目标。选择你想要的……但我含泪恳求你千万不要欺骗自己。认真、诚实地对待自己。你一生的福祉就和我当年的幸福一样处在了一个紧要的关头,只有你和阿黛尔才有希望弥补我逝去的青春。我实在不忍心看到你不快乐，尤其是当我不得不责备自己太逆来顺受了，才会让这种不幸在你身上重演。你知道吗，亲爱的亚瑟，我非常爱你，我希望凡事都能帮助你。请一定充满信心，并且一旦下定决心，就听从我的建议来实现你的选择，唯有这样才能回报我对你的爱。不要以叛逆来伤害我。你知道我并不固执。我知道如何据理力争，也懂得如何在争辩中让步，因此我永远不会向你提任何无理的要求……

再见，亲爱的亚瑟，我焦急地写这封信，写得我手指生疼。务必牢记我在信中嘱咐的话，我盼望着你尽快回信。

你的母亲
J. 叔本华

晚年时，亚瑟写道："读完这封信时，我泪如泉涌。"他在回信中告知母亲他选择不再当学徒。乔安娜回复道："你如此反常地快速做出决定，本该令我感到不安。我本该担心这个决定是否过于轻率，但你却使我很放心，我认为这股力量来自你内心最深处的渴望。"

乔安娜争分夺秒地将亚瑟要离开汉堡的消息告知亚瑟的商业资助人和房东，安排人给他搬家，并安排他到距离魏玛50千米外的哥达镇就读当地的一所高中。

亚瑟就此挣脱了枷锁。

THE
SCHOPENHAUER
CURE

第十五章

值得注意和一提的是，人类除了具体的生活之外，还过着另一种抽象的生活……在这个冷静思考的层面，原本使之着迷并感动至深的东西，都变得冷酷、平淡、疏离：在这里，每个人都只是生活的旁观者和观察者。

帕姆在印度（上）

从孟买开往伊加特普里的火车慢慢停靠在一个小村庄，帕姆听到一阵类似仪式上的敲锣打鼓声，她透过肮脏的车窗向外望去，只见一个11岁上下的黑眼睛男孩跑了过来，指着她那扇车窗，手里高举着一块破布和一个黄色塑料水桶。自打两周前抵达印度以来，帕姆就一路在摇头说"不"。不要导游，不要擦鞋，不要鲜榨橘子汁，不要纱丽布，不要耐克网球鞋，也不需要换钱。对乞丐说"不"，对各种调情说"不"，这些调情有的坦率直接，有的则通过眨眼、挑眉、舔嘴唇、弹舌头等小动作来暗示。她心想，这下终于有人提供她真正需要的东西了。于是她冲那个年轻的擦窗工使劲地点了点头表示"要，要"，他咧着嘴回了她一个大大的笑脸，然后用了一整套夸张的花式动作来擦洗窗玻璃，很显然帕姆的惠顾和观看令他十分高兴。

只见那个男孩擦完还站在原地盯着她，帕姆连忙慷慨地付了钱，又把他像赶牲口似的赶走了。然后她靠在椅背上，看着一群村民在一位身着宽大的猩红色裤子和黄色披肩的僧人的带领下沿着一条尘土飞扬的街道蜿蜒而行。他们的目的地是城市广场的中心和一个大型的纸糊的象头神迦尼萨⊖，就是一尊象头人身、大腹便便的神像。不论是那位僧人、穿着白得发亮的衣服的男子，还是裹着橘黄色和洋红色长袍的女人，每个人都手捧一尊小的象头神雕像。年轻的女孩们负责一捧一捧地撒着鲜花，男孩们则两两

⊖ 象头神迦尼萨（Ganesha）是印度教及印度神话中的智慧之神、破除障碍之神。他是湿婆神和雪山神女帕尔瓦蒂的精神之子。其形象为象头人身，大腹便便，独牙，持斧头、糖果、念珠、莲花。坐骑为老鼠。——译者注

搭档，用两根杆子架着焚香的金属香炉，一路上香烟缭绕。在喧闹的锣鼓声中，每个人都齐声吟唱："Ganapathi bappa Moraya, Purchya varshi laukariya。"

"不好意思，请问能告诉我他们在唱什么吗？"帕姆决定向对面那位正在喝茶的古铜色皮肤的男人求助，他们俩是这节车厢里唯一的乘客。他看上去优雅迷人，穿着一件宽松的白棉布衬衫和一条长裤。帕姆的提问令他十分意外，于是猝不及防地呛了一口茶，剧烈地咳嗽个不停。实际上他心里得意得很，因为自打火车一驶出孟买，他一路都想和对面这位漂亮的女士搭讪，无奈总是没有机会。声嘶力竭地咳了一阵之后，他终于哑着嗓子回答道："很抱歉，女士，有些生理机能实在无法控制。这些人，以及全印度的人们，今天都在唱着'亲爱的象头神伽那婆提，摩拉亚之王，明年初再来吧'。"

"伽那婆提？"

"是啊，很令人费解吧。你知道的可能是那个较常见的名字，迦尼萨。他还有很多别名，比如维涅斯瓦拉（Vighnesvara）、毗那耶迦（Vinayaka）、迦迦纳纳（Gajanana）。"

"他们为何在游行？"

"这是象头神节十日活动的开始。或许你运气好的话还能赶上下周在孟买的结束庆典，目睹全城的人走进大海，将他们手中的象头神像浸入滚滚而来的海浪中。"

"哦，那个又是什么？是月亮？还是太阳？"帕姆指着四个孩子共同举着的一个大大的黄色纸球问道。

维贾伊暗自高兴地低声哼哼起来。他很乐意回答这些问题，甚至盼着火车停靠得再久一点，好让这样的对话一直持续下去。

他此生从未有幸能和这种美国电影里常见的性感女郎说话。面前这个女人举止优雅、肤白貌美，活脱脱一个从《印度爱经》(Kama Sutra)里走出来的女神，令他想入非非。这次邂逅会有什么结果吗？他很好奇。会不会是一次他渴望已久的改变人生的经历呢？他没有家室，且拥有一家服装厂，在印度当地算得上家境殷实了。他年轻的未婚妻已于两年前死于肺结核，在父母重新为他挑选一位新娘之前，他是自由的。

"啊，孩子们捧着的是月亮。人们用它来纪念一个古老的传说。首先，你要知道象头神的好胃口是出了名的。看看他的大肚腩就知道了。有一次，他被邀请去参加一个宴会，饱食了一顿叫作'糖球'㊀的甜点。你吃过糖球吗？"

帕姆摇了摇头，生怕他会从手提箱里拿出一个来请她吃。她的一个好朋友曾经在印度的一家茶馆里被感染了肝炎。所以到目前为止，她一直谨遵医生的建议，只吃四星级酒店提供的食物。一旦离开酒店，她就只吃带壳带皮的食物——主要是橘子、煮熟的鸡蛋和花生。

"我母亲做的椰子杏仁糖球简直棒极了。"维贾伊继续说道，"它其实就是炸面粉丸子外面裹上甜豆蔻糖浆——别看它听起来很普通，相信我，它吃起来可比所有成分的口味加起来要丰富得多。回过头再来说说象头神的故事吧，由于吃得太饱，肚子撑得他都站不起来了，身子一歪便跌倒了。圆圆的肚子瞬间胀破，刚吃进去的糖球全滚了出来。"

㊀ 糖球（laddoos）是印度地区常见的甜点，由油、面粉、核果碎片等做成丸子状，经油炸而成，最后沾上糖浆，通常是节庆、供奉时的食物。——译者注

第十五章

"由于这一切都发生在晚上,就把那唯一的目击者月亮给逗笑了。恼羞成怒的象头神便诅咒月亮,将他逐出了宇宙。然而,整个世界都为月亮的离去感到惋惜,于是众神聚集在一起向湿婆神(也就是象头神的父亲)祈祷,请求他宽恕。悔过的月亮也为自己的失礼道了歉。最后,象头神修改了那条诅咒,宣布月亮每个月只消失一天,其余的日子只能部分显现,而且只有一天可以被看到全貌。"

见帕姆没有回应,维贾伊才又补充道:"你现在知道为何月亮要在象头神节的庆典中占一席之地了吧。"

"谢谢你的解释。"

"我叫维贾伊,维贾伊·潘德。"

"我叫帕姆,帕姆·斯旺维尔。真是个有趣的故事,这个神长得也太荒诞可笑了——象头佛身。可是,村民们对待这个神话的态度似乎很认真……就好像真的发生过似的……"

"仔细思考象头神造像的象征意义其实很有趣,"维贾伊温柔地打断了她的话,从衬衫领口拉出一个很大的项链吊坠,上面刻着的正是象头神像,"请注意神像上的每一个特征都有其严肃的意义,都是一个人生教导。比如大大的象头,告诉我们要高瞻远瞩。大耳朵呢?表示要耳听八方。小眼睛提醒我们要集中专注,小嘴巴提醒我们要少说话。我从不忘记象头神的教导——即使是现在,当我在和你说话时,也牢记着他的忠告,提醒自己话不要太多。如果我说的比你想知道的还要多,拜托你一定要告诉我。"

"不,一点儿也不会。我最感兴趣的就是听你讲解造像分析(iconography)。"

"如果仔细看的话,还会发现许多细节。我们印度人是很认真的。"他说着把手伸进肩上的皮包里,从里面掏出了一个小型放大镜。

帕姆接过放大镜,俯下身去仔细查看维贾伊的吊坠。她闻到了他身上混杂着肉桂、小豆蔻和刚熨过的棉布的气味。在这密闭肮脏的火车车厢里,他怎么可能保持如此香甜清新的气味呢?"他只有一颗象牙。"帕姆有了新发现。

"意思是,去伪存真。"

"他手里拿的是什么?一把斧子吗?"

"斩断所有尘缘。"

"这听起来像佛教的教义。"

"是的,别忘了,佛教可是与印度教同源的。"

"他另一只手里握着的是什么,我看不清。一根线吗?"

"是一根绳子,把你拉向人生的最高目标。"

车身突然一阵摇晃,列车开始缓缓地向前开动。

维贾伊说:"我们的车子又活过来了。仔细找找象头神的坐骑——就在他脚下。"

帕姆又往前凑近了一些,顺势偷偷吸了一口维贾伊身上的香气。"哦,看见了,是只老鼠。我在很多象头神的雕像和画中都看到过它,一直都很纳闷为何是老鼠。"

"这是所有的象征中最有趣的。老鼠代表欲望。你必须先控制住它,才能驾驭它,否则它便会引起大乱。"

帕姆听完陷入了沉默。火车隆隆地驶过稀松的树林,偶尔可见沿途的几座寺庙、泥塘里的水牛以及一片片被千年耕作耗干了的红土地。她望着维贾伊,感激之情油然而生。自己刚才那么无礼地谈论他的宗教,实在是既无知又尴尬。他仅用取下吊坠这一

第十五章

不经意的、温柔的举动,就巧妙地为她解了围。她何曾被一个男人如此善待过呀?但是,她又立刻提醒自己,不要贬损其他好男人。她想到了团体里的伙伴。比如托尼就愿意为她赴汤蹈火;还有斯图尔特,为人也算慷慨大度;当然还少不了朱利亚斯,他的爱似乎永无止境。但维贾伊的微妙之处在于,他不同寻常,而且充满了异国情调。

维贾伊呢?此时的他也陷入了沉思,回想着刚才与帕姆的谈话。他很少这么激动,心跳加速,正在竭力使自己平静下来。他打开皮肩袋,掏出一个皱巴巴的旧烟盒,倒不是为了吸烟,因为盒子是空的,况且他也听说过美国人对吸烟的奇怪态度。他只是想研究一下它的包装——蓝白相间的盒子上印着一个头戴礼帽的男人的剪影,商标是几个黑色实体字:西洋景(The Passing Show)。

他的一位宗教启蒙老师曾让他注意父亲抽的这款"西洋景"牌香烟,并指导他每次进入冥想,首先把一生想象成一出西洋景,就像一条运载着所有物品、经历和欲望的河流,每一个定格的画面都从眼前匆匆而过。于是维贾伊开始想象一条奔流不息的河流,倾听着自己内心无声的话语,"anitya,anitya"——无常。他提醒自己,世事无常,每一件事物都是短暂的,人这一生所有经历就像车窗外飞逝的风景一样,转瞬即逝。他闭上眼睛,深深地吸了一口气,把头靠在座位上。随着脉搏逐渐变缓,他整个身心渐渐进入了平静的港湾。

帕姆一直在小心翼翼地观察着维贾伊。她捡起掉在地上的烟盒,看了看标签,说:"西洋景,这个香烟的牌子还真是与众不同。"

维贾伊缓缓睁开眼睛说:"就像我刚才说的,我们印度人是很认真的。就连我们的烟盒上都有关于人生指引的信息。生命就是一出西洋景——每当我内心不安的时候,我就会这么沉思冥想。"

"你一分钟前就是在冥想吗?我不该打扰你的。"

维贾伊微笑着轻轻摇了摇头说:"我的老师曾说过,一个人是不可能被别人打扰的。扰乱内心平静的永远都是你自己。"意识到刚才进入的短暂冥想也是充斥着欲望的,维贾伊犹豫了一下。他是如此渴望得到旅伴的关注,甚至想用冥想来引起她的好奇——凡事都为了博她一笑,这个可爱的女人不过是个幻影,西洋景里的一个画面,很快就会从他的生活中消失,成为不复存在的过去。维贾伊还知道,他的下一句话只会让他偏离正道,尽管如此,他还是贸然地一头扎了进去。

"有一件事我想说……我将永远珍惜我们的相遇和交谈。我很快就要下车了,前往一个静修所,我要在那里连续静默10天,因此,我对我们刚才彼此的交谈和共度的时光充满了感激。这让我想起了美国电影里的监狱,在剧中,死刑犯们可以在最后一餐想吃什么就吃什么。我想说,我最后一次谈话的愿望已经如愿以偿了。"

帕姆只是点了点头。她很少这样不知所措,一时竟不知该如何回应维贾伊的彬彬有礼。"你要到静修所待10天吗?你是指伊加特普里吗?我正要去那里隐修。"

"这么说我们正在为同一个目标前往同一个目的地,在那里由尊敬的灵性导师葛印卡㊀教导内观㊁禅修。我们马上要到了,下一站就是。"

㊀ 葛印卡(Goenka,1924—2013),一位遵照缅甸已故大师乌巴庆长者(Sayagyi U Ba Khin)传统所传授的内观禅修导师,每年他的学员数以万计,遍布全球。——译者注

㊁ 内观(毗婆舍那,Vipassana),印度巴利语,意为观察如其本然的实相,是印度最古老的禅修方法之一。——译者注

第十五章

"你刚才说要'静默10天'吗?"

"是的,葛印卡上师一向要求学员保持神圣静默(noble silence),除了与教职员进行必要的讨论外,学员们不能说话。你有禅修的经验吗?"

帕姆摇了摇头。"我是一名大学教授,教英语文学。去年,我的一个学生在伊加特普里成功地得到了疗愈和改变。回去之后,她十分积极地在美国组织内观静修活动,目前正在帮忙筹划葛印卡大师的美国之行。"

"所以,你的学生就以此作为礼物推荐给你,希望你也能经历改变,是吗?"

"嗯,算是吧。倒不是因为她觉得我有什么地方需要改变,而是因为她本人从中获益良多,所以希望能跟我和其他人分享这样的经历。"

"当然。是我的问题提得不好,我并不是说你需要转变。我对你学生的热忱很感兴趣。不过,她有没有建议你为这次静修提前做些准备呢?"

"她刻意地不让我准备。因为她本人也是无意间发现这个静修所的,她认为我最好也抱着完全开放的心态去参加。你在摇头。所以你不同意?"

"啊,请记住,在印度摇头是表示同意,不同意的时候才点头,这和美国的习惯正好相反。"

"哦,我的天啊。我好像突然明白了,难怪我总觉得和当地人的互动常常不太对劲,跟我说话的那些人一定都被我搞糊涂了。"

"不不不,大多数印度人在和西方人打交道时都能适应。至于你学生的建议,我好像不太认同你一点儿准备都不做。我需要说明一下,这不是初学者的静修,不但要保持神圣静默,还要从清晨4点钟就开始禅修,睡眠很少,每天只吃一顿饭。相当严苛的作息,必须足够坚强才能坚持下来。啊,火车开始减速了。我们到伊加特普里了。"

维贾伊站了起来,收拾好自己的行李,然后帮帕姆从头顶的行李架上取下手提箱。待火车完全停稳,维贾伊说了句"体验正式开始",便准备好下车。

维贾伊的话并没有带来多少安慰,帕姆仿佛知道得越多就越担心。"这是不是意味着我们在静修期间彼此都不能说话了?"

"不交流,不写信,也不打手势。"

"电子邮件呢?"

维贾伊一脸严肃地说:"神圣静默是修习内观的正确方法。"他看上去像变了一个人。帕姆感觉他已渐渐开始疏远了。

她说:"至少,我知道你也在那儿,会比较安慰。想象有人和我一起孤独,就感觉不那么可怕了。"

"一起孤独,这个说法恰到好处。"维贾伊回答的时候并没有看她。

"或许,"帕姆说,"静修结束后我们还会在这列火车上重逢。"

"我们决不要心存这个念想。葛印卡会教导我们,必须只活在当下,昨天和明天皆不存在。过去的回忆和未来的憧憬只会带来不安。想达到平静,就要去觉知当下,并让它不受干扰地随意识漂流。"维贾伊说罢,把包往肩上一扛,打开车厢门,头也不回地走了。

THE
SCHOPENHAUER
CURE

第十六章

你无休止的吹毛求疵，你为这个愚蠢的世界以及人类的痛苦发出的哀叹，都使我夜不能寐、噩梦连连……

叔本华生命中的重要女性

到目前为止,亚瑟·叔本华生命中最重要的女人是他的母亲乔安娜。然而这对母子的关系在经历了一段痛苦与矛盾之后,还是以灾难告终。乔安娜的那一封把亚瑟从学徒生涯中解放出来的信饱含令人钦佩的母爱,信中处处体现了她的关爱,以及她对儿子的满怀希望。然而,这一切都需要一个附带条件——他必须和她保持适当的距离。因此,她在解救信中建议叔本华从汉堡搬到哥达,而不是50千米外的她在魏玛的家。

重获自由之后,亚瑟在哥达的预科学校只待了很短的时间,这对母子之间好不容易产生的一点点温情就迅速消失了。入学仅6个月,19岁的亚瑟就被学校开除了,原因是他写了一首关于学校老师的诙谐尖刻的讽刺诗。他恳求母亲允许他到魏玛去继续求学,并与她同住。

乔安娜很不高兴,事实上,一想到要和亚瑟一起生活,她简直要发疯。在哥达上学的6个月里,亚瑟曾短暂地拜访过她几次,每次拜访都令她非常不快。在得知他被开除之后,她写了几封信给亚瑟,这些信绝对是有史以来最让人瞠目结舌的母亲写给儿子的信。

……我十分了解你的性格……你很烦人,令人难以忍受,我认为最困难的事莫过于与你同住。你那过人的聪慧掩盖了你所有的好品质,使得它们对这个世界毫无用处……你觉得事事都不完美,除了你自己……因此,周围的人都因你而痛苦不堪——没人愿意被强迫着接受改善或启发,尤其是被你这样一个目前尚且微

第十六章

不足道的人。没人能忍受被你这种浑身缺点的人指指点点，尤其是你狂妄的态度，总是以高高在上的语气宣告各种见解，甚至从不怀疑自己是否会犯错。

如果你不那么目中无人，顶多被看作荒唐可笑罢了，但是你现在这个样子，简直令人讨厌至极……你本可以和成千上万的学生一样在哥达好好地生活学习……却偏偏不愿意，结果被开除了……你想把人生活成一本故事书，却比那最无聊的书还要令人讨厌，至少读书还可以跳过不喜欢的章节不看，或者干脆整本丢进炉子里烧掉，而对你却不行。

乔安娜终于接受了现实，当亚瑟准备考大学时，她不得不接纳他到魏玛来住。但她再次写信给他，用了比上次更生动的语言表达了她的担忧，以免他看不明白。

我认为最明智的做法就是直截了当地告诉你我的渴望和感受，以便我们从一开始就相互了解。我很喜爱你，关于这一点我相信你不会怀疑，因为我已用行动证明，并且还要在我有生之年继续证明给你看。知道你过得幸福但不必亲眼见证，我自己才能感到幸福。我时常告诉你很难与你共处……我越是了解你，这种感受就越强烈。

我不打算向你隐瞒这一点：只要你一天不改变，我就一天不愿接近你，就算牺牲一切也在所不惜……使我厌恶的并不在你心里，不是你的内在，而是你的表现，是你的观念、判断和习惯。总之，我们俩对于外部世界是完全没有共识的。

亲爱的亚瑟，你每一次的来访虽只有短短几日，却总能莫名地引起冲突。只有在你离开后,我方能自由地呼吸,因为你的出现,你对现实的抱怨,你的愁眉不展,你的闷闷不乐,你口中的奇怪见解……这一切只能令我烦恼沮丧,于你却毫无益处。

乔安娜的变化是显而易见的。命运的安排使她摆脱了这个曾令她恐惧的婚姻牢笼,她陶醉于自由之中,一想到再也不用对任何人负责,便兴奋不已。她要过自己向往的生活,见任何想见的人,享受浪漫的关系(但永不再婚),她觉得自己有无限的潜能可以开发。

她无法忍受为了亚瑟而放弃自由。不仅因为亚瑟是个特别难相处、控制欲极强的人,还因为这位"前狱卒"海因里希的儿子简直就是他父亲许多缺点的化身。

当然,钱也是一个问题。这个问题初露端倪是在亚瑟19岁时,他指责母亲挥霍无度,甚至危及他年满21岁才能继承的遗产。乔安娜勃然大怒,坚持说众所周知她的沙龙里只供应最简单的三明治,然后严厉斥责亚瑟高昂的伙食费和马术课费用已远远超出了他的经济能力。这场关于金钱的争执不断升级,最终到了不可收拾的地步。

乔安娜将自己对亚瑟和对母亲身份的感受统统反映在了小说里。乔安娜·叔本华笔下的典型的女主人公通常都不幸地失去了真爱,然后屈从于一段出于经济的考虑、毫无爱情可言的、有时甚至会受虐待的婚姻,但出于反抗和自我肯定,女主人公往往拒绝生育。

亚瑟没有和任何人分享过他的感受,而他母亲后来又毁了他所有的信件。不过,有些迹象还是不言自明的。亚瑟和他母亲之

第十六章

间的关系曾一度非常紧密,而这种关系的破裂所带来的痛苦一直困扰着亚瑟一生。乔安娜是一个与众不同的母亲,她活泼率真、美丽大方、思想自由、博学开明。她定然会和亚瑟讨论他潜心研究的现代和古代文学。事实上,当年15岁的亚瑟会做出那个重大决定,选择去游学而不去上大学,很可能就是因为他希望能伴随母亲左右。

直到父亲去世后,他们的母子关系才发生了变化。亚瑟想要取代父亲在母亲心中的地位,这个愿望一定是被母亲独自搬到魏玛而把他留在汉堡的仓促决定给粉碎了。假如母亲把他从对已故父亲的承诺中解放出来又使他重新燃起了希望,那么当母亲不考虑魏玛当时优越的教育资源而把他送去哥达时,他的希望又破灭了。也许,正如他母亲所暗示的那样,亚瑟是故意被哥达的学校开除的。假如他的举动是为了能和母亲团聚,那么生活中出现了其他男人的母亲不愿接纳他到新家去,就必然会令他十分沮丧。

亚瑟之所以对父亲的自杀感到内疚,一方面在于他获得解放的喜悦,另一方面在于他担心自己对从商的冷漠态度很可能加速了父亲的死亡。没过多久,他就将内疚转化为激烈地维护父亲的好名声并猛烈地抨击母亲对父亲生前的态度和举止。

几年后,他写道:

我了解女人。她们只把婚姻看作一种供养的制度。当我的父亲病重时,除了一位忠仆的基本照料之外,他几乎算是被遗弃。母亲仍夜夜笙歌,父亲却孤独地卧病在床;母亲在享乐,父亲却备受折磨。这就是女人的爱!

亚瑟后来到魏玛跟随一位大学入学辅导老师一起学习。他不被允许与母亲同住,而是住在她为他另找的一间公寓里。等待他的是母亲的一封信,她无情而明确地列出了他们之间的规矩和界限。

现在,请牢记我们之间相处的基本原则:这个公寓才是你的家,而在我家,你永远是客人……所以不得干涉我的任何家事。你每天只能从下午1点待到3点,除此之外我不会再见你。我的两个沙龙日除外,如果你愿意参加,可以留下来吃晚餐,条件是不准发起任何无聊的争辩,因为这常常使我很生气。我们中午见面时,你可以告诉我所有我需要知道的事情,其余的时间你必须自己照顾自己。我是不会牺牲自己的时间和心情来招待你的。好了,现在你知道我的期望了,希望你不会以反对来回报我作为母亲的关爱。

在魏玛的两年时间里,亚瑟接受了所有这些条件,严格保持以旁观者的身份出席母亲的社交聚会,一次也没有和高高在上的歌德交谈。他以惊人的速度使自己精通希腊文、拉丁文、古典文学和哲学,并在21岁那年被哥廷根大学录取。与此同时,他继承了两万帝国塔勒㊀的遗产,这就足够他安安稳稳地过余生了。正如他父亲所预见的那样,他非常需要这笔遗产——亚瑟永远无法靠当一名学者来养活自己。

㊀ 塔勒是德国历史上1500～1907年的流通货币,1塔勒相当于3马克。该银币最初主要在德国的中部、北部和西部流通,后按照1524年颁布的铸币法成为全国通用的帝国塔勒(Reichstaler)。——译者注

第十六章

随着时间的推移,亚瑟越来越视父亲为天使,视母亲为恶魔。他相信父亲生前的嫉妒和对母亲忠诚的怀疑都不是空穴来风,他甚至担心母亲的行为会有损父亲生前的名誉。于是亚瑟以父亲的名义要求母亲过一种与世隔绝的平静生活。他猛烈地攻击他眼里的那些母亲的追求者,臭骂他们是劣质的"量产生物",根本不配取代他父亲的位置。

亚瑟先后在哥廷根大学和柏林大学就读,接着又在耶拿大学获得了哲学博士学位。他在柏林短暂地住了一段时间,但很快就因即将爆发的反拿破仑战争而逃离那里,回到魏玛同母亲一起生活。很快,同样的家庭矛盾再次爆发。他不仅谴责母亲滥用他为祖母提供的医疗费用,还指责她与她的密友穆勒·格斯坦伯格有不正当关系。亚瑟对格斯坦伯格的敌意愈发不讲理,乔安娜迫于无奈只好在亚瑟不在家时与朋友会面。

在这期间发生了一段经常被后人引用的对话。当时他递给母亲一份他的博士论文,那是一篇题为《论充足理由律的四重根》㊀(*On the Fourfold Root of the Principle of Sufficient Reason*)的探讨因果律的杰出论文。

乔安娜看了看扉页,说道:"四重根?这一定是写给药剂师看的吧?"

亚瑟答道:"有朝一日你的作品全都销声匿迹了,我的却仍在被传阅。"

乔安娜揶揄道:"是啊,那是因为你所有的作品都肯定还在书店里,卖不出去。"

㊀ 这篇博士论文写于 1813 年叔本华 25 岁时,又于 1847 年被重新修订。——译者注

亚瑟对他的论文标题毫不妥协，拒绝参考任何市场性的建议。其实，《论充足理由律的四重根》更恰当的标题应该是《一种解释理论》。尽管如此，200 年后的今天，这篇论文仍被不断地印刷出版，很少有论文能做到这一点。

关于金钱和乔安娜的男女关系问题的激烈争论仍在继续，直到乔安娜失去耐心，扬言自己绝不会为了亚瑟而断绝与格斯坦伯格或其他任何人的友谊。她命令亚瑟立刻搬出去，同时邀请格斯坦伯格搬来住进亚瑟空出来的房间，并给亚瑟写了这封对二人关系产生重大影响的信：

昨日你在对母亲做出不当行为之后用力摔上的那扇门，从今往后在你我之间永远地关上了。我要到乡下去，你离开之前我是不会回来的……你不会懂一个母亲的心——爱得越温柔，被那曾经深爱的手击打就越感觉痛楚……是你一手把我们之间的关系拆散的，你的不信任、你对我的生活和我选择朋友的指责、你对我的散漫无礼、你对我的性别的蔑视、你故意与我作对、你的贪婪，处处都体现出你对我的恶意。假如死的是我而不是你父亲，你敢去教训他吗？敢试图控制他的生活和他的社交吗？我难道比他次要吗？他为你所做的比我多吗？他比我更爱你吗……我对你已仁至义尽。走你自己的路吧，我跟你已没有任何关系……留下你的地址，但不要再给我写信，从今以后，我再也不读你的信，也不回你的信了……就此结束吧……你已伤我太深。唯愿你从此生活幸福。

两人的关系就此结束。此后乔安娜又活了 25 年，母子二人再

第十六章

无相见。

垂暮之年的叔本华在追忆父母时写道:

大多数男人都会被漂亮的脸蛋所诱惑……造物主诱使年轻的女人一时间光芒四射……以引起"轰动"……但是造物主也隐藏了(女人的)美好所附带的种种罪恶,比如无止境的开销、生养小孩、顽固不化、韶华易逝、欺骗、出轨、异想天开、反复无常、歇斯底里,还有生老病死。因此,我把婚姻称为年轻时订立的契约,老年时偿还的债务……

THE
SCHOPENHAUER
CURE

第
十
七
章

苦难往往使生活中的小烦恼变得琐碎且不易被察觉；反之，如果没有经历苦难，即使再小的烦恼也会折磨得我们寝食难安。

第十七章

一周后的团体会谈一开始,大家自然而然地把目光都集中到了邦妮身上。她吞吞吐吐地轻声说道:"把我的事列入讨论议题实在不是个好主意,害得我一星期都在考虑该说什么,一遍遍地背稿子,尽管我知道不应该预先准备好发言。朱利亚斯总是说,要想治疗效果好,所有的发言都必须是自发的,对吧?"说着她瞥了一眼朱利亚斯。

朱利亚斯点点头,说:"邦妮,试着忘掉那些准备好的发言。试试这个办法:闭上眼睛,想象你拿起事先准备的发言稿,举到眼前,将它撕成两半,然后再撕一次。现在,把它丢进废纸篓里。可以吗?"

邦妮闭着眼睛点了点头。

"现在,重新来谈一谈你对美与丑的看法,跟我们聊聊你、瑞贝卡和帕姆的事吧。"

邦妮一边点头一边缓缓睁开眼睛,开始说道:"我相信你们记忆中都有一个像我这样的女孩。我就是你们小学班上的那个胖妞,又胖又笨,顶着一头乱蓬蓬的卷发。体育成绩永远最差,情人节收到的礼物永远最少,动不动就哭,没什么好朋友,放学后总是独自回家,毕业舞会没人邀请,尽管聪明得要死,知道所有问题的答案,却胆小到从不敢在课堂上举手发言。而瑞贝卡则不同,她就像是我的同分异构体——"

"你的什么?"托尼问道。他无精打采地瘫在座位上,几乎要躺平了。

"同分异构体指的是像镜像一样。"邦妮回答说。

"同分异构体指的是两种化合物,"菲利普说道,"它们的成分相同,比例相同,但由于原子的排列方式不同而具有不同的性质。"

"谢谢你，菲利普。"邦妮接着说，"这个词听上去可能有点自命不凡。但是，托尼，我想说的是，我很佩服你能说到做到，一有不明白的地方就提问。在几个月前的那次会谈上，你谈到了你为自己的受教育程度低和蓝领工作感到羞耻，你的坦诚让我也觉得可以谈谈自己的事情。好吧，接着说我的学生时代。瑞贝卡无论在什么方面都和我完全相反。我非常渴望能交到像瑞贝卡那样的朋友，我拼了命都想成为她那样的女孩。这就是我一直以来的想法。过去的几周里，我满脑子都是那些噩梦般的童年回忆。"

"那个学生时代的小胖妞已经是很久以前的事了，"朱利亚斯问道，"怎么现在又想起来了呢？"

"嗯，这是最难启齿的部分。我希望瑞贝卡不要因此生我的气……"

"最好是直接对着她说，邦妮。"朱利亚斯忍不住插了一句。

"好吧，"邦妮说着，转身面对瑞贝卡，"我有些事想对你说，希望你不要生我的气。"

"说吧，我洗耳恭听。"瑞贝卡回答，她正全神贯注地听着邦妮说话。

"每当看见你和身边这几位男士的互动，比如你如何引起他们的兴趣，如何引诱他们，我就觉得自己很没用。所有那些旧时的坏情绪就都不知不觉冒了出来，我讨厌自己这么胖，这么不起眼、不受欢迎，样样都不如别人。"

菲利普插话说："尼采曾经说过这样一句话，大意是说，当我们半夜醒来时感到气馁，那是我们早已击败了的敌人又卷土重来。"

邦妮转身冲着菲利普露出了无比灿烂的笑容。她说："这句

第十七章

话说得太对了,菲利普,谢谢你这么贴心。不知道为什么,这个'我曾经打败了的敌人又卷土重来'的说法让我好受多了。只要给它起个名字,就更……"

"等一下,邦妮。"瑞贝卡打断了她的话,"我想听你接着说我引诱身边的男人的事,请解释一下你刚才的话。"

邦妮的瞳孔瞬间有些放大,她不敢直视瑞贝卡。"我并不是针对你。你做的一点儿也没错。问题全在我,是我对这些完全正常的女性行为的反应不正常。"

"什么行为?你指的具体是什么?"

邦妮深吸了一口气,说:"装腔作势。你一直在刻意展示自己。在我看来就是这样。上次会谈时你不停地取下发卡,把头发放下来,用手把头发撩过来拨过去,我不记得你做了多少次这个动作,但绝对是我记忆中最多的一次。这一定和菲利普的加入有关。"

"你在说什么呢?"瑞贝卡问道。

"此处引用贤人圣朱利亚斯的一句话,一切你知道答案的问题都不是问题。"托尼打断了她们的对话。

"为什么不让邦妮自己说,托尼?"瑞贝卡目光冰冷地说。

托尼镇定地说:"这是显而易见的。菲利普刚进入这个团体,你就变了个人,变成对男性……呃……怎么说来着?你在对他献殷勤。我理解得对吗,邦妮?"

邦妮点了点头。

瑞贝卡从手提包里拿出纸巾,小心翼翼地擦了擦眼睛,生怕把睫毛膏擦掉。"这么说简直太侮辱人了!"

"我就担心事情会发展成这样,"邦妮恳求道,"这真不是你的问题,瑞贝卡,我自始至终都认为你没做错什么。"

"你的解释我无法接受,你先是随口(en passant)对我的行为进行恶意指责,然后又说这不是我的问题,这么做完全于事无补。"

"'en passant'是什么意思?"托尼问道。

"'en passant'就是'顺带'的意思。"菲利普插话道,"是国际象棋中的术语,表示'吃过路兵',这种走法是指当一方的兵第一次行棋且直进两格,刚好横向相邻格有对方的兵,则对方的兵可以立即斜进把它吃掉。"

"菲利普,你真的很爱显摆,你知道吗?"托尼说。

菲利普对托尼的质问无动于衷,说:"你提问,我便回答。除非你的问题不是问题。"

"哎哟,让你给说对了。"托尼扫了一眼其他人,说,"我一定是越来越笨了。我感觉越来越听不懂了。是我在瞎操心,还是你们真打算继续一个接一个地抛出难懂的词?或许菲利普的加入对其他人也有影响,不光是对瑞贝卡一人。"

这时,朱利亚斯采用了团体治疗师最常见、最有效的策略进行干预——他把注意力从内容转移到过程上,也就是说,从所说的话转移到互动双方关系的本质上。他说:"今天发生了很多事情。也许我们可以退一步,试着去理解到底发生了什么。让我先向你们所有人提一个问题——你们认为邦妮和瑞贝卡之间的关系如何?"

"这实在很难判断。"斯图尔特说,他总是第一个回答朱利亚斯的提问。他用他专业的医生的口吻说道,"我真的说不准邦妮需要处理的究竟是一个问题还是两个。"

"什么意思?"邦妮问道。

第十七章

"意思是，你的问题到底是什么？你是想谈自己的男人缘问题还有你和同性之间的竞争，还是想炮轰瑞贝卡？"

"我是从两个方面来看这个问题的。"吉尔说，"一方面我明白邦妮是如何被勾起过去那些不好的回忆的。另一方面我也理解瑞贝卡为何沮丧，我的意思是，她很可能只是无意识地撩了撩头发——我个人认为这没什么大不了的。"

"你很机智，吉尔。"斯图尔特说，"你一贯的策略就是两头安抚，尤其是对女士们。但如果你真的深入了解女性观点，你是绝不会说出自己心声的。菲利普上星期就是这么跟你说的。"

"斯图尔特，我讨厌这种性别歧视的言论。"瑞贝卡说，"坦白说，身为医生，你不该说这种没水准的话。这种所谓'女性观点'的说法简直太可笑了。"

邦妮举起双手，比了一个大写的 T 字，说道："我必须得叫'暂停'了，实在无法继续下去。这个问题是重要，但有点离谱，我已经谈不下去了。朱利亚斯上周刚刚宣布他得了绝症，我们怎么能像没事儿似的继续聊我们的事呢？这都是我的错，我今天根本就不该开启我和瑞贝卡这个话题——太微不足道了。和那件事相比，一切都不值一提。"

一片沉默。每个人都低垂着头，直到邦妮打破沉默，继续说道："我申请重来。其实今天一开始我应该描述一个梦，我在上周团会过后做的一个噩梦。我想这个梦和你有关，朱利亚斯。"

"继续。"朱利亚斯催促道。

"那是在晚上。我当时在一个幽暗的火车站里……"

朱利亚斯打断她说："邦妮，试着用现在时态来说。"

"好的，我现在就改过来。现在是晚上，我在一个幽暗的火车站里。我正在追赶一列刚刚开动的火车。我加快脚步准备上车。经过一节餐车时，只见车厢里坐满了衣冠楚楚的人，他们正一边吃一边品着红酒。我正在犹豫该从哪节车厢上车，火车突然加速了，后面的几节车厢一节比一节破旧，车窗全被木板封住了。最后一节车厢，是一节只剩骨架的守车，而且全都散架了，我眼看着它从我身边呼啸而过，渐行渐远，我被火车响亮的汽笛声吵醒，醒来时大约是凌晨4点钟，我的心狂跳不已，浑身是汗，再也无法入睡。"

"你还记得那列火车的样子吗？"朱利亚斯问。

"记得很清楚。仿佛还能看见它沿着轨道向前开的样子。我现在仍感觉这个梦很可怕，甚至是恐怖。"

"你知道我怎么看吗？"托尼说，"我认为这列火车暗示着我们这个团体，由于朱利亚斯的病情，我们马上就要解散了。"

"你说得对，"斯图尔特说，"火车就是我们这个团体，它会把你带向某地，一路为你提供饮食，刚才也提到了餐车里的那些人。"

"是啊，但你为何没有上车？你追了吗？"瑞贝卡问道。

"我没有追，好像我本就知道自己上不了这趟车。"

"太奇怪了。听起来好像你很想上车，但同时又不想上车。"瑞贝卡说。

"我肯定是没有尽力。"

"也许是你太害怕了，不敢上车？"吉尔问道。

"我有没有告诉你们我恋爱了？"朱利亚斯说。

大家顿时静了下来。房间里一片沉寂。朱利亚斯调皮地环顾四周，看着那一张张困惑而关切的脸。

第十七章

"是的,我爱上了这个团体,尤其是当它像今天这样运作的时候。你们对这个梦的处理方式简直太棒了!一个个都很了不起!我也来补充一下我的猜测吧。邦妮,我怀疑那列火车对我来说也是一个象征。整列火车散发着恐惧和黑暗的气息。而且,就像斯图尔特说的,它为你们提供营养,这正是我要做的。但是你害怕它,就像你一定也害怕我或者发生在我身上的事情一样。还有最后那一节只剩骨架的车厢,岂不正是我病情恶化的预兆吗?"

邦妮走到屋子中间,从盒子里抽了几张纸巾擦了擦眼睛,结结巴巴地说:"我……呃……我……我也说不上来,这整件事都太不真实了……朱利亚斯,你把我给说懵了,你把死亡说得这么自然,我都不知该说什么了。"

"人总有一死,邦妮。我只是比你们更清楚自己的大限而已。"朱利亚斯说。

"这正是我想说的,朱利亚斯。我一直很喜欢你这种轻率的态度,但是眼下面对这种情况,这个态度未免显得有点避重就轻了。我记得有一次,托尼在周末监狱服刑,我们并没有谈论这件事,你当时说,如果团体里这么重要的一件事被忽略了,那么其他重要的事情也不会被重视了。"

"我来说两点。"瑞贝卡说,"首先,邦妮,我们刚才就是在探讨一件重要的事——其实是好几件;其次,我的天哪,你到底想要朱利亚斯怎么做?他明明就很认真地在谈他这件事啊。"

"事实上,"托尼补充道,"他甚至很生气我们是从菲利普那里听到的这个消息,而不是他本人。"

"我同意。"斯图尔特说,"所以邦妮,你究竟希望他怎么做?他确实在应对这件事。他说过他有自己的一帮亲友来支持和帮助他处理这件事。"

朱利亚斯发觉话题有点偏离正轨了，于是打断大家说："我很感谢你们所有人的支持，但当这种支持变得如此强大时，我反而开始担心。或许我在为自己开脱，但你们知道卢·格里克[一]是什么时候决定退役的吗？就是在一场比赛中，队里的每个人都对他接住了一个再普通不过的常规滚地球而赞不绝口的时候。或许你们认为我已经脆弱到无法为自己说话了。"

"那么，我们接下去该怎么做？"斯图尔特问道。

"首先，我要告诉你，邦妮，你愿意跳出来谈论大家不敢触及的话题，真的勇气可嘉。还有一点你说得很对，那就是在这件事上我的确是助长了一些……不，是很多否认的情绪。

"我想简短地说几句，把一切都讲给你们听。我最近经常失眠，因此有很多时间去思考所有的事情，包括如何向我的患者和我们这个团体交代。在这方面我实在没有经验。毕竟没有人对死亡有经验，因为它只会发生一次。也没有关于这种情况的教科书，所以一切只能靠即兴发挥。

"我现在要决定如何利用自己所剩不多的时间。看看我都有哪些选择？要立刻结束对所有患者的治疗并解散这个团体吗？我还不打算这么做——我至少还能健康地生活一年，我的工作对我来说意义重大，我从中得到了很多。停止所有的工作会让我觉得自己一无是处。我见过太多身患绝症的患者，他们告诉我，伴随疾

[一] 卢·格里克（Lou Gehrig，1903—1941），美国历史上的传奇棒球运动员，让人们记住的不仅是他的球技，还有最终导致他退出赛场的以他命名的病症，即"肌萎缩性脊髓侧索硬化症"的疾病（简称 ALS，后称为"卢·格里克氏症"或"卢·格里克病"）。——译者注

第十七章

病而来的被孤立才是最糟糕的。

"事实上这种孤立是一种双重的孤立：首先，患者会孤立自己，因为他不想拖累别人和他一起绝望。老实说，这也是我的一个担心。其次，别人会躲着他，一方面是因为不知该怎么和他说话，另一方面是因为他们不希望与死亡扯上任何关系。

"所以，离开你们对我来说不是一个好的选择，而且，我也不放心你们。我见过很多身患绝症的人，他们遭遇了变故之后变得更睿智、更成熟，能与人分享许多心得。我想我已经有这个趋势了，相信在接下去的几个月里我能给你们提供更多的帮助。但如果我们要继续合作，你们可能要不得不面对许多焦虑。你们不仅要面对我即将到来的死亡，还可能要面对你们自己的死亡。我就说到这里。也许你们都得回去好好考虑一下，看看自己想怎么做。"

"我根本不用回去考虑。"邦妮说，"我喜欢这个团体，喜欢你和团体里的每一个人，我想留下来，越久越好。"

成员们纷纷附和邦妮的话，朱利亚斯说："我很感谢大家的信任与支持，但团体治疗的基础理论强调了团体压力的巨大力量。成员们很难公开打破团体的共识，今天你们中的任何一个人都需要超人的决心才说得出这句话——'对不起，朱利亚斯，我会受不了这些，我宁愿找一个健康硬朗的治疗师来治疗我。'

"所以，大家今天不要急于承诺。让我们保持开放的心态，继续评估各自的治疗情况，看看几个星期后大家的感受如何。今天邦妮表达出了一个重大的危险信号，那就是你开始觉得自己的问题都太无关紧要了，不值得拿出来讨论。所以我们必须找到让你继续处理自己的问题的最佳方式。"

"我想你一直在提醒我们,就是为了达到这个目的。"斯图尔特说。

"好,谢谢,你说得对。现在让我们回到你们刚才的话题。"

大家又沉默了许久。

"所以,也许是我没给你们自由。试试用这种方法。斯图尔特,你能不能,或者其他人能不能把我们今天的议程列出来,现在摆在桌面上的是什么?也就是,今天尚未解决的问题是什么?"

斯图尔特是这个团体公认的"历史学家":他天生拥有超强的记忆力,朱利亚斯总是靠他来了解过去的或正在进行的团体事件。朱利亚斯尽量不过度利用斯图尔特,因为他来这个团体是为了学习如何与他人互动,而不是来当事件记录员的。虽然斯图尔特很善于和他的儿科患者打交道,但是一旦脱离儿科医生的身份,他在社交上总是手足无措。即使在团体中,他的衬衫口袋里也常常塞满了一些职业装备,如压舌板、小手电筒、棒棒糖、药物样本等。在过去的一年里,斯图尔特在他自称为"人性化工程"的社交方面取得了巨大的进步。然而,他对人际关系的敏感度还不甚发达,所以在复述团体事件时丝毫不讲究技巧。

他靠在椅背上,闭上了眼睛才开始回答:"好吧,让我想想……一开始是邦妮说想谈谈她的童年。"邦妮一直都最爱挑斯图尔特的毛病,此时他看了她一眼,想先征得她的同意再继续往下说。

"不,你说得不全对,斯图尔特。事请说对了,但语气不对。你说得太轻描淡写了,仿佛我讲这个故事纯粹是为了好玩儿。事实上我的童年有很多痛苦的回忆,最近这些回忆正不断地跳出来骚扰我。听出这两种说法的区别了吗?"

第十七章

"我还是不太明白。我并没有说你这么做是为了好玩。我妻子也经常有类似的抱怨。但是,还是继续说吧。接下来是关于瑞贝卡的事,她感觉自己受了侮辱,对邦妮很是生气,因为邦妮拆穿她刻意展示自己是想给菲利普留下好印象。"斯图尔特没有理睬瑞贝卡用手拍着前额小声骂着"该死",自顾自地往下说:"接着就是托尼觉得我们都在用复杂的词汇来引起菲利普的注意。然后托尼又评价菲利普爱显摆,对此,菲利普回应得很尖锐。然后就是我评价吉尔,说他为了不得罪女人而丧失了自我感(sense of self)。

"我想想还有没有别的事……"斯图尔特扫视了一遍房间,"对了,还有菲利普。倒不是他说了什么,而是他什么也没说。我们几乎很少谈到他,仿佛那是一个禁忌。想想看,我们甚至连'为何不谈论他'这个话题都不敢触及。当然啦,还有朱利亚斯,但我们后来谈了。只是邦妮还是一如既往地特别关心和保护朱利亚斯。事实上,关于朱利亚斯的那部分议题就是从邦妮的那个梦说起的。"

"令人佩服,斯图尔特。"瑞贝卡说,"而且相当完整,你只漏掉了一件事。"

"是什么?"

"你自己啊。你忘了说自己又一次充当了团体的摄影师,只拍别人,自己却不入镜。"

大家经常声讨斯图尔特那种不带个人色彩的参与方式。几个月前,他描述了一场噩梦,梦中他的女儿陷入了流沙中,他却没能救她,全都因为他浪费了太多时间从背包里拿出相机拍下了这一幕。那时起,瑞贝卡就给他贴上了"团体照相机"的标签。

"你说得对,瑞贝卡。我这就把相机收起来,然后说我完全同意邦妮的看法——你是个漂亮的女人。但这对你来说一点都不新鲜,因为你早就知道了。我也这么认为。当然啦,你的确是在菲利普面前卖弄风情,把头发梳上去,再放下来,还不停地撩。这太明显了。要问我当时有何感想,我有点嫉妒,不,是非常嫉妒——因为你从来没有对我这样献过殷勤。可以说从来就没有人对我献过殷勤。"

"这种事情让我觉得自己像在坐牢,"瑞贝卡反驳道,"我讨厌男人这样控制我,好像我的一举一动都受到监视。"瑞贝卡一字一顿地说出这句话,显示出一种隐藏了许久的愤怒与脆弱。

朱利亚斯还记得初见瑞贝卡时的印象。那是在 10 年前,早在她加入这个团体之前,就已经来找他个别治疗了 1 年。瑞贝卡是个精致的女人,有着奥黛丽·赫本的优雅,身材苗条,面容娇美,明眸善睐。她来治疗时的开场白也同样叫人难忘,她说:"30 岁一过,我就发现自己走进餐馆时不再有人会停下来看我了。我伤心极了。"

朱利亚斯对她的个别治疗和团体治疗分别采用的是两套不同的指导思想。首先,他谨记弗洛伊德的敦促,一个治疗师必须以一种人性化的方式接触一位美丽的女性,而不能仅仅因为她漂亮就克制自己或惩罚她。其次,是他在学生时代读过的一篇题为《美丽空虚的女人》("The Beautiful Empty Woman")的文章,文章指出,真正美丽的女人常常只因为她的外表而受到款待和奖赏,致使她忽略了发展自身的其他部分,因此她的自信和成就感都相当肤浅,一旦美貌消逝,就会发觉自己一无是处,既没有内涵,又不懂得欣赏别人。

第十七章

"我在一旁观察,你们说我是照相机。"斯图尔特说,"当我表达自己的感受时,又被贴上了'控制欲强'的标签。这才叫'被逼得走投无路'呢。"

"我不明白,瑞贝卡。"托尼说,"这有什么大不了的?你为何如此抓狂?斯图尔特只是在重复你自己说过的话而已。你说过很多次你很懂调情,这对你来说轻而易举。我还记得你说过,你在大学和在律师事务所里都游刃有余,因为你会用自己的性感来操控男性。"

"你把我说得像个妓女。"瑞贝卡突然转向菲利普,"你听着不觉得我是个妓女吗?"

菲利普目不转睛地盯着天花板上他最喜欢的一处,不动声色地迅速答道:"叔本华说,一个非常有魅力的女人,就像一个非常聪明的男人一样,注定要过一种与世隔绝的生活。他指出,一般人对于比自己优秀的人总是盲目地嫉妒和怨恨。因此这类人从来就没有亲密的同性朋友。"

"那可不一定。"邦妮说,"我想到最近缺席的帕姆,她也很漂亮,又有很多亲近的女性朋友。"

"是啊,菲利普。"托尼说,"照你这么说,要想受人欢迎,就得又笨又丑喽?"

"正是这样。"菲利普说,"智者是不会把生命耗费在追求人气上的。那些都是镜花水月。受欢迎并不是衡量真善美的标准,恰恰相反,它代表平庸和肤浅。相比之下,去寻找自己内在的价值和目标要有意义得多。"

"那你的目标和价值又是什么呢?"托尼问道。

菲利普并没有表现出他是否听出了托尼这个问题的无礼,只是坦率地回答:"就像叔本华那样,尽可能多地减少欲望、获得知识。"

托尼点点头,显然不知道该如何回应。

瑞贝卡插了进来说:"菲利普,你或叔本华的关于朋友的说法真是说到点子上了——我确实没什么亲密的女性朋友。但如果是两个有着相似兴趣且能力相当的人呢?你不认为在这种情况下有可能产生友谊吗?"

菲利普还没有来得及回答,朱利亚斯就提醒道:"我们今天的时间不多了。我想记录一下大家对刚才这15分钟的感受。你们觉得今天的效果如何?"

"我们没有明确目标,跑题了。"吉尔说,"而且气氛有点隐晦。"

"我可是全神贯注的。"瑞贝卡说。

"算了吧,我们脑子里想得太多了。"托尼说。

"我同意。"斯图尔特说。

"我快要疯了。"邦妮说,"我快要崩溃了,我想大声尖叫,或者……"说着她突然站了起来,一把抓起手袋和外套,冲出了房间。过了一会儿,吉尔跳了起来,跑出房间去想把她找回来。其他人尴尬地坐着,安静地听着远去的脚步声。不久,吉尔回来了,他一边坐下一边向大家报告说:"她没事,她说她很抱歉,但她必须出去缓一缓。她下周再跟大家说明情况。"

"她到底怎么回事?"瑞贝卡说着,生气地一把打开手提包去拿墨镜和车钥匙,"我讨厌她每回都这样,真的很讨厌。"

"你预感到发生什么事了吗?"朱利亚斯问。

"我想应该是 PMT(经前紧张症状)。"瑞贝卡说。

第十七章

　　托尼发现菲利普瞬间皱起了眉头并且一脸困惑，便迫不及待地说："PMS 就是经前综合征。"见菲利普点了点头，托尼兴奋地双手握拳，竖起两个大拇指冲着他说："嘿，这回轮到我来教你了。"

　　"今天必须告一段落了。"朱利亚斯说，"但我对邦妮的情况有个猜测。回到刚才斯图尔特的总结，还记得邦妮一开始是怎么说的吗？她说到学校里那个胖女孩，不受欢迎，无法与其他女孩竞争，尤其是那些漂亮的女孩。好，我想知道这一幕是否在今天的团体里重现了？她打开了一个话题，但很快大家就把注意力转向了瑞贝卡。换句话说，她想讨论的问题很可能在这里被生动地再现了，就好比我们所有人都参与了她俩的选美。"

THE
SCHOPENHAUER
CURE

第十八章

再也没有什么能惊动到他了。那将我们捆绑在这世上的千丝万缕的念想，曾使我们充满焦虑、渴望、愤怒和惊慌，拽着我们在苦海中彷徨，如今都已被斩断。他微笑着回头，冷眼观看这大千世界，就像看着一盘终局的棋子，胜负已定，曲终人散。

第十八章

帕姆在印度（下）

几天后的凌晨 3 点，帕姆醒着躺在床上，凝视着眼前的一片黑暗。多亏了她的研究生玛乔丽的安排，她才得以享受这样的贵宾特权，在女公共宿舍的旁边拥有一间带私人卫生间的半私密的小隔间。然而，这种隔间完全不隔音，帕姆几乎能听见其他 150 名内观学员的呼吸声。这种空气流动的呼呼声使她感觉又回到了巴尔的摩她父母的家中，她正醒着躺在阁楼的卧室里，听着 3 月的风把窗户吹得格格作响。

帕姆可以忍受静修所里的其他所有艰苦条件，包括凌晨 4 点起床、每天只吃一顿极简的素食、无休止的禅修、保持静默和简陋的宿舍，唯独失眠让她疲惫不堪。她体内的睡眠机制已完全失效。她以前是怎么入睡的呢？错，不该这么问，她对自己说，这么问只会使问题复杂化，因为入睡本就不是一件能由主观意志决定的事情，而是一种无意间达到的状态。突然，她的脑海里浮现出一段关于小猪弗雷迪（Freddie the pig）的回忆。弗雷迪是一套儿童读物里的大侦探，她在 25 年前看过，至今还是第一次回想起来。故事说的是有一次，一只蜈蚣前来向弗雷迪求助，原因是它无法使自己的 100 条腿同步，所以走不了路了。最后，弗雷迪终于解决了这个问题，他让蜈蚣走路时不看自己的腿，甚至连想都不去想它们。这种解决办法就在于关闭意识，把身体交由自动运行的智慧去掌管。睡眠也是如此。

帕姆尝试用她在讲习班学到的技巧来清空大脑，让所有思绪飘走以使自己入睡。葛印卡上师是一个胖胖的、古铜色肌肤、极其严肃和自负的老学究。他在一开始就强调要教大家修内观禅，但在此之前，每个学员必须先学会如何平静他的思想。（帕姆只好忍受这种全程使用男性代词的表达，毕竟女权主义的浪潮还没有拍打到印度的海岸。）

在最初的三天里，葛印卡教大家练习"安那般那念"（anapanasati），即呼吸的正念。每一天都过得漫长而辛苦。除了每天的讲座和简短的答疑时间，从凌晨四点到晚上九点半，唯一的活动就是静坐冥想。为了实现对呼吸的完全专注，葛印卡告诫学员们要研究吸气和呼气。

"仔细听，倾听自己的呼吸声。"他说，"注意每次呼吸的持续时间和温度。感知吸气时的凉爽和呼气时的温暖之间的差异。像哨兵守卫大门一样把注意力集中到你的鼻孔，集中到那些空气进出的精确部位上。"

葛印卡继续说道："你的呼吸很快就会越来越微弱，直至几乎完全消失，但只要你更加专注，还是能隐约感知它游丝般的细腻。如果你如实地按照我的指示去做，"他指着天空说，"如果你足够专注，练习'安那般那念'就能使你的心灵平静。然后，你将摆脱所有进入正念的障碍，包括不安、愤怒、怀疑、肉欲和困倦。你将会幡然醒悟，进入敏锐、平静和喜悦的状态。"

心灵的平静确实是帕姆梦寐以求的，这正是她前来伊加特普里朝圣的原因。在来这儿之前几个星期里，她的大脑犹如战场，拼命地想要击退关于她丈夫厄尔和她的情人约翰的喧嚣的、难以控制的、令人讨厌的记忆和幻想。厄尔七年前是她的妇科医生，当时她怀孕了，决定堕胎，并选择不告知孩子的父亲，因为对方只是她偶尔的性伴侣，她并不想跟那人有更深的交往。厄尔是个少见的温柔体贴的男人。他熟练地为她做了人工流产手术，并在

第十八章

术后打了两次电话询问她的情况,这样的术后随访在平常是不会发生的。这自然让她觉得,关于医疗服务的人道献身精神已消亡的一切描述都是夸大其词。几天后,第三通电话打来,这回是邀请她共进午餐。这一次,厄尔巧妙地从一个医生不知不觉变成了追求者。到了第四次通话,她已然不无热情地答应陪他去新奥尔良参加一个医学会议了。

他们的交往速度快得惊人。从来没有一个男人像厄尔这般了解她、安慰她,并且如此细致地熟悉她身体的每一个细节,因此,他给她带来的性快感自然也无人能及。尽管他具备了诸多优点,比如能干、英俊、举止得体,她还是最中意他那传奇英雄般的高大身材(这一点她到如今才渐渐意识到)。她为自己如此幸运地被选中而欣喜若狂,看着那群成天挤满他诊室的莺莺燕燕争着吵着要他的"神疗之手",她庆幸自己夺得了头筹。不出几个星期,她便无可救药地爱上了他,并接受了求婚。

起初,他们的婚姻生活犹如田园诗般美好。但到了第二年的中途,嫁给一个比她大 27 岁的男人所带来的现实问题开始逐渐显现:他越来越需要休息,他的身体显出了 65 岁的老态,希腊配方染发剂已来不及掩盖白发的滋生,厄尔的肩袖⊖受伤结束了他们周日一起打网球的习惯,膝盖软骨撕裂也终结了他的滑雪生涯,厄尔没和她商量便打算卖掉他们在塔霍⊜的房子。希拉是她的闺密兼大学室友,曾力劝帕姆不要嫁给比自己年长那么多的男人,现在又敦促她保持自己的状态,不要被他给带老了。帕姆感觉时间像是被按下了

⊖ 肩袖是由冈上肌、冈下肌、小圆肌和肩胛下肌共同组成的结构。——译者注
⊜ 塔霍,位于美国加利福尼亚州和内华达州边界,以著名的塔霍湖(Lake Tahoe)著称,是北美著名的滑雪旅游胜地。——译者注

快进键,厄尔的衰老也同时吞噬着她的青春。他每天晚上回到家时都累到只能小酌三杯马提尼酒和看一会儿电视了。

最糟糕的是厄尔从不读书。他曾口若悬河、意气风发地与帕姆畅谈文学。帕姆也曾因厄尔说喜欢《米德尔马契》[一]和《丹尼尔·德龙达》[二]而对他平添了几分好感。但不久之后,她就意识到自己错把表象当实质了:厄尔不仅靠死记硬背来发表他的所谓文学观点,就连看过的书也是翻来覆去只有那几本。她,一个视乔治·艾略特、伍尔夫[三]、梅铎[四]、盖斯凯尔[五]和拜厄特[六]的作品为挚友的人,怎么会爱上一个从不读书的俗人?这对她来说无疑是一记重击!

就在那段时间,约翰,一个在帕姆所在的伯克利分校任教的红头发副教授,就这样抱着一大堆书,挺着优雅修长的脖子和突

[一] 《米德尔马契》(*Middlemarch*),英国作家乔治·艾略特较成熟的一部小说,创作于1872年,被许多批评家认为是她的代表作。1994年曾被改编成电影《米德镇的春天》(中文译名)。——译者注

[二] 《丹尼尔·德龙达》(*Daniel Deronda*),乔治·艾略特的另一部小说,创作于1876年,2002年曾被改编成迷你影集《丹尼尔的半生缘》(中文译名)。——译者注

[三] 艾德琳·弗吉尼亚·伍尔夫(Adeline Virginia Woolf,1882—1941),英国女作家、文学批评家和文学理论家,意识流文学代表人物,被誉为20世纪现代主义与女性主义的先锋。——译者注

[四] 艾瑞斯·梅铎女爵士(Dame Iris Murdoch,1919—1999),爱尔兰裔女作家,发表小说26部。作品曾入选美国现代图书馆的"20世纪百本最杰出英文小说";布克奖得主,被誉为"全英国最聪明的女人"。——译者注

[五] 伊丽莎白·盖斯凯尔(Elizabeth Gaskell,1810—1865),英国小说家。代表作《夏洛蒂·勃朗特传》《玛丽·巴顿》。——译者注

[六] 安东尼娅·苏珊·拜厄特(Antonia Susan Byatt,1936—),英国小说家、诗人和文学批评家,布克奖得主,2008年被《泰晤士报》评为1945年以来英国50名最伟大的作家之一。——译者注

第十八章

出的喉结闯进了帕姆的生活。尽管在人们眼中英语教授都是博览群书的,可她认识太多的同行都不愿冒险踏出自己的专业领域,对当代的新小说更是完全陌生,但是约翰什么都读。三年前,帕姆就是因为他那两本令人耳目一新的著作而投票支持他取得终身任用资格的,这两本书分别是《国际象棋:当代小说中的暴力美学》和《不,阁下!——19世纪晚期英国文学中的中性化女主人公》。

他们的友谊在各种既熟悉又浪漫的学术环境里渐渐萌芽,比如教师及院系委员会会议、教师俱乐部的午餐会以及住校的诗人作家每月在诺里斯礼堂的朗诵会,接着又在共同参加的学术活动中生根开花,比如在西方文明课程中搭档讲授19世纪伟人,或在彼此的课程中担任客座教授。最终,他们在教师代表会议的激烈争吵、关于空间和薪资分配的争取,以及晋升委员会的残酷混战中建立了永久的联系。没过多久,他们就完全信任彼此的品位,几乎不用找别的渠道推荐小说和诗歌,他们之间频繁往来的电子邮件也全是内容丰富的哲学和文学文章。他们两人都不爱引用那些华而不实或自以为聪明的语录,他们只追求崇高——那些经久不衰的美与智慧。他们都讨厌菲茨杰拉德和海明威,又都喜欢狄金森和爱默生。随着两人一起分享的书越摞越高,他们的关系也越来越和谐。他们被相同作家的相同深刻思想所感动,并一起顿悟。简而言之,这两位英国文学教授相爱了。

"你离婚,我也离婚。"虽然没有人记得是谁先提的这句话,但在他们搭档授课的第二年,两人的关系就已发展到可以对彼此做出这种高风险恋爱承诺的地步了。帕姆是早已做好准备的了,但是约翰有两个正要步入青春期的女儿,自然需要更多的时间。帕姆只能耐心等待。感谢上天,她没有看走眼,约翰的确是个好男人,他需要时间来努力克服自己违背婚姻誓言的道德问题。同时,他的内心很挣扎。一方面为遗弃两个女儿感到内疚;另一方面也苦恼于要如何离开他的妻子,毕竟她唯一的过错就是无趣,是婚姻的责任与义务把这个曾经光彩夺目的女人打磨成了一个单调乏味的母亲。约翰一遍又一遍地向帕姆保证,他已经着手在处理了,目前已经成功地理清了头绪,现在他只需要更多的时间来下定决心,并选择合适的时机采取行动。

但几个月过去了,合适的时机始终没有到来。帕姆怀疑约翰和许多对婚姻不满的配偶一样,试图由妻子来做这个决定,好堂而皇之地逃避这种无法挽回的不道德行为带来的罪恶感和心理负担。他疏远妻子,对她没有兴趣,常常冷落她,甚至偶尔大声地苛责。他用的这招"我不能离开,但我祈祷她主动离开"的套路显然不管用,这位妻子怎么也不肯上钩。

最后,帕姆单方面采取了行动。她的行动是由两通电话引起的,电话里对方开口就说"亲爱的,我想你应该想知道……",原来是厄尔的两个患者以"为她好"为借口,提醒她厄尔有性侵犯的行为。当厄尔又因违反职业道德被起诉的传票送到帕姆的手上时,她暗自庆幸自己没有孩子,并毫不犹豫地拿起电话联系了一位离婚律师。

她这么做会迫使约翰果断地采取行动吗?就算她的生活里没有约翰,她也仍旧会选择离婚。但帕姆极力否认这个事实,她说服自己是为了情人才离开厄尔的,并不断地要求约翰面对这个版本的事实。但约翰却不以为然,他仍旧没有准备好。然后突然有一天,他终于采取了果断的行动。这件事发生在 6 月,学校课程结束的前一天,两人正在他们的专属"凉亭"里——其实就是在

第十八章

约翰办公室的书桌下面的硬木地板上铺着的蓝色海绵垫上（英国文学教授的办公室里没有沙发，因为经常有教授被指控在沙发上性侵女学生，系领导焦头烂额，索性禁止在办公室里摆沙发）。他们刚刚结束了一场狂热的性爱，约翰拉上裤子的拉链，忧伤地注视着她说："帕姆，我爱你。正因为我爱你，我才决定让自己变得果断。现在这样对你很不公平，我必须减轻一些压力，尤其是为你，但同时也为我自己。因此，我决定我们暂停见面。"

帕姆当场就惊住了，几乎听不清他在说什么。在那之后的好几天，他的那番话就像她肚子里的一颗药丸，大到她无法消化，又重到她无力反刍。她时而恨他，时而爱他，时而渴望他，时而又恨不得他死。她在脑子里上演着一幕接一幕的剧情——约翰和他的家人死于一场车祸；约翰的妻子在一次飞机失事中丧生；约翰出现在她家门口，或带着孩子，或独自一人。有时她会投入他的怀抱；有时他们会温柔地相拥而泣；有时她会假装屋里有其他男人，然后当着他的面把门重重地关上。

帕姆原本已在长达两年的个别和团体治疗中获益良多，但是在这次危机中，疗效依然敌不过她强大无比的强迫心理。朱利亚斯对此做了勇敢的尝试，不厌其烦地掏出无数法宝。首先，他让帕姆进行自我监控，并记录下每次沉迷于那些想法的时长，结果显示每天长达两三百分钟。数字大到令人触目惊心！她似乎完全失控了，这种痴迷居然有这般魔力。朱利亚斯又试图帮助她重新掌控自己的思维，敦促她系统地缩短幻想的时间。这个方法失败后，他又改用了一种自相矛盾的疗法，让她每天早上花一小时的时间全身心投入地对约翰进行各种幻想。尽管她严格遵循朱利亚斯的指示，无奈强迫心理并无章法可循，最终还是遏制不住它一如既往地蔓延至她的整个思想。再后来朱利亚斯又建议了几种让她停止思考的方法。一连几天，帕姆不是在脑子里冲自己大声喊"不要"，就是把手腕上的橡皮筋弹得啪啪作响。

朱利亚斯还试图通过揭示其深层含义来消除这种强迫。"强迫性思维是一种干扰，它阻止你去做别的思考。"他继续往下想，"那些被屏蔽掉的又是什么呢？"如果没有这些强迫的想法，你又会想些什么其他的事呢？但这种强迫是不会屈服的。

团体成员们也纷纷加入。他们分享自己的强迫症状；自发地轮流承担接听电话的任务，这样帕姆一难受就可以随时打电话向他们倾诉；他们敦促她充实自己的生活，多给朋友打电话，每天都安排一项社交活动，找个男朋友。托尼甚至主动申请这份差事，把她给逗笑了。所有的方法无一奏效。强迫性思维依然强大，心理治疗的十八般武艺在它面前都犹如拿玩具气枪去对付一头迎面冲来的犀牛。

后来的一次机会让她偶遇了玛乔丽。玛乔丽是一个非常乐观的研究生，同时也是个内观的信徒。她为了更改论文题目前来征求帕姆的意见，她对研究"柏拉图的爱情观对朱娜·巴恩斯⊖作品的影响"失去了兴趣，反而爱上了萨默塞特·毛姆⊜的小说《刀锋》里的主人公拉里，所以现在想写"毛姆和黑塞⊜作品里的东方

⊖ 朱娜·巴恩斯（Djuna Barnes, 1892—1982），美国女诗人、小说家、艺术家。——译者注

⊜ 威廉·萨默塞特·毛姆（William Somerset Maugham, 1874—1965），英国小说家、剧作家。代表作有戏剧《圈子》，长篇小说《人生的枷锁》《月亮和六便士》《刀锋》等。——译者注

⊜ 赫尔曼·黑塞（Hermann Hesse, 1877—1962），德国作家、诗人。1946年获诺贝尔文学奖，主要作品有《彼得·卡门青》《荒原狼》《东方之旅》《玻璃球游戏》等。——译者注

第十八章

宗教思想起源"。谈话中,帕姆不止一次地听玛乔丽提到毛姆作品里常出现的一句话——"心灵平静",显然这句口头禅也打动了她。这句话听起来很诱人,引得她越是多想,就越发觉得"心灵平静"正是她眼下最需要的。但无论个别治疗还是团体治疗都无法达到这种效果,帕姆决定听从玛乔丽的建议。于是她订好了前往印度的机票,决定去平静心灵的圣地投奔大师葛印卡。

静修所的作息确实能慢慢让人平静下来。渐渐地,她的注意力不再那么集中在约翰身上,反而开始觉得失眠比强迫更糟糕。她常常醒着躺在床上,聆听着夜晚的声响:有节奏的呼吸声仿佛配乐,配以鼾声、呻吟声和鼻息声作歌词。大约每隔15分钟,她就要被窗外尖锐的警笛声吓一跳。

可是她究竟为何睡不着?这肯定与每天长达12小时的禅修有关。否则还能是什么原因?可是,同她一起静修的其他150名学员似乎都舒舒服服地在梦神墨菲斯⊖的怀里休息了。要是她能问问维贾伊这些问题就好了。有一次,她偷偷地在禅堂里四处寻找维贾伊,被那位在过道里走来走去的巡视曼尼尔用竹竿捅了一下,提醒她"唯有向内寻找,别无他处"。这时,她看到维贾伊正坐在男学员区的最里面,他似乎入了定,如佛陀一般一动不动,笔直地盘腿坐着。他肯定早就在禅堂里发现她了,毕竟她是这300人当中唯一不打坐而是坐在椅子上的西方人。虽然羞于坐椅子,但连日的打坐使她的背疼得厉害,不得已只好向葛印卡的助手曼尼尔要了一把椅子来坐。

曼尼尔是一个又高又瘦的印度人,他对帕姆的要求很是不满,

⊖ 墨菲斯(Morpheus),希腊神话里的梦神。——译者注

但仍故作镇定地凝视着远方的地平线,回答道:"你的背?你前世都造了什么孽今生才会背痛?"

真叫人失望啊!葛印卡强烈声明自己的方法不属于任何一种宗教传统,这一说法显然与曼尼尔的回答不符。渐渐地,她开始意识到,正统佛教的非有神论立场与大众的迷信之间存在着巨大的鸿沟。即便是那些助教也无法克服自身对魔力、神秘和权威的贪求。

有一次,她在11点的午餐时间看到了维贾伊,于是想方设法坐到了他旁边。她听见他深深地吸了一口气,仿佛在吸她身上的香气。但是他既没有看她,也没与她说话,事实上,根本没有人开口说话,大家都默默遵守着神圣静默这一最高纲领。

第三天上午,一段奇怪的插曲使得整个气氛一下子活跃了起来。禅修时,有人放了一个很响的屁,几个学员忍不住咯咯地笑了起来。这种笑声似乎会传染,很快就又有好几个学员被逗乐了。葛印卡很不以为然,当下便拉着妻子大步走出了禅堂。不久,一名助教严肃地告诉学员们,他们的老师被羞辱了,在所有违规学员离开静修所之前,他们将拒绝继续授课。于是有几名学员收拾东西离开了,但是在接下来的几个小时里,那几名被驱逐的学员居然在窗口探着脑袋学猫头鹰叫,严重干扰了其余学员的禅修。

虽然再也没有人敢提这件事,但帕姆怀疑当天深夜一定又有人被清退了,因为她发现第二天早上打坐的人明显减少了。

学员们只有在午间才被允许向助教们提一些具体问题。第四天中午,帕姆向曼尼尔提了一个关于失眠的问题。

"这本就不是你所能挂念之事,"他回答,眼睛依然望着远方,"身体需要多少睡眠自然就会睡多久。"

第十八章

"那么，"帕姆仍不死心，又问道，"您能否告诉我，为何我整晚都能听到警察在我窗外鸣笛？"

"忘了这样的问题吧。只要专注于安那般那念，专心观察你的呼吸，当你真正用心去做的时候，这类小事就不会再困扰你了。"

帕姆觉得这种呼吸冥想无聊至极，甚至怀疑自己能否坚持到第十天。每天除了打坐，唯一的活动就是每晚听葛印卡做冗长乏味的演讲。葛印卡和其他工作人员一样身穿一袭白得发亮的衣服，他竭力想要表达自己的观点却力不从心，因为其间不断流露出的一种隐约的威权主义令帕姆很是反感。他的演讲由几大段不断重复的段落组成，内容无非是歌颂内观的诸多优点，强调如果正确地练习，就能净化心灵，走上通往启迪的道路，过上平静和谐的生活，根除身心疾病，消除各种烦恼的三不善根：贪、嗔、痴。有规律的内观修行就如同定期照料心灵的花园，人可通过这个过程来拔除不纯洁的心灵杂草。不仅如此，葛印卡还指出：内观修行是可以随时随地进行的，这一点使它在生活中更具竞争优势，比如在车站等车时，别人在消磨时间，修行者则可以有效地利用时间清除一些不洁的杂念。

内观课程的讲义里提到了大量的清规戒律，这些规矩表面看来似乎都很合理，但条条框框实在是太多了。不偷盗，不杀生，不妄语，不淫欲，不饮酒，不娱乐，不书写，不记笔记，不用钢笔或铅笔，不阅读，不听音乐和收音机，不用电话，不用奢华床品，不装饰，忌衣着不庄重，过午不食（下午 5 点只对初学者供应茶和水果）。最后，学员们不准质疑老师的指导和指示；必须严守纪律，并严格按老师指导的方式禅修。葛印卡说学员只有秉承这种顺从的态度才能悟道。

总的来说，帕姆认为他的出发点还是好的。毕竟，他将一生都献给了内观教导。当然，他也不可避免地会受文化的束缚。可谁又能做到不受影响呢？整个印度不都是一直在宗教仪式和僵化的社会等级制度的重压下呻吟吗？另外，帕姆还喜欢葛印卡浑厚的嗓音。每天晚上，当他用古老的巴利文高声吟唱佛教经文时，帕姆都听得如痴如醉。她曾多次体验过类似的感动，比如早期基督教的祈祷音乐，尤其是拜占庭时期圣餐仪式上的圣歌，还有犹太教堂里唱诗班的歌声，还有一次是在土耳其的乡间，她被穆安津㊀一日五次召唤民众祷告的醉人旋律牢牢抓住，仿佛被催了眠。

尽管帕姆很认真学习，但对她来说，仅仅是连续15分钟专注于观察自己的呼吸都很难做到，心思总是不知不觉就被关于约翰的各种幻想带跑。但情况逐渐发生了变化，原来零散的毫无关联的片段渐渐被拼凑成一个完整的故事情节，例如她从新闻媒体上（或电视或广播或报纸）得知约翰一家在一次飞机失事中丧生了。她一次又一次地想象那个情景。尽管已十分厌烦，但那一幕仍在脑子里不断重播。

随着无聊与不安的不断加剧，她对一些简单家务产生了浓厚的兴趣。她第一天到办公室报到时（她当时才惊讶地得知这十天的静修居然完全免费），就注意到静修所的小卖铺里有小包装的洗涤剂。第三天，她就买了一包，花大把的时间把衣服洗了又洗，然后把它们统统挂在宿舍后面的晾衣绳上（这还是她从小到大第一次知道有晾衣绳），之后便每隔一小时查看一次衣服晾干的进度。她仔细观察哪些文胸和内裤干得最快，白天里一小时就能晾

㊀ 穆安津（muezzin），伊斯兰教职称谓，旧译为"鸣教"。阿拉伯语音译，意为"宣礼员"，即清真寺每天按时呼唤穆斯林做礼拜的人。——译者注

第十八章

干的衣物在晚上要晾多久,对比阴天和晴天,还有拧干与不拧干的衣服的晾干速度。

到了第四天,终于迎来了一件大事:葛印卡的内观教学开课了。方法其实简单明了。学员们被指导着做观察头皮的冥想,把所有注意力集中到头皮上,直到出现一种似痒似痛的灼烧感,或是微风吹拂头皮的感觉。一旦确定有这种感觉,学员们就只用观察,不必再做其他事。专注于观察这种痛痒的感觉。它是什么样子的?它会变成什么样?这种感觉持续多久?当它消失后(通常都会消失),冥想者需把注意力往下移到身体的另一个部位,面部,然后观察它的刺激反应,比如鼻子发痒或眼皮发痒。当这些刺激感增强、减弱,直至消失,学员们再继续观察颈部、肩部,直到身体的每一个部位都被观察到,包括脚底,然后再回到头皮,自上而下地无限次循环这个过程。

葛印卡当晚的演讲为这个方法提供了理论依据。内观的核心概念就是无常。一个人只要能充分认识到一切感官刺激都有暂时性,用不了多久他就能用无常之道去参透生命万物与疾苦;一切都会过去,如果你能时刻保持观察者的立场,看淡一切过眼云烟,就能体会到内心的平静。

经过几天的内观,帕姆已掌握了专注于身体知觉的技巧与速度,于是感觉这个过程不再是那么大的负担了。到了第七天,就像葛印卡在开始时预言的那样,整个过程仿佛自动运行,快速"席卷全身",着实令她惊愕不已。这种感觉就像有人往她头上倒了一壶蜂蜜,芳香四溢的蜂蜜缓缓地从头顶蔓延到全身直至脚底。她甚至感觉到一种令人兴奋的、近乎性感的嗡嗡声,像是蜂群循着往下流淌的蜂蜜"嗡嗡"地将她包围。时间过得飞快。不久,她便能抛开椅子,同其他300名信徒一起在葛印卡脚边凝神打坐了。

接下来的两天仍有相同的席卷全身的感觉,而且速度都很快。第九天的晚上,她醒着躺在床上。她的睡眠依然没有改善,但是她从一位缅甸籍的女助教(她已不期待从曼尼尔那里得到答案)那里了解到,失眠现象在内观讲习班里极为普遍,这个消息令她轻松了许多。显然,长时间处于冥想状态使得身体对睡眠的需求减少了。这位助教还为她解开了警笛声之谜,原来在印度南部,守夜人经常在他们守卫的区域周围吹口哨。这是一种用来警告小偷的预防措施,这跟机动车仪表盘上一闪一闪的小红灯警告盗车贼这辆车有自动报警装置是一个道理。

通常情况下,不断重复的念头只有在它突然消失的那一刻才最能引起注意。帕姆有一天突然意识到她已经两天没有想到约翰了。约翰就这样消失了。那些没完没了的幻想已经被席卷全身的甜蜜快感所取代。突然意识到自己体内有一个能产生快乐情绪的装置,可被训练来分泌使人愉悦的内啡肽是多么奇妙的一件事啊!现在她终于明白了为什么有人会对此上瘾,从而进行长时间的静修,有时长达几个月甚至是几年。

她终于净化了心灵,可为何还兴奋不起来呢?相反,她的成功被罩上了一层阴影。她从"席卷全身"的感觉中体验到的喜悦使她的思想变得阴暗了。正在思索这个问题时,她进入了一种似睡非睡的状态,但很快又被一个奇怪的梦唤醒了。她梦见一颗长着小脚,戴着礼帽,拄着手杖的星星在她的脑子里跳踢踏舞,从舞台的这一端跳到另一端。一颗会跳舞的星星!这个意象的寓意她再清楚不过了。她曾与约翰分享过许多喜爱的文学格言,其中

第十八章

最喜欢的一条就是尼采在《查拉图斯特拉如是说》里写到的:"一个人必须保持内心混乱,才能催生出善舞者⊖(dancing star)的本能。"

原来如此。现在她终于明白自己为何对内观感到矛盾了。葛印卡说到做到,他一开始承诺的话都尽数实现了:内观为她带来了平静与安宁,或者如他常说的"平衡"(equipoise)。但代价是什么呢?倘若莎士比亚修习了内观,还能创作出《李尔王》和《哈姆雷特》吗?西方文化的任何一部杰作还有可能问世吗?此时她想起了查普曼⊜的那句诗:

若非饱蘸暗夜的浓墨,
又岂能书写出不朽的佳作。

"饱蘸暗夜的浓墨"——这才是一个伟大作家的使命。唯有让自己深陷夜的黑暗,才能驾驭黑暗的力量并将其投入艺术创作。否则,那些卓越的性格阴郁的作家,如卡夫卡、陀思妥耶夫斯基、弗吉尼亚·伍尔夫、哈代、加缪⊜、普拉斯⑭、爱伦·坡⑮,要如何将

⊖ 此处取"star"一词的两个含义,一为"星星"与上文对应,二为"明星"表示擅长某事之人,故译作"善舞者"。——译者注

⊜ 乔治·查普曼(George Chapman, 1559—1634),英国戏剧家、诗人。——译者注

⊜ 阿尔贝·加缪(Albert Camus, 1913—1960),法国作家、哲学家,存在主义文学、"荒诞哲学"的代表人物,主要作品有《局外人》《鼠疫》等。——译者注

⑭ 西尔维娅·普拉斯(Sylvia Plath, 1932—1963),美国自白派诗人的代表,1963年于伦敦的寓所自杀。——译者注

⑮ 埃德加·爱伦·坡(Edgar Allan Poe, 1809—1849),19世纪美国诗人、小说家和文学评论家,美国浪漫主义思潮时期的重要成员。——译者注

潜伏在人类境况中的悲剧向世人揭示呢？他们并没有把自己从生活中抽离出来，也没有以旁观者的姿态闲看一切过往。

尽管葛印卡一再宣称他的教义是不分宗派的，但他的言行却处处体现着佛教思想。在他的晚间讲课兼推介会上，葛印卡不断地强调内观是佛陀当年自用的禅修方法，而本人现在所做的不过是将其又重新向全世界介绍推广而已。帕姆对此并无异议。虽然她对佛教知之甚少，但在飞往印度的飞机上她读到了一篇入门教材，对佛陀体悟的四圣谛㊀（four noble truths）的力量和真理性印象颇深。这本书里写道：

- 世间是苦果。
- 苦皆由（对事物、对想法、对个人、对生存本身的）念而生。
- 消除苦的方法——无欲、无我、无心无念。
- 离苦的道路——通往涅槃的八正道。

眼下她又对此重做了思考。环顾四周，她看见出神入定的信徒、心如止水的助教，还有山洞里那些甘愿一生专注于内观修行的苦行僧，不禁对这四个真谛的真实性产生了怀疑。佛陀究竟悟对了吗？用这种方法来消除疾苦所需的代价岂不比疾苦本身还糟吗？第二天拂晓，她看着一小群耆那教㊁的妇女们走向澡堂，心

㊀ 四圣谛，佛教中释迦牟尼体悟的苦、集、灭、道四条人生真理，告诉人们人生的本质是苦，以及之所以苦的原因、消除苦的方法和达到涅槃的最终目的。——译者注

㊁ 耆那教（Jainia，意为圣人），印度传统宗教之一。——译者注

第十八章

中的疑虑更加强烈了。耆那教徒奉行不杀生的戒律简直到了荒谬的地步,这群人一瘸一拐地如螃蟹一般沿着小路艰难行走,速度极慢,因为他们必须先轻轻扫除面前的碎石,以免误踩了一只昆虫。为了防止不小心吸入任何微小的生物,她们只得蒙上令她们呼吸困难的纱布面罩。

她的目光所及全是放弃、牺牲、限制和顺从。生活在哪里?生命中本该有的快乐、广阔、激情与珍惜当下都到哪儿去了?

难道生活当真如此痛苦,以至于要牺牲它来获得平静吗?也许四圣谛也跟文化有关。或许时光倒退到2500年前,它们的确是真理。当时这片土地上极度贫困、人口过多,充满饥饿、疾病和阶级压迫,根本看不见未来。但是,对现在的她来说,它们还是真理吗?所有强调解脱或更好来生的宗教不都是以贫穷、痛苦和被奴役之人为受众的吗?

但是,帕姆自言自语道(神圣静默了数天以后,她就常对自己说话),她岂是一个忘恩负义的人?既然效果好,就要承认。难道修习内观没有效果吗?没能安抚她的心灵、消除她的强迫想象吗?她自己竭尽全力,加上朱利亚斯和团体成员的共同努力都没能做到的事,难道不是在这里实现了吗?好吧,说是也是,说不是也不是。也许这样对比本就不公平,毕竟在朱利亚斯那里总共只参加了大约8次团体会谈,共计12个小时;内观则花了她数百小时,包括整整10天的时间外加飞越了大半个地球所花的时间和精力。如果她在朱利亚斯和成员们那里也花了同样多的时间,结果又将如何呢?

帕姆不断滋生的怀疑严重地妨碍了禅修。她再也体会不到席卷全身的感觉。那种美妙的、如蜂蜜一般淌遍全身的满足感到哪儿去了呢？她的禅修效果一天不如一天。内观时也只能进行到头皮，原本一闪而过的微弱的痒感，现在却持续很久，且越来越强烈，从痒逐渐演变成了刺痛，最后又成了无法消除的持续灼烧感。

甚至连最早的安那般那念也失效了。靠呼吸冥想建立起来的平静之堤已彻底瓦解，关于她丈夫、约翰、复仇和飞机失事等所有杂念如潮水般汹涌而来。好吧，就让它们来吧。她看到了厄尔的真面目——一个年老的巨婴，撅着一张大嘴，见着乳头就扑。约翰呢，可怜、软弱、优柔寡断的约翰，始终不愿接受有"得"必有"失"的道理。还有维贾伊，他选择牺牲生活、新奇、冒险和友谊以求得平静。帕姆想，用一个词来形容这帮人再合适不过了——懦夫，一群精神上的懦夫。他们没一个配得上她。把他们全都放马桶里冲掉吧。要这样，画面感才够强烈：所有这些男人，约翰、厄尔和维贾伊，全站在一个巨大的抽水马桶里，高举着双手苦苦哀求，冲水的轰鸣声几乎盖过了他们的哀号！这才是一个值得冥想的画面啊！

第十九章

> 野花回答我说:"傻瓜!你以为我开花是为了给别人看的吗?我开花是为了我自己,而不是因为别人。我开花是因为我喜欢开花。我活着,我开花,这就是我的愉快和乐趣所在。"⊖

⊖ 译文出自《叔本华美学随笔》,叔本华著,韦启昌译。——译者注

下一次会谈仍是邦妮第一个发言。她先跟大家道歉说："对于我上周就这么走了，我向所有人道歉。我不该那样，但是……我也不知怎么了……当时有点失控了。"

"这就叫鬼使神差。"托尼一脸假笑地说。

"嗬，托尼，一点儿也不好笑。好吧，我知道你什么意思。我是故意么做的，因为我当时气坏了。这样行了吧？"

托尼微笑着向她竖起了大拇指。

吉尔用他一贯对团体里的女成员说话的温柔语气对邦妮说："上周你走了之后，朱利亚斯就说了你可能是因为被大家忽略才生气离开的，他说这很可能恰好印证了你描述的童年阴影。"

"对极了！只不过我当时不是生气，而是感觉很伤心。"

"我知道什么是生气，"瑞贝卡说，"你没别的，就是在生我的气。"

邦妮阴沉着脸转向瑞贝卡说："上周你说菲利普道出了你没有女性朋友的原因。我可不信那一套。嫉妒你的美貌并不是你交不到女性朋友的原因，至少不是你和我成不了好朋友的原因。真正的原因是你眼里只有男人没有女人——至少你没把我放在眼里。每次你跟我说点什么，最后总能把话题又带回到自己身上。"

"我向你反馈关于你处理愤怒情绪的方式（尽管你大多数情况都在逃避），你却反过来指责我以自我为中心。"瑞贝卡感到怒不可遏，"你难道不需要反馈吗？这难道不是这个团体存在的意义吗？"

"我希望你能给我一些真正关于我或者其他人的反馈。所有话题都围绕着你，瑞贝卡，或许一开始是关于你和我，但后来由于你的魅力，大家还是把话题从我这里转到了你身上。我就是赢不

第十九章

了你。但这也不能全怪你,他们也有责任,所以我必须问你们所有人一个问题。"

邦妮转过头来,依次看了他们每个人一眼,郑重其事地问道:"我从来就没有真正得到过你们的关心,这是为什么呢?"

房间里所有男人都低头不语。没等他们回答,邦妮又继续说道:"还有一件事,瑞贝卡,我刚才说的关于你没有女性朋友的原因,相信你一定不陌生。我清楚地记得你和帕姆在这个问题上也有过同样的分歧。"

说完,邦妮转向了朱利亚斯:"说到帕姆,我一直想问你,你有她的消息吗?她打算什么时候回来?我很想她。"

"话题转得太快了!"朱利亚斯说,"邦妮,你可真是个迅速切换话题的高手啊!但我暂时先不说你,先来说说帕姆的情况,主要是因为我今天原本就打算告诉大家她从孟买给我发了封电子邮件,说她已经结束了在那里的静修,不日就将回国,下周应该就能来加入我们了。"

朱利亚斯转身对菲利普说:"还记得我跟你提过的我们缺席的成员帕姆吗?"

菲利普点了下头算是回答了。

"那谁,菲利普,你倒是个快速点头的高手啊。"托尼说,"我实在是想不通你明明身在其中,却总能将自己置身事外,从不看任何人,也不多说话。瞧瞧你周围发生了什么?邦妮和瑞贝卡为了你都吵起来了。你对这一切有何感想?你对这个团体是怎么看的?"

菲利普并没有立即回答,这时托尼显得很不自在,他看了一圈,说:"呸,这算怎么回事?怎么弄得像是我违规了,在教堂里放屁了似的。我不过是问了他一个每个人都会问的问题而已欸。"

菲利普打破了短暂的沉默,开口说道:"你说得对。我只是需要时间来整理一下思绪。我是这么想的。邦妮和瑞贝卡的苦恼其实是差不多的。邦妮无法忍受自己不受欢迎,而瑞贝卡则无法接受自己不再受欢迎。他们的情绪都在受别人思想变化的左右。换句话说,对她们俩来说,快乐都掌握在别人的手中。因此,对她俩的解决办法也是一样的——一个人的内心越丰富,就越不需要别人。"

随后又是一片寂静,大家都在努力消化菲利普的话,几乎能听到他们脑子里咀嚼的声音。

"看来你们都没什么要回应菲利普的。"朱利亚斯说,"那我就来谈谈我几分钟前犯的一个错误吧。邦妮,我不该同意你把话题迅速切换到帕姆身上。我不想重蹈上周的覆辙,上周你的需求就没有得到及时的处理。就在刚才,你谈到了为什么大家经常忽视你,我认为你询问每个人为什么得不到他们的关心这一举动非常勇敢。但是接着又发生了什么呢?你问完立刻就把话题转向了询问帕姆何时归队,马上,不到几分钟,你问的那个问题就随时间消失了。"

"我也注意到了,"斯图尔特说,"邦妮,看来你是故意不让我们理你。"

"这个反馈很好。"邦妮点点头,"你说得很对,我好像经常这样。我会好好反思的。"

朱利亚斯继续说道:"邦妮,你表示感谢,我不反对。但这不禁使我觉得你是想通过这样来阻止我们继续谈论你。实际上,你不就是在说'别再把注意力集中到我身上了'吗?我应该在这儿

第十九章

专门为你设一个铃,每次你一转开话题,我就按铃。"

"那我究竟该怎么做呢?"邦妮问道。

"告诉我们你认为自己无权要求大家反馈的原因。"朱利亚斯建议道。

"我想,我只是觉得自己没那么重要。"

"但在座的是不是人人都可以要求得到反馈呢?"

"是的。"

"那就是说,在座的其他人都比你重要了吗?"

邦妮点了点头。

"好,邦妮,试试这样做,"朱利亚斯继续说,"看着在座的每个人,然后回答我——这些人里,有谁比你更重要?为什么?"朱利亚斯感觉驾轻就熟,不禁在心里发出了惬意的感叹。这是自从菲利普加入这个团体以来他头一回确切地知道自己在做什么。他做了一个优秀的团体治疗师该做的事:把患者的核心问题转换成了眼前的问题,以便更直接地探讨。关注患者的当下总比一门心思让他们重新思考过去或当前的外部生活来得更加有效。

邦妮转了一圈,把他们看了个遍,然后说:"在座的每个人都比我重要,而且重要得多。"她的脸涨得通红,呼吸急促。尽管她渴望得到别人的关注,但很显然,她现在只想找个地洞钻进去。

"说具体一点,邦妮,"朱利亚斯催促道,"究竟谁更重要?为什么?"

邦妮又看了一遍大家,说道:"每个人都比我重要。你,朱利亚斯,瞧瞧你帮了多少人。瑞贝卡是个大美人,又是个成功的律师,家里还有那么棒的孩子。吉尔是一家大医院的财务总监,身材又那么好。斯图尔特是个忙碌的医生,帮助大人和小孩,他一

197

看就很成功。托尼……"邦妮停了一会儿。

"哎呀呀,这下可有趣了。"托尼穿着一成不变的蓝色牛仔裤、黑T恤和那双溅满油漆的运动鞋,懒洋洋地靠在椅子上。

"首先,托尼,你就是你,你从不装腔作势,不要花招,绝对的诚实。尽管你时常贬低自己的职业,但我知道你不是个普通的木匠,没准是你们这行里的艺术家——我知道你开的是一辆宝马敞篷车。你的身材也很棒,我喜欢看你穿紧身的T恤。我这么说不过分吧?"邦妮环视了一下大家,继续说,"还有谁?菲利普,你智力超群,无所不知,你是一名教师,而且马上要成为一名治疗师,你说的话让每个人着迷。至于帕姆,帕姆很了不起,是大学教授,她思想自由,走到哪儿都能引起别人的关注,她到过很多地方,认识很多人,读过很多书,敢和任何人对抗。"

"给点反应吧各位,就邦妮刚才解释的为何你们每个人都比她重要,大家对此怎么看?"朱利亚斯的眼睛环视着这群人。

"我觉得她说的没道理。"吉尔说。

"能跟她解释一下为什么吗?"朱利亚斯说。

"对不起,我是说……我没有冒犯你的意思,可是邦妮,你的话听起来有点倒退的意思……"

"倒退?"邦妮迷惑地皱起了眉头。

"是的,我们进入这个团体的意义就在于,我们要以人的最基本形式进行交往,一旦进入这里,你就是个普普通通的人,不管你有什么身份、学位、金钱和有没有宝马敞篷车。"

"是啊。"朱利亚斯说。

"是啊。"托尼插了一嘴,他附和道,"我完全赞同吉尔的说法,另外,我在此郑重声明,我那辆宝马是二手车,而且为了买它我

第十九章

贷了整整三年的款。"

"邦妮，"吉尔继续说道，"你在跟我们争论时，关注的都是那些外在的东西，比如职业、金钱和成功的孩子。这些都与你是不是我们所有人里最不重要的无关。我就认为你非常重要。你是我们中关键的一员，你对我们每个人都很用心。你很温暖，乐于助人；几周前我不想回家那次，你甚至愿意为我提供住处。你能让团体不分散注意力。你一直都很努力。"

邦妮仍坚持自己的立场："我一直在拖大家的后腿；我的一生都在为酗酒的父母感到羞耻，一直在家庭问题上对你们撒谎。吉尔，上次邀请你去我家对我来说是件大事——我从小就不敢邀同伴们到家里玩，就因为担心他们会看到我醉醺醺的父亲。更糟糕的是，我前夫也是个酒鬼，我女儿又染上了毒瘾……"

"邦妮，你还是在避重就轻。"朱利亚斯说，"你说的全是你的过去、你的女儿、你的前夫、你的家庭……可是你自己呢？怎么不说说你自己。"

"以上这些全是我，我就是由这一切构成的。除此之外还能是什么？我就是个无趣的矮胖的图书管理员，我的工作就是做图书目录……我……我不明白你的意思。我很困惑，我不知道自己究竟是谁，在哪儿。"邦妮说完便哭了起来，她掏出一张纸巾，大声擤了擤鼻子，闭上眼睛，举起双手在空中画了几个圈，一边啜泣一边含糊不清地说："我说得够多了，今天我只能说这么多了。"

于是朱利亚斯换了个话题，对着全体成员说："让我们回顾一下过去几分钟都发生了什么。谁有什么感想或发现要分享吗？"他又一次成功地将讨论带回到当下，进入了下一个阶段。在他看来，治疗工作包括两个阶段：首先是情感上的互动，其次是理解这种互动。这就是治疗必不可少的步骤——将情绪的激发和理解交替进行。因此，他现在试图将团队带向第二个阶段，他说："让我们回过头来冷静地看看刚刚发生了什么。"

斯图尔特正准备开始复述事情的经过，瑞贝卡插了进来："我认为重要的是邦妮说了她认为自己不重要的理由，并假设我们都接受那些说法。于是她又开始觉得困惑，哭着说她受够了——我以前就见过她这样。"

托尼附和道："没错，我同意。邦妮，你每次一得到大家的关注，就立刻变得情绪化。你被关注是会不好意思吗？"

邦妮仍在抽泣，她说："我本该感谢大家花时间来帮助我，可你们瞧，我又把事情搞得一团糟。换作别人一定会好好利用这段时间的。"

朱利亚斯说："有一回，一位同事和我谈了他的一个患者的情况。他说这位患者有个习惯，老是抓住别人扔过来的刺，往自己身上戳。邦妮，也许我举的例子不是很准确，但是当我看到你对待这些事情的态度和你如何用它们来惩罚自己的时候，脑子里就产生了这个联想。"

"我知道你们都对我不耐烦了。我想我还是不懂该如何利用这个团体。"

"好吧，邦妮，你知道我要说什么。这里面究竟是谁没耐心了？看看在座的各位。"大家都期待着朱利亚斯提出这个问题，仿佛都知道他不可能对这种说法置之不理，必定会刨根问底，问出具体名字来。

"嗯，我认为瑞贝卡希望我闭嘴。"

"什么？！为什么是我……"

第十九章

"等一下,瑞贝卡,"朱利亚斯今天一反常态地命令道,"邦妮,你究竟发现了什么?你看出了什么迹象吗?"

"关于瑞贝卡吗?她一直保持沉默,一句话也没说。"

"反正我怎么都是错的。我只能尽量保持安静,这样你就不会指责我抢了你的风头。你不觉得这是出于好意吗?"

邦妮正要回答,朱利亚斯却让她继续讲讲谁对她不耐烦。

"嗯,我具体说不出是谁,但至少看得出大家感到无聊了。连我自己都觉得很无聊。我说话的时候菲利普没有看我,反正他从来不看任何人。我知道大家都在等着菲利普发言。他说的话远比我的牢骚更受欢迎、更吸引人。"

"那个,我可没觉得你烦,"托尼回答说,"我也没发现其他人感到厌烦。菲利普要说的那些话也不可能有趣到哪儿。他老是自说自话,我对他的话一点都不感兴趣,甚至都不记得他说过什么了。"

"我记得,"斯图尔特说,"托尼,先是你说他尽管惜字如金,却总是大家关注的焦点。然后他评价说邦妮和瑞贝卡的问题其实很相似,她们都过分仰赖别人的看法,瑞贝卡太膨胀,邦妮又太泄气——大概就是这样。"

"你又成拍照的了。"托尼一边说一边做着手握相机拍照的动作。

"是啊,这能使我保持客观。我知道,我知道我应该少说观察,多说感觉。嗯,我同意菲利普不怎么说话便能莫名其妙成为焦点这个说法。这听起来像在质问菲利普,有点不合规矩。"

"这还是观察和观点,斯图尔特,"朱利亚斯说,"能说说你的感受吗?"

"嗯,我想我有点嫉妒瑞贝卡对菲利普的兴趣。我觉得奇怪的是,竟然没有人问菲利普对这件事的看法——嗯,我说的还不全是感受,对吧?"

"很接近了,"朱利亚斯说。"离'感受'只差一步了。继续。"

"我觉得受到了菲利普的威胁,他太聪明了。我还觉得他没把我放在眼里。我不喜欢被忽视。"

"很好,斯图尔特,现在换你来刨根问底了。"朱利亚斯说,"有什么问题要问菲利普吗?"朱利亚斯努力使自己的语气温和而有分寸。他的任务是帮助这群人慢慢接受,而不是威胁和排斥菲利普,所以要保证菲利普的表现尚不至于被排挤。正是因为如此,他才指名要斯图尔特来提问,而不是咄咄逼人的托尼。

"是的,不过要问菲利普问题可真不容易。"

"他本人就在这儿,斯图尔特。"朱利亚斯的另一个基本原则是绝不允许成员之间用第三人称谈论彼此。

"嗯,问题就在这儿。很难跟他……"斯图尔特说着转向了菲利普,"菲利普,我的意思是,我很难跟你对话,因为你从来都不看我。就像现在这样,这是为什么呢?"

"我宁可不透露自己的思考过程。"菲利普说着,眼睛仍盯着天花板。

朱利亚斯随时准备在必要的时候加入讨论,但斯图尔特仍然不厌其烦。

"我不太懂。"

"如果你问我问题,为了能给你我的最佳答案,我要在脑子里默默思考,不受任何干扰。"

"可是,你不看我,让我觉得我们彼此没有交流。"

第十九章

"我说的话不就说明有交流了。"

"就不能边散步边嚼口香糖吗?"托尼插话道。

"对不起,你说什么?"菲利普迷惑不解地把头转向托尼,但仍没有看他。

"意思是,就不能同时做两件事吗?眼睛看着对方,同时给出一个好的答案。"

"我喜欢自己在心里默默思考。与人对视会使我分心,使我无法专心寻找对方想要的答案。"

当托尼和其他人在思索菲利普的回答时,全场一片沉寂。斯图尔特接着又提出了另一个问题:"好吧,我还想问你,菲利普,听到关于瑞贝卡在你面前刻意表现的议论,你感受如何?"

"我说,"瑞贝卡的眼睛里闪着怒火,"我真的开始痛恨这种话了,斯图尔特……说得好像邦妮的幻想已经被作为真理写进了书里。"

斯图尔特不想这个提问环节被打扰,于是换了个说法:"好吧,好吧。把这个问题删了。菲利普,我这么问你好了——对于上次会谈大家对你的议论,你有何感受?"

"上回的讨论非常有趣,我自始至终都聚精会神。"菲利普看着斯图尔特继续说道,"但如果你想问的是我是否有情绪上的反应,我的回答是没有。"

"没有?这似乎不太可能。"斯图尔特回答。

"在进入团体之前,我阅读了朱利亚斯关于团体治疗的书,并为此做了充分的准备。我预料到会发生以下的事情——我将成为你们感到好奇的对象;你们中有一些人会欢迎我,但不是全部;之前已形成的权力等级也将因为我的加入而动摇;女性可能会对我有好感，男性则可能不喜欢我；核心成员可能会憎恨我的出现，而影响力较小的成员可能会保护我。我对这些都早有预见，所以能冷静地看待团体里发生的事情。"

斯图尔特，就像刚才的托尼一样，被菲利普的回答惊呆了。为了好好消化菲利普的话，他也陷入了沉默。

"我有点左右为难……"朱利亚斯停了一会儿，又继续说道，"一方面，我觉得跟菲利普继续讨论这件事很重要，但同时我又很担心瑞贝卡。瑞贝卡，你在想什么？你看起来很沮丧，我知道你刚才一直有话要说。"

"我今天感觉有点受伤，感觉自己被拒之门外，被忽视了，被邦妮还有斯图尔特。"

"继续。"

"有很多负面评价都是冲着我来的——说我以自我为中心，不想交女性朋友，对着菲利普扭捏作态。这些话很伤人。我讨厌被这么说。"

"我明白那是种什么感觉，"朱利亚斯说，"我对批评也有同样的条件反射。但我跟你说说我的心得。秘诀就在于把反馈当作礼物，但你首先要判断这些反馈是否正确。我的处理方式是自测，看看它是否符合我对自己的认识。是否有任何一部分，哪怕是一点点，哪怕只有5%，听起来是真的？我会试着回忆过去是否有人曾经给过我同样的反馈。我会想找其他人验证一下这个反馈。我会想是否他们发现了我的一个盲点，看到了我看不到的东西。你能试着这么做吗？"

"这一点儿也不容易，朱利亚斯。我感觉胸口发紧。"瑞贝卡双手按着胸前说，"就是这儿。"

第十九章

"胸口发紧就是个信号。它想表达什么?"

"它在说'大家会怎么看我',好丢脸,被人识破了。有人注意到我在撩头发,这让我觉得很难为情,同时又让我想理直气壮地说'关你什么事,这是我的头发,我想怎么撩就怎么撩'。"

朱利亚斯尽力用老师的口吻回答道:"几年前,有一位名叫弗里茨·皮尔斯⊖的治疗师创立了一个名为格式塔疗法⊜的学派。他的名字如今已很少被人提起,但无论如何,他在关注身体这方面做了很多努力,就是'看看你的左手在做什么'或者'我发现你经常捋自己的胡子'之类的。他会要求患者把动作夸大,比如'左手把拳头越握越紧'或者'越来越用力地捋胡子并持续关注这会引发什么感觉'。

"我一直认为皮尔斯的方法很值得研究,因为我们的潜意识有很多是通过无意识的肢体动作表现出来的。但我从来没有在治疗中使用过它。原因是什么?正是因为眼下发生的一切,瑞贝卡。当别人在关注我们正在做的一些无意识的动作时,我们往往会产生戒备心理。因此我能理解你有多不自在。但即便如此,你能否坚持一下,试着去了解这些反馈是否有价值呢?"

"换句话说,你是希望我'成熟一点吧'。我愿意试试。"瑞贝卡坐直了身子,吸了一口气,摆出一副坚定的态度,开始分析,"首先,我确实喜欢被关注,我第一次来接受治疗时,对自己的衰老和不再被男人注视感到不安。所以,我可能一直在菲利普面前

⊖ 弗里茨·皮尔斯(Fritz Perls,1893—1970),美国著名精神病学家和心理治疗师。格式塔疗法的创始人。——译者注

⊜ 格式塔疗法(gestalt therapy),由美国精神病学专家弗里茨·S.皮尔斯博士创立,又称为完形疗法,是自己对自己疾病的觉察、体会和醒悟,是一种修心养性的自我治疗方法。——译者注

整理仪表,但我不是有意的。"她又转身对着大家说:"所以,这是我的错。我喜欢被欣赏,我喜欢被爱和被崇拜,我喜欢爱情。"

菲利普插嘴道:"柏拉图发现爱存在于爱的人身上,而不存在于被爱的人身上。"

"'爱存在于爱的人身上,而不存在于被爱的人身上'——这是一句很棒的格言,菲利普。"瑞贝卡微笑着说,"瞧,这就是我喜欢你的地方。这样的评论能使我们开阔眼界。我觉得你很有趣,也很有魅力。"

瑞贝卡又转向大家,说:"这是不是就意味着我想和他有一腿呢?才不是呢!我最近的一次外遇差点毁了我的婚姻,我可不想自找麻烦。"

"那么,菲利普,"托尼说,"你对瑞贝卡刚才说的话有感觉吗?"

"我之前说过,我的人生目标是尽可能地减少欲望,获得知识。爱、激情、诱惑——这些情感都很强烈,也是我们延续物种的生理机能的一部分,正如瑞贝卡刚才阐明的,它们会不自觉地起作用。但总而言之,这些东西会使我偏离理性,干扰我的学术追求,因此我不想和它们有任何关系。"

"每次我问你问题,你的回答都让人很难辩驳。但你从来就没有正面回答过我的问题。"托尼说。

"我想他已经回答了。"瑞贝卡说,"他明确表示,他不希望任何情感上的介入,他希望保持自由和清醒。我认为朱利亚斯也提出过同样的观点,所以团体里才有谈恋爱的禁忌。"

"什么禁忌?"托尼对朱利亚斯说,"怎么从来没有人跟我明确地说过这条规则。"

第十九章

"我从未这样说过。我只说过一条关于会谈之外的关系的基本原则，那就是没有秘密，如果在会谈之外有任何接触，相关成员必须在团体中说明。这些秘密如果不公开，往往会扰乱团体的运作，同时也破坏你本人的治疗。这是我关于团体外接触的唯一规定。但是，瑞贝卡，眼下正在讨论关于你和邦妮之间到底发生了什么，不要乱了头绪，还是认真核实一遍你对她的感受吧。"

"她提的一些话题很沉重。我真的没有女性朋友吗？我不这么认为。我和妹妹的关系就挺好，还有我办公室里的几个女律师。可是，邦妮，你这么说很可能是另有所指，你是想说我在和男人交往时明显感觉更有动力、更兴奋。"

"我突然想起了大学时代。"邦妮说，"当时没什么人约我，当某个女生一接到男生的邀请便不假思索地在最后一分钟取消了和我的会面时，我当时是多么沮丧。"

"是啊，当年的我可能也会那样做。"瑞贝卡说，"你说得对，关于男人和约会，年轻时满脑子就这两件事。这在当时让人觉得很合理，现在看来却觉得不应该。"

托尼还想继续搞明白菲利普这个人，于是又主动对他说："菲利普，你知道吗，你在某些方面和瑞贝卡很像。你也很做作，只不过你打的是时髦的、故作深沉的旗号。"

"我相信你是在说，"菲利普全神贯注地闭着眼睛说，"我发表意见的动机并不像表面上看来那么简单，相反，是出于一种自私的做作的自我展示。如果我没理解错的话，你认为我是在试图引起瑞贝卡和其他人的兴趣和赞赏。我说得对吗？"

朱利亚斯有些坐立不安。无论他怎么引导，大家的焦点总是回到菲利普身上。此时他心里至少有三个相互矛盾的想法在激烈交战：第一，要保护菲利普免受过多的质疑；第二，要防止菲利普的过度冷静妨碍到团体内亲密无间的谈话；第三，要为托尼把菲利普给震慑住了加油喝彩。但总的来说，他决定暂时保持观望，因为成员们正积极应对着各种情况。事实上，刚才有了一个重大突破，那就是菲利普头一回直接地，甚至是针对个人地对某个人做出了回应。

托尼点了点头，答道："这正是我想说的，除了那句'兴趣和赞赏'，我认为可能不仅仅是兴趣或赞赏，或许是勾引。"

"是的，改得好。你用了'做作'这个词就是在暗示我的动机和瑞贝卡是一样的，也就是说我想勾引她。好吧，这是一个充分合理的假设。让我们看看该如何验证它。"

房间里一片沉默。无人回应菲利普，他似乎也并不期待任何回应。他闭上眼睛沉思了片刻之后说："也许最好遵循赫茨菲尔德医生的程序……"

"叫我朱利亚斯。"

"哦，对。所以，遵照朱利亚斯的程序，我必须先验证托尼的假设是否符合我的内心体验。"菲利普顿了一下，摇了摇头说，"我找不到证据证明这一点。许多年前，我挣脱了舆论的捆绑。我坚信，最幸福的人是那些无欲无求享受孤独的人。我说的是非凡的叔本华、尼采和康德。他们主张，这也是我的观点，内心丰富的人不需要任何外在的东西，只需要一种消极的不受干扰的闲暇，以便尽情享受自己的财富——也就是他们的智慧。

"那么，简而言之，我的结论是，我贡献那些想法并不是以试图引诱任何人或是提升我在你们眼中的地位为目的，或许多少带有这种愿望的零星碎片，但我只能说，那都是些无意识的行为。

第十九章

我承认自己很遗憾,仅仅是掌握了这些伟大思想,却不是通过实践得出的。"

朱利亚斯在带领团体治疗的几十年时间里经历过无数次全体沉默,但菲利普说完这番话之后的沉默与其他任何时候都不同。这种沉默并没有蕴含任何强烈的情感,也不代表任何依赖、尴尬或内心的挣扎。不,通通不是。这次沉默完全不同于以往,那感觉就像是成员们偶然发现了一个全新的物种、一种全新的生命形态,他们不动声色小心翼翼地将他团团围住,仿佛在围观一只长着羽翼的六眼火蜥蜴。

瑞贝卡率先回应道:"一个人如果内心满足到不需要任何人的帮助,也不再渴望有人陪伴——貌似会相当寂寞,菲利普。"

"恰恰相反,"菲利普说,"过去,当我渴望有人陪伴,我想要的东西他们不愿给,也确实给不了,那时我才真正感到寂寞。于是我总算彻底明白,当你不需要任何人时,也就永远不会寂寞了。我所寻求的正是这种幸运的孤独。"

"可你到底还是来了。"斯图尔特说,"相信我,这个团体绝对是孤独的劲敌。为什么要让自己置身其中呢?"

"即便是思想家也要靠金钱来维持自己的爱好。他们要么像康德和黑格尔那样幸运地领着大学教授的薪水,要么像叔本华那样有遗产可继承,再不然就是像斯宾诺莎那样,靠着白天在眼镜店磨镜片的工作维持生计。我选择了以哲学咨询为职业,这种团体治疗的经历是我取得资格证书的条件之一。"

"也就是说,"斯图尔特说,"你目前虽然和我们一起参与了这个团体,但最终的目标是帮助其他人永远不需要参与这样的治疗。"

菲利普顿了一下，然后点了点头。

"让我确认一下自己是否理解正确。"托尼说，"假设瑞贝卡看上你了，对你大献殷勤，尽力施展她的魅力，冲你发出迷人的杀伤力十足的微笑，你还会说这一切对你全然无效吗？当真是毫无反应？"

"不，我并没有说'全然无效'。我同意叔本华的观点，他写道，美貌是一封公开的推荐信，一下子便为我们赢得他人的心。容貌俊美的人自然会令我赏心悦目。但我还是要说，别人对我的看法不会也绝不可能改变我对自己的看法。"

"听起来太机械化了，不太像人了。"托尼回答。

"真正不人道的，是我居然让自己的价值感像一块软木塞一样，随着那些无关紧要之人的看法，随波逐流，上下浮动。"

朱利亚斯死死盯着菲利普的嘴唇，惊叹它们是如此神奇，完完全全映射出菲利普的冷静沉着，能够如此坚定、毫不含糊地把每个词都以同样完美的发音和语调呈现出来。这也使得其他人更能理解托尼为何越来越想激怒菲利普。凭着朱利亚斯对托尼的了解，他担心这样的冲动可能会迅速升级，于是当下决定把讨论引向一个更良性的方向。现在还不是对抗菲利普的时候，他毕竟才来了四次。

"菲利普，你刚才对邦妮说，你的目的是帮助她，并且你也为其他人提供了建议，比如吉尔和瑞贝卡。你能说说你为何这么做吗？在我看来，你那么想成为咨询师，已超越了对普通工作的渴望。毕竟，在这里为他人提供帮助是得不到经济回报的。"

"我一直提醒自己，我们都被判了无期徒刑，在无法逃避的痛苦中生活。如果能预知真相，绝对没有人会选择过这样的生活。

第十九章

如此看来，正如叔本华所说，我们是一群受害者，我们都需要相互包容和关爱。"

"又是叔本华！菲利普，我已听你说了太多的叔本华——管他是谁呢，却没怎么听到你说自己。"托尼平静地说着，仿佛在模仿菲利普慎重的语气，然而他的呼吸却很急促。通常情况下，托尼很容易与人发生冲突。他刚开始接受治疗那会儿，几乎没有一个星期身上是不带伤的，那些伤来自他在酒吧、路上、工作场合及篮球场上与人发生的肢体冲突。他虽然块头不大，却从不惧怕对手，除非对方是受过良好教育、能说会道的流氓，比如像菲利普这样的。

菲利普并没有要回应托尼的意思。于是，朱利亚斯打破了沉默，问道："托尼，你好像在沉思。你脑子里在想什么呢？"

"我在想邦妮先前说到她想念帕姆，我也很想她，尤其是今天。"

朱利亚斯并不感到意外。托尼早已习惯了帕姆的指导和保护。他们两人之间，一个是满腹经纶的英语教授，一个是满身刺青的"糙汉子"，居然建立了一种出人意料的搭档关系。朱利亚斯委婉地刺探道："托尼，我猜想要你说出'叔本华——管他是谁呢'这句话，一定很不容易吧。"

"是啊，既然来了就要实话实说。"托尼回答说。

"你说得对，托尼，"吉尔说，"我也得承认，我不知道叔本华是谁。"

斯图尔特接着说，"我只知道他是一位著名的哲学家，德国人，悲观主义者。他是19世纪的吗？"

"是的，他是1860年在法兰克福去世的。"菲利普说，"说到悲观主义,我更愿意把它看作现实主义。还有,托尼,也许我的确太经常提及叔本华了,但我这么做是有充分理由的。"托尼似乎对菲利普单独对他说话感到震惊。即便如此,菲利普还是没有和他有任何眼神交流。这一回他不再盯着天花板看,而是望着窗外,好像被花园里的什么东西给吸引住了。

菲利普接着说道:"首先,了解叔本华就等于了解我。我们密不可分,志同道合。其次,他是我的心理医生,给了我宝贵的帮助。我已经将他内化了——当然,我指的是他的观念,就像你们许多人对赫茨菲尔德医生一样,不不,我是说朱利亚斯。"菲利普似笑非笑地瞥了一眼朱利亚斯——这是他加入团体以来头一回显得如此不稳重。"最后,我衷心希望叔本华的一些观点能对你们有益,就像对我一样。"

朱利亚斯看了看表,打破菲利普发言之后的沉默,说道:"这是一次内容丰富的会谈,要不是因为时间到了,我还真舍不得就此结束呢。"

"丰富吗?难不成是我错过了什么?"托尼嘀嘀咕咕地站起身来朝门口走去。

THE
SCHOPENHAUER
CURE

第二十章

> 我们在青年时代感受到的喜悦之情和拥有生活的勇气，部分的原因是我们正在走着上坡的路，因而并没有看见死亡——因为死亡处在山的另一边山脚下。㊀

㊀ 译文出自《人生的智慧》，叔本华著，韦启昌译。——译者注

悲观主义的前兆

在早期的培训中，治疗师们被教导要关注患者对生活困境的责任。一个经验丰富的治疗师从不片面地接受患者对自己所受的不公平待遇的表面描述。相反，治疗师们明白，每个人在某种程度上都是他们社交环境的共同缔造者，人际关系总是相互作用的。那么，年轻的亚瑟·叔本华和他父母之间的关系呢？当然，这一关系的性质主要是由乔安娜和海因里希决定的，他们是亚瑟的创造者和塑造者，毕竟他们都是成年人。

然而亚瑟的贡献也不容忽视。亚瑟的性格中有一种原始的、与生俱来的、顽强的东西，甚至在他小时候，就已激起了乔安娜和其他人的某些反应。亚瑟一贯无法使人对他产生爱、慷慨和愉快的反应；相反，几乎所有人都对他加以批评并存有戒心。

也许他的这个性格早在乔安娜怀上他的时候便形成了，也可能是基因在亚瑟的成长期起了重要的作用。叔本华家族里心理障碍的病例屡见不鲜。在自杀前的许多年里，亚瑟的父亲长期抑郁、焦虑、固执、冷漠，根本无法享受生活。亚瑟的祖母有暴力倾向，长期情绪不稳定，最终只能被收治到疗养院。亚瑟父亲的三兄弟当中，一位生来就有严重智力障碍，另一位，据传记作家的描述，在34岁那年，"因荒淫无度而近乎疯狂，同一群恶棍一起惨死在一个街角"。

亚瑟的性格在他很小的时候便已成型，而且一生都保持着惊人的稳定性。在亚瑟的青少年时期，父母在写给他的信中曾多次表明他们越来越担心亚瑟对社交场合不感兴趣。例如，他母亲曾写道："……虽然我不喜欢拘谨的礼节，但我更不喜欢粗俗自满的

第二十章

生性和举止……你已经有了这方面的倾向。"他父亲也曾写道:"我只希望你能学会让自己更易于被人接受。"

我们从亚瑟年轻时的旅行日记便可以看出他将成为一个什么样的人。在日记里,年仅十几岁的亚瑟已显得比同龄人成熟,能够让自己对事物保持距离,从宇宙的角度来看问题。在描述一幅荷兰海军上将的画像时,他写道:"画像的旁边是他一生经历的象征——他的剑、他的大酒杯、他佩戴的荣誉项链,最后,还有那颗使得这一切于他都毫无意义的子弹。"

作为一个成熟的哲学家,叔本华很自豪自己能够始终以客观的角度来思考,或者,如他自己所说的"从望远镜的另一端看世界"。他在早期关于登山的评论中就提到了从上往下看世界的启发。他在16岁时就写道:"我发现,从高山远眺的全景极大地开阔了人们的视野……所有小的物体都消失了,只有大的物体还能大致显现出它的形状。"

有一件事为成年后的叔本华埋下了一个强有力的伏笔,预示着他将继续发展宇宙观点,使他最终成为一个能够保持远距离体验世界的成熟的哲学家,这种距离不仅是空间和概念上的,也是时间维度上的。他在很小的时候就能凭直觉读懂斯宾诺莎的"在永恒的相下"⊖,指的是"从永恒的角度观察世界及其事件"。亚瑟总结道,理解人类处境的最佳角度不是置身其中(a part of),而是置身事外(apart from)。他早在花季之年就已对自己日后的孤傲有了先见之明,他写道:

⊖ 原文为"sub specie aeternitatis",拉丁文,英文译为"under the aspect of eternity",荷兰哲学家斯宾诺莎提出的我们应该"在永恒的相下"(sub specie aeternitatis)看事情。——译者注

哲学是一条通往高山之路……一条偏僻的路，越往上走就越荒凉。无论谁踏上了这条路，都不应畏惧，而应把一切都抛在身后，自信地在冬日里踏雪前行……他很快就会看到脚下的世界；沙滩和沼泽从他的视野中消失，凹凸不平的地方被夷为平地，刺耳的声音不再传到他的耳朵里。世界的弧度逐渐显现在他面前。他独自一人置身于纯净凉爽的山间空气里，当脚下的一切都还沉浸在夜深人静当中时，他却早已看到了太阳。

亚瑟的动力不仅来自追求崇高的牵引，还来自生活中自下而上的推力。年轻的亚瑟还有两个显著的特质：极度的厌世和无休止的悲观。如果说是高度、远处的景色和宇宙的视角吸引了亚瑟，那么，也有很多证据表明他被与他人的亲密关系排斥在外。有一天，他在山顶欣赏完晶莹剔透的日出，下山重返人间，来到山脚下的一间小木屋里。关于这间小木屋他是这么形容的："我们进入一间房间，里面满是狂欢作乐的下等人……他们肉欲的温暖发出了炽热的光芒，真叫人无法忍受。"

他的旅行日记中充满了对他人的轻蔑和嘲讽。在一个新教的礼拜仪式上，他写道："信众们刺耳的歌声使我的耳朵生疼，那个张大了嘴不停胡扯的人使我发笑。"关于一场犹太教的礼拜，他是这么写的："站在我身边的两个小男孩让我惊慌失措，因为他们仰头张口的诵经姿势就像在冲我大喊大叫。"他曾形容一群英国贵族"看起来像乔装打扮的农妇"；他评价英国国王"是一位英俊的老头，王后却奇丑无比"；他笔下的奥地利皇帝与皇后"两人的穿着都极其朴素。皇帝长得瘦削憔悴，那张冒着傻气的脸让人不禁猜测他是裁缝而不是皇帝"。一位发现亚瑟有厌世倾向的校友曾给当

第二十章

时身在英国的亚瑟写信道:"我很遗憾,你在英国逗留的这段时间使你对整个民族都产生了憎恨。"

这个爱嘲讽的、出言不逊的小男孩将成长为一个刻薄、愤怒、习惯性地将人类统称为"两足动物"的人,他将会赞同肯培多马⊖的观点:"每当我走入人群,都感觉自己更不像人了。"

这些特质是否阻碍了亚瑟成为"目空尘世之眼"的目标?年轻的亚瑟预见到了这个问题,并给年长的自己写了一份备忘录:"要确保你的客观判断尽可能不受隐藏的主观判断的影响。"然而,我们将会看到,尽管亚瑟决心坚定,严格自律,却常常无法听从自己年轻时的绝妙忠告。

⊖ 肯培多马(Thomas à Kempis,意为"肯培的多马"),中世纪法国天主教修士,著有《效仿基督》(或译《遵主圣范》)。——译者注

第二十一章

那些避免与同类过往甚密的人才是幸福的。㊀

㊀ 译文出自《叔本华人生哲学》,叔本华著,李成铭等译。——译者注

第二十一章

又是一期会谈的开始，正当邦妮在询问朱利亚斯帕姆是否已经旅行归来时，门突然开了，帕姆在门口张开双臂大喊了一声："我来了！"顿时所有人，除了菲利普，都起身来欢迎她。她以她独特的表达爱的方式绕场一周，挨个地看着他们，拥抱他们，亲吻了瑞贝卡和邦妮，亲昵地拨乱托尼的头发。她来到朱利亚斯面前，拥抱了他许久，然后低声说道："谢谢你在电话里告诉我实情。我都吓坏了，非常非常难过，也非常担心你。"朱利亚斯看着帕姆。她那熟悉的笑脸流露出勇气与容光焕发的活力。"欢迎回来，帕姆。"他说，"天啊，你回来我们真是太高兴了。大家都很想你，我也很想你。"

接着，帕姆的目光落在了菲利普身上，她的脸色瞬间暗了下来，眼周愉快的表情纹也随着微笑一起迅速消失了。朱利亚斯以为她是被这个陌生人的出现吓了一跳，便立刻介绍说："帕姆，这是我们的新成员，菲利普·斯莱特。"

"哦，原来你姓斯莱特呀？"帕姆故意不看菲利普，尖刻地说道，"不是叫菲利普·'死烂仔'，或菲利普·'死黏球'吗？"然后她瞟了一眼房门，对朱利亚斯说："朱利亚斯，我不确定自己能否忍受和这个混蛋待在一间屋子里！"

成员们都目瞪口呆地来回看着激动的帕姆和沉默不语的菲利普。这时，朱利亚斯插了进来，说："告诉我们究竟发生了什么，帕姆，请坐下说。"

托尼拉了一把椅子进来，帕姆说："我不坐他旁边。"（那个空座位紧挨着菲利普。）瑞贝卡立刻站了起来，把帕姆领到自己的座位上。

一阵短暂的沉默过后，托尼先开口了："怎么回事，帕姆？"

"天哪，我真不敢相信，是谁在跟我开什么变态的玩笑吗？这是我这辈子最不想遇到的事。我从来就不想见到这种鼠辈。"

"到底怎么回事？"斯图尔特问道，"你呢，菲利普？说话呀，发生什么事了？"

菲利普默不作声，轻轻摇了摇头。那张瞬间涨得通红的脸却已透露了不少信息。朱利亚斯心想，菲利普的自主神经系统功能还是很正常的。

"说说看，帕姆。"托尼催促道，"我们都是你的朋友。"

"在我认识的所有男人当中，这个家伙对我最糟糕。我回到了像家一样的团体，却发现他坐在这里，真令人难以置信。我真想大喊大叫，可是不行，因为他在这儿我做不到。"帕姆陷入了沉默，她视线低垂，无力地摇着头。

"朱利亚斯，"瑞贝卡说，"我越来越紧张了，这可不是什么好事。快告诉我，到底怎么回事？"

"很显然帕姆和菲利普两人有过一段过往，我向你保证，我对此事也一无所知。"

沉默了一会儿，帕姆看着朱利亚斯说："我一直非常想念大家，一心想回到这里，在脑子里不停地想着要跟你们分享旅行的见闻。但是，朱利亚斯，很抱歉，我实在做不到。我不想继续待在这儿了。"

她站了起来，转身向门口走去。托尼跳起来一把抓住了她的手。

"帕姆，求求你了。你不能就这么离开。你帮了我那么多。来，坐到我身边来。要不要我把他赶出去？"帕姆微微一笑，被托尼领回到座位上。吉尔连人带椅换了过来，把帕姆身边的位子让

第二十一章

出来给托尼。

"我和托尼一样,也想帮你,"朱利亚斯说,"我们大家都想,但必须你愿意才行。帕姆,很明显,你和菲利普之间有一段历史,一段糟糕的往事。告诉我们,把它说出来,否则我们也无能为力。"

帕姆缓缓地点了点头,闭上双眼,嘴巴微张,却一个字也说不出来。于是她站了起来,走到窗前,前额抵着玻璃窗,见托尼不放心地跟过来,又挥了挥手示意托尼坐回去。她转过身来,深吸了几口气,用一种空洞的声音开始说道:"20多年前,我和闺密莫莉想体验一下纽约的生活。莫莉从小就住在我隔壁,是我最要好的朋友。当时我们刚在阿默斯特大学念完大一,一起报名参加了哥伦比亚大学的暑期班,课程之一是关于苏格拉底之前的哲学家们,你们猜助教是谁?"

"助教?"托尼问。

"就是教学助理。"菲利普突然轻声地插了一句,这还是他今天第一次开口说话,"助教通常是一名研究生,通过带领小组讨论、看学生论文、批改试卷等方式协助教授。"

帕姆似乎对菲利普突然插话这件事感到很吃惊。

托尼回答了她没有说出口的问题:"菲利普是这里的正式答疑人,一有人提问,他就会回答。对不起,我应该闭嘴才是,不该打断你的话。继续说。你能回来跟我们一块儿坐了吗?"

帕姆点了点头,回到座位上,闭上眼睛继续说道:"我和莫莉在哥伦比亚大学上暑期班,而坐在这里的这个人,这个家伙,就是我们的助教。莫莉当时刚和交往了很久的男朋友分手了,状态很不好。课程一开始,这个……这个人渣"——她朝菲利普的方向点了一下头——"就开始勾引她。别忘了我们当时只有18岁，而他是老师——哦，真正的教授每周只来上两次正式的课，助教才是实际负责这门课的人，包括给我们成绩。他很老练。莫莉当时很脆弱，很快就爱上了他，两人热恋了大概一个星期。然后，就在一个周六的下午，他打电话约我见面，要谈一谈我写的一篇考试论文。他从头到尾都表现得既圆滑又坚决，我当时居然傻到任由他摆布，完全不记得事情是怎么发生的，只知道自己一丝不挂地躺在他办公室的沙发上。当年18岁的我还是个处女，而他热衷粗暴的性爱。几天后，他又对我做了同样的事情，然后这个混蛋就把我甩了，甚至都不看我一眼，仿佛他从来就不认识我，最差劲的是，他连甩我的理由都懒得解释。碍于他手中的权力，我害怕到问都不敢问，毕竟我们的成绩在他手上。这就是我对美好性爱的入门体验。那段时间我几乎崩溃了，愤怒夹杂着羞愧……还有……最糟糕的是，背叛莫莉的罪恶感。我原本一直认为自己挺有魅力，经过那件事之后，我的自信心也随之一落千丈。"

"噢，帕姆，"邦妮慢慢地摇着头说，"难怪你现在如此震惊。"

"慢着，别急。我还没讲到这个恶魔最可怕的部分呢。"帕姆越说越兴奋。朱利亚斯环视了一下房间。大家都向前探着身子，目不转睛地盯着帕姆，当然，菲利普除外，他的眼睛是闭着的，看上去像是在发呆。

"他和莫莉又交往了大概两周，就把她甩了，只告诉莫莉他和她在一起已没有了开心的感觉，所以不想再继续了。就是这样，毫无人性。你能相信这是一个老师对一个年轻学生说的话吗？他拒绝多说，甚至拒绝帮她搬走留在他公寓里的东西。他的分手方式是给她一张单子，上面列着他那个月里与他发生过性关系的13

第二十一章

个女人,其中很多都是同班同学。我的名字竟然位居榜首。"

"他没有把那张单子给她。"菲利普说着,眼睛仍然闭着,"那是她在他的住所行窃时发现的。"

"怎样的卑鄙无耻之徒才会写出这样一份名单啊?"帕姆反驳道。

菲利普再次以一种毫无感情的声音回答道:"男性的生殖本能使得他们到处播种。很多男人都会盘点自己耕种过的土地,他既不是第一个,也不是最后一个。"

帕姆对着他们两手一摊,摇了摇头,喃喃地说道:"你们瞧。"似乎想指出这个怪物有多奇怪。她不理会菲利普,继续说道:"这是一段痛苦的毁灭性的经历。莫莉非常受伤,有很长一段时间无法再相信任何男人。我更是彻底失去了她对我的信任,我们的友谊就此结束了。她从未原谅我的背叛。这对我来说是一个惨痛的损失,我想,这对她来说也是。我们曾试着和好,即使是现在,我们也会偶尔发发电子邮件,告诉对方自己生活中的大事,但她却从来不愿再和我讨论那年夏天发生的事。"

经过了长时间的沉默,也许是这个团体有史以来最久的一次沉默,朱利亚斯说:"帕姆,才18岁就遭遇了这些伤心事,实在是太可怕了。你从未对我或是对大家提起过这件事,这更加证实了你伤得有多重。以这种方式失去一位挚友,简直糟糕透了!但容我先说点别的。你今天能留下来把这件事说开,其实这是件好事。你估计会反感我接下去要说的话,但菲利普的加入对你来说未必是件坏事。这样或许对你,对你们俩,都能起一些作用,产生一定的疗效。"

"你说对了,朱利亚斯。我的确很反感你这么说。我甚至厌恶自己不得不再次看到这个卑鄙小人。我觉得他的出现玷污了我们这个温馨的团体。"

朱利亚斯一时头晕目眩,脑子里面各种念头此起彼伏。菲利普还能承受多少?就算是他这种人的忍耐也是有限度的,到那时,他定会头也不回地走出去,从此退出这个团体,在此之前他还能忍受多久?他一边想象着菲利普的离去,一边思量着这一举动对菲利普造成的影响,但更主要的还是对帕姆的影响,因为在朱利亚斯看来,她远比菲利普重要。帕姆是个善良高尚的人,他决心要帮助她找到更好的未来。菲利普的退出对她有好处吗?或许她会使一些报复的手段,但那样的胜利是多么得不偿失啊!朱利亚斯心想,如果我想办法帮助帕姆原谅菲利普,就能疗愈她,或许同时还能疗愈菲利普。

当脑子里掠过"原谅"这个漂亮的口号时,朱利亚斯几乎退缩了。在最近流传于心理治疗界的各种新动作中,闹得沸沸扬扬的"原谅"最令他恼火。他和每一位有经验的治疗师一样,总是与那些不能释怀、怀恨在心、无法平静的患者打交道,他总是想方设法地帮助患者学会"原谅",从愤怒和怨恨中解脱出来。事实上,每个经验丰富的治疗师都怀揣着教你"放下"的十八般武艺,并经常用在治疗当中。但是,简单取巧的"原谅"效应已经被兴师动众地放大、提升并推广到整个治疗过程中,成了一种全新的治疗理念。这一策略因为与当前社会上和政治上的宽容氛围不谋而合而备受推崇,这种宽容氛围针对的是种族灭绝、奴隶制和殖民剥削等一系列罪行。就连教皇最近也在为十字军13世纪时洗劫君士坦丁堡而请求原谅。

如果菲利普离开了,作为团体治疗师的他又会有何感想?尽

第二十一章

管决意不放弃菲利普,朱利亚斯对他却没有丝毫怜悯。40 年前,年纪轻轻还在上学的他就曾听过艾瑞克·弗洛姆⊖的演讲。弗洛姆引用了泰伦斯⊜2000 多年前写下的警句,"我既为人,凡人之事于我均不为怪"。他强调,好的治疗师必须愿意进入自己的黑暗面,才能完全理解患者的所有幻想与冲动。朱利亚斯试过了。这么说,菲利普已经列了一张和他发生过性关系的女人的名单?自己年轻的时候不也这么做过吗?绝对做过。包括和他一起讨论过这件事的许多男人也都这么做过。

他又提醒自己,他对菲利普,甚至对菲利普未来的客户都负有责任。他邀请菲利普来当他的患者和学生。不管怎样,菲利普将来都会有许多客户,如果现在就放弃他,不仅意味着治疗和教学的双重失败,而且还做了个糟糕的示范。再者,这么做的确有悖职业道德。

想到这些,朱利亚斯考虑着该说些什么。他开始构思一段话,用他熟悉的那句话作为开场白:我真的进退两难,一方面怎么怎么样,另一方面又怎么怎么样……但这种套路显然不适合用在这么沉重的话题上。最后,他说:"菲利普,你今天回应帕姆的时候用的是第三人称来称呼自己。你没有说'我',而是说'他'。你说,'他没有把那张单子给她。'我不禁在想,你是不是在暗示现在的你已经和从前大不相同了?"

菲利普瞪大眼睛看着朱利亚斯。如此罕见的目光锁定!那眼神里蕴含着的是感激吗?

⊖ 艾瑞克·弗洛姆(Erich Fromm, 1900—1980),美籍德国犹太人,人本主义哲学家和精神分析心理学家。——译者注

⊜ 泰伦斯(Terence),古罗马剧作家。——译者注

"长久以来，人们都知道，"菲利普说，"人体的细胞会老化、死亡，并定期更新。直到几年前，人们还一直错误地认为只有脑细胞不会再生，当然，对女性来说，卵细胞也是如此。但现在的研究表明，神经细胞也会死亡，新的神经元不断生成，包括形成我的大脑皮层结构，也就是我的心智的细胞。我认为，现在的我身上已找不到任何一个细胞是存在于15年前那位与我同名的男人身上的，这么说一点儿也不过分。"

"所以，法官大人，那不是我干的。"托尼假扮成无赖的语气胡搅蛮缠道，"说真的，俺可没罪，是别人干的，别的脑细胞在俺还没到那儿之前就下的手。"

"嘿，拜托你公平一点，托尼。"瑞贝卡说，"我们都想支持帕姆，但总有比'绝不放过菲利普'更好的办法吧。你到底想要他怎么做？"

"该死，先说一句'对不起'怎么样？"托尼转过身来对着菲利普说，"道个歉能有多难？难不成还会破了你的相？"

"我有话要对你们俩说。"斯图尔特说，"先说说你吧，菲利普。我一直关注最新的大脑研究，我想说你关于细胞再生的说法是错误的。最近的一些研究表明，骨髓干细胞被移植到另一个人身上后，可以最终成为某些特定大脑区域的神经元，例如，海马⊖和小脑的浦肯野细胞⊜，但是并没有证据表明新的神经元在大脑皮层形成。"

⊖ 海马（hippocampus），又名海马回、海马区，位于大脑丘脑和内侧颞叶之间，主要负责长时记忆的存储转换和定向等功能。——译者注
⊜ 浦肯野细胞（Purkinje cell），从小脑皮质发出的唯一能够传出冲动的神经元。——译者注

第二十一章

"我接受纠正。"菲利普说,"请给我一些参考文献。你能用电子邮件发给我吗?"菲利普说着从皮夹里抽出一张自己的名片递给了斯图尔特,斯图尔特看都不看就直接把它揣进了口袋。

"还有你,托尼,"斯图尔特继续说,"你知道我并不反对你。我喜欢你的直率和玩世不恭,但我同意瑞贝卡的说法,我觉得你今天表现得太粗鲁了,有点不像你。记得我第一次加入这个团体时,你正因为性侵犯的指控,周末在高速公路上做清扫巡逻,以代替坐牢。"

"不,是殴打罪。性侵犯的指控全是胡扯,莉齐后来撤诉了。就连殴打的指控也是假的。但你想说的是什么?"

"我想说的是,我从来没有听你本人说过要道歉,在座的也没人对你的事指指点点。事实正相反,大多数人都支持你。该死,何止是支持,所有的女人,也包括你,"斯图尔特转向帕姆,"都被你的……你的什么? 你的无法无天所吸引!我记得有一次你在101号公路上捡垃圾的时候,帕姆和邦妮还给你送过三明治。我还记得吉尔和我说过,我们比不过你的……你的……什么来着?"

"丛林本性。"吉尔说道。

"没错。"托尼傻笑着说,"丛林生物,原始人,酷毙了。"

"那就饶了菲利普吧。你当得了丛林野人,他可当不了。让我们听听他是怎么说的。帕姆的遭遇让我很难过,但我们不妨慢慢来,先别急着判菲利普死罪。毕竟事情过去已经15年了,这时间可不短啊。"

"嗯,"托尼说,"我对15年前的事不感兴趣,我比较在意现在。"托尼又转向菲利普说道:"就像上周你……菲利普,该死的,你不看着我,我真的很难把话说下去。真快被你逼疯了!你说瑞贝卡对你感兴趣这件事对你没有任何影响，她……调情……我不记得那个该死的词了。"

"是'卖弄风骚'！"邦妮说道。

瑞贝卡双手抱头，说道："简直令人难以置信。真不敢相信我们居然还在讨论这个。我把头发放下来这一可怕的罪行难道还没过诉讼时效吗？这件事还要被揪着不放多久？"

"顺其自然吧，"托尼答道。说完又转身对着菲利普说："我问到哪儿了，菲利普？你把自己塑造成一个出家人，超凡脱俗到对女人都不感兴趣，即便是再漂亮的女人……"

"你现在明白了吧，"菲利普对朱利亚斯说，而不是对托尼说，"为何我当初不愿加入这个团体？"

"这一切都在你的预料之中吗？"

菲利普答道："这就是事实，一个久经考验的方程式。我越不与人打交道就越快乐。我每一回试着投入地生活，都会变得焦躁不安。只有当我远离生活，无欲无求，让自己潜心追求更高境界的思考，才能感受到内心的平静。"

"很好，菲利普，"朱利亚斯回答道，"可是，如果你要加入或者带领一个团体，或者想要帮助客户改善与他人的关系，就免不了要与他们建立关系。"

这时，朱利亚斯注意到帕姆慢慢地摇着头，一脸困惑地说："这都说的是什么呀？听得我都快疯了。先是菲利普的加入？然后瑞贝卡和他调情？菲利普要带领团体，还要见客户？究竟怎么一回事？"

"说得也是。我们不妨先把这些情况向帕姆说明一下。"朱利亚斯说。

第二十一章

"斯图尔特,又该你上场了。"邦妮说。

"好吧,我试试。"斯图尔特说,"嗯,帕姆,在你离开的这两个月里……"

他的话被朱利亚斯打断了:"斯图尔特,这次由你起个头让大家轮流说吧。老是让你一个人受累似乎不太公平。"

"好的。但是,你知道,这其实不累,我这个人本来就喜欢做总结。"眼看朱利亚斯又要打断他的话,他马上改口说,"好吧,我说完一件事就打住。帕姆,你走的时候,我很沮丧。我觉得是我们辜负了你,我们做得不够好,没有足够的能力帮你度过危机。我不喜欢你不得不大老远地跑去印度另寻出路。我说完了,下一位。"

邦妮立马接下去:"现在最大的问题就是朱利亚斯宣布他生病了。这些你都知道了,对吧,帕姆?"

"是的。"帕姆严肃地点点头,"上周末我打电话告诉朱利亚斯我回来了,他在电话里都告诉我了。"

"实际上,"吉尔说,"我想修改一下说法——别见怪啊,邦妮,朱利亚斯并没有告诉我们。事情是这样的,菲利普在第一次会谈结束后,和我们一起出去喝咖啡,告诉了我们朱利亚斯之前和他单独见面时透露的这个消息。于是朱利亚斯很生气在自己的事上被菲利普抢先了一步。下一位。"

"菲利普已经来过五次了。他正在接受成为一名心理治疗师的培训,"瑞贝卡说,"据我所知,他多年前曾是朱利亚斯的患者。"

托尼接下去说:"我们一直在谈论朱利亚斯的……呃……情况和……呃……"

"你是想说癌症吧。这个词很难说出口,我知道。"朱利亚斯说,"但最好直面它,大胆将它说出来。"

"关于朱利亚斯的癌症。你真是个坚强的老家伙,我不得不佩服。"托尼接着说,"所以我们谈论了朱利亚斯的癌症,以及我们很难再讨论别的事情,因为相比之下那些事都显得微不足道了。"

一轮过后,除了菲利普,大家都发了言。这时,菲利普说道:"朱利亚斯,如果你能把我一开始来见你的原因告诉大家,那就太好了。"

"我当然愿意,菲利普,不过得等你准备好了,最好是由你自己来说。"

菲利普点点头。

稍等了一会儿,看出菲利普没打算往下说了,斯图尔特才又开口道:"好吧,又轮到我了。那就再来一轮?"

斯图尔特看了一圈,确认大家都在点头,于是接着说:"在一次会谈时,邦妮对瑞贝卡在菲利普面前的一些殷勤表现提出了看法。"说到这儿他停住了,看了看瑞贝卡,然后补充道:"据她说是瑞贝卡表现得过分殷勤。邦妮对自己的自我形象做了一番分析,认为自己毫无魅力可言。"

"而且还很笨,无法与像帕姆和瑞贝卡你们这样的女人相提并论。"邦妮说。

瑞贝卡说:"你不在的时候,菲利普说了许多很有建设性的话。"

"但他对自己的事却只字未提。"托尼说。

斯图尔特说:"最后一件事——吉尔和妻子发生了严重的冲突,他甚至想过离家出走。"

"你们别太瞧得起我,我不过说说罢了。这个决心也就维持了

第二十一章

大概四个小时。"吉尔说道。

"大家总结得很不错。"朱利亚斯看了看表说,"在结束之前,我想问问你,帕姆,你现在感觉怎样?有没有比之前更进入状态?"

"仍然感觉很不真实。虽然我一直在努力坚持,但很高兴终于结束了。我今天只能应付这么多了。"帕姆一边收拾东西一边说。

"我有些事想说,"邦妮说,"我很害怕。大家都知道我爱这个团体,可我感觉它现在一触即发,就快要散伙了。大家下次还来吗?帕姆你还来吗?你呢,菲利普?你们都会继续参加吗?"

"这个问题很直接,"菲利普迅速做出回答,"我也就直接回答了。朱利亚斯邀请我加入这个团体六个月,我同意了。他也承诺了过后要指导我。我打算履行承诺,尊重我们之间的约定。我不退出。"

"你呢,帕姆?"邦妮说。

帕姆站了起来,说:"我今天只能到此为止了。"

当成员们陆续离开时,朱利亚斯听见有人提议去喝咖啡。他寻思着,不知情况会如何。他们会邀请菲利普吗?他经常对成员们说,这类活动除非邀请所有人都参加,否则团体内可能会产生分歧。接着他注意到菲利普和帕姆几乎同步朝着门口走去,眼看就要撞上了。这下可有得瞧了,他想。菲利普好像突然意识到门太小了,容不下两个人,只见他停了下来,轻声说了句"你先请",然后闪到了一边,让帕姆先过去。她大步走了出去,完全无视他的存在。

THE
SCHOPENHAUER
CURE

第二十二章

> 权力与欲望的糟粕总是毫不犹豫地入侵我们的生活,它干涉政治家的谈判,扰乱学者的调查。它无时无刻不在摧毁人与人之间最宝贵的关系,使原本高尚正直的人丧尽天良。

第二十二章

女人·激情·性

继母亲乔安娜之后，亚瑟的生活中又频频出现另一位女性，一位名叫卡洛琳·玛凯的满腹牢骚的女裁缝。几乎每一部叔本华的传记都不放过对这段故事的关注。那是1823年的一个中午，在亚瑟柏林的公寓外面灯光昏暗的楼梯间里，他遇上了邻居卡洛琳，那一年亚瑟35岁，卡洛琳45岁。

那一日，卡洛琳·玛凯正在家中款待三位朋友。她和亚瑟的公寓仅一墙之隔。亚瑟被门外聒噪的闲聊声彻底激怒了，猛地把门打开，斥责这四位女子侵犯了他的隐私，并厉声要求她们离开，因为她们站着谈话的那个前厅严格来讲也是他公寓的一部分。卡洛琳自然是不肯走，亚瑟便动起了手，连踢带喊地把她从前厅赶到了楼下。她不顾一切地折返上楼，亚瑟再次把她推开，而这一次下手重了些。

卡洛琳一怒将他告上了法庭，声称自己被他推下了楼梯，受了重伤，浑身发抖，半身不遂。这场官司对亚瑟造成了极大的威胁，他深知自己永远不可能靠治学来赚钱，所以一直死守着从父亲那里继承来的那点儿财产。用他出版商的话来说就是，一旦没了那些钱，他便成了"一条被拴着的狗"。

他坚信卡洛琳·玛凯是在伺机装病，于是动用了一切法律手段对她提起各种诉讼。这场激烈的官司打了整整6年，最终以亚瑟的败诉告终。法院责令他向卡洛琳·玛凯支付赔偿金，只要她的伤没有痊愈，每年就得支付她60塔勒。（在那个年代，一个管家或厨师的年收入也不过20塔勒，外加食宿）。亚瑟早料到她的算盘打得精，只要钱能源源不断地滚进腰包，她那颤抖的毛病就一定好不了。他就这样连续支付了26年的抚养费,直到她去世为止。当收到她的死亡证明时,亚瑟提笔在上面潦草地写下了"Obit anus, abit onus",意为"老妇死,重负释"。

亚瑟生命中的其他女性呢?亚瑟虽一生未婚,却从不禁欲。他的前半生在性的方面非常活跃,甚至可以说是被性欲驱使。亚瑟还是学徒那会儿,他在勒阿弗尔的发小安蒂姆去汉堡看他,两个年轻人每晚都外出寻花问柳,总和一些身份较低的女人在一起厮混,对象都是些女佣、女演员或歌舞女郎。实在无处可去了,就到那些被称作"勤劳的妓女"的怀里去寻求安慰,将就一晚。

亚瑟不够圆滑,缺乏魅力,毫无生活情趣,对诱惑女人完全不在行,时常需要安蒂姆的帮助和建议。由于屡遭拒绝,最终导致他一有了性欲便自觉羞耻。他痛恨受性冲动支配的感觉,在随后的几年里,他就沉沦肉欲的堕落人性发表了不少看法。但亚瑟并非不喜欢女人,他很清楚这一点,正如他写到的:"我非常喜欢她们——要是她们当时不拒绝我就好了。"

叔本华一生中最悲伤的爱情故事发生在他43岁那年,当时他正试图追求一位名叫弗洛拉·韦斯的漂亮的17岁女孩。一天晚上,在一次游艇宴会上,他拿着一串葡萄来到弗洛拉面前,告诉她自己深深地被她吸引,并打算向她的父母提亲。过后,弗洛拉的父亲被叔本华的求婚吓了一跳,回答说:"但她还只是个孩子。"最终,弗洛拉的父亲还是同意把决定权交给弗洛拉本人。直至弗洛拉向所有知情者都明确表示她非常不喜欢叔本华,这件事才告一段落。

几十年后,弗洛拉·韦斯的外甥女向她问起与这位著名哲学家的那次邂逅,她在日记中引用了姨母的话,"哦,别再拿这位老

第二十二章

叔本华的事来烦我了。"当被问及更多的信息时,弗洛拉·韦斯描述了亚瑟送给她作礼物的那串葡萄,说道:"我压根就不想要它们。一想到它们被老叔本华的手碰过,我就感觉恶心。于是我从身后悄悄地把它们丢进水里了。"

没有任何证据表明亚瑟曾和他尊重的女性谈过恋爱。他曾写信向妹妹阿黛尔汇报过"两段没有爱情的风流韵事"。阿黛尔罕见地在回信中谈到了哥哥的私生活,"希望你即便和再普通的女性交往也不要完全丧失尊重我们女性的能力;但愿上天有朝一日让你遇上一个女人,使你除了情欲之外还能有更深层次的感受"。

33岁那年,亚瑟与柏林的一名女歌舞团员开始了一段断断续续长达10年的私通。这位女孩名叫卡洛琳·里克特-梅登,她常常同时与好几个男人交往。亚瑟对这种安排并不反对,他说:"一个女人的花样年华是如此的短暂,只与一个男人交往实属违反天性。人们总是期望女人把自己保留给一个无法享用她的人,偏偏让其他人可望而不可即。"他也反对男性的一夫一妻制:"男人一度拥有太多,但最终又太少……他们这辈子注定前半生是嫖客,后半生则要戴绿帽子。"

亚瑟计划从柏林迁往法兰克福时,主动提出带卡洛琳同行,但不包括她的私生子,因为他坚称那孩子不是他的。无奈卡洛琳拒绝抛弃儿子,于是在简短的通信之后,两人的关系就永远画上了句号。尽管如此,大约30年后,71岁的亚瑟还是在遗嘱中加了一条附录,要留给卡洛琳·里克特-梅登5000塔勒。

尽管亚瑟从不吝啬对女性以及整个婚姻制度的鄙视,他对婚姻的态度却是摇摆不定的。他参考了许多伟人的前车之鉴,并时刻提醒自己:"所有伟大的诗人都有过不幸的婚姻,所有伟大的哲学家都坚持不婚,其中包括德谟克利特、笛卡尔、柏拉图、斯宾诺莎、莱布尼兹和康德。唯一的例外是苏格拉底,可他也为此付出了代价,众所周知他的妻子是泼妇赞西佩……大多数男人都被女人的外表所吸引,殊不知美丽的外表下隐藏着诸多缺点。他们年纪轻轻就结婚,年老后必付出高昂的代价,因为妻子们终会变得歇斯底里且顽固不化。"

随着年龄的增长,他逐渐放弃了结婚的希望,到40多岁时便彻底打消了这个念头。他说,晚婚相当于一个男人徒步行走了3/4的路程,然后决定买昂贵的全程车票。

叔本华大胆地用哲学去审视生活中所有最基本的问题,其中也包括"性欲"这个哲学前辈们时常回避的话题。

他以一个特别的立场展开了这场讨论,论述了性冲动的无所不在和强大势力:

除了对生命的热爱,它(性)表现为所有动机中最强烈、最活跃的一种,并且不断地宣称自己占有人类年轻时的一半力量和思想。性几乎是全人类努力的终极目标。它对人类生活的重大事情产生不利的影响,时时刻刻打断我们最严肃的日常事务,有时甚至会使那些最伟大的人也困惑好一阵子。……性的确是一切行为和行动的无形目的,尽管被层层掩盖,它还是无处不在地伺机显现。它是战争的起因,也是和平的目的和目标……性是智慧取之不尽的源泉,是一切典故的关键因素,是一切神秘暗示的含义,是一切不言而喻和暗送秋波的意义所在。它是年轻人的,通常也是老年人的冥想。它是庸俗之人每时每刻的思想,时而也会不自觉地不断出现在高雅之人的想象中。

第二十二章

　　几乎是全人类努力的终极目标?是一切行为和行动的无形目的?是战争的起因,也是和平的目的和目标?为何如此夸大其词?这些观点有多少是来自他对自己沉迷于性的借鉴?或者,他的夸张说法仅仅是为了吸引读者继续关注接下来的内容?

　　考虑到这一切,我们不禁惊呼:何来那么些喧嚣与忙乱?所有的急切、骚动、痛苦与努力又是为何?这不过是"每个有情人都终成眷属"的配对问题。为何这么一件小事就能发挥如此重要的作用,并不断地给人们的生活带来困扰和困惑呢?

　　亚瑟对这个问题的回答比后续的进化心理学和精神分析学的研究领域提早了近150年。他指出,真正影响我们的不是个人的需要,而是人类的需要。"整个爱情故事的真正结局可能就是他们孩子的诞生,尽管当事人并没意识到这个目的,"他继续写道,"因此,指引人类的其实是一种使人类最受益的本能,而人类则想象自己只是在不断寻求提升自身的快乐。"

　　他详尽地讨论了选择性伴侣的指导原则("每个人都爱他们自身欠缺的东西"),但又反复强调伴侣的选择实际上是由人类的本能做出的。"一个人被整个人类的精神所占据,受其控制,不再属于他自己……因为他最终寻求的不是他自身的利益,而是那即将诞生的人的利益。"

　　他反复强调性的力量是不可抗拒的。"因为他受到一种类似于昆虫本能的冲动的影响,这种冲动迫使他无条件地追求自己的目标,全然不顾自己理性的一面所提出的各种异议……就是无法放弃。"而理性与性是毫不相关的。通常情况下,一个人渴望的往往正是理性劝他要避开的那一类人，但理性的声音终究敌不过情欲的力量。为此他还引用了拉丁剧作家特伦斯的话："本身不具备理性的事物是不可能被理性所控制的。"

我们一般都认为是人类思想上有三次重大革命威胁到了人类中心论㊀（human centrality）的思想。首先是哥白尼证实了地球并不是所有天体旋转的中心。其次是达尔文向我们阐明了人类并不是生命链的中心，而是像所有其他生物一样，是从其他生命形式进化而来的。最后是弗洛伊德证明了我们并不是自己的主人，我们的很多行为都是由意识之外的力量控制的。毫无疑问，虽然未曾公开承认，但亚瑟·叔本华就是弗洛伊德革命性理论的共同创造者。早在弗洛伊德出生之前，叔本华就已假定人类受着深层生物力量的支配，却自欺欺人地认为自己是在有意识地选择自身的活动。

㊀ 人类中心论，又译"人类中心主义"，是以人类为事物的中心的学说。——译者注

THE
SCHOPENHAUER
CURE

第二十三章

如果我能保守我的秘密，那秘密就是我的囚犯；若我不小心泄露了秘密，我便成了它的囚犯。唯有沉默之树才能结出平静的果实。

事实证明，邦妮对团体的担心完全是多虑的。又一次会谈，不仅所有人都出席了，而且都来得很早，唯独菲利普到四点半才大步走了进来，准时入了座。

团体治疗一开始时的短暂沉默并不罕见。成员们很快就认识到会谈的开始不能过于随性，因为第一个发言的人通常注定要获得大量的时间和关注。然而，一贯不讲究风度的菲利普不等别人开口，就开始用他那不带任何感情的、空洞的声音说话了，眼睛仍不看任何人。

"我们上星期回归的成员所说的话……"

"帕姆有名字的。"托尼打断了他的话。

菲利普头也不抬地点点头。"帕姆对那份名单的描述是不完整的。那张单子不仅仅是简单罗列了那几个月里与我发生过关系的人的名字，里面除了名字，还有电话号码……"

帕姆打断了他的话："哦，原来还有电话号码呀！哦，好吧，真不好意思。这样一来就没问题了！"

菲利普毫不气馁地继续说道："这份名单还简要描述了每位女性做爱时的偏好。"

"做爱时的偏好？"托尼问道。

"是的，就是每个女人在性行为中的喜好。"

朱利亚斯忍不住皱起了眉头，心想：我的天啊！菲利普后面究竟想说什么，难不成是要说出帕姆的偏好？这样下去麻烦可就大了。

他还没来得及拦住菲利普，帕姆就先开骂了："你可真够恶心的，变态。"帕姆向前倾了倾身子，好像随时准备起身离去。

邦妮伸手拉住帕姆的胳膊，生怕她要走，然后对着菲利普说："在这一点上我支持帕姆。菲利普，你疯了吗？那种事有什么好吹

第二十三章

谎的?"

"是啊,"吉尔说,"我真搞不明白你在干什么。没错,你是受到了猛烈的攻击,我是说,我都替你担心啊,伙计。换作我,是绝对无法面对这些的。但你这又是在做什么啊?你居然火上浇油,就差说'把火烧得再旺一点吧'。不是我说你,菲利普,不过,真见鬼,你怎么能这样呢?"

"没错,我也这么觉得。"斯图尔特说,"换作我,我会尽量小心,不给对方更多话柄。"

朱利亚斯试图平息事态,说:"菲利普,刚才那短短的几分钟里你有什么感觉?"

"嗯,我认为关于那份名单有一些重要的事情需要说明,于是我就说了。因此,我自然是对事情的进展感到完全满意。"

朱利亚斯仍不屈不挠。他尽量温和地继续追问:"好几个人都对你说的话有所反应。你对此有何感想?"

"这正是我不想做也不想说的,朱利亚斯。这样做只会让人更加绝望。我还是不发表自己的意见为好,这样情况会好很多。"

朱利亚斯又掏出了另一件法宝——换成一种长者的既威严又可靠的语气建议菲利普做一个假设:"菲利普,我们来做个思维实验,哲学家们每天都这么做。我理解你希望自己能时刻保持平静,但麻烦配合我一下,试着想象一下,假如你今天会对别人的反应有所感受,那么可能会是一种什么感受呢?"

菲利普思索了片刻,然后微微一笑,点了点头,算是在对朱利亚斯这一手段的高明表示钦佩。

"一个实验?好吧。假如我真有感受的话,应该会对帕姆的粗暴打断感到害怕。我并不是不清楚,她想要狠狠地打击报复我。"

帕姆又想插嘴，但朱利亚斯立刻示意她安静，让菲利普继续说下去。

"然后邦妮问我为什么要吹牛，吉尔和斯图尔特问我为什么要自我献祭。"

"献什么？"托尼问道。

帕姆张嘴准备回答，但菲利普立刻解释道："献祭——用火把自己烧了做祭品。"

"好吧，你已经完成一半了。"朱利亚斯继续诱导，"你已经准确地描述了邦妮、吉尔和斯图尔特说的话。现在试着继续我们的实验——假如你对他们的评论有感觉的话，你会怎么说呢？"

"好的，我有点跑题了。毫无疑问，你会认为是我的潜意识在作祟。"

朱利亚斯点头道："继续，菲利普。"

"我会觉得自己完全被误解了。我会对帕姆说，'我并没有在粉饰这件事'。对邦妮，我要说，'我根本就没想要吹牛'。对吉尔和斯图尔特，我会说，'谢谢你们的提醒，但我本意并不想伤害自己'。"

"好啊，现在我们知道什么是你没打算做的了。可以告诉我们什么才是你想做的吗？我都被你绕晕了。"邦妮说。

"我只是在澄清事实。完全是理性使然，不多不少，仅此而已。"

整个团体又一次陷入了那种与菲利普交谈时经常出现的精神状态。他是如此理性，如此高高在上，从不屑于搅入日常谈话的纷扰。每个人都低下头，迷惑不解，不知所措。托尼摇了摇头。

"你说的每一点我都明白，"朱利亚斯说，"除了最后一点，就

第二十三章

是最后那句话——'不多不少',我不相信。为什么在此刻,今天,在你与我们的关系如此紧张的节骨眼上,你要自愿说出这一真相?你迫不及待地想做这件事。你等不及了。我能感受到你急于宣泄出来的压力。尽管团体已向你指明这么做的负面效果,你还是决意要立刻说出真相。我们来试着分析一下你这么做的原因。这么做的结果是什么呢?"

"这个问题不难回答,"菲利普答道,"我完全清楚自己为什么说那些话。"

一片沉默。每个人都在屏息等待。

"气死我了。"托尼说,"菲利普,你这是在吊大家的胃口。你总是这样。难道还要我们求着你说下去不成?"

"什么意思?"菲利普问道,一张脸疑惑地皱成了一团。

"你让大家这么眼巴巴地等着听你说原因,"邦妮说,"这是在故弄玄虚吗?"

"也可能是你觉得我们不想知道,也觉得我们对你要说的话一点都不好奇。"瑞贝卡建议道。

"都不是,"菲利普说道,"不是你们的缘故。只是恰好我的注意力在消失,正在转向内心。"

"这一点听起来很重要,"朱利亚斯说,"我认为这一切都是有原因的,其中包括你与团队的互动。如果你真的认为你的行为是变化无常的,就像偶尔会下雨一样,那么你就会采取一种无助的姿态。你时不时地避开我们,转向内心,一定是有原因的。我认为,这是因为你内心突然产生了某种焦虑。从今天的情况来看,你注意力的分散与你一开始说的话有关。你还能继续探讨吗?"

菲利普默不作声,心里琢磨着朱利亚斯这番话。

在为其他治疗师治疗时，朱利亚斯有自己的一套向对方稳步施压的方法，他说："另外，菲利普，如果你将来要处理个案或带领团体治疗，注意力分散和内向也会对你的工作非常不利。"

这一招果然奏效。菲利普立刻说道："我选择放弃自我保护，跟大家开诚布公。帕姆其实知道那份名单上的内容，而我对她随时可以揭露更多细节感到很不安。与其这样不如我自己说出来，毕竟两害相权取其轻。"菲利普犹豫了一下，深深吸了口气，接着说道："还有更多需要说明的，邦妮指责我吹嘘，我到现在都还没回应。我之所以保留这份名单，是因为那一年我的性生活非常频繁。我和帕姆的朋友莫莉的关系持续了三周之久，这本身就很不寻常；我更喜欢一夜情，不过当我感到性需求特别强烈，又一时找不到新对象时，偶尔也会吃吃回头草。当第二次接触同一个女人，我就需要这些笔记来恢复记忆，好让那个女人觉得我记得她。如果她知道了真相，知道自己只是众多对象中的一个，我可能就无法得手。因此笔记里的内容完全没有自夸的成分，仅供我私人使用。莫莉有我公寓的钥匙，是她侵犯了我的隐私，强行打开上了锁的抽屉，偷走了那份名单。"

"你是在告诉我们，"托尼睁大眼睛问道，"和你有过性关系的女人多到你不得不做记录才不至于把她们搞混了吗？我说，我们在讨论的数字有多大？究竟是几个女人？你是怎么做到的？"

朱利亚斯哭笑不得。就算托尼不提这个带着羡慕的问题，事情也已经够复杂了。帕姆和菲利普之间的张力已经强到几乎一触即发，正急需被化解，但朱利亚斯仍无从下手。正在这时，瑞贝卡意外的帮助突然改变了整个话题的方向。

"很抱歉打断大家，但我今天需要大家给我一些时间。"她说，

第二十三章

"我整个星期都在考虑要跟大家透露一件我从未对任何人说起过的事情；朱利亚斯，这件事连你也不知道。我想，这应该是我内心最深处的秘密了。"瑞贝卡停了下来，环顾四周。此时所有的目光都集中在了她身上。"这么做行吗？"她小声地问。

朱利亚斯转向帕姆和菲利普。"你们俩觉得呢？就这么转开话题会不会给你们留下太多强烈的情绪？"

"我没问题，"帕姆说，"我正好需要暂停一下。"

"你呢，菲利普？"

菲利普点了点头。

"我完全同意，"朱利亚斯说，"或者你想先谈谈你为什么决定今天公布这件事。"

"不，最好是趁我还有勇气就一鼓作气说出来吧。事情是这样的，大约 15 年前，大概是我结婚的前两周，公司派我去拉斯维加斯计算机博览会上做一个关于新产品的演示。我已经递交了辞呈，这次演讲将是我的最后一项任务。我那时就想，这也许将是我人生中的最后一项工作任务。当时我已经怀孕两个月，杰克和我计划等蜜月结束后，我就回家相夫教子。那是在我上法学院之前很久的事了，我当时完全不知道自己是否会重返职场。

"然而，到了拉斯维加斯之后，我整个人感觉很奇怪。一天晚上，我莫明其妙地走进凯撒皇宫大酒店的酒吧。我点了一杯酒，很快就与一个穿着考究的男人亲密攀谈起来。他问我是不是上班女郎。我当时不明白那个说法的意思，就随意点头称是。还没等我说明自己的工作性质，他就问我怎么收费。我紧张得倒吸了一口气，仔细打量过后，发现他很可爱，于是我说，'150 元'。他点了点头，我们就去了他的房间。第二天晚上，我改去了热带花园酒店，在那里故伎重演，还收一样的费用。离开前的最后一晚还免费赠送了一次。"

瑞贝卡深吸了一口气，然后"呼"的一声把气全吐了出来。"就是这样。这件事我从未告诉过任何人。有时候我也想过告诉杰克，但一直没有说出口。告诉他又有什么意义呢？无非是让他伤心和求得他一点点珍贵的赦免……而且……托尼，你这个混蛋……该死的，这样一点儿也不好玩！"

托尼正掏出钱包来数着钱，他停了下来，腼腆地笑着说："我只是想活跃一下气氛而已。"

"我不想这件事被轻视。它对我来说很沉重。"瑞贝卡脸上闪过一丝她那标志性的微笑，她总能随心所欲地说笑就笑。"就这样，这就是我真实的坦白。"她转向斯图尔特，斯图尔特曾不止一次地把她称作瓷娃娃，"所以，你有何想法？也许瑞贝卡并不像表面上看的那么精致可爱。"

斯图尔特说："我可没那么想。你刚才说话的时候知道我脑子里在想什么吗？我回想起几天前租的一部电影——《绿里奇迹》㊀。里头有一个令人难忘的场景，一个死囚正在吃他的最后一餐。在我看来，你不过是到拉斯维加斯享受了结婚前的最后一点自由罢了。"

朱利亚斯点点头说："我同意。听起来很像你很久以前和我说过的一件事，瑞贝卡。"朱利亚斯向大家解释道："几年前，瑞贝卡找我个别治疗过一年左右，当时她正在纠结是否要结婚。"

他转过身来对瑞贝卡说："我记得我们花了好几周的时间来

㊀ 《绿里奇迹》（*The Green Mile*），1999年12月6日上映的悬疑电影，影片改编自史蒂芬·金的小说《绿里奇迹》，由汤姆·汉克斯主演。——译者注

第二十三章

谈论你对放弃自由的恐惧,你担心自己未来的可能性将越变越小。和斯图尔特一样,我也认为你在拉斯维加斯的行为完全是想为这些担心做一个彻底的了结。"

"朱利亚斯,那段时间过后,有件事一直让我无法忘怀。我记得你给我讲过一本小说,书中讲到有一个人在寻找一位智者,那位智者告诉他,一切选择都是排他的,'有得必有失',每一个'得'都必须有一个'失'。"

"嘿,我知道这本书,是约翰·加德纳[⊖]的《格伦德尔》。"帕姆插话道,"是魔鬼格伦德尔找到了那位智者。"

"关于这本书的联系真是错综复杂,"朱利亚斯说,"在差不多那段时间里,帕姆也来找我治疗了几个月,这本小说就是她头一回来的时候向我推荐的。瑞贝卡,如果这句话对你有帮助,你应该感谢帕姆才是。"

瑞贝卡冲帕姆亮出一个大大的微笑以示谢意:"你是在间接地为我治疗。我在镜子上贴了一张字条,上面写着'选择都是排他的'。这句话正好解释了为什么我既然相信杰克是我的真命天子,却又迟迟不肯做出承诺。"然后,她又对着朱利亚斯说:"我记得你说过,要想优雅地变老,我就必须接受人生的可能性逐渐变少这一事实。"

"早在加德纳之前,"菲利普插了一句,"海德格尔[⊖],"他说着又转向托尼,"20世纪上半叶一位重要的德国哲学家……"

"也是个重要的纳粹分子。"帕姆又插了一嘴。

⊖ 约翰·加德纳(John Gardner,1933—1982),美国现代派作家。——译者注
⊖ 马丁·海德格尔(Martin Heidegger,1889—1976),德国哲学家,20世纪存在主义哲学的创始人和主要代表之一。——译者注

菲利普没有理会帕姆的话，顾自说道："海德格尔谈到了如何面对有限的可能性。事实上，他将其与对死亡的恐惧联系起来了。他认为死亡就是不可能再有任何可能性。"

"死亡即不可能再有任何可能性，"朱利亚斯重复道，"好强大的观点。可以考虑把它贴在镜子上了。谢谢你，菲利普。现在我们手头有很多事需要处理，包括帕姆你的感受，但首先，瑞贝卡，我再对你说一句。拉斯维加斯的这段插曲一定是发生在你找我治疗期间，你却从未跟我提起。这表示你必定为此感到非常羞愧。"

瑞贝卡点点头说："是的，我决定将它整段从记忆里删除。"她停了一会儿，考虑要不要再说点别的，然后补充道："不仅如此，朱利亚斯，除了羞愧，我还更……这么说有点冒险……更令我感觉羞愧的是事后的幻想，那是一种美妙的高潮，但绝不是性高潮，不，这么说不对，应该说不仅仅是性高潮，而是一种最原始的、脱离法规约束的快感。你知道吗，"瑞贝卡转向托尼说道，"托尼，这一直是你吸引我的原因——你的监狱生活，你在酒吧里打架，你藐视一切规则。但你刚才那么做实在太过分了，那个掏钱的动作简直是种侮辱。"

托尼还没来得及回答，斯图尔特就插了进来："你真是勇气可嘉，瑞贝卡。我很佩服你。你也给了我勇气来说一件我不曾说过的事情，这件事我非但没和朱利亚斯或之前的心理医生谈过，也从未告诉过任何人。"他犹豫了一下，轮流看了看在场所有人的眼睛，继续说道："我只是在确定这里的安全系数。因为这是件高风险的事情。在座的每一位都给了我安全感，除了你，菲利普，因为我还不太了解你。我相信朱利亚斯跟你说过团体治疗的保密原则吧？"

第二十三章

一片沉默。

"菲利普,你不回答让我很难继续。我在问你话呢,"斯图尔特说,他转过身来,直接与菲利普面对面,"怎么回事?为什么你不回答我?"

菲利普抬头看着他,说:"我不知道这句话需要回答。"

"我说我相信朱利亚斯告诉过你关于保密的事,然后在句尾提高了音量。这就表示这是一个问句,不是吗?而且,我们正在谈关于信任的问题,这难道不意味着我需要你的回答吗?"

"我懂了,"菲利普说,"是的,朱利亚斯告诉过我关于保密的事情,而且,是的,我也承诺遵守团体的所有基本规则,包括保密原则。"

"很好,"斯图尔特说,"你知道吗,菲利普,我开始改变看法了。我过去一直认为你傲慢无礼,但现在我开始慢慢觉得,你只是没被调教好,或者说没被训练好如何与人相处。这回可不需要你回答了,答不答随你。"

"嘿,好样的,斯图尔特!"托尼嬉皮笑脸地说,"你越来越厉害了,伙计。我喜欢。"

斯图尔特点了点头。"我刚才那么问没有恶意,菲利普,只是我有个故事要讲,我得确保这里绝对安全。所以……"他深吸了一口气,"我开始说了。十三四年前,那时我刚完成住院医师的实习,即将正式上岗。我去了牙买加参加一个儿科会议。参加这类会议的目的就是了解医学研究的最新进展,但你知道吗?许多医生去参会是另有目的的,比如寻找就业机会或学术工作……或者只是为了去开心一下。那一趟会议我一事无成,更糟糕的是,飞迈阿密的飞机晚点了,害得我赶不上去加利福尼亚的航班,不得不在机场的旅馆过夜,心情糟透了。"

大家都全神贯注地听着,毕竟这是斯图尔特不为人知的一面。

"我大约是晚上11点半入住的酒店,乘电梯到了7楼,奇怪,我怎么把细节记得那么清楚。我正沿着长长的安静的走廊走向我的房间,突然一扇房门开了,一个心烦意乱、衣衫不整的女子穿着一件睡衣从房里走了出来。这个女人身材很好,很有魅力,看上去比我大10～15岁。她抓住了我的胳膊,呼吸里散发着酒气,问我刚才在大厅里有没有看见什么人。"

"'没有人,怎么啦?'我回答。然后她东一句西一句地跟我讲了一个很长的故事,大致是说一个送货员刚刚骗走了她6000美元。于是我建议她打电话到前台或是报警,但奇怪的是,她似乎并不想采取任何行动。然后她示意我进她的房间。我们交谈着,我试图让她平静下来,告诉她那个故事显然是个错觉,是她幻想自己被洗劫一空。我们很快便顺理成章地上了床。我问过她好几次是否想要我留在她房间,是否想要和我做爱。她说想要,于是我们就做了。一两个小时过后,趁她睡着的时候,我回到自己的房间,抓紧睡了几个小时,便去搭了早班机。就在登机之前,我打了个匿名电话到旅馆,告诉他们有一位住在712房间的房客可能需要医护人员过去看看。"

安静了片刻,斯图尔特补充道:"我讲完了。"

"就这样吗?"托尼问道,"一个喝得烂醉、有几分姿色的女人邀请你去她的旅馆房间,你满足了她的要求,仅此而已吗?伙计,我可没那么好糊弄。"

"不,不是那样的!"斯图尔特说,"重点是,我是一名医生,我遇到了一个患者,一个可能患有早期或完全型酒精中毒性幻觉

第二十三章

症[一]的人,结果我却和她发生了性关系。我违背了希波克拉底誓言,这是一次严重的过错,我至今无法原谅自己。那晚发生的事让我无法释怀,它已深深地烙在了我心里。"

"你对自己太苛刻了,斯图尔特,"邦妮说,"这个女人因为寂寞独自饮酒,走出房间在走廊上看到一个有魅力的年轻男子,便邀他上床。她得到了她想要的,或许正好也满足了她的需求。你没准儿为她做了件大好事。她很可能认为那是一个幸运之夜呢。"

吉尔、瑞贝卡和帕姆正准备发言,但斯图尔特抢在了他们前面说道:"我很感激你们这么说,我也无数次这么劝过自己,但我真的、真的不是想要你们来劝慰我。我想做的就是把一切都告诉你们,把这件丑事从多年的黑暗中翻出来,放在阳光下——这就足够了。"

邦妮回答说:"很好。我很高兴你告诉了我们,斯图尔特,但这关键在于我们之前说过的问题,那就是你不愿意接受我们的帮助。你很乐于助人,却不太善于让我们帮助你。"

"或许这只是医生的职业病,"斯图尔特回答,"我在医学院里没学过如何当一名患者。"

"你就不能下班吗?"托尼问道,"我想你那天晚上在迈阿密旅馆肯定是下班了。午夜时分和一个醉醺醺的女人在一起,你当时肯定对自己说,'加油,伙计,上床吧,尽情享受吧'。"

斯图尔特摇了摇头说:"前阵子我听了一个故事。有个人问一个和尚关于职业倦怠的问题,以及他们是否应该在固定的时间下

[一] 酒精中毒性幻觉症(alcoholic hallucinosis),一种长期饮酒引起的幻觉状态。幻觉是在意识清晰状态下出现的,以幻听为主,多为言语性的,在这些精神症状的支配下,患者可自杀或产生攻击行为。——译者注

班。和尚的回答简直绝了,他说——下班?佛陀说'对不起,我下班了!'当一位患者走近耶稣,耶稣对他说'抱歉,我今天不上班!'和尚觉得这个奇怪的想法着实可笑,于是大笑个不停。"

"我不同意,"托尼说,"我认为你是在用你的医学博士身份逃避生活。"

"我在那家旅馆里做的事是错的。没人能说服我相信自己没有犯错。"

朱利亚斯说:"14年来你一直无法释怀,这一事件的后果如何?"

"你是说除了自责和自我嫌弃之外吗?"斯图尔特说。

朱利亚斯点了点头。

"我可以告诉你,我一直是个好医生,我再也没有,一刻也没有,违反过我的职业道德。"

"斯图尔特,我判定你已还清债务,"朱利亚斯说,"可以结案了。"

"是啊。"众人附和道。

斯图尔特微笑着在胸前画十字。"这让我想起了小时候参加的周日弥撒,感觉自己刚从忏悔室里走出来,所有过错都得到了赦免。"

"我给你们讲个故事吧,"朱利亚斯说,"多年前,我在上海参观了一座废弃的大教堂。我是个无神论者,但我喜欢参观各种宗教场所——我也说不清这是为什么。我四处走动,然后走进了一间忏悔室,坐到神父的位置上,突然发现自己很羡慕那些听忏悔的神父,他们拥有的是何等的权力啊!我试着说出那句话,'我的孩子,你的罪已得赦免'。我想象着他享有至高无上的信心,因

第二十三章

为他相信自己是一艘船,承载着上天所赐的宽恕之心。相比之下,我的方法显得那么微不足道。但离开教堂以后,我又觉得释然了,我安慰自己,至少我是按照理性的原则生活的,而不是把神话描绘成现实而把患者当作无知的小孩来看待。"

沉默了一会儿,帕姆对朱利亚斯说:"你知道吗,朱利亚斯?我觉得你变了,变得和我走之前不一样了。你现在可以尽情地讲述你的人生故事,表达你对宗教信仰的看法,而过去你是不谈这些的。我猜这都是你生病了的缘故,但无论如何,我喜欢这种变化。我真的很喜欢变得更人性化的你。"

朱利亚斯点点头说:"谢谢。刚才的沉默让我有点忐忑,感觉自己那番话冒犯了在座一些人的宗教感情。"

"我不要紧,朱利亚斯,如果你担心的是我的话。"斯图尔特说,"我实在不理解那些说90%的美国人相信上帝的民意调查。我十几岁就离开教会了,即便当时没有离开,如今看到那么多关于神父和恋童癖的消息,我也肯定会走的。"

"我也不要紧,"菲利普说,"你和叔本华在宗教方面颇有共识。他认为,教会领袖利用了人类对形而上学根深蒂固的需求,幼稚地对待公众,拒绝承认他们一直刻意用寓言来掩盖真相,永远都在自欺欺人。"

菲利普的话引起了朱利亚斯的兴趣,但他注意到时间只剩几分钟了,便把大家又拉回到正题上来。他说:"今天发生了很多事。有好几位冒险分享了自己的秘密。至于感受呢?有些人今天没怎么发言。帕姆,菲利普,你们有什么想说的吗?"

"今天的讨论我全听进去了。"菲利普脱口而出,"无论是那些被说出来的秘密,还是对我和其他人造成的诸多不必要的痛苦,归根结底都来自高于一切的普世的性的力量,这是我的另一位治疗师叔本华教给我的,性的力量绝对是与生俱来的,或者,用今天的方式来说,是被固定在我们体内的。

"我知道很多叔本华关于性的论述,因为我经常在课堂上引用它们。我在这儿也引用几句他的话吧,比如'性表现为所有动机中最强烈、最活跃的……几乎是全人类努力的终极目标……时时刻刻打断我们最严肃的日常事务,有时甚至会使……那些伟人感到困惑',再比如'性毫不犹豫地以它的糟粕来入侵,来干涉……学者的调查'。"

"菲利普,我知道这些话很重要,不过,在今天结束之前,请先谈谈你自己的感受,而不是叔本华的感受。"朱利亚斯打断了他的话。

"我尽量吧,但请让我继续……再说最后一句,'它无时无刻不在摧毁人与人之间最宝贵的关系,使原本高尚正直的人丧尽天良'。"菲利普停了下来,"这就是我想说的,我说完了。"

"菲利普,还没听到你的感受呢。"由于又逮着机会来怼菲利普,托尼一边说一边得意地咧嘴笑。

菲利普点了点头。"我就是感觉很沮丧,我们这些可怜的凡人,同为生物学的受害者,我们都深受其害,竟然会为那些再自然不过的本能行为而满心愧疚和悔恨,就像斯图尔特和瑞贝卡那样。并且我们的共同目标就是解救自己脱离性的奴役。"

菲利普的一席话过后,又经过一阵习惯性的沉默,斯图尔特转向帕姆说道:"我今天真的很想听听你的想法。你怎么看我刚才说的那件事?我在考虑来这里向大家忏悔的时候,满脑子想的都是你。我一直在担心这么做会使你很为难,因为在某种意义上,

第二十三章

如果你原谅了我,也就等于原谅了菲利普。"

"我对你的尊敬丝毫未减,斯图尔特。别忘了我其实对这个话题很敏感。我毕竟被一个医生利用过——厄尔,我的前夫,也是我的妇科医生。"

"对呀,"斯图尔特说,"那样事情就更复杂了。你怎么做得到既原谅我,同时又不原谅菲利普和厄尔呢?"

"不对,斯图尔特。你是个正人君子。今天听了你的叙述,得知你如此懊悔,我就更感觉如此了。在迈阿密酒店发生的那件事不会影响我。你读过《怕飞》(*Fear of Flying*)吗?"

见斯图尔特摇头,帕姆继续说道:"我建议你看看这本书。埃丽卡·容⊖在书中将你的经历称之为一次单纯的"露水之爱"⊖,就是一次相互的、自发的结合,你善待了她,没有人受到伤害,你事后还负责任地确保了她的安全。并且从那以后你还把这件事作为道德准则来引以为戒。而菲利普呢?对一个以海德格尔和叔本华为榜样的人你还能说什么呢?在历代所有的哲学家里,就数这两位活得最凄惨,为人最失败。菲利普的所作所为是不可饶恕的,他不仅掠夺成性,还毫无悔意……"

这时,邦妮忍不住打断了她的话:"等一下,帕姆,你注意到了吗?刚才朱利亚斯试图阻止菲利普,但菲利普仍坚持多说了一句关于性剥夺人的良知和破坏人际关系的话。我在想,那句话难道没有悔恨之意吗?难道不是说给你听的吗?"

"他真的有话要说吗?那就直接对我说。我可不想听叔本华替

⊖ 埃丽卡·容(Erica Jong, 1942—),美国当代女作家、诗人。——译者注
⊖ 原文为"zipless love",意为一场平平淡淡的一夜情,没有产生爱恋,没有留恋,没有愧疚,犹如一杯白开水。——译者注

他说。"

"说到这儿我也想插一句,"瑞贝卡说,"上次会谈结束离开时,我为你和我们所有人都感到难过,包括菲利普,说实话,他在这里一直备受攻击。回到家,我便开始思考耶稣关于无罪之人方能投下第一块石头的说法,因此我今天才在这里跟大家说了那件事情。"

"我们得先告一段落了,"朱利亚斯说,"但是,菲利普,这才是我今天询问你的感受的真实目的。"

菲利普迷惑不解地摇着头。

"你意识到今天瑞贝卡和斯图尔特送了你一份礼物吗?"

菲利普仍旧摇着头说:"我不明白。"

"这就是你这周的家庭作业了,菲利普。希望你能好好想一想今天得到的礼物。"

THE
SCHOPENHAUER
CURE

第二十四章

如果不想成为流氓手中的玩物和傻瓜嘲笑的对象，最重要的一条就是要保持清高，叫人难以接近。

会谈结束后，菲利普步行了好几个小时。先是经过了艺术宫，这座为1915年世博会建造的建筑，如今那些廊柱已斑驳破旧。接着，他绕着邻近的湖边转了两圈，观赏天鹅们在自己的领地巡游，然后又沿着旧金山湾的海滨步道和克里斯场公园的小径漫步，一路走到了金门大桥脚下。朱利亚斯让他思考的究竟是什么？他回想起朱利亚斯指示他要考虑斯图尔特和瑞贝卡的礼物，但还没等他集中注意力，就已经把这个任务忘得一干二净了。他一次又一次地搜索和清理自己的思绪，试着把注意力集中到那些典型的能抚慰人心的画面上，比如天鹅游过的水纹和金门大桥下的太平洋旋流，但他还是莫名地感觉心烦意乱。

他穿过可以俯瞰整个海湾口的前军事基地普雷西迪奥，接连走过克莱门街上20幢毗邻的亚洲餐馆，选择了一家不起眼的越南米粉店走了进去。当他的牛肉牛筋汤端上来的时候，他静静地坐着，贪婪地吸着汤汁里升腾起来的香茅味，盯着那白花花的米粉看了几分钟。只随便吃了几口，他就要求把剩下的打包，好带回去喂他的狗。

菲利普通常对食物不怎么在意，他有一套相对固定的饮食习惯：早餐通常是橘子酱、吐司和咖啡，午餐在学校的学生餐厅吃正餐，晚餐则是一小份便宜的汤或沙拉。每一顿饭他都刻意独自用餐。他时常以叔本华的经历来安慰自己，想到叔本华为了不与人同桌吃饭，在餐馆用餐时宁可付两人份的钱，他偶尔会忍不住笑出来。

他转身朝家的方向走去，他的家位于太平洋高地一所豪宅的一楼，离朱利亚斯家不远，是一间一室一厅的小屋，陈设简陋的程度不亚于他的办公室。豪宅的主人是一个独居的寡妇，她以很

第二十四章

低的租金把小屋租给了菲利普。她需要这笔额外的收入,既重视自己的隐私,又想要一个不招摇的人在身边。菲利普正是符合这一需求的最佳人选,两人就这么互不干扰地做起了邻居,一做就是好几年。

他的狗拉格比总是以各种热情的叫声配合摇头摆尾和杂耍般的腾空跳跃来迎接他,通常会逗得菲利普很开心,但今晚却没有效果。晚间的遛狗和其他日常的休闲活动也没能给他带来安宁。他点燃烟斗,听着贝多芬的第四交响曲,心烦意乱地读着叔本华和爱比克泰德的书。他唯一一次短暂的注意力集中还是被爱比克泰德的这段话所吸引:

如果你对哲学有诚挚的渴望,那么请从一开始就做好被大众嘲笑的准备。记住,如果你坚持下去,那些笑话你的人日后必定会羡慕你……记住,如果你为了取悦他人而将注意力转向外在事物,你必定已毁了自己的人生计划。

然而,他的局促感依然存在,这是一种久违了的感觉,在过去几年里,正是这种局促感令他如一头发情的野兽在外四处游荡。他大步走进小厨房,清洗了早餐后留在桌上的盘子,打开电脑,把接下来的时间交给了他唯一上瘾的习惯:他以匿名玩家的身份登录了国际象棋俱乐部的网页,在上面安静地玩了三小时五分钟一局的闪电战游戏。他赢的次数居多,输掉游戏通常是由于粗心大意,但他无论输赢都只是激动那么一小会儿,然后随即又键入了"寻找新游戏"。每当看到一个全新的开局,他眼睛里就立刻闪耀出孩子般喜悦的光芒。

THE
SCHOPENHAUER
CURE

第
二
十
五
章

30岁的时候,我就已经由衷地感觉厌烦了,因为不得不把那些与我完全不同的人看作同类。但凡年幼的小猫都爱玩纸团,以为这些纸团活蹦乱跳,与它们是同类。我与人类这种两足动物的关系也是如此。

第二十五章

豪猪、天才和厌世者的人类关系指南

这则关于豪猪的寓言是叔本华最著名的短文之一,它充分表达了叔本华对人际关系的冷漠态度。

在一个寒冷的冬日,为了避免冻僵,一群豪猪相拥在一起取暖。但它们很快就被彼此的硬刺扎痛了。于是,它们被迫分开。但为了取暖,它们的身体再度靠近,身上的硬刺再次把它们扎痛了。这些豪猪就被这两种痛苦反复折磨,直到它们终于找到一段恰好能够容忍对方的距离为止。所以,由于人的内在空虚和单调而产生的社交需要把人们赶到了一块儿。但各人许多令人厌恶的素质和无法让人容忍的缺点又把人们分开了。[⊖]

换句话说,只有在面临生存需要时才要容忍互相亲近,否则就要尽量避免过于亲近。大多数当代的心理治疗师都会毫不犹豫地认为这种极端的社交回避型态度需要得到治疗。事实上,大多数心理治疗工作针对的都是这一类人际关系方面的问题,不仅是社交回避,还有各种各样的不良社会适应行为:自闭症、社交回避、社交恐惧症、分裂人格、反社会人格、自恋人格、爱无能、自我膨胀、自我轻视等。

叔本华会赞同这一说法吗?他是否认为自己对他人的感觉属于适应不良?不会的。他的态度是如此接近他的思想核心,如此根深蒂固,以至于他从不认为那是一种负担。恰恰相反,他

[⊖] 译文出自《叔本华美学随笔》,叔本华著,韦启昌译。——译者注

将自己的厌世和孤立视为一种美德。例如，他在豪猪寓言的结尾这样写道："谁要是自身拥有足够的热量，那他就宁愿对社交敬而远之，既不给别人添麻烦，自己也不会遭受来自别人的烦扰。"⊖

叔本华认为，一个有内在力量或美德的人完全可以自给自足，不需要任何来自他人的供给。这篇文章的论点与他对自己天赋的坚定信念交织在一起，成了他一生避免与他人亲近的理由。叔本华常说，自己身为"最优秀人类"的一员，这一属性不允许他把天赋浪费在无聊的社交活动上，而是要把它们用来为人类服务。他曾写道："我的才智不属于我自己，而是属于全世界。"

叔本华的许多著作里都溢满了对自己过人才智的炫耀之辞，若不是他对自身才智的评估还算精准的话，难免会被认为太过浮夸。叔本华一下定决心成为一名学者，就立刻向周围的人显现了他那惊人的智力天赋。当初辅导他考大学的老师们都为他超常的进步大感震惊。

歌德是19世纪唯一一位被叔本华认为与自己才智相当的人。歌德后来也十分敬重叔本华的才华。当年叔本华正在准备申请大学，歌德在乔安娜的沙龙里刻意不理会这位年轻人。后来，当乔安娜请他为叔本华申请大学写一封推荐信时，歌德给他的一位老朋友——一位希腊文教授写了封信，在信中含糊其词地写道："年轻的叔本华似乎数度改换了求学和从业方向，如果你出于对我的友谊，肯给他一点时间，你就能轻而易举地看出他在什么学科方面取得了什么样的成就。"

⊖ 译文出自《叔本华美学随笔》，叔本华著，韦启昌译。——译者注

第二十五章

　　几年后，歌德读了亚瑟的博士论文，对这位26岁的年轻人印象深刻，以至于在亚瑟再度来到魏玛时，他还时常差遣仆人接他来家中促膝长谈。歌德很想有人来评价一下他的呕心沥血之作——色彩理论。尽管叔本华对这个课题一无所知，歌德却十分看重他那罕见的与生俱来的才智，认定他的意见会很有价值。事实证明，歌德得到的远比他想要的多得多。

　　叔本华起初备感荣幸，格外享受歌德给予自己的肯定。他在给柏林的教授的一封信中写道："您的朋友——我们伟大的歌德，他一切都好，为人和蔼亲切，愿他的名被永世称颂。"然而，几周后，两人便发生了争执。叔本华肯定了歌德在视觉方面做了一些有趣的观察，但他认为歌德在几个关键问题上犯了错误，从而未能提出一个全面综合的颜色理论。他甚至放下了自己手头的专著，潜心钻研起色彩来，并于1816年发表了自己的色彩论，与歌德的理论有几处重要的分歧。叔本华的傲慢最终侵蚀了他们的友谊。歌德曾在日记中这样描述自己与叔本华关系的终结："我们讨论了许多事情，都能达成共识，然而最终仍免不了出现分歧，就像两个一路同行的朋友，握了手之后，一个一心向北，另一个却要往南，不久便消失在彼此的视线里。"

　　由于不再被器重，叔本华感到伤心气愤，但内心却早已认同了歌德与他的惺惺相惜，因此余生仍经常引用歌德的作品，以此来荣耀他的名。

　　关于天才与天赋好的人之间的区别，叔本华发表过许多观点。他曾评价天赋好的枪手能打中别人打不中的目标，而天才枪手却能打中别人看不到的目标。除此之外，叔本华还指出，天赋好的人都是在时代需求的召唤中应运而生的，虽然能够满足这些需求，但他们的作品通常很快就会随时代消失。（这里指的是他母亲的作品吗？）"但天才的光芒会照亮他的时代，就像彗星进入了行星的轨道……虽无法沿着文化的常规轨迹前行，他的成就却已远远地跑在了时代的前面。"

因此，对豪猪寓言的一种理解是，真正有价值的人，尤其是那些天才，不需要从别人那里获得温暖。但这个寓言还有另一种较为阴暗的解读，那就是，我们的同类都可憎可恶，因此应该与之保持距离。叔本华的作品中随处可见这种厌世的态度，字里行间全是轻蔑与嘲讽。他在那篇颇有见地的文章《论死亡无法摧毁我们真实本性的学说》中开篇写道："在日常交谈中，许多什么都想知道却终将一无所知的人如果问了你有关死后生命形态的问题，最适合并且最正确的答案就是，'在你死后，你将会是你再次出生之前的样子'。"

这篇文章后续对两种虚无的不可能性进行了深入而精彩的分析，并且全面地为每一个曾经思考过死亡本质的人提供了深刻见解。但是，为何要无缘无故以这种侮辱开始呢——"许多什么都想知道却终将一无所知的人"？为何要以小气的谩骂来玷污崇高的思想呢？这种不和谐的并置在叔本华的作品中司空见惯。遭遇这么一位才华横溢却又如此缺乏社交能力，如此有预见性却又如此盲目的思想家，着实让人头疼！

叔本华在他所有作品中都对浪费在社交和交谈上的时间扼腕叹息。他说："完全不说话，总好过跟两足动物进行枯燥乏味的日常谈话。"

他悲叹自己终其一生都在寻求"真正的人类"，却一个也找不着，只遇到一些"痛苦不堪、资质平平、心狠手辣、刁钻刻薄的

第二十五章

可怜虫"。(除了歌德,他总是明确地把歌德排除在这类谩骂之外。)

他在自传中写道:"几乎每次与人接触都感觉被玷污和亵渎。我们已经堕落到了另一个世界,那里充满了与我们不同类的可怜生灵。我们应该敬重少数较优秀的人;我们生来就是要教导他人,而不是与他们交往。"

仔细阅读亚瑟·叔本华的作品,就不难拼凑出一些他赖以生存的人类行为准则,由此构成了一篇经典的厌世者宣言。试想一下,始终坚持这一宣言的亚瑟又如何适应得了现今的治疗团体呢!

- 不要向朋友透露任何不该让敌人知道的事情。
- 把所有的私人事务都当作秘密,即使对再亲密的朋友,也不能透露半点……因为随着环境的变化,即使被他们掌握了最无害的信息也可能对我们不利。
- 不向爱恨妥协,就等于拥有了这世上一半的智慧;不妄言,亦不轻信,则另一半智慧也是你的了。
- 怀疑是安全之本。(他曾十分赞许地引用过这句法国谚语。)
- 在任何时候忘记一个人的坏品质就好比扔掉了自己辛苦挣来的血汗钱。我们必须保护好自己不受愚蠢的熟悉感和友谊的伤害。
- 在人际交往中获得优越感的唯一办法就是让自己看起来完全独立,不受支配。
- 唯有漠视别人才能赢得别人的尊重。
- 如若真正高度重视一个人,就应该像隐瞒犯罪一样地对他隐瞒。

- 接受一个人真实的样子，总好过强人所难。
- 我们的愤怒和仇恨都要用行动表现出来……那些口蜜腹剑的都是冷血动物。
- 礼貌和友好能使人变得顺从和亲切，因此，礼貌之于人性，就好比温暖之于蜡制品一般。

THE
SCHOPENHAUER
CURE

第二十六章

确保他人心情愉快的最佳办法，莫过于向他透露你最近遇到的麻烦，或在他面前暴露自己的一些弱点。

又到了周一的会谈时间，吉尔一屁股坐了下来，魁梧的身躯几乎突破了椅子的承重极限。等大家都到齐了之后，他才第一个发言："如果今天没有别的事要分享，我想继续上回的'秘密'练习。"

"容我在这里先提个醒，"朱利亚斯说，"我认为把它作为一项规定练习不见得是个好主意。虽然我的确相信，大家愿意完全地袒露心声会使团体治疗的效果更好，但重要的是，做任何事都要按照自己的节奏来，不要因任何设定的练习而感到压力，勉强自己说出心里话。"

"我明白你的意思，"吉尔回答，"但我并不觉得有什么压力。我是真的想谈谈这件事，我也想让瑞贝卡和斯图尔特知道不只是他们干过那些出格的事。可以吗？"

直到大家都点头同意了，吉尔才继续往下说："我的秘密可以追溯到我13岁那年。我当时还是个处男，刚刚进入青春期，满脸粉刺，瓦莱丽姑妈是我父亲最小的妹妹……她30岁上下……那阵子她经常失业，于是常到我家来小住。我们相处得很好，当家人们外出时，我们经常在一起玩摔跤、挠痒痒，还有打牌。然后有一次，我在玩脱衣扑克牌的时候作弊了，她把衣服一件一件地脱得精光，场面变得非常香艳——不再只是挑逗，而是感觉要动真格的了。我还没有过性经验，又正值蠢蠢欲动的年纪，有点不知所措。但当她指示我时，我立刻回应道'遵命，女士'，一步步遵照指示进行。在那之后，我们一有机会就干那事，这么持续了几个月，直到有一次，我的家人提前回家，当场逮到我们正在拼命地……那个词怎么说来着……'flagrant'……'flagrant'什么？"

吉尔朝菲利普望了一眼，眼见菲利普正要开口，却被帕姆以

第二十六章

迅雷不及掩耳之势抢先说了出来："'flagrante delicto'⊖，现行犯。"

"哇，反应太快了……我忘了咱们这里有两位教授呢。"吉尔喃喃地说，接着他继续讲述，"嗯，整件事几乎把家里搞得一团糟。为什么是'几乎'呢？我的父亲对这件事并没有十分恼火，倒是我的母亲非常生气，瓦莱丽姑妈也不再来我们家了。母亲对父亲继续对姑妈保持友好感到非常生气。"

吉尔停了下来，看了看各位，然后补充道："我能理解母亲为何不高兴，但在这件事上，我的错并不比姑妈少。"

"你的错？你当时不过13岁而已啊！拜托！"邦妮说。其余的人，包括斯图尔特、托尼和瑞贝卡，都纷纷点头表示赞成。

未等吉尔回答，帕姆就说："吉尔，我有话要说。也许不是你想听的，但这些话我一直憋在心里，甚至在回美国之前就想对你说了。我不知该怎么委婉地表达，所以我就不多此一举了，干脆直说了吧。最重要的是，你的故事一点也没有打动我，而且，在大多数情况下，你这个人就无法打动我。即使你说你像瑞贝卡和斯图尔特那样对我们敞开了心扉，我也不觉得你是在自我剖析。"

"我知道你对这个团体很投入，"帕姆继续说，"你看起来很努力，一直在团体里承担着照顾其他人的责任，而且，如果有人跑出去，通常都是你跑去把他们找回来。你看似在表露心声，但其实并没有——这是一种错觉，你一直在隐藏自己。是的，你就是这样——隐藏，隐藏，隐藏。你姑妈这个故事恰恰证明了我的看法。这看似是你的故事，但其实不然。这一招很高明，因为你要

⊖ flagrante delicto，拉丁语，法律名词，指现行犯。——译者注

说的不是自己,而是你的瓦莱丽姑妈,因为理所当然每个人都会跳出来说,'你只是个孩子,你才13岁,你是受害者'。除此之外他们还能说些什么呢?你在讲到自己的婚姻的时候,说的也都是罗丝的事,好像从来就没你什么事。听完那些故事,我们总是一致地反应,'你何苦要忍受那种人!'"

"我在印度静修的时候实在无聊得发慌,就想了很多关于咱们这个团体的事,你们绝对猜不到我想了多少。我想到了在座的每一个人,唯独没想到你,吉尔。我也不想这么说,但真的从没想起过你。每次你说话的时候,我总是纳闷你究竟在对谁说——也许是墙壁,也许是地板,但我从来不觉得你是在和我说话。"

现场一片沉默。成员们似乎都不知道该如何应对这种局面。这时候,托尼吹了一声口哨说:"从前的帕姆终于回来了。"

帕姆说:"如果不说实话,我参加这个团体就毫无意义了。"

"感觉如何,吉尔?"朱利亚斯问。

"哦,感觉像是肚子被狠狠地踢了个措手不及,内脏都被踢出来了。这么说够剖析自我了吗,帕姆?等等,对不起,你不用回答。我不是那个意思。我知道你说的都是实话。在内心深处,我知道你是对的。"

"说说看,吉尔,说说她怎么个对法。"朱利亚斯说。

"她是对的。我还可以更毫无保留。我心里清楚,其实还有好些话可以对在座的一些人说。"

"比如说,对谁?"邦妮问道。

"嗯,你呀。我真的很喜欢你,邦妮。"

"听你这么说我很高兴,吉尔,但仍然不够深入。"

"几周前我被你夸身材好都有点飘飘然了。我不赞成你成天说

第二十六章

自己是丑女,觉得自己比不上瑞贝卡那种美女。我对比我年长一些的女人总是……或许是因为瓦莱丽姑妈的缘故……总是很有感觉。老实说,上回我不想回家见罗丝的时候,你邀请我去你家过夜,我脑子里顿时浮想联翩。"

"所以你当时才不接受邦妮的好意吗?"托尼问道。

"其实另有原因。"

吉尔显然不打算再细说,托尼问道:"你想说说是什么是其他原因吗?"

吉尔谢顶的脑袋此时汗涔涔的,显得油光发亮。他坐了一会儿之后终于鼓起勇气说:"听我说,让我先逐个跟你们说说我的感受。"他先从邦妮身边的斯图尔特开始:"斯图尔特,我对你满心的钦佩。如果我有孩子,我会觉得很幸运有你这样一位儿科医生。你上周说的那件事丝毫不影响我对你的感觉。"

"至于你,瑞贝卡,说实话,我有点怵你。你看起来太完美,太漂亮,太干净了。你上回告诉我们的那段拉斯维加斯小插曲并没有改变我对你的印象,在我看来,你仍是那么清新无瑕,充满自信。可能是我一时紧张,竟想不起你当初为何来接受治疗了。斯图尔特常把你比作瓷娃娃,这个形容听起来挺贴切的,也许因为你有时太脆弱,或是太锋芒毕露让人不好接近,我也说不清楚。"

"帕姆,你是个正直的人,总是直言不讳,是我见过的最聪明的人,直到菲利普的加入,他和你还真有一拼。我不想得罪你们任何一方,但是,帕姆,你真的需要解决一下自己和男人之间的问题。他们的确给过你很多挫折,但反过来你也恨我们男人,所有的男人。所以也分不清到底是先有鸡还是先有蛋。"

"菲利普,你总是高高在上,就像完全和我们不在同一个层面……或者根本就活在另一个境界里。但我对你很好奇,好奇你是否曾经有过朋友——我看不出你有实实在在与朋友一起喝过啤酒或聊过球队。我看不出你日子过得多开心,或是真正喜欢过谁。说实话我真的很想知道,你这样为何不觉得寂寞?"

吉尔继续说道:"托尼,你一直很吸引我,你靠双手挣钱,非常能干,不像我整天只会和数字打交道。我希望你不要瞧不起自己的工作。"

"好了,每个人都轮到了。"

"不,还没有。"瑞贝卡说着瞥了朱利亚斯一眼。

"哦,朱利亚斯?他虽然属于这个团体,但不是团体成员呀。"

"'属于这个团体'是什么意思?"瑞贝卡问道。

"呃,怎么说呢,就是我之前听过这个不错的说法,就想在这里用一下。他一直在那里默默守候着我和大家,他的地位远在我们之上。他……"

"他?"朱利亚斯佯装在人群中搜寻,问道,"你说的这个'他'在哪儿呢?"

"好吧,我指的就是你,朱利亚斯,你对自己患病这件事的处理真的深深触动了我,我想我永远都忘不了。"

吉尔说完,大家的注意力仍集中在他身上。只听他"呼——"地吐了一口气,如释重负地往椅背上一靠,显然是累坏了,然后掏出手帕来抹那一头一脸的汗。

瑞贝卡、斯图尔特、托尼和邦妮纷纷发出"说得好,你这么做有点冒险"之类的评价,唯独帕姆和菲利普仍一言不发。

"怎么样,吉尔?你对这个反馈满意吗?"朱利亚斯问。

吉尔点点头道:"我做了些新的突破,但愿没有冒犯到大家。"

第二十六章

"你呢，帕姆？你满意吗？"

"我今天已经说得够多了，完全是大家眼里的坏人了。"

"吉尔，我对你有个请求，"朱利亚斯说，"我要你想象一个自我袒露的连续增值区间。其中的一极，我们定为'1'分，指那种最安全的内容，相当于鸡尾酒会那样的入门级；而另一极，我们定为"10"分，代表你想象中最深刻、最冒险的内容。明白吗？"

吉尔点点头。

"现在回头看看你刚才的做法。告诉我，吉尔，你会给自己打几分？"

吉尔一边不停地点头，一边很快地做出了回答："我给自己打个 4 分或 5 分吧。"

朱利亚斯想避开吉尔的理性防御或其他防御手段，于是立即追问道："吉尔，如果想再提高一两个分值，你会再分享些什么？"

吉尔毫不犹豫地回答道："如果想再往上加一两分，我会告诉大家我是个酒鬼，我每天晚上都醉得不省人事。"

大家顿时惊呆了，朱利亚斯也不例外。在带领吉尔加入这个团体之前，朱利亚斯已为吉尔做了两年的个别治疗，这期间从未听他提到过酗酒的问题，一次也没有。怎么会这样？朱利亚斯一贯无条件地信任自己的患者。他是那种乐观的人，轻而易举就上当。他感觉信心受到极大的动摇，需要时间来重新认识眼前的吉尔。当他默默地思索着自己的天真和现实的严酷时，大家的情绪变得阴沉起来，逐渐从将信将疑演变成了尖锐的责问。

"什么，你在开玩笑吧！"

"我不敢相信，你怎么能每周都坐在这里，却从不提这件事呢？"

"你从没和我一起喝过酒,甚至连啤酒都没有。这是怎么回事?"

"真该死!你让大家白忙活了这么久,浪费了那么多时间。"

"你玩的什么把戏啊?看来之前说的都是谎话了,我是说罗丝的那些问题,包括她的坏脾气,她拒绝做爱,拒绝生孩子,其实酗酒才是你真正的问题,你却只字不提。"

一旦搞清楚状况,朱利亚斯就知道该怎么做了。他教给学生们关于团体治疗的一个基本原则就是:成员们绝不能因为自我表露而受到惩罚。相反,必须始终支持和加强他们的冒险精神。

考虑到这一点,他对大家说:"我理解你们之所以感到不快,是因为吉尔之前一直对我们隐瞒了这件事。但不要忘了这一重要的事实——吉尔今天确实做到了敞开心扉,他的确是信任我们的。"他一面说着,一面朝菲利普匆匆地瞥了一眼,希望菲利普能从中学到一两手治疗方面的技巧。接着,他对吉尔说道:"我比较好奇的是,是什么使得你今天愿意冒这个险?"

吉尔实在不好意思面对众人,便专注地面对朱利亚斯,内疚地回答道:"我想是因为在前几次会谈时听了其他几位的大胆表露,比如帕姆和菲利普,还有瑞贝卡和斯图尔特。我很肯定这就是促使我说出……"

"多久?"他的话被瑞贝卡打断了,"你酗酒多久了?"

"不知不觉就这样了,所以我也不确定是从何时开始的。我一直很喜欢喝酒,但我想大概5年前就是名副其实的酒鬼了。"

"你是哪种类型的酒鬼?"托尼问道。

"我最常喝的是苏格兰威士忌、红酒和'黑俄'⊖。但我一般

⊖ 黑俄罗斯(Black Russian),又称"黑俄",是一种鸡尾酒,酒精浓度虽高,但容易入口。这种鸡尾酒以伏特加为基酒,因色泽较黑而得名。——译者注

第二十六章

来者不拒,什么伏特加、杜松子酒,通通都喝,不分类型。"

"我的意思是你通常'什么时候喝'和'喝多少'?"托尼说。

吉尔似乎毫不设防,随时准备回答任何问题。"通常是下班以后。我一到家先喝点威士忌(或者回家前就喝,如果那天罗丝正跟我闹不愉快的话)。然后整晚都喝上好的红酒,至少喝一瓶,有时是两瓶,常常喝到在电视机前醉倒。"

"罗丝对这件事持什么态度?"帕姆问道。

"我们曾经同为葡萄酒爱好者,一起建了一个能存放2000瓶酒的酒窖,然后一起去拍卖。但她现在不鼓励我喝酒了,她现在只偶尔在晚餐时喝一杯,也不想参与任何与葡萄酒有关的活动,除了她的一些大型社交品酒活动。"

朱利亚斯再次试图力挽狂澜,把话题带回到当下。他说:"我在试着想象你一次又一次地坐在这里,却闭口不谈这件事,会是什么样的感觉。"

"这滋味并不好受。"吉尔无奈地摇头承认道。

朱利亚斯总是教导学生要注意区别纵向和横向两种自我表露。不出他所料,团体迫切地要求他做纵向表露,也就是那些过去的细节,包括他饮酒的种类和持续的时间等问题。其实横向表露反而效果更好,也就是对表露的心路历程做进一步分析。

朱利亚斯若有所思,这次会谈可以作为教学的经典范例,他提醒自己要记住事件的顺序以便将来在讲课和写作时使用。接着又突然想起自己已没有多少将来了,他的心被猛地一击。虽然肩上那颗有害的黑痣已被割除,但他知道,在他体内的某个地方,仍然残留着致命的黑色素瘤细胞,这些贪婪的癌细胞比他自身疲惫的正常细胞更渴望生命。他们在体内随脉搏的跳动大口吞噬着氧气和养分，不断地成长，同时积聚力量。他这些阴郁的想法其实从未消失，仍不断地攻破一道道防线渗入他的意识里。幸亏他有一种能够平息恐惧的方法，那就是尽可能努力地投入生活中去。和团体一起经历他们紧张激烈的生活，对他来说无疑是一剂良药。

他对吉尔说："多谈谈你这几个月的会谈时间都在想些什么吧。"

"你这话是什么意思？"吉尔说。

"嗯，你刚才说'这滋味不好受'。多谈谈这一点，说说看，为何觉得不好受。"

"我每次来之前都想好了要说什么，却一直没能说出口，好像总有什么东西在阻止我。"

"仔细想想，是什么阻止了你。"朱利亚斯在小组中很少使用这样的指示，但他坚信自己知道如何将讨论引向有益的方向，而单靠成员们恐怕办不到。

"我喜欢这个团体，"吉尔说，"他们是我生命中最重要的人。我以前从未真正地被任何组织接纳过。我担心自己会失去在大家心目中的位置，从此名誉扫地——就像现在，此时此刻这种情形。大家都讨厌酒鬼……会想要把我踢出去……你会要我去参加戒酒互助会。大家会开始评判我，而不是帮助我。"

这正是朱利亚斯一直在期待的那个线索。他迅速地顺藤摸瓜。

"吉尔，看看四周，告诉我，这里有谁在评判你？"

"每个人都在评判。"

"每个人都做出相同的评判吗？我对此表示怀疑。试着辨别一下，看看在座的各位，谁的评判最重要？"

第二十六章

吉尔目不转睛地盯着朱利亚斯，说："嗯，托尼一贯说话很冲，不过这次倒没有，因为他也有点贪杯。你是想让我这样一个个分析吗？"

朱利亚斯点了点头以示鼓励。

"至于邦妮，"吉尔继续直接对着朱利亚斯说，"不，她从不评判任何人，除了评价她自己，偶尔也评价一下瑞贝卡。她对我一直很温和。斯图尔特，好吧，他算一个，他确实有自以为是的倾向，总爱扮好好先生。瑞贝卡肯定也是，我常听她发出各种指示——'要像我一样，说话做事要肯定，要考虑周密，要穿着得体，要勤洗漱，要整洁'。所以当瑞贝卡和斯图尔特表现出如此脆弱的一面时，我反而松了一口气，也更能说服自己敞开心扉了。还有帕姆，她简直就是法官，首席法官。这一点毋庸置疑。我知道她认为我软弱，这对罗丝不公平，但凡是与我有关的事，就都是错的。我没什么指望能合她的心意，事实上根本就不可能。"说到这儿，他停了下来。"我想大概是这样了，"他扫了一圈在座的人说，"哦，对了，还有菲利普。"不像刚才说其他人时那样不敢正视，这回他直接对着菲利普说："让我想想……我不认为你在评判我，但这样也不见得是好事。你这样做更像是因为不想和我走得太近，或是和我扯上太多的关系，所以也就懒得评判我了。"

朱利亚斯非常高兴自己已经平息了大家毫无建设性的抱怨和对吉尔的惩罚性拷问。关于吉尔酗酒的详情迟早会公之于众，但不是现在，也不是以这种方式，而要等待恰当的时机。

更重要的是，朱利亚斯想要大家关注横向表露的目的不仅已达成，还收获了额外的效果——吉尔这 10 分钟勇敢的逐个点评简直是一个巨大的数据宝库，足够为好几次有效的会谈提供动力。

于是朱利亚斯面向大家问道:"有人要回应吗?"

大家都显得有些犹豫。朱利亚斯心想,大家这样并不是因为无话可说,而是因为感想太多,一时竟不知从何说起。今天的话题本身就很沉重:成员们必须对吉尔的坦白、他的酗酒问题以及几分钟前他突发的强硬态度做出反应。朱利亚斯此时满心期待,精彩的一幕即将上演。

他注意到菲利普正盯着他看,有那么一会儿,他们的目光竟相遇了——这很不寻常。朱利亚斯心想,这或许是菲利普在对这次会谈的巧妙安排表示赞赏,也可能他正在考虑吉尔给他的反馈。朱利亚斯决定问个究竟,于是他朝菲利普点了点头。见对方没有回应,他开口问道:"菲利普,这次会谈进行到现在,你有何感受?"

"我一直在想你是否会参与谈论。"

"参与?"朱利亚斯大吃一惊,"我还担心自己今天是否太过活跃了,给太多指令了呢。"

"我的意思是参与分享秘密。"菲利普说。

朱利亚斯心想,菲利普何时才能说一些让人稍微有点头绪的话呀?"菲利普,我并不是在回避你的问题,只不过目前有一些更急需解决的问题尚未处理。"他转向吉尔说道,"我很担心你现在的状况。"

"我现在压力很大。我唯一的问题是大家是否允许我这样一个酒鬼留在团体里。"吉尔顶着一脑门的汗珠说道。

"看来你现在比任何时候都更需要我们。我还想知道,你今天说出这件事是否表示你要下决心做点什么,比如参加戒酒计划?"

"是啊。这次会谈过后,我不能再我行我素了。我可能需要找

第二十六章

你进行一次个别治疗。可以吗?"

"当然可以,你想来几次都行。"朱利亚斯一向尊重患者提出的个别治疗的请求,但有一项附加条件,就是成员必须在随后的团体时间里分享个别治疗的细节。

朱利亚斯回头对菲利普说:"重新回到你的问题上来吧。当治疗师被问到尴尬的问题时,常用这一招来巧妙地回避,那就是反问对方'我想知道你为何这么问?'我也想这么反问你,不过这并不代表我在回避你的问题。相反,我想跟你谈个条件——如果你同意我们先探讨一下你提这个问题的动机,我就保证详细回答你的问题。这个提议你接受吗?"

菲利普犹豫了一下,然后回答道:"可以。我提这个问题的动机并不复杂。我想了解你的咨询方法,如果可能的话,我想用来改进我自己的咨询工作。我和你的工作方式非常不同,我通常不与患者建立情感关系——我的作用不是去关爱患者,而是作为一个理性的向导,教导我的患者如何更清晰地思考和更理性地生活。直到现在,我才开始明白你的目的,也许有点晚了。这就好像布伯[⊖]提出的'我-你'的关系……"

"布伯又是谁?"托尼问道,"真讨厌自己总是像蠢蛋似的问这问那,但是要我云里雾里地坐在这里,我会疯掉的。"

"对极了,托尼,"瑞贝卡说,"每次你问的问题也都是我想问的。我也不知道布伯是谁。"

其他人也都点头表示同感。斯图尔特说:"我听说过这个名字和'我-你'什么的,但仅此而已。"

[⊖] 马丁·布伯(Martin Buber, 1878—1965),哲学家、翻译家、教育家,主要研究宗教有神论、人际关系和团体。——译者注

帕姆插话道："布伯是一位德国犹太哲学家，大约50年前去世了。他探索了两个实体之间的真实关系应是'我–你'（I-thou）关系，这是一种全然同在、互相关爱的关系；而与之相反的'我–它'（I-it）关系，则忽略了另一个存在实体的主体性（I-ness），对'它'只有利用而没有关联。这个观点在这里出现了很多次，菲利普多年前就是把我当作'它'（it）来利用。"

"谢谢你，帕姆，我明白了。"托尼说，然后转向菲利普说道，"我们都在同一页上吗？"

菲利普疑惑地看着托尼。

"你不知道这句话什么意思吗？"托尼说，"看来我得给你买一本20世纪会话词典。你从来不看电视的吗？"

"我没有电视，"菲利普用一种平静的毫不设防的语气说道，"但是托尼，如果你问我是否赞同帕姆对布伯的描述，我的答案是肯定的，而且我不可能像她解释得那么好。"

朱利亚斯此时听得饶有兴趣：菲利普居然开口说出托尼和帕姆的名字？菲利普竟然称赞了帕姆？这些都仅仅是昙花一现，还是预示着一个重大的转变？朱利亚斯心想，他是多么热爱生命啊，多希望能在这个团体里一直活下去。

"你仍然有发言权，菲利普。刚才是我打断了你的话。"托尼说。

于是菲利普接着说道："我方才对朱利亚斯说……我是说，我方才对你说……"他一边说着一边转向朱利亚斯，"对吧？"

"对，菲利普。"朱利亚斯答道，"我想你会学得很快的。"

"那么，"菲利普继续用数学家那种谨慎的语气说道，"命题一，你希望与每一位客户都建立'我–你'的关系。命题二，

第二十六章

"我-你"是由一种完全对等的关系构成的——根据定义,它不是一种单向的亲密关系。命题三,在过去的几次会谈中,在座的各位透露了很多自己的秘密。由此,我提一个完全有理可证的问题——难道你不用做出些相应的回报吗?"

菲利普沉默了片刻,又接着说道:"难题就在这里。我只是想看看你这类咨询师是如何处理客户提出的对等的要求的。"

"所以,你的动机主要是考验我是否会坚持我的方法?"

"是的,但考验的不是你个人,而是你的方法。"

"好的,我很欣赏你的态度,你提这个问题是为了能更好地理解和掌握知识。现在请先回答我一个问题,然后我再来回答你刚才那个问题。为何是现在?为何要在这个时候问这个问题?"

"因为我第一次有机会提问。整个会谈进行到现在才有了第一次短暂的空档。"

"我不信。我想还有别的原因。再问一次,为什么是现在?"朱利亚斯重复问道。

菲利普困惑地摇了摇头。"这或许不是你想问的,但我一直在思考叔本华的一个观点,大意是说,没有什么比听到别人的不幸更能让人心情愉快了。为此,叔本华还引用了卢克莱修的一首诗……"说到这儿,菲利普又顺带向托尼解释道,"他是公元前1世纪的罗马诗人。诗中写道,一个人站在海边,望着别人在海上与可怕的风暴搏斗,从中得到了快乐。他说,'看到自己免遭别人经历的不幸,对我们来说是一种快乐'。这难道不是使治疗团体产生疗效的重要因素之一吗?"

"真有意思,菲利普,"朱利亚斯说,"但完全没答到点上。现在让我们专心地回答一下'为何是现在'这个问题吧。"

菲利普仍是一脸的困惑。

"我来帮你吧,菲利普。"朱利亚斯提醒道,"我在这个问题上大费周章是有原因的,其中一个原因将特别清楚地说明我们使用的两种方法之间的区别。我认为'为何是现在'这个问题的答案与你的人际关系密切相关。我来说明一下。你能总结一下你参加最近几次会谈的经验吗?"

菲利普沉默不语,显得有点不知所措。

托尼说:"教授,在我看来这很明显。"

菲利普扬起眉毛看着托尼说:"很明显吗?"

"好吧,其实这不难说清楚。你加入了这个团体,提出了许多貌似很深刻的观点。你从你的哲学锦囊里掏出了一些我们都感兴趣的东西。在座的有些人认为你很聪明,比如瑞贝卡和邦妮,还有我。你回答得上所有的问题。你自己也是个咨询师,由此可见你是在和朱利亚斯竞争。懂我意思吗?"

托尼说完询问地望着菲利普,菲利普微微点了点头,示意他继续说下去。

"然后我们的老朋友帕姆回来了,她做了什么呢?她一下揭穿了你的老底!原来你的过去简直一团糟。总之你不是什么清白先生。事实上,你当年狠狠地伤害了帕姆。你的形象就此崩塌,你心里肯定很不舒服。于是你做了什么呢?你今天在这里对朱利亚斯说,'你的秘密是什么',你想让他也失去大家的崇拜与信任,以此来获得平衡。懂我意思吗?"

菲利普微微点了点头。

"我就是这么看的。见鬼,不然还能是什么呢?"

菲利普目不转睛地看着托尼,回应道:"你的观察不无道理。"

第二十六章

又转过身来对朱利亚斯说:"或许我欠你一个道歉——叔本华总是警告我们,不要让主观体验影响客观观察。"

"你也欠帕姆一个道歉吧?帕姆,你怎么看?"邦妮问道。

"我想是的,我也欠了她。"菲利普飞快地朝帕姆的方向瞥了一眼,帕姆把目光转开了。

帕姆显然不想回应,于是朱利亚斯说:"菲利普,我会让帕姆按她自己的节奏行事,但对我而言,你不必道歉。你来这儿的目的就是要了解自己都说了什么以及为何要这么说。至于托尼的观察,我认为一针见血。"

"菲利普,我想问你一件事,"邦妮说,"这个问题朱利亚斯曾问过我很多次。'最近几次会谈结束后你感受如何?'"

"感觉不是很好,心烦意乱的,甚至有些焦躁不安。"

"和我想象的一样,我看出来了。"邦妮说,"对于朱利亚斯上周关照你的最后那句话,你有何感想?就是有关斯图尔特和瑞贝卡送你礼物的那句。"

"我没考虑过这件事。我试了,但就是觉得紧张。有时,我担心这里所有的冲突和吵闹是一种破坏性的干扰,使我无法坚持追求那些真正宝贵的东西。所有这些对过去的关注,以及对未来变化的渴望,只会让我们忘记这一基本事实——生命只是一个个不停消逝的当下。考虑到一切终将消逝,所有这些纷扰又有什么意义呢?"

"我明白托尼为何说你从未感受过任何乐趣了。这么说未免太凄凉了吧。"邦妮说。

"我把这称为现实主义。"

"好吧,回到刚才那句话,生命只是一个个当下。"邦妮坚持说下去,"我问的就是当下,我想知道你收到礼物时当下的反应。另外,我还想问一个关于会谈结束后的咖啡聚会的问题。前两次会谈结束后你都迅速离开了,你是不是以为自己没被邀请?不对,我应该这么说——你当下如何看待今天会谈之后去喝杯咖啡这件事?"

"不,我不习惯说这么多话,所以急需休息来使自己恢复。我希望会谈结束后今天就算告一段落了。"

朱利亚斯看了看表,提醒道:"我们就说到这儿吧——已经超时了。菲利普,我会记着咱俩的约定。你完成了你的部分。我会在下次会谈时兑现我的部分。"

THE
SCHOPENHAUER
CURE

第二十七章

我们应当限制自己的愿望,抑制自己的欲望,压抑自己的愤怒,并始终牢记这个事实:一个人一生中只能获得极少的值得拥有的东西……

会谈结束后,一群人又到他们常去的联合大街咖啡馆聊了大约 45 分钟。由于菲利普不在场,大家也就没有谈论他。刚才会上提到的那些问题也没再被提起。相反,他们饶有兴趣地听着帕姆生动地讲述她的印度之行。邦妮和瑞贝卡都对她在火车上邂逅的那位漂亮、神秘、浑身散发肉桂香气的印度青年维贾伊很感兴趣,并鼓励她及时回复他频繁发来的电子邮件。吉尔很乐观,他感谢每一个人的支持,并表示他会找朱利亚斯个别治疗,认真戒酒,并开始参加戒酒互助会。他还感谢帕姆那番话对他的帮助。

"好样的,帕姆,"托尼说,"'爱之深,责之切'女士又重出江湖啦。"

帕姆回到了她在伯克利山的公寓,她所在的大学就在山脚下。她常常庆幸自己当年的明智之举,嫁给厄尔之后仍保留了这处房产,或许是她冥冥之中就预感到自己将来还可能用得上它。她喜欢每一个房间里的金黄色木地板、西藏风格的小地毯以及傍晚时分照进起居室的暖暖斜阳。她小口地品着手中那杯普洛塞克[一],坐在阳台上,望着远处的夕阳在整座城市的身后缓缓落下。

尽管对着眼前的美景,她脑子里却仍盘旋着今天团体里发生的点点滴滴。她想到托尼一改往日插科打诨的蠢样,一针见血地指出了菲利普对自己那些行为的一无所知,这是多么难得啊!她恨不得把当时那个场面录下来。托尼就像一颗未经雕琢的宝石,正一点一点地显露出他真正的光芒。那么托尼对她"爱之深,责之切"的评价呢?他们几位是否觉察到了她回应吉尔的那番话里"责"的分量已大大超过了"爱"?对着吉尔把心里话一吐为快真

[一] 普洛塞克(Prosecco),意大利知名的起泡白葡萄酒。——译者注

第二十七章

是一大乐事,只是想到这番话多少对他有点益处,那种畅快才稍稍减了几分。吉尔竟敢说她是"首席法官",好吧,至少他有胆量这么说,但他立马又试图用虚情假意的恭维来挽回那个局面。

她回忆起第一次见到吉尔时的情形,她想起自己当时是如何对他的外表一见倾心,那一身的肌肉是如何在背心和西装外套下鼓鼓胀胀,以及自己后来是如何迅速对他失望的,他胆小懦弱,总想费力讨好每一个人,还没完没了地抱怨罗丝。他的妻子罗丝是个性格冷淡、意志顽强、体重不足 45 千克的女人。她此刻应该很庆幸自己有先见之明才没有和这种酒鬼怀孕生子吧。

帕姆一生中遇到的失败男人不在少数,不消几次会谈,吉尔就被她列入了这张长长的名单里。最初是她的父亲。父亲由于受不了紧张激烈、充满竞争的律师工作,宁愿白白浪费他的法律学位,而选择在行政部门安稳度日,每天只是教秘书写写商业信函,最终连肺炎都战胜不了,还等不到领养老金就早早地去世了。接下来是亚伦,她高中时期那个满脸青春痘的胆小男朋友。他大学时为了能住在家里而放弃了名校斯沃斯莫尔学院[一],改去了离家最近的马里兰大学。还有弗拉基米尔,他曾经想娶她,却连终身教职都拿不到,只能一辈子当一名教英语作文的小讲师。再后来是她闪婚闪离的前夫厄尔,从他那头用希腊配方染发剂染过的头发,到他从 Cliff Notes[二] 的文学作品指南里背来的名著精解,浑身上下全是假货,然而他的那群女患者,当然也包括帕姆自己,都轻而易举就上了当。还有约翰,这个十足的懦夫,甚至都没有勇气走

[一] 斯沃斯莫尔学院(Swarthmore College),位于宾夕法尼亚州斯沃斯莫尔镇,美国最顶尖的文理学院之一。——译者注

[二] 一家出版社品牌,提供各类学习指南与参考。——译者注

出那段已死的婚姻来和她在一起。那么新进加入的维贾伊呢？好吧，既然邦妮和瑞贝卡喜欢，就让给她们好了！对于一个需要静修一整天才能从点早餐的压力中恢复过来的男人，她实在燃不起半点热情。

实际上，帕姆只是顺带地想到了这些人，真正让她无法释怀的是菲利普，这个目中无人的叔本华再世，像个傻子似的人模狗样地坐在那儿满嘴胡言。

晚饭后，帕姆踱到书架前，细细打量起自己那几本叔本华的藏书。她有一段时间曾修读哲学专业，还打算写一篇论文来论述叔本华对贝克特和纪德㊀的影响。她曾喜爱叔本华的散文，认为他是除尼采之外最有文采的哲学家。她曾钦佩他的才智、他的见识和他敢于挑战一切超自然信仰的勇气。然而，随着对叔本华本人了解的深入，她对他渐渐产生了极度的反感。她从书架上取下一本旧的散文全集，开始大声朗读他那篇题为《我们与他人的关系》(*Our Relation to Others*) 的文章中被她勾画过的重点段落。

- 在人际交往中获得优越感的唯一办法就是让自己看起来完全独立，不受支配。
- 唯有漠视别人才能赢得别人的尊重。
- 礼貌和友好能使人变得顺从和亲切；因此，礼貌之于人性，就好比温暖之于蜡制品一般。

㊀ 安德烈·纪德（Andre Gide, 1869—1951），法国作家，著有小说《背德者》《窄门》《田园交响曲》《伪币制造者》和散文诗集《人间食粮》等，1947年获诺贝尔文学奖。——译者注

第二十七章

　　此刻，她记起了自己为何如此厌恶叔本华。菲利普想当咨询师？一个以叔本华为榜样的人想当咨询师？朱利亚斯竟然答应当他的导师？一切都令人难以置信。

　　她又重读了一遍最后这句格言："礼貌之于人性，就好比温暖之于蜡制品一般。"哼，所以他以为我这块蜡被他捂一捂就软了，妄想着无端地恭维几句我对布伯的评述，或是假装绅士地为我让路，他过去所做的一切就都一笔勾销了。呸，去他的吧！

　　晚些时候，她舒服地泡在按摩浴缸里，听着一盘葛印卡诵经的磁带，试图让自己平静下来。葛印卡诵经的旋律犹如催眠曲般轻快，时断时续，节奏和音色也变幻莫测，常常能舒缓她的心情。她甚至一边泡澡一边尝试做了几分钟内观冥想，效果却大不如前。泡完澡，她迈出浴缸，对着镜子审视着自己，摆出一副撩人的姿势。对一个40岁的女人来说，这身材简直棒极了。

　　此时她脑海里又浮现出15年前初遇菲利普的情景。他坐在课桌上，漫不经心地把课程表发给走进教室的学生，冲她亮出了灿烂的笑容。那时的他风度翩翩，英俊潇洒，聪明过人，超凡脱俗，仿佛不受任何事物的干扰。当年的那个他到底经历了些什么？当年做爱时的情景还历历在目：他势不可挡，随心所欲，一把扯掉帕姆的内衣裤，重重的身躯压得她喘不过气来。不要自欺欺人了，帕姆，你爱死了这种感觉。他是一位对西方文化史有着惊人理解的学者，也是一位优秀的老师，没准是她遇到过的最好的老师，这就是她最初考虑读哲学专业的原因。不过，这些事情他永远不可能知道。

　　在思绪烦乱地发了一通无名火之后，她的情绪突然变得柔和而悲伤起来：朱利亚斯就要死了。这位值得她敬爱的人，此时生命垂危，却仍在坚持工作。他是怎么做到的？他如何能保持专注？朱利亚斯如何还能一如既往地关心别人？还有，菲利普这个混蛋竟然硬逼着他向大伙儿吐露心声。朱利亚斯对他是那么有耐心，千方百计地教导他。难道朱利亚斯看不出他不过是只夸夸其谈的空瓶子[⊖]吗？

她幻想着自己如何在朱利亚斯日渐虚弱的日子里照料他，她要为他准备一日三餐，用热毛巾为他擦洗全身，为他扑爽身粉、换床单，爬到他的床上，整宿将他抱在怀里。她感觉到最近整个团体的气氛有点怪异——朱利亚斯即将面临生命的终点，面对如此可怕的事情，这群人却还在一出接一出地上演着那些无聊的戏码。而要死的人竟然是朱利亚斯，实在太不公平了！想到这些，她的胸中燃起了一团怒火，然而这火又能向谁发呢？

帕姆关掉床头的阅读灯，在黑暗中静静等待安眠药起作用，突然体会到生活中新的混乱带来的一个好处：自己对约翰的强迫性幻想曾一度在内观修习时停止了，但离开印度后又卷土重来。如今那些幻想又不知不觉地消失了，也许这一次有望彻底消失，永不复返。

[⊖] 取自谚语"empty vessels make the loudest sound"，译为满瓶不响，半瓶咣当。表示一知半解或无知的人反而喜欢夸夸其谈。——译者注

THE
SCHOPENHAUER
CURE

第二十八章

所有的玫瑰都带刺，但带刺的未必都是玫瑰。

悲观主义的生活方式

叔本华二十几岁时就完成了他的重要作品《作为意志和表象的世界》。这本书于1818年出版，1844年再版，是一部具有惊人的广度和深度的作品，对逻辑学、伦理学、认识论、知觉理论、科学、数学、美学、艺术、诗歌、音乐、形而上学的必要性以及人与他人和自己之间的关系都进行了深入的观察，并展示了人类境况最悲观的几个方面，包括死亡、孤独、生命的无意义以及存在固有的痛苦。许多学者认为，除了柏拉图之外，没有任何一本哲学著作的贡献能胜过叔本华这本书。

叔本华也经常表达自己的心愿和期望，他希望自己能因这部伟大的作品而名垂青史。他在晚年时又出版了另一部重要著作，这是一套两卷本的哲学随笔和格言集，书名为 Parerga and Paralipomena，从希腊语翻译过来就是《附录与补遗》⊖。

叔本华生活的那个年代还没有诞生心理疗法，但他著作中的许多内容却与心理疗法息息相关。他的主要成就始于对康德理论的批判和扩展。康德认为人类永远无法认识到这个世界的真面目。那些所谓的现实都是我们自己构建的。他的这一深刻见解为哲学带来了重大革新。康德发现，我们获得的感官数据都会先通过神经器官的过滤并重新整合，从而形成一幅被我们认为是现实的画面，而实际上这只是一个幻象，一个经过我们的大脑定义和分类了的虚构产物。事实上，甚至连因果、次序、数量、空间和时间也都是大脑建构的概念化产物，而不是"外部世界"的实体。

⊖ 《附录与补遗》，叔本华著，1851年出版，是《作为意志和表象的世界》的补充与说明，以格言体写成。——译者注

第二十八章

此外，我们"看"不到大脑处理过的信息以外的任何事物，我们也无从知晓"真正的"外部世界，也就是在我们的感知和认知处理之前就存在的那个实体。至于那个原有的实体，即康德所称的"ding an sich"（德语，自在之物），我们将永远不得而知。

虽然叔本华赞同人类永远无法认识"自在之物"这一说法，但他认为我们可以比康德想象的更加接近它。在他看来，康德忽略了一个感知的（表象）世界的主要信息来源：我们的身体！身体是客观存在的物体，存在于时空当中。我们每个人对自己的身体都有极其丰富的知识，这些知识并不是由感知和认知器官获得的，而是直接来自我们的内心和感受。

我们通过自己的身体获得的通常都是无法被概念化和交流的知识，因为内在生命有一大部分是不为我们所知的。这个部分被抑制住且不被允许进入我们的意识，因为了解人类更深层次的本性（比如残忍、恐惧、嫉妒、性欲、攻击性、自私自利）会对我们造成难以承受的干扰。

这话听上去不陌生吧？是不是像极了弗洛伊德的那一套关于潜意识、原始过程、本我、压抑、自欺的陈词滥调？这些不都是精神分析领域的重要起源吗？但是请记住，叔本华的主要著作可是在弗洛伊德出生前40年就发表了。19世纪中期，当弗洛伊德和尼采都还在上学时，亚瑟·叔本华就早已是德国最具影响力的哲学家了。

我们当如何了解潜意识的力量？又如何能将其传达与他人呢？虽然无法将其概念化，但叔本华认为，我们可以体验它，并通过艺术直接而不用言语地将其表达出来。因此，他比任何一位哲学家都更注重艺术，尤其是音乐。

那么性呢？叔本华坚信性的感受在人类行为中起着至关重要的作用。在这一点上，他又当了一回无畏的先驱者。此前还没有哪位哲学家有过这样的洞见（或勇气）来描写性对我们内在生命的重要影响。

　　他又是如何看待宗教的呢？叔本华是第一个把自己的思想建立在无神论基础上的重要哲学家。他公然强烈地否认超自然现象，相反，他认为我们完全生活在空间和时间里，所有非物质的存在都是虚假和不必要的构想。尽管许多哲学家如霍布斯、休谟，甚至康德，可能都有不可知论㊀的倾向，但没有人胆敢明确地表示自己没有信仰。一方面是因为他们的生计全仰仗国家和他们所在的大学，因此，他们被禁止表达任何反宗教情绪。叔本华从未受雇于任何人，也不需要工作，因此可以随心所欲地在作品里表达自己的观点。正是出于同样的考虑，比他早一个半世纪的斯宾诺莎拒绝了一些地位崇高的大学职位，而选择继续当他的磨镜片工。

　　那么叔本华从他对身体的内在认识中得出了什么结论呢？在我们的体内，包括整个自然界中，都有一种永不间断、无法满足的原始生命力，他称之为意志。他写道："我们在生活的每一处都能看到代表着一切事物核心与'本质'的奋斗。"痛苦是什么？痛苦就是"意志和目标之间的道路上设置的障碍，它阻碍了这种奋斗"。那什么是快乐和幸福呢？"目标达成"即是幸福。

　　我们总在不断地渴望和索取。每个人从记事起，潜意识里就已经有了许多需求。我们不停地受着意志的驱使，一旦一个需求得到了满足，马上又会冒出另一个来，一个接着一个，直到生命结束。

㊀　与可知论相对，是一种哲学的认识论，认为除了感觉或现象之外，世界本身是无法认识的，并认为上帝存在与否是不可知的。——译者注

第二十八章

叔本华有时会援引伊克西翁[一]之轮或坦塔罗斯[二]的神话来描述人类生存的困境。伊克西翁贵为一国之君,由于对宙斯不忠,最终被绑在一个永远旋转的火轮上。公然违抗宙斯的坦塔罗斯由于狂妄自大而受到惩罚,从此要忍受一切诱惑且永远得不到满足。叔本华认为,人的一生永远围绕着需求与满足的转轴团团转。我们会因需要得到了满足就心满意足吗?呜呼哀哉,那也只是暂时的。无聊感会立刻就袭来,推动着我们继续旋转,这一次不是为了满足欲望,而是为了逃离无聊的恐惧。

工作、忧虑、辛劳和烦恼几乎占据了每个人的一生。但如果所有的欲望一出现就得到了满足,人们又将如何度过他们的生命和时间呢?设想人类都住到乌托邦里,那里的一切都是自动生长的,天上飞的是烤熟了的鸽子。在那里,每个人都能立刻找到心上人,并毫不费力地长期相处。于是,人们会因无聊而死或干脆上吊自杀,要不然就是自相残杀。这样一来,他们遭受的痛苦要比现在大自然加在他们身上的痛苦多得多。

无聊究竟有多可怕?为何我们要急于消除它?因为无聊会使你进入一种无干扰的状态,你很快就会发现关于生命里那些潜在的令人不快的真相,比如我们的渺小、我们毫无意义的存在,还

[一] 伊克西翁,希腊神话中的角色,因惹怒宙斯,被罚下地狱,缚在一个永远燃烧和转动的轮子上。伊克西翁之轮象征永恒的惩罚、无尽的折磨、万劫不复。——译者注

[二] 坦塔罗斯,希腊神话中宙斯之子,因侮辱众神被打入地狱,永远痛苦地受着折磨。后遂以其名喻指受折磨的人,以"坦塔罗斯的苦恼"喻指能够看到目标却永远达不到目标的痛苦。——译者注

有我们注定要走向衰弱与死亡的生命历程。

如此说来，人的一生除了在需求、满足、无聊、再度需求中无限循环之外，还能做些什么？是否所有的生命形式都是如此？叔本华说，人类的境况来得更糟，因为智力越发达，痛苦也会越强烈。

所以，这世上有快乐的人吗？人类究竟能不能得到快乐？叔本华的答案是否定的。

首先，人从来就不曾快乐，但终其一生都在追求自认为会带来快乐的事物。很少有人能实现这一目标，即便实现了也只会失望，因为生命之船终归是要沉的，而在此之前这艘船已被摧残得七零八落了。所以无论快乐还是痛苦，到头来都是一回事，因为生命不过是一个不断消逝的当下，而今一切都结束了。

生命的悲剧在于它不可避免的是一段下坡路，不仅残酷，而且完全变化无常。

我们就好比在牧场玩耍的羔羊，被屠夫看见了，就一只接着一只地被挑了去宰杀。正如我们在平安的日子里，全然不知将有什么灾祸会降临：疾病、迫害、贫困、残疾、失明、癫狂，还有死亡。

亚瑟·叔本华对人类处境的总结是否过于悲观，以至于他自己也因难以承受而陷入了绝望？或者正相反，是他的不快乐导致他认为人生是一件令人遗憾的事，最好从一开始就不要发生？亚瑟自己也意识到了这个难题，于是经常提醒我们（和他自己），情绪具有掩盖和歪曲认识的能力：当我们高兴时，便感觉全世界都在微笑；当我们悲伤时，整个世界也跟着阴郁起来。

THE
SCHOPENHAUER
CURE

第二十九章

我的作品并不是为大众而写……我把我的作品献给那些有思想的人，这些人无论在任何时代都是少有的异类，他们有着和我相同的感受。

朱利亚斯在这次会谈的一开始便说道:"我想继续我们上次的话题。"他的语气略显生硬,仿佛在宣读事先准备好的讲稿,匆匆忙忙地往下说道:"就像我认识的大多数治疗师一样,我对亲近的朋友非常坦率,对于我来说,想要找到一件像你们最近分享的那些赤裸裸的、从未跟人提起过的、一听就很刺激的秘密来公开并不容易。但有一件事我这辈子只跟人透露过一次,那是几年前对一位非常亲密的朋友说的。"

坐在朱利亚斯身边的帕姆一把按住了他的胳膊,插话道:"慢着,朱利亚斯。你没必要这么做,全是让菲利普给逼的。现在既然托尼已经揭穿了他说那些废话的动机,连菲利普本人也为自己的无理要求道了歉,我就不希望你再经历这些。"

其他人也表示赞同,纷纷指出朱利亚斯向来都在团体里分享他的感受,而菲利普的"我－你"约定分明是个圈套。

吉尔补充道:"最近发生的事让我越来越看不明白了。大家到这儿来都是为了得到帮助的。上周你们都看到了,我的生活简直一团糟。但据我所知,朱利亚斯你在男女关系方面并没有问题,所以这么做意义何在呢?"

"记得有一星期,"瑞贝卡嗓音清脆、一丝不苟地说,"你说我表露自己是为了给菲利普一份礼物。你说的并不全对,只说对了一部分。现在我意识到自己其实也想帮他抵挡一下帕姆的愤怒。不管怎样,我的重点是……我的重点是什么呢?我的重点是向大家坦白在拉斯维加斯发生的事对我来说疗效很好,说出来之后我整个人如释重负。但你在这儿是为了帮助我,而向我们表露你自己却一点也帮不到我。"

朱利亚斯很是吃惊,这个团体头一回奇怪地表现出如此强烈

第二十九章

的共识。但他觉得自己知道其中的原因。他说:"我感觉到了大家对我生病的关心,都一心想照顾我,不想给我压力,是吗?"

"也许吧,"帕姆说,"但对我来说,还有别的心思,我心里一直不想看到你扒自己的黑历史。"

朱利亚斯注意到其他人也表示赞同,于是说:"真是矛盾啊。自从进入这个领域以来,我就不断地听到患者们一致抱怨治疗师们太过冷漠,很少分享自己的个人生活。于是我就想,好啊,今天就来分享一下我的个人生活。你们却在这个时候联合起来反对说,'不要说,我们不想听'。这究竟是怎么回事?"

所有人都默不作声。

"你们希望我是完美无瑕的吗?"朱利亚斯问。

还是无人回应。"事情似乎有点进行不下去了,所以我今天要固执一回,偏要往下说,看看究竟会发生什么。故事发生在 10 年前我妻子去世的时候。我的妻子米里亚姆是我高中时的心上人,我在上医学院的时候同她结的婚,10 年前她在墨西哥的一场车祸中去世了。我整个人崩溃了。说实话,我不确定自己是否已经从那次可怕的事件中恢复过来。但令我惊讶的是,我的悲伤发生了奇怪的转变——我的性能力竟然有了明显的提高。我当时并不知道性欲的增强是面临死亡时的一种常见反应。从那时起,我才渐渐发现,原来许多悲痛的人性欲都很强。我曾与一些冠心病严重发作的男患者聊过,他们告诉我,当躺在救护车里被送往急诊室时,他们都曾抚摸过随车的女护工。极度悲伤的我开始对性越来越着迷,性需求相当强烈。当女性朋友们前来慰问,无论对方是已婚还是未婚,我会趁机占她们中一些人的便宜,其中一位还是米里亚姆的亲戚。"

房间里一片死寂。每个人都不安地回避着彼此的目光，有人则听着一只雀儿在窗外那棵日本枫树上尖声啁啾。多年来，朱利亚斯经常时不时地希望能有一位治疗师来与他共同带领一个团体。眼下的情形又使他产生了这个想法。

终于，托尼勉强地挤出了一句话："那么，你和那些朋友还有来往吗？"

"她们一个个都和我疏远了，渐渐从我生活中消失了。这些年，我偶然见过她们中的几位，但彼此都没有谈到那些事。毕竟太尴尬，太难以启齿了。"

"我很遗憾，朱利亚斯，"帕姆说，"关于你妻子的事，我从没听你说过，当然还包括那些……那些……关系。"

"我不知该对你说些什么，朱利亚斯。"邦妮说，"就是觉得很尴尬。"

"邦妮，那就多谈一谈你为何觉得尴尬吧。"朱利亚斯说。一边带领着团体还要一边为自己治疗，这份差事令他苦不堪言。

"嗯，这样的事以前从没有过。这是你第一次向大家展现自己的这一面。"

"继续。说说你什么感受？"

"我感到非常紧张。我想是因为这件事本身太暧昧了。如果是我们当中的任何一位，"她挥动着手臂说，"在团体里分享了他的痛苦，我们都知道该对他做些什么，我的意思是，即便不知道具体该怎么做，我们也会立刻做出回应。但这次的对象是你，我不知道……"

"没错，我们不清楚你为何要告诉我们这些，"托尼说着向前探了探身子，一双眼睛在浓密的眉毛下眯了起来，"请允许我学你

第二十九章

的方式向你提个问题。事实上,就是你上周刚提的问题。为何是现在?是因为你和菲利普的交换条件吗?在座的大多数人都反对你这么做,因为这个交换条件毫无意义。难不成你真的想解决那件事遗留的情感问题?我是说,你分享的理由并不明确。如果你想知道我个人的反应,那我对你所做的没有意见。实话实说,我对斯图尔特、吉尔和瑞贝卡也是同样的看法,我个人认为你们的所作所为都没什么大不了的。换作我,我也会那么做。你很寂寞,性冲动上来了,有女人主动来安慰你,你没有拒绝,于是皆大欢喜。她们没准儿也感觉很好。我说,我们一说到女人,都好像她们是迫于无奈或被利用,这说法实在很令人生气。一想到这个画面我就来气——男人向女人乞求一次半次性爱,而女人则坐在高高的宝座上,考虑着要不要施舍一点恩惠给我们。搞得好像她们都没有性冲动似的。"

帕姆用手去捂脸,那动静让托尼误以为她在拍自己的头,于是转过头去,发现瑞贝卡也用手捂着头。"好吧,好吧,或许我不该扯出后面这几句,只问那个问题就好了,为什么是现在?"

"问得好,托尼。谢谢你帮我进入这个话题。几分钟前我还在盼着能有个治疗师来帮我一把,你就及时顶上来了。你很擅长提问。心理治疗这个职业可能很适合你。想想看,为何是现在呢?这个问题我曾多次问过别人,自己却是头一回被问到。首先,我承认你说得对,不是因为我和菲利普的交换条件。然而,也不能说没有一点关系,因为他关于'我-你'关系的说法也不无道理。用菲利普的话来说就是,这个想法'并非一无是处'。"朱利亚斯笑着望向菲利普,菲利普却没有回以微笑。

朱利亚斯继续说道:"我想说的是,在真实的治疗关系中的确存在缺乏相互性的问题，这个问题很棘手。因此，我接受菲利普挑战的部分原因也是想解决这个问题。"

朱利亚斯此时希望得到一点回应。他觉得自己讲太久了。于是他向菲利普问道："我到目前为止说的这些，你感觉如何？"

菲利普猛地一回头，显然是被朱利亚斯的提问吓着了。考虑了一番之后，他说："在座的各位似乎都认为，我是那种主动向别人透露很多事的人。其实不然。因为团体里的某个人说出了她和我的一些经历，为了历史的准确性，我也只好说出我做了些什么。"

"能告诉我这跟我们的话题有什么关系吗？"托尼问道。

"就是！"斯图尔特说，"菲利普，你倒是说说什么叫准确性！首先，郑重声明，我就不认为你表露过自己。但现在我主要是想说，你根本就答非所问，和朱利亚斯问的你感受如何的问题一点关系也没有。"

菲利普看上去丝毫不在意。他接着说道："说得对。好的，回到朱利亚斯的问题上来。我想我被他的问题弄糊涂了，因为我没什么感受。他说的话并没有让我觉得有情绪反应的必要。"

"这个回答至少没有离题，"斯图尔特说，"你之前的回答完全是界外球。"

"我真是受够了你在这儿装疯卖傻！"帕姆恼怒地一拍大腿，冲菲利普厉声说道，"你连我的名字都不想提，我很生气！把我说成是'团体里的某个人'，简直是既无礼又低能。"

"你说的装疯卖傻是指我假装无知吗？"菲利普避开了帕姆愤怒的目光。

"谢天谢地！"邦妮说着举起了双臂，"第一次。你们俩终于第

第二十九章

一次承认了彼此的存在，而且真正有了对话。"

帕姆没有理睬邦妮的话，继续对菲利普说："说你装疯卖傻已经算抬举你了。你说朱利亚斯的话没什么可回应的。怎么会有人对朱利亚斯的话没反应呢？"帕姆气得眼睛直冒火。

"比如什么感受？"菲利普问，"你显然是替我设想好了应该感受到些什么。"

"你至少该感激他认真对待你和你提的那个自私的、麻木不仁的问题吧。至少该尊重他信守'我－你'关系的约定吧。或者该为他过去的经历感到难过吧。或者对他放纵性欲的事感到有兴趣甚至是认同吧。或者钦佩他尽管罹患癌症，还愿意为你，为我们所有人提供治疗吧。这些还仅仅是开始而已。"帕姆提高了音量说，"你怎么能没有一点感受呢？"帕姆说完便把目光从菲利普身上移开了，中断了两人的对话。

菲利普没有回答。他像佛陀一样一动不动地坐着，身体前倾，两眼直勾勾地盯着地板。

帕姆勃然大怒之后，全场再次一片沉寂。朱利亚斯思考着该如何使谈话继续下去。通常最好是等一等，不要着急去处理，就像他最喜欢的心理治疗格言之一所说的，"打铁勿趁热"。

朱利亚斯经常把治疗看作一系列的情绪激活与整合，他反思了今天丰富的情绪表达，也许真的太过丰富了，是时候去理解和整合一下了。他选择用迂回的方式，于是转向邦妮问道："那么，说说'谢天谢地'是怎么一回事吧。"

"你又在表演读心术了吗，朱利亚斯？你怎么这么厉害？我这会儿正在想刚才这句玩笑话，正后悔呢。我担心这句话用错地方了，听着像在讽刺。会吗？"她看了看帕姆，又看了看菲利普。

"我刚才倒不觉得,"帕姆说,"是啊,现在回想起来,确实有几分讽刺。"

"对不起,"邦妮说,"但当时的气氛就像个煮沸的压力锅,你和菲利普相互攻击,还句句拐弯抹角,我来句直接的感觉痛快多了。"她转向菲利普问道:"你呢?你讨厌我那么说吗?"

"抱歉。"菲利普仍然盯着地板,"我当时没注意,只注意到她眼睛里的怒火了。"

"哪个她?"托尼说。

"是帕姆。"他转向帕姆,那一瞬间,他的声音颤抖了,"是你,帕姆。"

"好的,伙计,"托尼说,"现在可以继续了。"

"你怕了吗,菲利普?"吉尔问道,"要接受她的评论可不容易,不是吗?"

"不,我一门心思想着如何不让她的眼神、话语和意见影响到我。我是说帕姆,你的话语和你的意见。"

"看来你我有共同之处啊,菲利普。"吉尔说,"你和我一样,咱们和帕姆都有过节。"

菲利普望着吉尔点了点头。也许是出于感激,朱利亚斯想。见菲利普似乎不打算再多说,朱利亚斯看了一圈,准备让更多的人加入讨论。他从不放过任何一个扩大互动范围的机会,就像'传道者'一样,他坚信参与互动的成员越多,团体治疗的效果就越好。他想让帕姆也参与进来,方才她冲菲利普的一顿怒斥仍余音绕梁。为此,他先从吉尔入手:"吉尔,你说接受帕姆的评论不容易……上星期你把帕姆比作首席法官,你能再说说为什么吗?"

"哦,那只是我自己的问题,我知道自己其实不确定也不擅长

第二十九章

做这种判断,但……"

朱利亚斯打断了他的话:"打住!我们先定格在这里,就这个瞬间。"说着他转向帕姆:"注意吉尔刚才说的话。你说你不想听或者无法听他说的话,是否与这个情况有关?"

"完全正确!"帕姆说,"这就是典型的吉尔。听着,吉尔,你刚才的意思就是'别管我要说什么,这不重要。我无足轻重,是我的问题。我不想冒犯你。别听我的就好了'。你这么做不但否定了自己的资格,还非常无聊,简直乏味透顶。天啊,吉尔!你有话要说吗?直接站起来说!"

"那么,吉尔,"朱利亚斯问道,"假如要你直截了当地说出来,不加任何开场白,你会怎么说?"他又使出了这招经典的假设问句。

"我会对她说……是对你说,帕姆……你就是那个让我害怕的法官。你对我评头论足,有你在场,我感觉浑身不自在……不,简直是吓坏了。"

"说得够直接,吉尔。这下我听进去了。"帕姆说。

"那么,帕姆,"朱利亚斯说,"这里有两个人,菲利普和吉尔,对你表示害怕。你对此有什么反应吗?"

"有啊,而且是一个大大的回应——'那是他们的问题'。"

"有没有可能问题也出在你身上呢?"瑞贝卡说,"或许你生活中的其他男人也有同感。"

"这一点我会考虑的。"

"有人想对最后这段交谈给点反馈吗?"朱利亚斯问。

"我觉得帕姆有点敷衍了事。"斯图尔特说。

"我同意。帕姆,我觉得你不会往这方面多想的。"邦妮说。

"是啊,你说得对极了。一想到瑞贝卡说她想保护菲利普不受我的怒火攻击,我到现在还耿耿于怀。"

"这种事原本就左右为难,对吧,帕姆?"朱利亚斯说,"就像你刚才说吉尔的那样,你看重的是真实不掺假的反馈。然而,当你听到这样的反馈时,哎哟,又感觉很受伤。"

"说得没错,所以,也许我并不像外表看来那么坚强。而且,瑞贝卡,那句话真的伤到我了。"

瑞贝卡说:"对不起,帕姆,我没想过要伤害你。支持菲利普并不等于要攻击你。"

朱利亚斯等待着,一边思考该往哪个方向引导这群人。他有很多选择。目前,帕姆的愤怒和主观批判性正在被公开讨论。其他人呢,比如托尼和斯图尔特?他们的问题解决了吗?帕姆和瑞贝卡的暗中较劲尚未解决。又或者该来解决一下刚才说到一半的邦妮和她的讽刺发言?还是要更关注帕姆对菲利普的大发雷霆呢?朱利亚斯明白,最好要有耐心,太急于求成往往会出错。仅仅几次会谈,他俩的关系就明显有所缓和。或许他们今天都说得够多了,但这实在很难判断,菲利普几乎没怎么说话。然而接下来,令朱利亚斯感到诧异的是,话题居然转向了完全出乎他意料的方向。

"朱利亚斯,"托尼说道,"我一直在想你今天说的那件事,大家的反应你接受吗?"

"唔,我们也没聊得很深。让我想想刚才都发生了什么。你告诉了我你的感受,帕姆也谈了,接着她便和菲利普起了争执,责怪他对我的坦白毫无感觉。然后,托尼,我还没有认真地回答你'为何是现在'的问题。让我回到这个问题上好好说一说吧。"朱

第二十九章

利亚斯花了点时间来整理思绪,他强烈地认识到自己,或者说是所有治疗师的自我表露都有着双重意义:一是为自己有所收获,二是为成员们立个榜样。

"我可以告诉你们,我不会因为你们阻止就不敢说出自己的所作所为。我的意思是,这里几乎每个人都想阻止我,但我的'牛脾气'上来了,就非得说出来不可。这对我来说很不寻常,我不确定自己是否完全了解,但这里面有些东西很重要。托尼,你问我是在请求帮助,还是在请求原谅。不,不是这样的。我早在几年前就原谅自己了,我曾花数年的时间在朋友和一位心理医生的帮助下解决了这个问题。我可以很肯定地告诉你们:在过去,我指的是在我患上黑色素瘤之前,我是绝不会在团体里说出这件事的,想都别想。"

"在我患黑色素瘤之前,"朱利亚斯继续说道,"这才是关键。我们都是被判了死刑的人,我知道你们得知这个消息后都待我很好,但经历了自己的死期被盖章认定之后,我确实开始关注并思考这件事。黑色素瘤给了我一种奇怪的解脱感,这与我今天的自我表露有很大关系。也许这就是为什么我一直渴望有一个治疗师搭档,一个客观的人,来确保我此后仍可以继续为大家提供最好的治疗。"

朱利亚斯停了一会儿,又补充道:"我注意到之前我评价大家对我的关照的时候,没人做出回应。"

沉默了片刻之后,朱利亚斯又补充道:"看来你们还是不打算说。你瞧,这就是为何我总觉得咱们还缺一个协同治疗师。我一直认为,如果有什么大事没被讨论的话,那么其他一切重要的事情就都得不到解决。我的工作是排除障碍,所以我最不希望看到自己变成一个障碍。如今，我很难作为自己的旁观者，但我觉得你们都在回避我，或者这么说吧，你们是在回避我的绝症。"

邦妮说："我倒是很想谈谈你的遭遇，但又不想增加你的痛苦。"

其余人都表示赞同。

"对，你说到了点子上。现在仔细听我下面的话。只有一件事能伤害到我，那就是你们把自己和我隔绝开来。和一个身患绝症的人交谈很困难——这一点我知道。大家都小心翼翼地，不知该说什么。"

"说的就是我，"托尼说，"我虽然不知道该说什么，但我会尽力支持你。"

"我能感觉得到，托尼。"

菲利普说："人们害怕与受病痛折磨的人的接触，难道不是因为他们不愿面对我们每个人都将面临的死亡吗？"

朱利亚斯点点头说："这句话很重要，菲利普。让我们来检验一下。"这句话若是从其他人口中说出来，朱利亚斯一定会问他们是否在表达自己的感受。然而，就目前来看，他只想对菲利普的得体表现表示支持。他扫视了一下众人，等待着有人回应。

邦妮第一个回应："也许菲利普的话有点道理，因为我最近做过几次噩梦，老梦见有什么东西要杀我，接着我又做了上回说的那个噩梦——我想赶上那列快要散架的火车。"

"我知道自己心里面不是一般的害怕。"斯图尔特说，"我的一个网球球友是皮肤科医生。就在上个月，我已经两次让他为我检查一处皮肤损伤了，满脑子想的都是黑色素瘤。"

"朱利亚斯，"帕姆说，"自从你告诉我你患了黑色素瘤之后，

第二十九章

我就一直牵挂着你。人们总说我对男人很严厉,但你是个例外,你是我认识的最好的男人。没错,我的确很想保护你,尤其是在菲利普让你为难的时候。我从过去到现在都一直觉得他冷酷无情、麻木不仁。至于我是否更加意识到自己的死亡——嗯,也许吧,我也不知道。我只知道自己正在寻找安慰你的方法。昨晚我读了一些有趣的东西,在纳博科夫[①]的回忆录《说吧,记忆》(Speak, Memory)中有一段,把生命描述为稍纵即逝的火花,两头各有一个完全相同的黑暗之池,一个是我们出生前的黑暗,另一个则代表死后的黑暗。奇怪的是,我们如此关注后者,却对前者知之甚少。读到这句话,我莫名地觉得安慰,于是立刻把它标记出来,准备送给你。"

"这真是不错的礼物,帕姆。谢谢你!这个想法很不寻常,而且的确很令人安慰,尽管我也说不出是为什么。我更喜欢出生前的那个池子——它似乎更友好一些,也许是我从中看到了希望,看到了未来的各种可能。"

"这种想法也曾使叔本华感到安慰。"菲利普说,"顺便提一句,纳博科夫的这个说法无疑是取自叔本华的。叔本华说,我们死后将是我们出生前的样子,然后继续证明,存在不止一种虚无是不可能的。"

还未等朱利亚斯回答,帕姆就怒视着菲利普,厉声回答道:"这就是个现成的完美示例,证明你想成为咨询师这件事简直是天大的笑话。我们此刻正在温柔地交流感情,而你眼里却只有归因的准确性。你认为叔本华曾说过类似的话。真了不起啊!"

[①] 弗拉基米尔·纳博科夫(Vladimir Nabokov,1899—1977),俄裔美籍作家,著有小说《洛丽塔》。

菲利普闭上眼睛，竟然开始背诵起来："'人们很惊讶地发现，过了无数千万年以后自己突然存在了！然后，经过短暂的一段时间以后，自己又将回到那同样漫长时间的非存在'。㊀我已经背下了很多叔本华语录，以上就是他题为'存在虚无说的补充说明'的随笔的第三段。你还觉得那仅仅是类似吗？"

"孩子们，孩子们，你们俩别闹了。"邦妮尖声叫道。

"邦妮，你越来越放得开了。我喜欢。"托尼说。

"还有别的感受吗，各位？"朱利亚斯问。

"我可不想卷入这场交火，眼看着大炮都要被推出来了。"吉尔说。

"是啊，"斯图尔特说，"他们俩一有机会就互相攻击。一边的菲利普非要用叔本华的话来评论别人不可，另一边的帕姆则不放过任何机会损菲利普是个天大的笑话。"

"我可没说他是个天大的笑话，我说的是……"

"算了吧，帕姆，你太吹毛求疵了。你知道我指的是什么。"斯图尔特毫不松口，"不管怎么说，为纳博科夫的一句话发那么大的火也太过分了，帕姆。你诋毁他心目中的英雄，却又称赞那个借用叔本华观点的人。菲利普纠正了你，这有什么不妥吗？他指出是叔本华先提出这个看法的，这有什么大不了的？"

"我必须说两句。"托尼说，"我还和往常一样不认识你们口中的这些家伙，至少没听过这位纳波……诺波什么的？"

"是纳博科夫，"帕姆说，她只对托尼用过这么柔和的声音，"他是一位伟大的俄裔作家。你应该听说过他的小说《洛丽塔》。"

㊀ 译文出自《叔本华思想随笔》，叔本华著，韦启昌译。——译者注

第二十九章

"对呀,我看过这本书。唉,这样的谈话会让我陷入一个恶性循环——不明白你们在说什么会让我觉得自己很蠢,于是我就闭嘴,可这样一来就会变得更蠢。我必须大胆说出来,才能打破这种循环。"他转向朱利亚斯说道,"所以,你刚才不是问我们感受吗?这就是我的感受之一——愚蠢。至于另一个感受,当菲利普说'你还觉得那仅仅是类似吗',我瞬间瞥了一眼他的牙齿——真叫一个锋利啊。还有一些感受是针对帕姆的。"托尼转过身来面对着帕姆说:"帕姆,咱俩是好朋友,我真的很喜欢你,但我还是要说——我肯定不会自讨苦吃去得罪你。"

"我听到了。"帕姆说。

"还有,还有……"托尼说,"我忘了说一件最重要的事。我们一晚上争来争去的已经严重跑题了。朱利亚斯,我们方才讨论的是大家是如何保护或避开你的。说着说着,帕姆和菲利普就一下子把我们带偏了。难不成我们又在躲避你?"

"我现在倒不这么觉得。当我们像现在这样亲密地交谈时,从不会只停留在一个话题上。我们的思路会不断地引出新的话题。顺便说一句,"朱利亚斯转向菲利普说道,"我故意用了亲密这个词。我认为你的愤怒恰恰是亲密的表现,这也是你让我们见证的第一次突破。我想你是因为太在乎帕姆,才对她生气的。"

朱利亚斯知道菲利普不会主动回答,便用胳膊肘推了他一下,提醒道:"菲利普?"

菲利普摇了摇头,答道:"我不知该如何评价你的假设。但我想说点别的。我承认自己和帕姆一样,一直在寻找安慰你的方法,或者至少可以跟你聊聊相关的事情。我一直遵循叔本华的做法,每天睡前都阅读爱比克泰德的文章或《奥义书》。"菲利普朝托尼看了一眼说,"爱比克泰德是一个公元2世纪的罗马哲学家,《奥义书》是一部古老而神圣的印度哲学典籍。有一天晚上我读到一段爱比克泰德的文章,觉得可能有价值,就复印了几份。我把它从拉丁文大概地翻译成了现代白话文。"菲利普伸手从公文包里掏出一些稿子发给了每一个人,然后闭上眼睛,凭记忆背诵了以下这段话:

当你在海上航行时,船抛锚停靠在岸边,你外出去打水,顺便捡一些树根和贝壳。但你必须时刻关注那艘船,并时时环顾四周,以免船的主人随时召唤,你必须听从他的召唤,丢弃所有这些东西及时返回,以免像羊一样被五花大绑地扔进船舱。

人的生命也是如此。如果拥有的是妻子和孩子,而不是贝壳和树根,本没有什么可以阻止我们带走他们。但一旦船主召唤,你们就要立刻往船上跑,撇下所有的东西,也不要向后看。你若年纪老迈,任何时候都不要离船太远,以免船主召唤时,你还没预备好。

菲利普背诵完毕,伸出双臂,仿佛在说:"就是这样。"

所有人研读了这篇文章,都觉得很困惑。斯图尔特打破了沉默,他说:"我试过了,但是菲利普,我还是不明白,这对朱利亚斯或者我们有什么价值呢?"

这时,朱利亚斯指着他的表说:"很抱歉,我们没时间了。但是,请允许我再说明一点。我经常从两个不同的角度来看待一句话或一个行为,就是分别看它的内容和过程。我所说的过程是指它所体现的涉事各方之间的关系是什么性质。斯图尔特,我也和

第二十九章

你一样不明白菲利普的意思。我得研究一下,也许这段话的内容可以在下次会谈时讨论。但我对这个过程有所了解。我所知道的就是,菲利普,你和帕姆一样一直牵挂着我,想送我一件礼物,你也着实尽力了,不仅把文章背下来,还复印了好几份。至于它的意义何在呢?它必定是反映了你对我的关心。至于我是怎么想的呢?我很感动,也很感激,我期待有朝一日你能用自己的话来表达你的关心。"

THE
SCHOPENHAUER
CURE

第三十章

可以把人生比之于一幅刺绣品：处于人生前半段的人看到的是刺绣品的正面，而到了人生后半部分的人，看到了刺绣品的背面。刺绣品的背面并不那么美丽，但给人以教益，因为它使人明白地看到刺绣品的总体针线。㊀

㊀ 译文出自《人生的智慧》，叔本华著，韦启昌译。——译者注

第三十章

会谈结束后大家陆续离开，朱利亚斯看着他们从前门的楼梯走到街上。这群人并没有跑向各自停在路边的车，而是继续成群结队地走在一起，显然是又要去咖啡店小聚。噢，他多么想随手抄起他的风衣，飞奔下楼去加入他们。但他知道，那样的生活不属于他，于是他慢慢地穿过前厅走向他办公室的电脑，准备做一下今天的会谈记录。忽然，他改变了主意，折回会客室，拿出烟斗，陶醉在土耳其烟草浓郁的芳香中。他这么做不为别的，只为能多享受几分钟团体会谈的余温。

今晚的会谈和最近的三四次一样，都相当精彩。在烟草的氤氲中，他的思绪又回到了很久以前他带领的那个乳腺癌患者团体。据当时的成员描述，在克服了知道自己即将真正面对死亡的恐慌之后，会有一段被他们称为"黄金时期"的日子。他们时常把这段日子挂在嘴边，一些人说，罹患癌症让他们变得更聪明、更有自我意识了；而另一些人则对生活中的大小事情重新排了序，内心变得更强大，学会了拒绝那些对他们来说不再重要的事物，只接受自己真正重视的人和事，比如关爱家人和朋友，欣赏周遭的美好事物和品味四季的更替。许多人慨叹不迭，直到身体被癌症折磨得千疮百孔了才学会如何生活，这是何等的遗憾啊！

他们的改变是如此的戏剧化，有位患者甚至宣称"癌症能治愈神经官能症"。朱利亚斯曾好几次故意只向学生描述这些患者的心理变化，由他们来猜测究竟是何种治疗产生的效果。当学生们发现造成这些改变的不是药物或任何治疗方法而是与死亡的正面交锋时，都感到十分震惊。朱利亚斯很感激这些患者。此刻在他最需要帮助的时候，他们便是他的榜样，只可惜已无法说与他们知道。他提醒自己，要好好生活，要相信自己也能像他们那样，尽管不自知，却在不知不觉中惠及了他人。

你目前对自己的癌症应付得来吗？他开始自问自答。对于恐慌阶段我太了解了，谢天谢地，现在总算是过了这个阶段。我只是偶尔一两次凌晨3点钟还会感到莫名的一阵恐慌，那种感觉既无法形容也无从分析，除了吃点安定片静待天亮，或泡个放松身心的热水澡，别无他法。

可是，我变了吗？变聪明了吗？他心想。我的黄金时期到来了吗？我好像更了解自身的感受了，也许这就是成长。我觉得，不，我确信自己在治疗方面有了进步，至少一双耳朵变得更敏锐了。是的，我这个治疗师绝对和以前大不相同了。在患上黑色素瘤之前，我还从未说过自己爱上了团体。我做梦都没想过要袒露自己生活中这些私密的细节，比如米里亚姆的死和我居然利用这个机会来纵欲。今天竟忍不住固执地要向大家坦白（想到这儿，朱利亚斯诧异地摇了摇头），这才是真正值得思考的，他想。我感到有一股力量在推动着我，使我违背一切常理，也违背了自己所受的训练和平时的教学。

有件事是可以肯定的，他们并不想听我说这些，简直可以说是极力反抗！他们拒绝看到我有任何瑕疵或阴暗面。但是，一旦我把这些都表现出来，事态就起了微妙的变化。托尼完全变了个人！他表现得像一个经验丰富的治疗师，询问我是否对小组的反应满意，试图将我的行为合理化，并一再追问我"为何现在说"。他表现得好极了。我几乎可以想象他会在我离开后继续带领这个团体。一个大学辍学且坐过牢的人成了一名治疗师，多么了不起的一件事。至于其他几位，吉尔、斯图尔特和帕姆，他们也不差，不仅关心我，还使团体一直保持专注。荣格说，只有受伤的医治

第三十章

者才能真正地治愈患者，他这句话或许还有其他的含义，但构成一个治疗师向自己的患者袒露自身弱点的最佳理由就是，他的患者很有可能由此磨炼出一套治疗的本领。

朱利亚斯又漫步穿过大厅来到他的办公室，继续回味着今晚的会谈。吉尔今天终于显山露水了！他称帕姆为"首席法官"，这个比喻再准确不过了。我必须帮帕姆吸收这些反馈。这件事充分说明了吉尔的眼力比我敏锐。长久以来，我都因为太喜欢帕姆而忽略了她的病状，大概正是这个原因使得我无法帮助她摆脱对约翰的强迫幻想。

朱利亚斯打开电脑，进入了一个被命名为"短故事情节"的文件夹，这个文件夹里装着他此生未竟的事业——成为一名真正的作家。朱利亚斯已然是优秀的、贡献卓越的专业作家了，已出版了两本书并发表了上百篇精神病学文章，但他渴望文学创作，几十年来，他不断地通过想象和工作实践收集了不少短篇故事的情节。虽然已动笔写了几篇，但始终没有时间，也没有勇气去完成和发表任何作品。

在浏览文件列表时，他点开了"受害者直面敌人"这一篇，认真阅读了其中的两个情节。第一个故事发生在一艘驶离土耳其海岸的豪华游轮上。一位精神科医生走进船上的赌场，穿过烟雾弥漫的房间，他看到了一位从前的患者，这个骗子曾经从他身上骗走了7.5万美元。第二个故事讲的是一名女律师，她被指派为一名被指控强奸的罪犯进行无偿辩护。第一次到狱中面谈，她便怀疑此人就是10年前强奸她的那个人。

他又加入了一个新的故事："在一个治疗团体中，一名女子邂逅了一名男子，此人多年前曾是她的老师，并玩弄过她的感情。"

这会是一个不错的故事，文学潜力很大，朱利亚斯心想。尽管他知道自己永远不可能把它写出来。这其中还涉及一些伦理问题，他需要得到帕姆和菲利普的许可。况且，要完成这个故事并发表至少需要10年，他哪里还有10年的时间啊。他转念一想，这个故事对心理治疗也很有帮助。他确信，只要他们俩都能留在团体里，并忍受得住揭开旧伤疤的痛苦，这个故事就一定能产生积极的效果。

朱利亚斯拿起菲利普翻译的那篇船上乘客的故事，又重读了几遍，试图读懂其中的意义或相关性，但最终还是无奈地摇了摇头。菲利普把这句话当作安慰送给他，可是安慰究竟何在呢？

THE
SCHOPENHAUER
CURE

第三十一章

即使没什么特别的缘由,我也总是忧心忡忡,明明毫无危险,却总是去寻找并发现各种危险;这种焦虑感导致我把极小的烦恼无限放大,使我很难与人交往。

亚瑟的生活

　　亚瑟获得博士学位以后先是住在柏林,接着又在德累斯顿㊀、慕尼黑和曼海姆㊁待了一段时间。之后,为了躲避四处蔓延的霍乱,他决定定居法兰克福。在亚瑟生命的后 30 年里,除了一些当天来回的短途旅行之外,他一步也没离开过法兰克福。他没有薪水,住在租来的房子里,没家、没老婆、没亲人,连个亲密的朋友都没有。他没有社交圈,没有熟识的朋友,更没有半点社群意识——事实上,他经常成为当地人嘲笑的对象。直到他生命的最后几年,他都默默无闻,没有读者,也没有写作的收入。由于社交甚少,他那寥寥无几的信件也大多是关于业务上的事。

　　尽管他几乎没什么朋友,但由于他的哲学著作都带有惊人的个人色彩,我们对他个人生活的了解仍超过了大多数哲学家。例如他的代表作之一《作为意志和表象的世界》,在序言开头的几段中,他就对这篇哲学论著做了不同寻常的个人注解。清雅明快的散文体表述让人一下就看出了他想与读者面对面交流的渴望。他首先指导读者如何读他的书,先是建议至少要耐心地读两遍;接着,又敦促读者先读他的前一本书《论充足理由律的四重根》,因为它相当于这本书的导论,并向读者保证,他们一定会对此建议非常感激。接着他又说,如果读者事先熟悉康德和柏拉图的伟大著作,看这本书会更有收获。他指出自己发现了康德的严重错误并在附录中对此进行了讨论,因此这部分内容也应该先读。最后,他又指出,那些熟悉《奥义书》的读者才最有可能领会他这本书

㊀ 德累斯顿(Dresden),德国东部重要的文化、政治和经济中心。——译者注
㊁ 曼海姆(Mannheim),德国城市。——译者注

第三十一章

的内容。在文章的结尾，他客观正确地评论道：读者定会越看越对他的狂妄自大和这些得寸进尺、费力费时的要求感到生气和不耐烦。这么一位极具个人色彩的哲学作家竟然过着如此没有人情味的生活，真乃奇事一桩啊！

除了在作品中插入一些个人推荐，叔本华还在一篇以希腊文"Ειζεαυτον"（意为关于自己）命名的自传式文章中透露了许多个人信息。这篇手稿自始至终充满了神秘感，引发了不小的争议。这个离奇的故事是这样的：

晚年的亚瑟身边聚集了一小群狂热的追随者，或者说是"传道者"，他虽然容忍他们，但既不重视也不喜欢他们。这帮人经常听他说起《关于自己》这一本自传式的日记，在过去的30年里，他一直在里面记录着对自己的观察。然而，在他死后，却发生了一件奇怪的事情——《关于自己》的手稿竟无处可寻。在一番搜寻无果之后，叔本华的追随者们只好向他的遗嘱执行人威廉·格温纳追讨文稿的下落。他们最终被告知《关于自己》这部手稿已不复存在了，因为遵照叔本华的指示，在他死后要立即将手稿烧毁。

然而，就在不久之后，这位威廉·格温纳就写出了第一部亚瑟·叔本华的传记。叔本华的"传道者"们一口咬定这部传记中有多处内容是直接或间接地引自《关于自己》这部手稿。难道格温纳在烧毁手稿之前将其复制了一份？或者手稿根本就不曾被烧毁，而是被他盗用来写成这部传记了？这场争议持续了几十年，最终，由另一位研究叔本华的学者通过格温纳的传记和叔本华的其他作品将其复原成一篇长达47页的文章，以"Ειζεαυτον"为题，并随着那套四册丛书《未发表的遗作》一起出版了。因此，在阅读《关于自己》时，读者会奇怪地发现，每一段文字的后面都跟着长篇累牍的出处说明,其篇幅大多比文章内容还要长。

为何亚瑟·叔本华从未有过正式的工作?亚瑟为了在大学里谋得一个职位而采取了自杀式的策略,这是被收录在每一本叔本华传记中的又一件离奇逸事。1820年,时年32岁的叔本华获得了他的第一份教学工作——作为一名编外讲师在柏林大学教哲学,这是一份薪水很低的临时工作。他做什么不好,偏偏要立即把他那门名为《世界本质》的课故意安排在与格奥尔格·威廉·黑格尔同一时间授课。而黑格尔当时是他的系主任,也是那个时期最知名的哲学家。

结果可想而知,200名学生热切地涌入黑格尔的课堂,只有5名学生来听叔本华的课。他在课上把自己描述成一个复仇者,力求把后康德时期的哲学从空洞的悖论和当代哲学腐朽晦涩的语言中解放出来。叔本华剑指的目标正是黑格尔以及黑格尔的前辈费希特(还记得吗?就是那位牧鹅人出身,为了寻访康德而走遍整个欧洲的哲学家),这在当时已不是什么秘密。显然,叔本华的所作所为很令黑格尔和其他教职工反感。到了下一个学期,当叔本华发现没有一个学生选修他的课时,他短暂而任性的学术生涯也就此结束了。此后,他再也没有做过任何公开讲学。

直到1860年去世前,叔本华在法兰克福生活的这30年里,始终坚持有规律的作息,其严格精准的程度几乎不亚于康德。他每日必先完成3个小时的写作,然后吹奏1～2个小时的长笛。他坚持每天在冰冷的美因河水中游泳,即使是寒冬腊月,也很少偷懒。他总在一家名为"Englischer Hof"(德语,意为英吉利饭店)的俱乐部吃午餐。每回外出用餐都穿着燕尾服,打着白色领带,这身装束在他年轻时非常时尚,但在19世纪中期的法兰克福却明

第三十一章

显过时了。任何人好奇想见见这位脾气古怪的哲学家,都会去这家午餐俱乐部碰碰运气。

关于叔本华在这家午餐俱乐部的逸事数不胜数:他有着惊人的胃口,常一人吃下两人份的食物(每当有人对此有微词,他便回应说自己动的脑也是两人份的);为了确保没有人坐在他旁边,他常常付两人份的饭钱;他言语粗鲁却极富洞察力地交谈;他经常大发雷霆;他将自己拒绝与之交谈的人列入黑名单;他喜欢讨论一些不合时宜的话题,常常语惊四座——例如,他大大称赞了一项科学新发现,这项发现教他在性交后将阴茎浸入稀释的漂白粉溶液中,以防感染性病。

虽然他喜欢严肃的谈话,却少有那种他认为值得花时间一起吃饭的人。有一段时间,他经常在坐下的时候把一枚金币放在桌上,离开时再把它带走。一位经常和他同桌吃饭的军官曾询问他此举的目的,叔本华回答说,如果哪天他听到军官们不再张口闭口都是他们的马、狗或女人,而是进行严肃的谈话,他就捐出这枚金币给穷人。用餐时,他会称呼自己的贵宾犬阿特曼[⊖]为"先生",一旦阿特曼行为不端,他便喊它"你这个人类!"来教训它。

关于他的机智,还有许多奇闻逸事被人津津乐道。有一回,一位用餐者问了他一个问题,他随口应了一句"我不知道"。年轻人说:"呵,我还以为像你这样的圣贤应当无所不知呢!"叔本华回答道:"不,知识是有限的,唯有愚蠢才是无限的!"但凡被女人提问或是被问到关于女人或婚姻的问题,叔本华的回答总是尖酸刻薄。他有一次被迫和一位非常"健谈"的女士为伴,这位女士详细地描述了自己婚姻的痛苦,他全程耐心倾听。当被问到能

[⊖] 原文为"Atman",梵语,音译为阿特曼,意为"自我、精神"。——译者注

否理解她时,叔本华回答道:"不,但我确实能理解你的丈夫。"

还有一篇文章记载了叔本华被问到是否打算结婚时的一段对话:

"我不想结婚,因为婚姻只会使我烦恼。"

"为什么会这样呢?"

"我会嫉妒,因为妻子会给我戴绿帽子。"

"你为何如此肯定?"

"因为我活该如此。"

"这又是为何?"

"因为我结婚了呀。"

他对医生也有过同样尖刻的评价。他曾说过医生都能写两种不同的书法:开处方时潦草到让人看不懂,开账单时却工整清晰生怕你看不懂。

1846年,一位作家在午餐时拜访了58岁的叔本华,他是这样描述叔本华的:

> 他体格很好……一向穿着得体,但都是过时的剪裁……中等身材,一头银色的短发……一双有趣的聪慧过人的蓝眼睛……他看似性格内向,一旦开口说话,就暴露出古怪的天性,这一点从他每天对同桌吃饭的人说一大堆损人的讽刺就能看出来。就这样,这位诙谐幽默却满腹牢骚、脾气粗暴却也无伤大雅的午餐伙伴,反过来也成了那些普通人的笑柄,他们经常对他开一些没有恶意的玩笑。

午饭后,叔本华习惯走很长的一段路,经常是一边散步一边出声地自言自语或是和他的狗说话,常引来孩子们的阵阵嘲笑。

第三十一章

到了晚上,他总是一个人待在屋里看书,从不接待任何客人。他在法兰克福的这段日子里没有交往过任何女性。1831 年,43 岁的他在那篇《关于自己》的文章中写道:"只有独身生活才能冒险不去工作而仅靠微薄的收入过日子。"

自从 31 岁那年与母亲决裂后,亚瑟就再没和母亲见过面。但 12 年后,也就是 1831 年,他们又开始偶尔通几封不带私人感情的信件,直至 1835 年母亲去世。有一回,他生病了,母亲罕见地在信中加了一句私人建议:"吾儿,你闷在房里两个月,一个人也不见,这样很不好,我很是难过。一个人不能也不应该总那样孤立自己。"

亚瑟同妹妹阿黛尔之间偶尔会有书信往来。在信中,阿黛尔一次又一次地试图与哥哥亲近,并保证自己绝不会对他提出任何要求,亚瑟却一再退缩。阿黛尔一生未婚,生活在极度的绝望之中。当亚瑟写信告诉她自己为躲避霍乱已搬离柏林时,她回信说,她反倒希望自己能得霍乱,因为可以借此结束她的痛苦。亚瑟非但无动于衷,还更加疏远她了,完全拒绝了解她的生活和抑郁。亚瑟离开家后,他们只在 1840 年见过一次面,那是一次短暂而不愉快的会面,9 年后阿黛尔便去世了。

叔本华一生都为钱所困。母亲把她仅有的一小笔遗产留给了阿黛尔,而阿黛尔去世时几乎没有留下任何东西。他试图从事翻译的工作,但没有成功。直到生命的最后几年,他的书既卖不出去,也没有得到出版界的评价。

简而言之,亚瑟的生活毫无安逸与回报可言,而这些恰恰都是在当时的文化环境中让他得以保持平衡甚至生存所必需的。那么,他是如何做到的呢?他付出了怎样的代价呢?我们将会看到,这些就是他在《关于自己》里吐露的秘密。

THE
SCHOPENHAUER
CURE

第三十二章

阅读我的同类留下的不朽作品和思想是我人生最大的乐趣。如果没有书，我早就绝望了。

第三十二章

接下来的那一周,朱利亚斯一走进团体活动室,就看到了奇怪的一幕。成员们个个四仰八叉地瘫在座位上,聚精会神地研究着菲利普上周分享的那篇寓言。斯图尔特把复印件固定在剪贴板上,边读边在下面画线。托尼忘了带自己的那份材料,正站在帕姆身后和她一起看。

瑞贝卡语带嗔怒地首先发言:"我已经非常认真地读了这篇文章。"她拿起菲利普上周发的材料,然后把它们对折后塞进包里说:"我在这上面花的时间已经够多了,菲利普,事实上是浪费了太多时间。现在,我希望你能向我、大家以及朱利亚斯揭晓一下你分享这段文字的意义。"

"我想,要是全班先讨论一下,练习的效果会更好。"菲利普回答道。

"全班?听着像是在给我们布置作业啊。你就是这么做心理咨询的吗,菲利普?"瑞贝卡一边问,一边用力地合上手提包,"你以为自己是课堂上的老师吗?我来这儿可不是为了这个,我是来接受治疗,不是来接受什么成人教育的。"

菲利普没有留意到瑞贝卡此时的愤怒,顾自回答道:"教育和治疗之间顶多只有一个模糊的界限。希腊哲学家们,如苏格拉底、柏拉图、亚里士多德、斯多葛学派和伊壁鸠鲁学派都认为教育和理性是人类战胜痛苦的必要工具。大多数哲学顾问认为教育是治疗的基础。这一切几乎都要归功于莱布尼茨[○]的那句座右铭'caritas sapientis',意思是'智慧与仁爱'。"菲利普不忘回头对

[○] 戈特弗里德·威廉·莱布尼茨(Gottfried Wilhelm Leibniz, 1646—1716),德国哲学家、数学家,历史上少见的通才,被誉为17世纪的亚里士多德。——译者注

托尼解释道:"莱布尼茨是 17 世纪的德国哲学家。"

"我觉得这既乏味又自以为是。"帕姆说,"你打着帮助朱利亚斯的幌子……"她忽然把声音提高了八度,"菲利普,我在跟你说话呢……"原本平静地凝视着天花板的菲利普一下子坐直了身子,转向帕姆。"首先,你发给我们这个幼稚的作业,现在又含糊其词地不解释这段话,想以此来控制大家。"

"你又来了,又不让菲利普把话说完。"吉尔说道,"看在老天爷的份上,帕姆,他可是个哲学家兼顾问。你就算不动脑子也该知道,他定是想用自己的专业知识来帮助团体。为什么要事事跟他过不去呢?"

帕姆张了张嘴,一时竟无言以对,只是目不转睛地看着吉尔。吉尔继续说道:"帕姆,你要我单刀直入、不拐弯抹角,这回你满意了。不,你别以为我喝酒了,我没有。我已经戒酒 14 天了。我每周和朱利亚斯见两次面,他给我打打气,上上发条,要我每天去参加戒酒互助会,一周去 7 次,14 天就去了 14 次。上周我没提这件事,是因为不确定自己能否坚持下去。"

全体成员都使劲儿点头表示祝贺,除了菲利普。邦妮说她为吉尔感到骄傲,就连帕姆也说了句"好样的"。"也许我该和你一起去。"托尼指着自己脸上的瘀伤说,"我是一喝醉就挂彩。"

"菲利普,你怎么看?有什么要对吉尔说的吗?"朱利亚斯问。

菲利普摇了摇头说:"他已经从别人那里得到了很多支持。他戒酒了,说话底气足了,内心越来越强大。有时候,更多的支持反而多余了。"

朱利亚斯说:"我喜欢你引用莱布尼茨的那句座右铭,'caritas sapientis'——智慧与仁爱。但我劝你不要忘了'仁爱'的部分。

第三十二章

如果吉尔值得支持,为何非得躲到最后才表示支持?再说,你的情况与别人不同,他刚才主动为你辩护,为了你与帕姆对峙,除了你自己,还有谁更能表达你的感受呢?"

"说得好,"菲利普答道,"我的感受很复杂。我喜欢吉尔的支持,但同时又对这种喜欢持谨慎的态度。一味地仰赖别人为你搏斗,自己的肌肉组织就会萎缩。"

"各位,我又要进一步暴露自己的无知了,"托尼指着讲义说,"菲利普,这艘船的故事我是真看不明白。上周你说你要给朱利亚斯一些安慰,可这个关于船和乘客的故事——恕我直言,我看不出这有什么用。"

"用不着道歉,"邦妮说,"我跟你说过,托尼,你每回都能道出我的心声,我也和你一样搞不懂这艘船和捡贝壳究竟是什么意思。"

"我也是。"斯图尔特说,"我也不明白。"

"我来帮大家分析分析吧。"帕姆说,"我毕竟是靠解读文学吃饭的。第一步先从实物入手,也就是船、贝壳和羊等,然后再到抽象的事物。换句话说,先问问你自己,这艘船、它的航程或港口都分别代表什么?"

"我认为这艘船代表着死亡,或是死亡之旅。"斯图尔特瞥了一眼他的写字板说。

"好的,"帕姆说,"那么,由此你又想到了什么呢?"

"在我看来,"斯图尔特回答说,"本文的要点在于,不要太在意岸上的琐事,否则就会赶不上开船。"

"照这么说,"托尼说,"如果你太沉迷于岸上的琐事,甚至包括娶妻生子,那这艘船也可能没等你登船就按时启航。换句话说,你可能会错过死亡。这有什么大不了的,这就是所谓的灾难吗?"

"是啊,是啊,你说得对,托尼,"瑞贝卡说,"我一开始也把这艘船理解为死亡,但经你这么一说,又感觉说不通了。"

"我也不大明白,"吉尔说,"但故事讲的并不是你会错过死亡,而是说你会像羊一样被捆起来扔进船舱。"

"无论是什么,"瑞贝卡说,"听起来都与治疗不沾边。"她转向朱利亚斯说道:"这个故事是为你准备的,你从中得到安慰了吗?"

"菲利普,我把上星期对你说的话再重复一遍。我了解你想给我一些东西以减轻我的痛苦。我也知道你不好意思直接向我表达安慰。于是,你选择了一种不那么私人化的方法。我觉得你不妨制订一个计划,好让你逐步学会用更私人的方式来表达关怀。"

"至于故事的内容,"朱利亚斯继续说道,"我也很不解。以下是我对这个故事的解读:既然这艘船随时可能启航,也就是说,既然死亡随时可能召唤我们,我们就应该避免过于依恋世间的万物。这个故事或许在警告我们,过度留恋会让死亡变得更痛苦。这是你想给我的安慰吗,菲利普?"

"我认为,"还没等菲利普回答,帕姆就抢先说道,"如果把这艘船和这段旅程看作真实的生活,而不是死亡,一切会更顺理成章。换句话说,如果我们只关注生命的最基本事实,也就是生命本身这个奇迹,我们就会活得更真实。如果我们把注意力集中到'生命'上,就不会被生活中的琐事(也就是故事中岛上的那些实物),分散注意力,以至于看不到生命本身。"

在一阵短暂的沉默过后,大家纷纷把头转向菲利普。

"完全正确。"菲利普回答时流露出了一丝兴奋,"你说的完全

第三十二章

就是我的看法。这个故事想表达的观点就是，一个人必须谨防在生活的琐事中迷失自我。海德格尔称其为'陷入'或'全神贯注于'日常生活的柴米油盐中。帕姆，我知道你十分讨厌海德格尔，但我不赞成因为他在政治上误入歧途就拒绝接受他宝贵的哲学见解。因此，海德格尔的话可以解释为，全神贯注于平淡无奇的日常琐事会导致一个人像被缚的羊一样不自由。"

"我也和帕姆一样，"菲利普继续说道，"我相信这个寓言警告我们不要过分依恋，并呼吁我们时刻关注生命的奇迹——不要去担心事物的好坏，而应当惊叹事物的存在，万物皆是存在，存在是先于本质的。"

"现在我总算明白你的意思了。"邦妮说，"但这未免太冷漠、太抽象了。这对朱利亚斯或任何人来说又能提供什么安慰呢？"

"对我而言，死亡使我认识了生命，这就是一种安慰。"菲利普滔滔不绝地说着，显得异常激动，"不让自己的生命核心被生活琐事、毫无意义的成败、拥有的财富、名声、人气等吞噬，这种想法使我感到安慰。对我来说，能够自由自在地欣赏生命的奇迹就是一种安慰。"

"你的声音听起来充满活力，"斯图尔特说，"但我仍觉得这些道理听起来冷酷无情。这种安慰真的好冷，让我不寒而栗。"

成员们都很困惑。他们虽感觉到菲利普提供的东西颇有价值，却又一如既往地被他那古怪的方式给弄糊涂了。

沉默片刻之后，托尼问朱利亚斯："这些观点对你有用吗？我指的是为你提供一些东西这种做法，这是或多或少对你有帮助的吗？"

"这个故事虽然对我不起作用，托尼，然而，正如我所说的，"

他转过身来对菲利普说道,"你主动向我提供了一些对你有用的东西。我也知道,这是你第二次与我分享了,我一直没能好好利用,这一定让你很受挫。"

菲利普点了点头,仍旧一言不发。

"第二次!我不记得有过第一次呀。"帕姆说道,"是在我离开的那段时间发生的吗?"

好几个人都摇头否认。没人记得有第一次,于是帕姆问朱利亚斯:"有什么信息要补充的吗?"

"我和菲利普之间有过一段渊源,"朱利亚斯说。"讲述这段历史,就能消除大家的诸多疑惑。但我仍觉得这取决于你,菲利普。必须等你准备好了才行。"

"任何事情我都愿意拿出来讨论,"菲利普说,"你有权决定所有事。"

"不,我的意思是,不是由我来说。套用一下你的话,要是你能亲自讨论,练习的效果会更好。我认为这是你的使命和责任。"

菲利普仰起头,闭上双眼,用一种类似背诵课文的语气和方式开始述说:"25 年前,我来向朱利亚斯咨询现在被称为性成瘾的问题。我当时四处猎艳,无法自控,性欲旺盛,脑子里几乎不想别的事。我一门心思地追求女人,换新的女人,一个接一个地换,因为一旦和一个女人发生了性关系,我很快就会对她失去兴趣。一旦目的达成,我的冲动就得以短暂的缓解,但没过多久,有时就是一两个小时之后,我就又有了外出猎艳的冲动。有时我一天要找两三个女人。我当时无可救药,就想让自己的大脑走出低谷,去思考其他的事情,去接触一些伟大的思想。我是学化学出身的,却渴望得到真正的智慧。我四处寻求最好最贵的帮助。

第三十二章

我每周与朱利亚斯面谈,有时一周两次,整整三年,没有任何收获。"

菲利普停顿了一下,成员们一阵骚动。朱利亚斯问道:"菲利普,你感觉怎样?还能继续吗?还是今天先说到这儿?"

"我没事。"菲利普答道。

"你老是闭着眼睛,我们很难看透你。"邦妮说,"我在想你是不是因为害怕遭到反对才把眼睛闭上的。"

"不,我闭上眼睛是为了审视自己的内心,以便整理思绪。我已经说得再清楚不过了,我只重视对自己的认可。"

他们又一次感觉到了菲利普身上那种古怪的超脱尘世的遥不可及感。托尼试图消除这种感觉,于是他故意大声地耳语道:"干得好,邦妮。"

菲利普并没有睁眼,而是接着往下说:"放弃在朱利亚斯这儿的治疗后不久,由于父亲为我设立的一个信托账户到期了,我便继承了一大笔钱。这笔钱让我可以彻底结束药剂师的生涯,专心致力于阅读所有西方哲学著作,部分是因为我一直对这个领域很感兴趣,但最主要还是因为我相信阅读了世上最伟大思想家们的集体智慧,我就能从中找到治愈的良方。我对哲学一见如故,很快就发觉自己找到了真正的使命。于是我申请到哥伦比亚大学攻读哲学博士,并且被顺利录取。帕姆就是在那时不幸遇上我的。"

菲利普停了下来,深深吸了一口气,仍旧双眼紧闭。所有的眼睛都盯着他,只是偶尔偷偷地瞥一眼盯着地板看的帕姆。

"随着时间的流逝,我选择把注意力集中在真正伟大的三位哲学家上——柏拉图、康德和叔本华。但是,归根结底,只有叔本华真正帮助到我了。不仅因为他的话对我来说弥足珍贵，更因为我在他身上感受到了一种强烈的相似感。作为一个理性的人，我无法接受世俗意义上的轮回，但如果我真的有前世的话，必定和亚瑟·叔本华一模一样。光是知道他的存在，就已大大减轻了我的孤独之苦。

"几年来，我反复阅读他的作品，发现自己已经克服了性方面的问题。当我拿到博士学位时，父亲的遗产已经用光了，我需要为自己的生计考虑了。我在全国各地教过书，几年前又搬回了旧金山，在海岸学院任教。我最终还是对教学失去了兴趣，因为我从来就不觉得那些学生值得我费心去教导。后来，大约三年前，我突然想到，既然哲学能治愈我，我或许也能用哲学去治愈别人，于是便报名参加并修完了咨询课程，开始了自己小规模的临床实践。于是有了现在的我。"

"既然朱利亚斯的治疗对你不起作用，"帕姆问道，"你又联系他做什么？"

"不是我。是他主动联系的我。"

帕姆嘀咕道："哦，是吗，朱利亚斯就这么突然地联系你了？"

"不，不，帕姆，"邦妮说，"他说的是真的。你不在的时候，朱利亚斯证实过这一点。我没能及时告诉你，是因为我自己也一直没搞明白这件事。"

"好吧，这部分让我来接着说。"朱利亚斯说道，"我会尽我所能地把事情还原。在接到医生的坏消息后的最初几天，我很震惊，试图找到一种方法能让自己接受罹患癌症这一事实。一天晚上，我在思考自己活这一辈子的意义，心情郁闷极了。我不得不想到自己注定要渐渐走向虚无，并将永远不存在。既然如此，那么此

第三十二章

生遇到什么人或做了什么事又有何意义呢?

"我不记得自己这一连串病态的想法是如何产生的,但我知道自己必须抓住生命里的某种意义,就像抓住一根救命稻草。我审视一生的经历,发现自己其实感受过生命的意义——它总是发生在我跳出自我去帮助他人更好地生活和充实自己的时候。我比以往任何时候都更清楚地了解到作为一名治疗师的工作重心,于是,我花了好几个小时回顾自己曾经帮助过的人,我所有的患者,无论新旧,都在脑子里像游行队伍一样一一走过。

"我确信自己曾帮助过不少人,但那些帮助是否对他们的生活产生了持久的影响?这就是一直困扰我的问题。我记得在帕姆回来之前,我已经告诉了团体的其他成员,我当时非常渴望得到这个问题的答案,于是决定联系之前的一些患者,看看我的治疗是否真的发挥了作用。这个做法有点疯狂,我知道。

"在浏览早前的一些病历时,我开始想起那些治疗失败的患者。我突然很想知道他们后来都过得如何?我是否对他们做了什么自己却不知道?于是乎就产生了一个一厢情愿的想法,也许那些治疗失败的患者中有些是后知后觉的,也许他们的治疗延迟生效了。接着,我的目光落在了菲利普的病历上,我记得当时还自言自语说'这就是你想要的失败案例,这个人你确实没有帮助到,你一点都没有解决他的问题'。从那一刻起,我就抑制不住自己的冲动,想要和菲利普联系一下,看看他这些年都经历了什么变化,看看我究竟是否在某种程度上帮助到他了。"

"你就是因为这个给他打电话的,"帕姆说,"可是他又为何会加入这个团体呢?"

"你想从这儿接着往下说吗,菲利普?"朱利亚斯说。

"我相信要是你继续往下说的话，练习的效果会更好。"菲利普说这话时嘴角露出了一丝不易察觉的微笑。

朱利亚斯快速地把接下来发生的事情告诉了大家，包括菲利普如何评价他的治疗毫无价值，认定叔本华才是自己真正的心理医生；菲利普如何发邮件邀请他去听讲座；还有菲利普如何请求他做导师……

"我不明白，菲利普，"托尼插话道，"既然你在治疗时没能从朱利亚斯那里得到半点帮助，为什么还要他当导师呢？"

"这个问题朱利亚斯提过好多次了，"菲利普说，"我的回答是，即使他没有帮助到我，我也仍然欣赏他高超的技巧。也许我就是个顽抗型的患者，也可能像我这类问题原本就无法用他的方法治愈。"

"好的，明白了。"托尼说，"抱歉我打断你了，朱利亚斯。"

"我快说完了。我同意当他的导师，但有一个条件，他必须先到我这里接受 6 个月的团体治疗。"

"我想你还没有解释你为何会提出这样的条件。"瑞贝卡说。

"我观察了他与我，以及与他学生的相处方式，并告诉他，他的冷漠和不关心的态度会妨碍他成为一名优秀的治疗师。你同意我的说法吗，菲利普？"

"你的原话是这么说的，'如果你不明白自己和他人之间的关系究竟是怎么一回事，又如何能成为一名治疗师？'"

"完全正确！"帕姆说。

"没错，这话听起来像是朱利亚斯说的。"邦妮说。

"这像是朱利亚斯被惹急了的时候说的话。"斯图尔特说，"你当时惹他生气了吧？"

第三十二章

"我不是故意的。"菲利普答道。

"我还是不明白,朱利亚斯。"瑞贝卡说,"我理解你为何打电话给菲利普,为何建议他接受团体治疗。但为何偏偏是你带领的团体,又为何同意当他的导师?你手头有那么多事要做,何苦再给自己增加这么一项任务?"

"你们今天可真厉害。这个问题有点大,我不确定自己能否解释清楚,我这么做的原因大概与救赎和纠正错误有关吧。"

帕姆说:"我知道大家讨论这么多都是为了让我了解情况,我很感谢。只是我还有一个疑问,你说过菲利普两度试图安慰你,我还没听你说过第一次是怎么回事呢。"

"没错,我们一开始就打算说这件事,却一直没讲到,"朱利亚斯回答,"我去听了一次菲利普的讲座,直到最后才反应过来他是特意为我开的这个讲座,目的是向我提供一些帮助。他详细地讨论了一部小说中的一段话,内容是一个垂死的人从阅读叔本华的一段话中得到了极大的安慰。"

"是哪一部小说?"帕姆问道。

"《布登勃洛克一家》。"朱利亚斯答道。

"所以这本书没帮到你吗?为什么?"邦妮问道。

"原因很复杂。首先,菲利普向我提供的安慰都非常间接,就像他最近让我们读爱比克泰德的这段话一样……"

"朱利亚斯,"托尼突然插了一句,"我不是想瞎指挥,但你直接对着菲利普说会不会更好一些呢?猜猜我这招是向谁学的?"

"谢谢你,托尼,你提醒得一点没错。"朱利亚斯转过身来,面对着菲利普说道,"你利用讲座给我提供建议的方式其实挺招人烦的,如此大费周折,又是在公开场合。而且不久前我们才刚进行了一个小时的面谈,你当时对我的境况完全漠不关心,这也太出人意料了。另一个原因是我无法复述那篇小说的具体内容,我做不到像你那样过目不忘,但基本上是描述一位垂死的家族长辈突然顿悟到自己和他人之间的界限消失了。因此,令他感到安慰的是,所有生命的合一,以及他死后会回归到他出生前的生命力状态,因此他与万物的联系并不会消失。我这么说对吗?"朱利亚斯说完看着菲利普,菲利普点了点头。

"那好,就像我之前告诉过你的,这种想法根本就安慰不了我。一旦我的意识消失了,我的生命能量、组成我身体的那些分子,或是我的 DNA 尚存在于无限的空间里,这一切对我来说就都毫无意义了。如果我追求的是与万物的联结,那么我宁愿在有生之年亲身去体验这种联结。所以……"他回头扫视了一圈,然后看着帕姆说道,"这就是菲利普第一次向我提供的安慰,你们手上的这则寓言算是第二次。"

短暂的沉默过后,朱利亚斯又补充道:"我感觉自己今天说太多了。到目前为止谈了这么多,大家有何回应吗?"

"我很感兴趣。"瑞贝卡说。

"是啊。"邦妮说。

"你们谈的都是些高水平的东西,"托尼说,"但我总算是跟得上了。"

斯图尔特则说:"我感觉到这当中气氛一直很紧张。"

"谁和谁之间气氛紧张?"托尼问道。

"帕姆和菲利普之间,这还用问吗。"

"还有朱利亚斯和菲利普之间也是。"吉尔补充道。说完他又把话题转向了菲利普,"我很好奇,菲利普,你觉得你说的话有人

第三十二章

在听吗?你觉得自己的贡献得到了应有的重视吗?"

"在我看来,那个……嗯……"菲利普罕见地支支吾吾,但随即又恢复了他惯有的能说会道,"这么快就认定它无效,会不会太草率了?"

"你这话是在对谁说?"托尼问道。

"好吧。"菲利普边回答边转向朱利亚斯,"朱利亚斯,这么快就否定一个几千年来给人类带来慰藉的观念,这难道不草率吗?爱比克泰德和叔本华都认为,对物质或他人过度依恋,甚至是过分执着于'我'这个概念,就是人类痛苦的主要来源。这难道不能理解为人类可以通过减少或避免建立关联来减轻痛苦吗?事实上,这也是佛教思想的核心。"

"这话说得好,菲利普,我会牢记在心的。你方才说的话我是这么理解的,你给了我一些好东西,而我转手就把它们扔掉了,这让你觉得自己不受重视,对吗?"

"我并没有说觉得自己不受重视。"

"没说出口而已。我的直觉告诉我,这是正常人都会有的反应。我能预感到,如果你仔细查看自己的内心,就会发现这种感觉。"

"帕姆,你在翻白眼诶。"瑞贝卡说,"是因为这个关于依恋的话题使你又想起了在印度的禅修吗?朱利亚斯,菲利普,你们俩都没有参加上周会后的咖啡聚会,帕姆跟我们聊了许多她在印度静修时的经历。"

"正是呢,"帕姆说,"关于放弃所有的执念,包括切断对自我的依恋这一毫无意义的想法和做法,我跟他们发了一肚子牢骚。最终,我强烈地感到,这一做法简直是在否定人生。再来看菲利普分享的那则寓言又传递了怎样的信息呢？我是说，为了不错过船的航行时间就要放弃享受周围的一切，包括与人的交往，这是怎样的旅程，怎样的人生啊？菲利普，我在你身上看到的正是这种人生。"帕姆转身面对着菲利普继续说道："你以为自己的问题得到了解决，其实那不过是个假象。这根本就不是在解决问题，这完全是两码事，这是在放弃人生。你过的那不叫人生，你从未真正倾听过别人说话，当我在听你说话时，我也感觉不到自己是在听一个有血有肉的人说话。"

"帕姆，"吉尔突然跳出来为菲利普辩护，"说到倾听，你自己好像也不大擅长啊。你没听他刚才说几年前过得苦不堪言吗？他无法抑制的冲动和严重的问题，在朱利亚斯这里治疗了整整三年毫无效果，于是他采取了和你上个月一样的做法——寻找其他的解决办法，我想任何人都会这么做。他最终从另一个渠道获得了帮助，而且不是那些稀奇古怪的新时代伪科学。他目前正想用这种令他成功治愈的方法来帮助朱利亚斯。这些你都没听到吗？"

吉尔这番激动的辩解使大家顿时安静了下来。过了一会儿，托尼才开口说道："吉尔，你今天可真了不起！简直和我们帕姆杠上了，我可不喜欢你这样。但是，伙计，我确实很喜欢你今天说话的方式，希望你在家和罗丝说话也能用这种方式。"

"菲利普，"瑞贝卡说，"我想为刚才的无礼道歉。我想说我改变主意了，关于如何理解这个……爱比希德……的故事。"

"是爱比克泰德。"菲利普柔声提示道。

"对，爱比克泰德，多谢提醒。"瑞贝卡继续说道，"我越想这个关于执念的问题，就越发感觉到它给我带来的启发。我想我本人就是过分执着的受害者，倒不是对物质财富患得患失，而是对

第三十二章

我自己的长相。我一路走来,这张漂亮的脸蛋就像一张万能通行证,我凭着它获得了无数肯定,什么舞会皇后、返校节女王、选美比赛等。可现如今,这张通行证已渐渐失效了……"

"失效?"邦妮说道,"那麻烦把那些失效的部分传给我好了。"

"我也要,我随时愿意跟你交换全部的珠宝首饰和孩子,如果我有孩子的话。"帕姆附和道。

"谢谢你们,真的。但这些全都与执念有关,"瑞贝卡接着说,"我的确太执着了。我把自己等同于我的外貌,现在外貌不比从前了,我觉得自己也跟着贬值了。我实在放不下这张免费通行证。"

"叔本华有一个公式对我很有帮助,"菲利普说,"他认为相对的快乐有三个来源,一是你是什么样的人,二是你拥有什么,三是你在别人眼里是什么样子。他强烈建议我们只关注第一点,而不要寄希望于第二和第三点,也就是你的财富和声誉。因为这两样都是我们无法控制的,它们随时都可能被夺走,就好比衰老势必要夺走你曾经的美貌。事实上,叔本华指出,'拥有'还具有一个逆向性,那就是我们所拥有的东西往往会反过来拥有我们。"

"这个说法很有趣,菲利普。这三个部分——你是谁、你拥有什么、你在别人眼中的形象,都深深地打动了我。我这辈子大部分时间都在为第三点而活,永远太在意别人怎么看我。我在这里再向各位透露一个秘密——我的神奇香水。我从没和任何人说起过,但从我记事起,就梦想着用我最美的部分制造一款以我的名字'瑞贝卡'命名的香水,这样一来我的美就会长留人间永不消散,任何人闻到它都能想起我的美。"

"瑞贝卡,你真是越来越大胆了。我喜欢。"帕姆说道。

"我也是,"斯图尔特跟着说道,"但我想跟你说一个我的新发现。我一直很喜欢看你，但如今我发现你的美貌反倒成了我真正了解或认识你的屏障，就好像人们无法真正地了解一个丑女或长相畸形的女子。"

"喔，这我还真是没想到呢。谢谢你，斯图尔特。"

"瑞贝卡，我想告诉你的是，"朱利亚斯说，"你如此地信任我们，愿意跟我们分享那个香水的梦想，这一点让我很受触动。由此可见你建立了怎样的一个恶性循环。你首先混淆了自己的美和本质。结果就像斯图尔特刚才说的那样，别人看到的只是你的美，而根本无法了解到你的本质。"

"正是这个恶性循环，让我不禁怀疑自己是否有所谓的内涵。朱利亚斯，我至今仍对你之前说过的一个词耿耿于怀，那个'美丽空虚的女人'毫无疑问就是我。"

"除非这个恶性循环正在被打破，"吉尔说道，"我觉得我在刚刚过去的这几周里就比过去的一整年都更多地了解你，看到了更多你内在的一面。"

"对，我也有相同的感觉。"托尼表示赞同，"还有，我现在十分郑重严肃地为之前的表现道歉，就是在你说到拉斯维加斯那件事的时候，我当场掏出钱来数，那个举动简直和混蛋没两样。"

"好，我接受你的道歉。"瑞贝卡答道。

"瑞贝卡，你今天收到的反馈可真不少啊，"朱利亚斯说，"你的感受如何？"

"好极了，我感觉很好。我发觉大家今天对我的态度和以往大不相同。"

"不是我们不同，"托尼说，"而是你，是你如今变得听得进也说得出真话了！"

第三十二章

"听得进也说得出真话,这话说得好,托尼。"瑞贝卡评价道,"嘿,你当治疗师真是越来越在行了。没准儿该轮到我来数钱了呢,你打算怎么收费呀?"

托尼笑得合不拢嘴,说道:"朱利亚斯,趁着我今天运气不错,索性来猜一猜你这回为何特意再次提出为菲利普治疗。也许是因为几年前你初见菲利普时还处于你上周说的那种状态,就是,不断地对女人产生强烈的性欲。"

朱利亚斯点头示意:"说下去。"

"好,我是这么想的,是否因为你当时正面对和菲利普类似的问题(虽然不完全相同,但也算大同小异吧),影响了你对他的治疗?"

听到这里,朱利亚斯和菲利普都同时直起了身子。"托尼,我真要对你刮目相看了。这不禁使我回想起为何治疗师们都不愿意袒露自己。我是说,有些事一旦说出来,就免不了被一遍又一遍地提起。"

"抱歉,朱利亚斯,我真的没想要让你难堪。"

"不,不,没关系的,真的。我不是在抱怨,也许只是想缓一缓。你观察得很好,也许是太好了,太接近真相了,我都有点抗拒了。"朱利亚斯顿了一下,思索了一会儿又继续说道,"好吧,接下来我要说的是,我记得自己当时因为没能帮到菲利普,既想不通又感觉很气馁。我本该帮得了他的。我敢保证,一开始时我是带着极大的信心想好好帮他的。我认为自己在治疗他这个问题上很有优势。我确信自己的个人经验能使治疗顺利进行。"

"没准……没准这就是你邀菲利普加入这个团体的原因,你想再试一次,再给彼此一个机会,对吗?"托尼问道。

"我想说的话你都替我说了。"朱利亚斯说道,"我正想说,这也许就是为什么几个月前,当我在细数自己到底治好了谁和没治好谁的时候,会对菲利普的案例如此着迷。事实上,当我一想到他,就开始觉得没必要再联系其他的患者了。"

"嘿,瞧瞧现在都几点了。我真不想结束这次会谈,但又不得不喊停了。今天的会谈效果很好,我觉得有很多事值得我思考。托尼,你让我看清了一些事情,谢谢你!"

托尼咧着嘴笑问道:"那么,能免了我今天的诊疗费吗?"

"施予的人有福了。"朱利亚斯回道,"谁知道呢?继续保持这个状态,说不定会有那么一天的。"

离开团体活动室后,一群人又在朱利亚斯家门前的台阶上闲聊了一会儿才慢慢散去。只剩托尼和帕姆两个人朝着咖啡店走去。

帕姆对菲利普仍耿耿于怀。菲利普承认遇上自己是帕姆的不幸,她并没有因此而息怒,反而更痛恨他了,痛恨他称赞自己对寓言的诠释,更是讨厌自己居然那么不争气地享受他的称赞。她担心大家会渐渐地转向支持菲利普,从而远离她,远离朱利亚斯。

托尼则兴高采烈,他封自己为今晚的"MVP",就是今晚会谈的最有价值成员。也许他今晚会选择不去酒吧,而试着读一本帕姆送给他的书。

吉尔看着帕姆和托尼一同离开。他(当然还有菲利普)是会谈结束时帕姆唯一没有拥抱的两个人。自己是不是太过针对她了?吉尔随即又把注意力转向了明天的品酒会,这可是罗丝最重视的事情之一。每年的这个时候,罗丝的一帮朋友都会聚到一起品尝当年最好的葡萄酒。他一个正在戒酒的人该如何应付?假装喝一口再全部吐掉?这么做实在太难了。或者干脆对她实话实说?此

第三十二章

时他想到了他的戒酒保证人,他基本能猜到他们之间会有怎样的对话:

保证人:"你自己分不出个轻重吗?不要去品酒会,来参加我们的互助会。"

吉尔:"但这些朋友聚在一起就是为了品酒啊。"

保证人:"是吗?那我建议换一种活动。"

吉尔:"行不通的,他们不肯。"

保证人:"那就交新的朋友。"

吉尔:"可是罗丝不乐意啊。"

保证人:"那又怎样?"

瑞贝卡告诉自己:要听得进也说得出真话。要听得进也说得出真话。必须牢牢记住。她又想到自己说起那段意外的"卖淫"经历时托尼假装数钱的动作,不禁笑了起来。她私底下其实被那个动作逗得开心极了。既然不介意,还要因此接受他的道歉,这岂不是不诚实?

邦妮一如既往地不希望会谈结束。她只有在那90分钟里才感觉到活力,其余的时间似乎都平淡如水。为何会如此呢?为何图书管理员的生活就非得是枯燥乏味的呢?于是,她想起了菲利普关于你是谁、你拥有什么以及你在别人心目中的形象的那番话。简直太有意思了!

斯图尔特回味着今晚的会谈,全身心地沉浸其中。他重复着自己对瑞贝卡说的那些话,说她的美貌成了人们真正认识她的屏障,说他最近对她有了更深入的了解。说得好,说得好。他还告诉菲利普,他那种冷冰冰的安慰令他不寒而栗,这么一来自己可不再是一台"相机"了。然后就是他指出了帕姆和菲利普之间的紧张气氛。不，不，这下又成了"相机"了。

菲利普在回家的路上竭力控制着不去想今晚的会谈，可是那一幕幕实在太刺激，叫人无法屏蔽在脑海之外。不出几分钟他便认输了，开始任由思绪蔓延。老爱比克泰德成功引起了大家的注意，这是意料之中的事。接着，他想象着一双双向他伸来的手和一张张转向他的脸。吉尔俨然成了他的拥护者，但也别太当回事儿。吉尔并不是为了支持他，而是为了和帕姆作对，顺便练习一下如何与帕姆、罗丝以及其他女人对抗。瑞贝卡那张漂亮的脸蛋在他脑海里停留了片刻，看得出她是真心喜欢他说的话。然后他想到了托尼，想到了他浑身的刺青和一脸的瘀青。他还从未接触过像托尼这样地道的原始人，而今这个原始人也开始理解那个超越日常生活的精神世界了。还有朱利亚斯，他是否开始变迟钝了？他既然承认自己在处理菲利普这个患者的问题上过于执着，怎么还能拒绝接受关于执念的说法呢？

菲利普觉得浑身上下紧张不安。他感觉到自己的思绪正濒临溃散。他为何要对帕姆说遇上自己是她的不幸？是否因此帕姆才多次在会谈时点他的名，并要求自己面对她？从前那个堕落的自己像幽灵一般徘徊不去，他能感觉到它的存在，甚至能感觉到它随时渴望复活。菲利普努力使自己静下心来，一边走着一边渐渐进入了行禅[⊖]。

[⊖] 行禅（walking meditation），以步行的姿势来进行禅修，也叫"经行"。——译者注

第三十三章

致欧洲的学者和哲学家们:既然你们把费希特这种空话连篇的人看作与史上最伟大的思想家康德齐名,把黑格尔这种毫无价值、厚颜无耻的江湖骗子看作深刻的思想家,那么我的作品就不是为你们而写的。

痛苦、愤怒、不屈不挠

如果亚瑟·叔本华活在今天，会成为心理治疗的对象吗？绝对非他莫属！他的症状相当严重。在《关于自己》一文中，他哀叹道，大自然赋予了他焦虑的性格，以及"多疑、敏感、激烈和自傲，这在某种程度上很难与哲学家的平静相容"。

他曾用生动的语言描述自己的症状：

从我父亲那里继承来的是焦虑，我诅咒它，用尽所有的意志力与之对抗……年轻时，我常幻想自己生病，并因此而饱受折磨……在柏林求学的那段时间，我以为自己得了肺结核……我常年害怕自己被强制入伍服役……在那不勒斯时我害怕自己得天花，在柏林时又一直害怕霍乱……在维罗纳时，我满脑子想的是我吸了有毒的气体……在曼海姆时，又无缘无故地受制于一种无法形容的恐惧……多年来，我一直为刑事诉讼的事而心神不宁……晚上一有任何响动，我就会立刻从床上跳起来，抓起我预备好的刀和早已上膛的手枪……我也总是忧心忡忡，明明毫无危险，却总是去寻找并发现各种危险；这种焦虑感导致我把极小的烦恼无限放大，使我很难与人交往。

为了平息自己的猜疑和长期以来的恐惧，他启用了一系列预防措施和程序：他把金币和贵重的票券藏在旧信件里和其他隐秘的地方，以备不时之需；他用假标题来命名私人笔记的文件，以迷惑那些偷窥者；他整洁到近乎有洁癖；他总是要求同一个银行职员为他服务；他不允许任何人碰他的佛像。

第三十三章

他的性欲强烈到无法得到满足的程度。早在青春年少时，他就开始痛恨自己如此地受制于动物的欲望。36岁那年，一场神秘的怪病迫使他一整年都足不出户。1906年，一位内科医生兼医学史学家仅凭当时所开的药物和叔本华异常活跃的性生活史，就暗示他那一年患的是梅毒。

亚瑟渴望能摆脱性欲的掌控。一旦能平静下来观察世界，尽管肉体受着欲望的折磨，他也能尽情享受那片刻的宁静。他把性欲比作遮蔽星星的日光。随着年龄渐长，他的性欲开始逐渐减退，他非但不烦恼，反而欣然地接受这一变化所带来的安宁。

由于他把激情都用在了自己的作品上，以至于他长期以来最强烈的恐惧就是失去能维持这种知性生活的经济来源。即使到了晚年，他仍感念自己的父亲使他过上这样的生活。他耗费大量的时间和精力来保护自己的钱财，常常为了投资而煞费苦心。因此，任何威胁到他投资的动乱都令他感到恐慌，他在政治上变得极端保守。1848年的起义席卷了整个德国和欧洲，着实把他吓坏了。当士兵们冲进他所住的房子，想找一个有利的位置，好从那里向街上叛乱的民众开火时，他连忙奉上自己的望远镜，恨不得士兵们能百发百中。12年后，他又在遗嘱中把几乎所有的财产都捐给了一个基金，这个基金正是为在那场叛乱中伤残的普鲁士士兵所设立的。

他在处理有关商业事务的信件时常常备感焦虑，因此，字里行间总夹杂着愤怒和威胁。当时，负责管理叔本华家族财产的银行家遭遇了灾难性的财务危机，为了避免破产，他只得让所有投资人取回一小部分的投资。叔本华威胁要让他承担极其严重的法律后果，以至于后来银行家退还了他70%的钱款，导致了其他的投资者（其中包括叔本华的母亲和妹妹）只取回了比原先的提议的还要少的钱款。他写给出版商的辱骂信件最终导致了他们之间关系的决裂。出版商在信中写道："我将不再接受您的任何来信，因为信件的内容之粗鄙无礼，让人觉得您是一介粗人，而非哲学家，……我恐怕您的作品将成为一堆废纸无人问津，只愿我的担心不要成为现实。"

叔本华是出了名的暴脾气。他几乎冲所有人发过脾气，其中包括帮他处理投资的金融家、无法将他的书卖出去的出版商、那些试图与他交谈的傻瓜、那些自认为与他平等的两足动物、在音乐会上咳嗽的观众，还有那些忽视他的记者。但真正白热化的震怒还要数他针对那些当代思想家，尤其是对19世纪哲学的两大领军人物费希特和黑格尔的愤怒，其激烈程度至今仍使我们震惊，其结果更是使得叔本华在他的学术圈里惨遭唾弃。

在黑格尔死于柏林的那场流行霍乱的20年后，叔本华出版一本书，他在书中形容黑格尔为"一个平庸、愚蠢、令人憎恶、不学无术的江湖骗子，他凭借举世无双的厚颜无耻，编撰了一整套疯狂的谬论，又被那些花钱雇来的追随者四处吹嘘为不朽的智慧"。

他动不动就将别的哲学家们臭骂一通，这种任性的行为使他付出了沉重的代价。1837年，他在由挪威皇家学会主办的竞赛中，因一篇关于自由意志的文章而获得了一等奖。叔本华对这个奖表现出了孩子般的喜悦，这毕竟是他人生中获得的第一项荣誉。他不耐烦地嚷着要他的奖章，此举引得挪威驻法兰克福的领事大为恼火。然而，就在次年，他在丹麦皇家学会主办的竞赛上提交的一篇关于道德的文章却遭遇了完全不同的命运。尽管他的文章论

第三十三章

点很好,而且是唯一一篇提交的文章,但由于他对黑格尔的抨击过于激烈,评委们都拒绝颁给他这个奖。关于此事,评委们是这么说的:"当代几位杰出的哲学家被如此不当地评述,已然造成了严重而公然的冒犯,我们不能对此视而不见。"

多年来,叔本华关于黑格尔的文章多余且容易混淆视听的评述已被许多人赞同。事实上,要读懂黑格尔相当困难,以至于哲学系常年流传着一个古老的笑话,说最令人烦恼和畏惧的哲学问题不是"生命是否有意义",也不是"意识是什么",而是"今年由谁来教学生黑格尔"。尽管如此,叔本华的愤怒情绪和激烈程度仍使他受到了区别对待。

他的作品越被忽视,他就变得越尖刻,这反而使他更加不被接纳,甚至成了许多人眼中的笑柄。然而,尽管焦虑和孤独,叔本华还是活了下来,并继续表现出百分之百的自我满足。他仍坚持写作,直到生命结束前都一直是一个多产的学者。他从未对自己失去信心。他把自己比作一棵年轻的橡树,看起来和其他植物一样平凡而不重要。"大可不必管他,他不会死的。时机一到,自然有人会懂得欣赏他的价值。"他预言自己的天才终究会对后世的思想家们产生巨大的影响。他是对的,他所预言的一切如今都实现了。

THE
SCHOPENHAUER
CURE

第三十四章

从青春的角度看待生活，生活就是漫长无尽的将来；但从老年的角度观察，生活则是一段极其短暂的过去。犹如人们坐船离开海岸越远，岸上的物件就变得越少和越加难以辨别，我们以往的岁月，经历过的事情也遭遇同样的情形。㊀

㊀ 译文出自《人生的智慧》，叔本华著，韦启昌译。——译者注

第三十四章

日子一天天地过去，朱利亚斯越来越期盼每周的团体会谈了。也或许是因为这"一年的好光景"已所剩无几，他参与团体的体验一次比一次更深刻了。事实上，何止是团体里发生的事情，他生命中的大小事物，都越发地显得温柔和生动了。当然，每个人的日子从来都是屈指可数的，只是从前这个数字似乎很大，未来也很长，以至于他从来不曾正视结束的日子即将到来。

当结局就在眼前时，我们总是不由自主地刹车减速。读者在读《卡拉马佐夫兄弟》时常常迫不及待地快速翻阅了上千页，直到只剩十来页了，才突然放慢速度，慢慢地品味每一段，恨不得从每句话、每个字中都汲取精华。所剩不多的时日使朱利亚斯更懂得时间的宝贵；几经思索，他越来越惊奇地发现那些日常事件之间不可思议的关联。

最近，他读了一位昆虫学家的文章，这位昆虫学家探索了一块用绳子围起来的两米见方的草皮中存在的宇宙。在深入挖掘的过程中，他描述了自己对这个充满活力的大千世界的敬畏之情。这是一个充满了捕食者和猎物、线虫、千足虫、弹尾虫、盔甲甲虫和蜘蛛幼体的世界。只要你调好视角凝神观察，并且拥有足够的知识，就能不断在平淡无奇的日常生活中发现奇迹。

朱利亚斯在团体里也有同感。他对黑色素瘤复发的恐惧已经消退，最近也不再那么频繁地感觉到恐慌。也许较大的安慰是来自他从字面上理解医生所估计的"一年的健康"，几乎把这当成了一种保证。不过，更有可能是自己的生活方式成了一种有效的缓和剂。他遵循查拉图斯特拉之道，分享了自己的丰盛，通过帮助他人来超越自己，以一种他愿意在永恒中无限次重复的方式来生活。

他对治疗团体接下去一周的进展时刻充满着好奇。如今,眼看着这一年的时光一天天缩短,所有的情感都变得更加强烈了——他对下一次会谈已经由好奇发展成为孩子般的翘首企盼。他还记得,几年前,他在教授团体治疗这门课时,一开始学生们纷纷抱怨连续观察90分钟的头部特写实在是太无聊了。后来,当他们学会如何倾听每个患者生活中的故事,并且欣赏成员之间微妙而复杂的互动时,无聊感便消失了,每个学生都早早地准备好迎接下一批观察任务。

感觉到结束的日子日益逼近,成员们都纷纷以更大的热情来处理他们的核心问题。给治疗设定一个期限总能起到这样的效果,因此,像奥托·兰克(Otto Rank)和卡尔·罗杰斯(Carl Rogers)这样的行业先锋总会在治疗的一开始时便设定好一个终止日期。

斯图尔特在这几个月里处理的问题比之前的三年做的还要多。也许是菲利普给斯图尔特当了一回镜子,促使他产生了动力。他从菲利普厌世的态度中看到了一部分自己,并发现除了他们两人外,这个团体的每一个成员都乐于参加会谈,并且把这个团体视为避难所,是一个可以得到支持和关怀的地方。唯有他和菲利普是被迫参加的,菲利普是想获得朱利亚斯的指导,而他自己则是迫于妻子下的最后通牒。

记得在一次会谈时,帕姆指出,成员们虽围坐一圈,却从来都坐不成一个真正的圆形,因为斯图尔特的椅子总是比别人靠后一些,有时只是小小的几厘米,看上去却相当明显。其他人都表示赞同,他们都感觉到了座位的不对称,但从未把这种不对称和斯图尔特对紧密关系的回避联系起来。

在另一次会谈时,斯图尔特像往常一样抱怨着他的妻子与岳

第三十四章

父之间的感情。他的岳父是一名医生,一路从外科主任做到医学院院长,再到大学校长。当斯图尔特又一次把自己永远得不到妻子尊重归咎于她不断地拿自己和岳父做比较,朱利亚斯打断了他的话,问他是否意识到这个故事已经快被他讲烂了。

斯图尔特回答道:"可是这些仍在困扰我们的问题必然要被提出来讨论,不是吗?"朱利亚斯接着问了一个很有力的问题:"你认为我们会对你一再重复这个故事有何感受呢?"

"我想大家会觉得很单调无聊吧。"

"斯图尔特,你想想看,被认为单调和乏味对你来说会是什么结果?然后,再想一想为何你总是无法了解听众的心声?"

在接下来的一星期里,斯图尔特确实做了一番思考,他惊讶地发现自己以前竟从未考虑过这个问题。"我知道我妻子常常觉得我很乏味;她最喜欢用'缺心眼'这个词来形容我,我猜团体的成员们也跟她有同感。看来,我的同理心已经被束之高阁了。"

不久之后,斯图尔特又提出了一个新的重要问题:他老是莫明其妙地冲自己 12 岁的儿子发火。托尼问道:"你在你儿子这个年龄是什么样子呢?"问题一出就像是打开了潘多拉的匣子。

斯图尔特描述了他在贫困中长大的经历。他的父亲在他 8 岁那年就去世了,母亲身兼两份工作,忙得整日不着家,他每天放学回家都见不着母亲。因此,他从小就是个"挂钥匙儿童"[⊖],每天自己做饭,日复一日地穿同一件脏衣服去上学。在大多数情况下,他都能成功地压制自己的童年记忆,但他儿子的出现又把他推回到那遗忘已久的可怕回忆之中。

⊖ 指很少得到父母照料的孩子,英文为"latch-key child"。——译者注

"把这个怪到我儿子头上未免太荒唐了吧，"他说，"但每当看到他现在生活得如此优越，我还真是嫉妒，甚至有些怨恨。"最后还是托尼用了一招有效的重构干预解决了斯图尔特的生气问题。他说："不妨花点时间为自己能够提供给儿子更好的生活而自豪吧。"

几乎每个人在治疗过程中都取得了进步。朱利亚斯以前曾见过这种情况，当一个团体进入了成熟期，全体成员似乎会共同进步。邦妮也努力接受了困扰自己已久的矛盾：她对抛弃她的前夫感到愤怒，又对终于摆脱了这位自己根本就不喜欢的男人感到释然。

吉尔坚持每天参加戒酒互助会——70天里共参加了70次，而他的婚姻问题非但没有得到改善，反而日趋严重了。当然，朱利亚斯对此并不感到奇怪。通常，如果夫妻双方中的一方在治疗中有所改善，婚姻关系的内在平衡就会被打破，如果婚姻要维持下去，另一方也必须做出相应的改变。吉尔和罗丝曾试过接受婚姻心理咨询，但朱利亚斯并不看好罗丝会做出改变。不管怎样，想到要结束这段婚姻，吉尔已不再害怕。他头一回真正读懂了朱利亚斯喜欢的那句名言："拯救婚姻的唯一办法就是愿意（并且能够）走出婚姻。"

托尼进步的速度简直快得惊人，仿佛朱利亚斯将逐渐耗尽的体力直接输进了他的体内。在帕姆的鼓励和其他成员的大力支持下，他决定不再抱怨自己的无知，而是主动采取行动来改变这种状况，比如继续接受教育。于是，他在当地的社区大学报了三门夜校课程。

无论大家的变化是多么令人欣喜与满足，朱利亚斯还是最不

第三十四章

放心菲利普和帕姆。他说不清他俩的关系为何对他如此重要,但朱利亚斯相信其原因肯定不只一个。有时候,当想到帕姆和菲利普时,他便想起犹太法典《塔木德经》里的一句格言:"救赎一个人就是拯救全世界。"由此可见,救赎他俩的关系是多么重要。这件事的确成了他存在的理由,仿佛他只要能从若干年前那次可怕的邂逅中挽救回一些人性的东西,他就能挽救自己的生命。就在他仔细揣摩《塔木德经》里那句格言时,脑海中浮现出一个人——卡洛斯。几年前他曾为年轻的卡洛斯治疗过。不,应该不只几年,至少有10年了,因为他记得自己曾和米里亚姆说起过卡洛斯。卡洛斯是一个特别不讨人喜欢的人,粗鲁、以自我为中心、肤浅、性欲旺盛,当他被诊断出患有致命的淋巴癌时,便来向朱利亚斯求助。在朱利亚斯的帮助下,卡洛斯有了明显的改变,尤其是在与人的联结方面,这些改变让他觉得自己这一生没有虚度。就在他离世前的几个小时,他对朱利亚斯说:"谢谢你拯救了我。"朱利亚斯常常想起卡洛斯,但此时此刻,卡洛斯的故事有了新的重要意义——不仅是在帮助菲利普和帕姆,也是在拯救朱利亚斯自己的生命。

菲利普在许多时候已经表现得不像从前那么自以为是,而更平易近人了,甚至偶尔还和大部分成员有眼神交流,这当中自然不包括帕姆。6个月的约定期满,菲利普并没有提出要退出团体治疗。当朱利亚斯提出这个问题时,菲利普回应道:"我惊讶地发现,团体治疗比我原先想象的要复杂得多。我希望能一边参加这个团体,一边接受你对我咨询工作的指导,但你拒绝了这个想法,因为这存在'双重关系'的问题。所以我选择继续在团体里待满一年,之后再请你来指导我。"

"我同意这个计划，"朱利亚斯表示赞同，"这当然还要取决于我的健康状况。这个团体还有 4 个月就结束了，之后我们再看看，因为医生只跟我保证了一年的健康。"

菲利普改变了对团体治疗的看法，这种情况并不罕见。成员们进入团体时往往都目的明确，例如，想改善睡眠、停止做噩梦、克服恐惧症等。通常，在短短几个月后，他们又会制定出新的、更深远的目标，例如，学会如何去爱、重获对生活的热情、克服孤独、发展自我价值等。

成员们时不时会要求菲利普更准确地描述一下，当朱利亚斯的心理治疗彻底失败时，叔本华是如何将他治愈的。菲利普认为，如果不提供必要的哲学背景，他很难回答有关叔本华的问题，于是请求大家给他 30 分钟的时间来讲讲叔本华。成员们怨声载道，朱利亚斯只好叮嘱他尽量把相关内容说得简洁和口语化一些。

又到了一周的会谈时间，菲利普开始了一段简短的讲演，并保证能简明扼要地回答叔本华曾经如何帮助过他这一问题。

虽然他手里拿着笔记，却并没有照着念。他照例盯着天花板，开始了他的分享："要讨论叔本华，就不得不先介绍哲学家康德。叔本华对他和柏拉图的敬重超过了所有的哲学家。康德 1804 年逝世，那一年叔本华 16 岁。康德的洞见使哲学发生了彻底的变革，他认为我们不可能体验任何真正意义上的现实，因为我们所有的认知，我们的感测数据，都是通过我们内在的神经系统过滤和处理得来的。所有的数据资料都是这一系统武断概念化了的产物，比如空间、时间和……"

"少来了，菲利普，说重点。"托尼打断了他的话，"这家伙到底是怎么帮你的？"

第三十四章

"稍等,我马上就讲到那儿了。我目前只讲了3分钟。这又不是电视新闻,我无法用一句话来解释世上最伟大的思想家的论断。"

"嘿,说得好,菲利普,我喜欢这个回答。"瑞贝卡说。

托尼只得微微一笑,不再追问。

"所以康德的发现是,我们体验的不是世界的本来面目,而是我们自己对世界的个性化处理。诸如空间、时间、数量、因果关系等的属性都来自我们的内部,而不是外部的真实存在,是我们把这些概念强加给了现实。那么,什么才是纯粹的、未经加工的现实呢?在被我们处理过之前,那个原始的实体到底是什么呢?康德说,这对我们来说永远是不可知的。"

"快说说叔本华是怎么帮你的!还记得吗?快说到重点了吗?"托尼又忍不住问道。

"再过90秒就说到了。在后来的研究中,康德和其他人将全部注意力转向我们处理原始现实的方式。"

"但叔本华(瞧,这不就说到了嘛!),叔本华却另辟蹊径。他认为康德忽略了关于我们自身的一种最基本和直接的数据,那就是我们的身体和感受。他坚信我们可以从内部了解自己,我们可以获得最直接的、即时的知识,而不必依靠认知。因此,他是第一个着眼于人类的内部冲动和感受的哲学家,他用毕生的时间写了大量文章来探讨人类的内部问题:如性、爱、死亡、梦境、痛苦、信仰、自杀、人际关系、空虚、自尊等。与其他哲学家相比,他更关注那些我们不敢触及因而必须压制的内心深处的黑暗冲动。"

"听起来有点像弗洛伊德。"邦妮说。

"应该倒过来说,是弗洛伊德的观点很'叔本华'。弗洛伊德的心理学里有很多叔本华的东西。虽然弗洛伊德不怎么承认自己受叔本华的影响,但毫无疑问,他对叔本华的著作相当熟悉。在19世纪六七十年代,弗洛伊德还在维也纳上学时,叔本华的名字就已妇孺皆知。我相信,没有叔本华,就不会有弗洛伊德,也就不会有我们所熟知的尼采。事实上,我的博士论文研究的课题就是叔本华对弗洛伊德的影响,尤其是在梦的理论、潜意识和压抑机制等方面的影响。"

菲利普迅速地瞥了托尼一眼,生怕又被他打断,连忙继续说道:"叔本华使我的性欲恢复了正常。他使我看到性是无处不在的,从最深的层次上讲,它就是人类一切行为的中心,它渗透到所有的人类互动中,甚至影响到一个国家的大小事务。我记得几个月前曾经背诵过他的这些话。"

"有件事正好能支持你的观点,"托尼说,"前几天我在报纸上读到,色情产业比音乐和电影产业加起来还要赚钱,简直赚大发了。"

"菲利普,"瑞贝卡说,"我大概能猜到,但我还没有听你确切地说出叔本华是如何治愈你的性强迫症……呃……性成瘾的,可以这么说吗?"

"我需要考虑一下。我不认为这个表达完全正确。"菲利普说。

"为什么?"瑞贝卡问道,"在我听来,你描述的就是上瘾。"

"好吧,接着刚才托尼说的话题,你看到统计出来有多少男性在网上看色情片了吗?"

"你喜欢上网看色情片吗?"瑞贝卡问。

"我不喜欢,但我本可以和大多数男人一样喜欢的。"

"没错,"托尼说,"我承认,我一周看两三次。说老实话,我

第三十四章

还没见过不看黄片的男人呢。"

"我也看,"吉尔说,"这一点又犯了罗丝的忌讳。"

大家转过头看着斯图尔特。"是,是,'mea culpa'[⊖](我也有看),大家都知道我这个人比较没节制。"

"我的意思就是,"菲利普说,"照这么看,每个人都是瘾君子吗?"

"嗯,"瑞贝卡说,"我明白你的意思。不仅是色情片,还有铺天盖地的性骚扰官司,我本人就为不少这样的案子辩护过。前几天我看到一篇文章,说的是一所法学院的院长因被指控性骚扰而辞职。当然,还有克林顿的案子,以及舆论是如何被平息的。再看看那些告发克林顿的人,他们自己也好不到哪里去。"

"每个人的性生活都有不为人知的一面,"托尼说,"就看谁倒霉被逮到了?也许男人就这德行。"

"托尼,你这番话一点都不讨女人喜欢,至少我是不喜欢。"瑞贝卡说,"但我不想跑题。菲利普,继续说,你还没说到你的重点呢。"

"首先,"菲利普毫不迟疑地接着说道,"叔本华没有喋喋不休地指责这些可怕的堕落的男性行为,而是早在 200 年前就了解了其潜在的本质,认为这纯粹是性欲的强大力量。它是我们内在最本能的力量,是人类生存和繁衍的意志,而且它无法被抑制,也无法用理性来消除。我已经提过叔本华是如何描述性的无所不在的。看看那些性丑闻,看看不同身份的人类,各种职业,各种文化,各个年龄段。我初次阅读叔本华的作品,就读到了这个对我

⊖ "mea culpa",拉丁语,表示"是我的过失,是我不好"的一种幽默说法。——译者注

来说就极其重要的观点。他是历史上最伟大的思想家之一,而我竟然生平第一次感到自己被完全理解了。"

"然后呢?"全程保持沉默的帕姆突然问道。

"什么然后?"菲利普反问道。每当帕姆同他说话,他都显得非常紧张。

"还有什么要说的吗?这样就完了吗?就这么简单?你有好转就是因为叔本华让你觉得自己被理解了?"

菲利普似乎没有听出帕姆的语带讥讽,继续平心静气且态度诚恳地回答:"除此之外还有很多。叔本华让我意识到,我们注定要无休止地被意志追着跑——我们渴望某样东西,直到获得它,然后享受片刻的满足,但很快就厌倦了,接着必定又有下一个'我想要'。满足欲望的路上永无出口,除非我们完全跳出这个循环。叔本华就是这么做的,我也做到了。"

"跳出这个循环?这是什么意思?"帕姆问道。

"意思就是完全脱离欲念。这意味着我们要完全接受这样一个事实,即我们最深处的本性就是永不满足的追求,这种痛苦从一开始就被设定了,我们的本性就注定了我们的命运。这意味着我们必须首先了解这个虚幻的世界的虚无本质,然后再开始想办法拒绝欲念。我们必须像所有伟大的艺术家那样,致力于纯粹的柏拉图式的思想境界。要达到这一境界,有些人是通过艺术,有些人是通过宗教的禁欲主义。叔本华则是通过逃避欲望的世界、与历史上伟大的思想家交流以及审美静观㊀来做到这一点的。他每

㊀ 审美静观(aesthetic contemplation),哲学与心理学名词,指无为而为的审美方式,主体全神贯注于审美客体,对其他事物视而不见,听而不闻,忘却其存在的审美活动状态。——译者注

第三十四章

天吹奏一两个小时的笛子。这意味着一个人必须成为观察者和行动者。一个人必须承认存在于自然界中的生命力量，它通过每个人的个体存在而显现出来，当个体不再作为一个物理实体存在时，这个力量最终就将回归大自然。

"我密切地遵循着他的模式——我主要和每天阅读的那些伟大思想家建立人际关系，避免让自己的思绪纠缠于无聊的日常生活，我每天都会通过下棋或听音乐进行冥想，与叔本华不同的是我不会演奏乐器。"

朱利亚斯对这段对话饶有兴趣。菲利普难道没觉察到帕姆的怨恨吗？还是在害怕她的愤怒？菲利普究竟是如何解决自己的性瘾的？朱利亚斯不时地默默发出惊叹，更多的时候是偷笑。菲利普说，当他读到叔本华的作品时，就感到自己生平第一次被完全理解了。朱利亚斯听这句话时就像挨了一记耳光。他心想，在他眼里我算哪根葱？三年来，我累死累活地去理解和同情他。但朱利亚斯没有作声。菲利普确实有在慢慢改变。有时最好是把东西先收起来，待到时机合适了再亮出来。

几周后，团体提出了一个话题，正好给了他这个机会。在会谈时，先是瑞贝卡和邦妮同时告诉帕姆自从菲利普来了以后她就变了，变得比以前糟了。从前她身上的那些优点，如亲切、充满爱心、慷慨大方，通通都不见了。邦妮还说，虽然她的怒气没有第一次见到菲利普时那么盛了，但一直没能消除，而且已经凝结成某种坚硬无情的东西了。

"我看到菲利普在过去几个月里有了很大的变化。"瑞贝卡说，"你却始终停滞不前，就像当时遇到约翰和厄尔的问题时一样。你难道想一辈子这样愤怒吗？"

其他人则指出，菲利普一直都彬彬有礼，即使帕姆提问时常常语带讥讽，他仍对每一个问题都详细地作答。

帕姆说："要有礼貌，这样你就可以操纵别人，就像在使用蜡之前要先加热熔化它一样。"

"你说什么？"斯图尔特问道。其他成员看起来也都一脸疑惑。

"我只是引用了一下菲利普的灵魂导师的话。这话出自叔本华的名言佳句，也是我对菲利普的礼貌的看法。这话我从未跟你们提过，我最初打算读研的时候，曾考虑过要研究叔本华。但在研究了几周他的作品和生活之后，我开始十分鄙视他，以至于最终放弃了这个想法。"

"这么说，你是把菲利普当作叔本华了？"邦妮说。

"当作？菲利普根本就是叔本华，两人的想法简直如出一辙，他简直就是那个可怜虫的化身。我可以告诉你们一些关于他的哲学和生活的事情，一定会把你们吓坏。而且，我确实相信菲利普是在耍手段，而不是在讲述故事。我老实告诉你们，一想到他向人灌输叔本华的厌世学说，我就不寒而栗。"

"你何不看一看如今的菲利普？"斯图尔特说，"他已不再是你15年前认识的那个人了。你们之间的那段插曲把一切都扭曲了，你无法让事情过去，也无法原谅他。"

"插曲？你说得倒轻巧。这可不仅仅是一段插曲。至于原谅，你不认为有些事情是不可原谅的吗？"

"因为你不肯原谅，并不意味着事情就不可原谅，"菲利普一反常态，充满感情地说，"若干年前，你和我订立了一个短期的社会契约。我们向彼此提供性的兴奋与释放。我做了我该做的，

第三十四章

满足了你的性需求,我不认为自己对你还有什么未尽的义务。事实上我们都各有所得。我获得了性的快感和释放,你也一样。我不欠你什么。我在事发之后的谈话中明确表示了,我度过了一个愉快的夜晚,但不希望继续我们的关系。我当时说得还不够清楚吗?"

"我说的不是清楚不清楚的问题,"帕姆反驳道,"我说的是美德——爱心、仁爱和关心他人。"

"你坚持要与我分享你的世界观,要我以你的方式来体验生活。"

"我现在只愿你也和我一样痛苦。"

"既然如此,我有个好消息要告诉你,你听了一定会高兴的。那件事过后,你的朋友莫莉写了一封信,向我系里的所有人以及校长、教务长和教务委员会控诉我的罪行。尽管我以优异的成绩获得了博士学位,尽管学生对我的评价也很高(顺便也包括您的评价),但没有一位老师肯为我写推荐信或以任何方式帮我找工作。我因此一直没能找到一份正经的教职。在过去的几年里,我一直辗转于一些乱七八糟的三流学校当临时讲师。"

正在努力培养同理心的斯图尔特回应说:"所以你一定觉得自己已因此受了惩罚,社会已让你付出了沉重的代价。"

菲利普惊讶地抬起眼睛望着斯图尔特,点了点头说:"更沉重的代价,是我给自己加的惩罚。"

菲利普累得瘫倒在椅子上。又过了一会儿,大家把目光转向了帕姆,帕姆有点按捺不住了,冲大家说:"你们难道还不明白吗?我指的并不是他过去的一、两桩罪行,我指的是他一直以来的处世为人方式。就在刚才,当他把我们俩爱的行为描述成他在履行'社会契约的义务'时,你们不觉得心寒吗?还有他刚才评价说尽管找朱利亚斯治疗了三年,但只有在阅读叔本华的作品时才感到'第一次'被理解。大家都了解朱利亚斯。你们相信朱利亚斯花了三年的时间还不理解他吗?"

团体一片沉默。过了好一会儿帕姆才转向菲利普说道:"你想知道为何你觉得只有叔本华才理解你,而朱利亚斯做不到吗?我来告诉你为什么。因为叔本华死了,死了有140多年了。而朱利亚斯还活着。你根本不懂如何与活着的人相处。"

菲利普一副不想回应的样子,瑞贝卡见状连忙插了一句:"帕姆,你这么说未免太恶毒了。究竟要怎样你才肯罢休?"

"其实菲利普并不坏,帕姆。"邦妮说,"他只是垮掉了。你看不出来吗?你分不清一个人是坏蛋还是垮掉了吗?"

帕姆摇了摇头说:"我今天没法再继续了。"

托尼今天异常安静,在一阵令人难受的沉默之后,他终于发话了。他说:"菲利普,我不是想为你解围,但我一直在想一件事。几个月前朱利亚斯跟我们分享了他在妻子死后发生的性丑闻,你后续有什么感想吗?"

菲利普似乎很感激他转移了话题,反问道:"我应该有什么感觉呢?"

"我不懂什么'应该'不'应该'。我只是问你当时的真实感受。我好奇的是,当你第一次接受朱利亚斯治疗时,如果他告诉你他也经历过性的压力,你会不会觉得他更能理解你呢?"

菲利普点头承认。"这个问题很有意思。我的回答是,有这种可能。这可能会有助于建立我和他之间的共鸣。我虽然没有证据,但从叔本华的作品可以看出,他对性有着和我一样强烈和戒不掉

第三十四章

的感觉。我相信这就是我觉得他如此理解我的原因。"

"但是,我在说到接受朱利亚斯的治疗时说漏了一件事,在这里我想澄清一下。当我告诉他,他的治疗对我都毫无用处时,他也问了我那个同样的问题——我为何要让这样一个毫无帮助的治疗师来当导师?他的问题让我想起了当年治疗过程中的一些事情,这些事情让我难以忘怀,而且事实证明,它们对我起了作用。"

"比如什么事?"托尼问道。

"当时,我向他描述了我典型的夜生活轨迹——调情、搭讪、晚餐、上床,并问他是否感到震惊或厌恶,他只说了一句,这样的夜生活似乎很无聊。他的反应着实震撼到我了。让我意识到自己竟然随随便便就为这种单调重复的生活而感到兴奋。"

"其他让你难忘的事呢?"托尼追问道。

"朱利亚斯有一次问我想要怎么写自己的墓志铭。我一时没什么想法,他建议我写上,'他一生热衷于性交',然后又补充说这个墓志铭对我的狗也同样适用。"

成员们被逗得有的吹起了口哨,有的面露微笑,邦妮说:"朱利亚斯,你太刻薄了。"

"不,"菲利普说,"他这话说得一点也不刻薄,他是想打击我,把我骂醒。我果然忘不了这句话,我认为它起了一定的作用,让我决心要换一种方式生活。我想我是故意要忘掉这些事的。显然我不愿意承认他的治疗对我有帮助。"

"你知道这是为什么吗?"托尼问。

"我也一直在思考这个问题。或许是我在和他暗中较劲,如果他赢了,就表示我输了。或许是我不想承认他那套与我完全不同的咨询方法居然奏效。又或许是我不想与他太亲近。也可能……"

菲利普说着朝帕姆点了点头,"她说得对,我不懂如何与活着的人相处。"

"至少是不容易相处,"朱利亚斯说道,"但你已经表现得越来越好了。"

接下来的几星期,团体治疗照样有条不紊地进行着:人都到得很齐,大家都很努力且很有成效,除了反复焦虑地打听朱利亚斯的健康状况,还有帕姆与菲利普之间仍旧关系紧张,成员们都感到彼此信任、亲密、乐观,甚至平静。没人会想到自己即将迎来一个重磅炸弹。

THE
SCHOPENHAUER
CURE

第三十五章

当一个像我这样的人一出生,对外界就只有一种渴望,那就是一生都尽可能地做自己,为自己的智力而活。

自我治疗

以自传体书写的《关于自己》完全就是一篇令人眼花缭乱的自我治疗策略手册，叔本华正是靠着这些治疗来维持心理的健康。虽然有些策略诞生于他凌晨3点的焦虑风暴，天一亮就被弃用了，被证明是短暂且无效的，其他大多数策略则被证明有长久的支持保护效果。其中最有效的一条是他始终坚信自己是个天才。

早在年轻时我就注意到，当别人都在为外在的财物奋斗时，我却不必借助于这些东西，因为我自身就拥有一种比任何外在的东西都珍贵得多的财富。最重要的事就是使这笔财富增值，为此，智力的发展和完全的独立成了首要的条件。……虽然这么做有悖人性和人权，但我还是必须把我的能力少用于提升自我幸福，而多用于造福全人类。我的才智不只属于我个人，而是属于全世界。

他说，天才所带来的负担使得他比原先的自然遗传还要更焦虑和不安。天才的敏感性使他遭受了比一般人更多的痛苦和焦虑。事实上，叔本华常说服自己相信焦虑和智力之间是有直接联系的。因此，天才不但有义务把自己的天赋用来造福人类，更由于要全身心地投入以完成使命，而不得不放弃许多普通人生活中的满足，比如家人、朋友、家庭生活和财富积累。

他像背诵祷告文似的一遍又一遍强调自己是天才，以此来使自己平静。他说："我的生命是英雄般伟大的，不能以庸俗之

第三十五章

人、小商小贩或普通人的标准来衡量。……因此,即便我想到自己是如此缺乏那些普通人日常生活中的乐趣,也定不会感到沮丧。……因此,即便我的私生活看起来杂乱无章、毫无计划,也不足为奇。"叔本华对自己的天才深信不疑,也使他持续不断地领悟到生命的意义,他一生都把自己视为向人类传播真理的使者。

最困扰叔本华的恶魔就是孤独,而他也逐渐擅长构建心理防御以抵抗孤独感。其中最有效的就是他坚信自己是命运的主宰,是他主动选择了孤独,而不是孤独选择了他。他曾说过,他年轻的时候还是倾向于社交的,但在那之后,"就渐渐学会了孤独,变得越来越不爱交际,并下定决心把这短暂的一生全部奉献给自己。"他还不断提醒自己:"我身处异国他乡,且身边无人能与我惺惺相惜。"

由此可见,他把抵抗孤独感的心理防御建得既强大又深刻:比如他是自愿选择孤独的,其他人都不值得为伴,他身为天才的使命要求他必须保持孤独,天才的一生注定是一场"独角戏",天才的个人生活只有一个宗旨,就是促进智力生活。(因此"私生活的圈子最好是越小越安全"。)

叔本华偶尔也会因受不了孤独的重压而唉声叹气。"我一生中常感觉寂寞得发慌,故时常由衷地叹息,'现在就赐我一个人吧',可叹这总是徒劳的。我长期孑然一身,但我可以诚实并由衷地说这不是我的错,因为我不曾故意躲闪或回避过任何人。"

除此之外,他还说自己并不真正感到孤独,因为他有自己亲密的朋友圈,也就是那些世上伟大的思想家。这又是另一个有效的自我治疗策略。

同时代的人只有一位被他视为知己——歌德，其余则大多来自古代，尤其是他经常引用的斯多葛学派。他在《关于自己》的每一页里几乎都引用了一些伟人的格言用来支持自己的信念。典型的例子如下：

对心灵最好的帮助，是一劳永逸地打破束缚心灵的痛苦束缚。——奥维德㊀

凡寻求和睦安宁的，都必远离妇女。因为妇女是一切搅扰和纷争的来源。——彼特拉克㊁

如果一个人全靠自己，自身就拥有一切，就不可能不幸福。——西塞罗㊂

一些心理治疗或个人成长小组的带领者会用到一种技巧，一种名为"我是谁"的练习。成员们针对"我是谁"这个问题分别在7张卡片上写下7个答案，然后将卡片按重要程度排序。接着他们会被要求依次把卡片翻过来，从最不重要的答案开始，一次翻一张，冥想一下如果去掉这个答案（也就是去除这个身份），自己会是什么样子，直到他们找到自己的核心自我。

叔本华也曾尝试类似的方式并丢弃了各种不同的自我属性，直至找到了他所认为的核心自我：

㊀ 奥维德（Ovid，前43—17），古罗马诗人。——译者注

㊁ 弗兰齐斯科·彼特拉克（Francesco Petrarca，1304—1374），意大利学者、诗人，文艺复兴第一个人文主义者，被誉为"文艺复兴之父"。——译者注

㊂ 马库斯·图留斯·西塞罗（Marcus Tullius Cicero，前106—前43），古罗马著名政治家、演说家、雄辩家、法学家和哲学家。——译者注

第三十五章

有时,我感到不快乐是因为我把自己当成了他人,总为他人的痛苦和不幸感到难过。例如,我把自己当成一个失败的讲师,既成不了教授,也没人愿意听他讲课;或者把自己当成受市井小人诋毁和被流言中伤的对象;或者是一个不被迷恋的女孩所接受的情人;一个被疾病困在家中寸步难行的病人;或是其他受类似的不幸折磨的人。我从来就不是他们中的任何一个,所有这些都被做成了一件件外套,我每件都只穿了一小会儿就丢掉,然后又换上另外一件。

那么我究竟是谁呢?我就是《作为意志和表象的世界》这本书的作者,这本书解决了"存在"这个大问题,我在书里介绍的方法也许会淘汰以往所有的旧方法……这才是我,在我的有生之年,还有什么能使我烦恼呢?

还有一个相关的安慰策略就是,他坚信自己的作品迟早会为人所知(很可能是在他死后),并将彻底改变哲学探索的进程。他在很小的时候就开始表达这种想法,并且自己终将取得成功的信念从未动摇。在这一点上,他同尼采和克尔凯郭尔不谋而合。这两位也是很有主见且不被赏识的思想家,他们完全相信自己死后会名满天下,事实证明的确如此。

他戒绝一切超自然的安慰,只接受基于自然主义世界观的慰藉。例如,他认为痛苦的产生是由于错误地认为生命中的许多紧急事件皆为偶然,因此都是可以避免的。一个人最好要认识到痛苦和折磨是不可避免,也逃脱不了的,是生活必不可少的部分。他说:"没有任何事是出于偶然,只是以偶然的形式出现罢了。我们当前的苦难正好填补了生命的一个空间,没有它,这个空间也会被其他的痛苦所占据。如果这种想法势必要成为一种活生生的信念，它很可能产生相当大程度的坚忍和平静。"

他敦促我们活在当下并且体验当下的生活，切不要为了未来美好的"希望"而活。两代人之后，尼采响应了这一号召。他认为"希望"是我们最大的祸害，并且抨击柏拉图、苏格拉底和基督教，批评他们将我们的注意力从仅有一次的生命转移到了未来的虚幻世界。

THE
SCHOPENHAUER
CURE

第三十六章

寒风预示着绵绵无期的霜冻即将到来,无望能拥有家、爱情、感动和快乐的每一天,都犹如生活在北极。[一]

[一] 译文出自《爱与生的苦恼》,叔本华著,金铃译。——译者注

下一期会谈一开始,帕姆就第一个说道:"我今天有事情要宣布。"

所有人的目光都齐刷刷地转向了她。

托尼猛地坐了起来,盯着帕姆看了许久,然后向后靠在椅子上,交叉双臂,闭上了眼睛。如果他此时戴着软呢帽,那他绝对会把它拉下来盖住自己的脸。

帕姆估摸着托尼没有要发表什么的意思,便鼓足了勇气,继续用清晰的声音说道:"托尼和我已经交往有一阵子了,发生性关系的那种。我实在做不到每次坐在这里却不告诉大家。"

一阵短暂而气氛紧张的沉默过后,大家开始七嘴八舌地发问:"为什么?""什么时候的事儿?""在一起多久了?""你们怎么能这样呢?""接下去有什么打算?"

帕姆迅速而冷静地回应道:"已经好几个星期了。我不知道将来会怎样,也不清楚是怎么发生的。事先并没有考虑过,只是在一次会谈结束后的晚上,事情就这么发生了。"

"你今天不打算说什么吗,托尼?"瑞贝卡温和地问道。

托尼缓缓地睁开双眼,说道:"我也是才知道。"

"才知道?你是说这一切都不是真的吗?"

"不。我指的是今天要坦白这件事。就是'说吧,托尼'这句话,这个对我来说还是头一回。"

"你看上去不太高兴呀。"斯图尔特说。

托尼回过头对着帕姆说道:"我昨晚在你家,我们很亲密。没错,是亲密,我从大家嘴里听到过无数次这个词,说是女人都比较敏感,比起老一套的一见面就上床,她们更想要亲密。所以,既然要亲密,那为什么不先跟我说一声,让我事先知道今天要闹

第三十六章

这么一出?"

"对不起。"从帕姆的话里听不出丝毫的歉意,"我一直感觉不太对劲。你走了之后,我几乎整晚没睡,脑子里想着团体的事。我发现我们的时间不多了,离结束只剩六次会谈了。我算得没错吧,朱利亚斯?"

"没错,还有六次。"

"朱利亚斯,我突然意识到自己深深地背叛了与你及其他各位的约定,同时也背叛了我自己。"

"我一直没弄明白是怎么回事,"邦妮说,"但我总感觉前几次会谈的气氛不大对。你变得不一样了,帕姆。我记得瑞贝卡已经不只一次感觉到你的变化。你变得不怎么谈你自己的问题,我不清楚你和约翰之间到底怎么样了,也不清楚你是否还在受前夫的影响。因为大部分时间你都在攻击菲利普。"

"还有,托尼,你也一样。"吉尔补充道,"现在回想起来,你果然和之前不一样了。你躲起来了,我好怀念从前那个无所顾忌的托尼。"

"我说说我的想法,"朱利亚斯说,"首先,帕姆刚才用了'约定'这个词,引发了我的一些想法。我知道这又是老调重弹,但为了你们中有的人将来有可能要参加其他团体,还是值得我一再强调。"朱利亚斯看了一眼菲利普,继续说道:"甚至包括想带领团体治疗的人。对我们每个人来说,唯一的约定就是尽我们最大的努力去探索自己与团体里每一个人的关系。建立团体以外的关系的危险就在于,它会危害到治疗过程和效果。为什么呢?因为处于亲密关系中的人往往更重视这种关系从而忽视了治疗。看看,今天的事正是这种情况。帕姆和托尼不仅隐藏了他们之间的关系

（这一点可以理解），而且由于害怕触及他们私底下的关系，他们放弃了许多与大家讨论和接受治疗的机会。"

"直到今天以前。"帕姆说。

"没错，直到今天以前——我为你所做的一切鼓掌，为你决定在今天向大家公开而鼓掌。知道我想问你和托尼的问题是什么吗？为何选择现在？你们俩自从加入团体，互相认识有两年半了吧，直到现在关系才起了变化，为什么？几星期前究竟发生了什么使得你们突然决定要在一起？"

帕姆转向托尼，冲他抬了抬眉毛，提示由他来回答。他顺从地接过话题："绅士优先吗？这回轮到我啦？没问题。我完全清楚是怎么回事，事情就是帕姆冲我勾了勾手指表示'好吧'，我自打一进入团体就一直对她很有感觉，如果她半年前或两年前就冲我勾手指，我也肯定早就上了。我就是个'随叫随到先生'。"

"嘿，这才是我喜欢的那个托尼嘛。"吉尔说，"欢迎回来。"

"托尼，其实不难理解你为何变得不一样了。"瑞贝卡说，"你好不容易和帕姆在一起，你肯定不想把事情搞砸，这很合理啊。你只能把自己藏好，小心翼翼地不让别人看到你不太好的一面。"

"你是指我危险的那一面吗？"托尼说，"也对，也不对，其实说起来没那么简单。"

"什么意思？"瑞贝卡问。

"意思就是'不太好'的一面反而能吸引帕姆。关于这个我可不想多说。"

"为什么不说？"

"拜托，瑞贝卡，这你还看不出来吗？为什么非让我丢人现眼呢？我要是再说下去，我和帕姆的关系就真的玩儿完了。"

第三十六章

"你确定?"瑞贝卡还紧咬着不放。

"你觉得呢?我想她既然对大家说出来了,就说明这一切都结束了,她已经下定决心了。气氛好像越来越尴尬了。"

朱利亚斯又向帕姆和托尼重复了一遍关于时机的问题,帕姆表现出前所未见的犹豫,她吞吞吐吐地答道:"对此我很难发表意见。可能因为当局者迷吧。我只知道事先完全没想过,也没有任何计划,就是一时冲动而已。当时会谈刚结束,我们正喝着咖啡,那天只有我们俩,因为你们都各干各的去了。他邀我一同吃晚餐,他常对我发出邀请,但这一次我建议他跟我回家,我们一起做点汤喝。于是他来了,接着事情就有点失控了。至于为何是那一天而不是更早?我也说不清楚。我们过去就常在一起玩儿,我跟他聊文学,借书给他读,还鼓励他继续上学。他则教我做木工,还帮我做了一个电视架和一张小桌子。这些你们都知道的。为何现在发展成了和性有关的关系,我也不知道。"

朱利亚斯说:"你介意试着找一找原因吗?我明白要你当着情人的面讨论这么私密的话题并不容易。"

"我今天来就是决心要解决这个问题的。"

"很好。现在请思考这个问题:回忆一下最近团体里发生的事,当这段关系开始时,团体里有什么重要的事情发生吗?"

"我从印度回来之后就发生了两件大事。第一件就是你的健康问题。我看过一篇"脑洞"很大的文章,说的是人们会有意无意地在团体里两两成对,目的是希望他们的后代有朝一日能成为团体的新首领,但这实在是太扯了。朱利亚斯,我也不清楚你的病是如何促使我和托尼有更深的接触的。或许是担心团体要结束了,所以我想要寻求一种更长久的私人关系。也许是我胡思乱想,觉得这样就能使团体在一年后继续下去。不过这些全是我瞎猜的。"

朱利亚斯说:"其实一个团体和人并没什么两样,它也不想死。没准儿你和托尼的关系就是一个可以让团体活下去的迂回策略。所有的治疗团体都尝试把定期聚会延续下去,但很少能真正做到。正如我多次跟你们说的,团体毕竟不是人生。它不过是一场人生的彩排。我们每个人都必须把在团体里学到的东西转化到现实世界的生活中去。说教结束。"

"但是帕姆,"朱利亚斯接着说道,"你刚才提到了两件大事,一件是我的健康问题,另一件又是……?"

"是关于菲利普。我心里一直放不下他。我讨厌看到他在这儿。你说过他的存在最终可能会对我有利,我也相信你说的话。可是到目前为止,他就是个废物,除了一件事,那就是,由于我一直专注于恨他,导致原先对厄尔和约翰的强迫幻想消失了,而且我想这次应该会一去不复返。"

"所以,"朱利亚斯穷追不舍,"所以菲利普对你来说很重要。有没有可能菲利普的出现对你和托尼的关系也有一定的影响?"

"任何事都有可能。"

"有什么直觉吗?"

帕姆摇了摇头,说:"没有。我认为这纯属激情所致。我已经好几个月没和男人在一起了,这种情况很少见。就这么简单。"

"各位有何反应?"朱利亚斯扫视了一下房间。

斯图尔特不假思索张口就来,他那敏锐而有条理的脑子一刻不停地转着。"帕姆和菲利普之间不仅有冲突,很大程度上还有竞争。这也许有点夸张,但我是这么理解的,帕姆一直以来都是团体的关键人物,处于中心的位置。她既是博学多才的大学教授,

第三十六章

又能牢牢抓住托尼,不时地教训他。然后怎么了呢?她不过才离开几周,一回来就发现自己的位置被菲利普给占了。我认为她被这件事搞得乱了方寸。"他转向帕姆说道,"无论你15年前对他有什么不满,现在都变本加厉了。"

"这和托尼又有什么关系呢?"朱利亚斯问道。

"这很可能是他们竞争的一个方面。如果我没记错的话,那阵子帕姆和菲利普都曾试图用一些礼物来安慰你。菲利普把那个轮船停靠在小岛的故事发给大家,我还记得当时托尼讨论得相当积极。"他又对着帕姆说道,"这件事很可能对你构成了威胁,你也许不想失去对托尼的影响力。"

"谢谢你,斯图尔特,真是大有启发。"帕姆反驳道,"你的意思是,为了跟这个行尸走肉竞争,我要和在座的所有男人都发生性关系!这就是你对女性能力的看法?"

"你就是这样鼓励别人给的反馈的吗?"吉尔说道,"还有,'行尸走肉'这个词用得太过分了。比起成天歇斯底里地骂人,我倒更喜欢菲利普那种平和的态度。帕姆,你还真是个泼妇,除了生气,你还能做什么?"

"你的情绪太激动了,吉尔。到底怎么回事?"朱利亚斯问道。

"我想是因为我在最近这位爱生气的帕姆身上看到了我妻子的影子。我决心不放过她俩身上任何恶毒的东西。"

吉尔又补充道:"还有别的原因。我想是因为帕姆一直对我视而不见,这让我很生气。"他转身对着帕姆说道:"我要对你坦诚地说一些我的个人感受。我跟你说过我对你的感觉,我告诉你我是如何把你看作首席法官的,但你从不在意。无论我怎么做,对你来说都不重要。你眼里只有菲利普……还有托尼。其实我跟你说的事都很重要,比如接下来这件事,我想我明白约翰为什么临阵脱逃,不是因为他懦弱,而是因为你脾气暴躁。"

帕姆陷入了沉思,呆坐着一言不发。

"今天大家都表达了很多强烈的感受。我们仔细地思考一下,试着去理解这些感受。大家有何想法?"朱利亚斯问。

"我很佩服帕姆今天的诚实,"邦妮说,"而且我能理解她有多难受。我也很欣赏吉尔敢和她较量。这对你来说是个惊人的变化,吉尔,我为你鼓掌,但我还是希望能让菲利普多为自己辩护。我不明白他为何从不为自己辩护。"她转身面对菲利普问道:"这是为什么呢?"

菲利普摇了摇头,仍旧保持沉默。

"既然他不肯说,我来替他回答好了。"帕姆说,"他是在遵循亚瑟·叔本华的指示。"说着,她从皮包里拿出一张便条,迅速看了一遍,开始念道:

- 说话时不带情绪。
- 凡事不主动。
- 保持独立,不依靠他人。
- 想象你生活的地方只有你一个人的手表是准时的——这对你有好处。
- 只有漠视别人,方能赢得尊重。

菲利普赞赏地点了点头,答道:"我赞成你读的材料。这些建议听起来都不错。"

"这是怎么一回事?"斯图尔特问道。

第三十六章

"我稍稍浏览了一下叔本华的书。"帕姆说着,一边举起了手中的笔记。

沉默了片刻,瑞贝卡又打破了僵局,说道:"托尼,你想什么呢?你怎么啦?"

"今天总感觉说不上话。"托尼摇着头说,"我感觉动弹不得,就像被冻住了一样。"

令大家吃惊的是,菲利普居然主动做出了回应。他说:"我想我了解你的处境,托尼。正如朱利亚斯所说,你被夹在两个相互冲突的需求之间,一方面你需要在团队中自由地表达自己,与此同时,你也在努力向帕姆表示你的忠诚。"

"对,我明白。"托尼回答,"但是光明白是不够的,我还是放不开,但还是要谢谢你。作为回报,我也给你一点我的反馈。你一分钟前说的话……就是你支持朱利亚斯的观点……嗯,你可是头一回这么干……我是指你不再质疑他了……你的改变不小啊,伙计。"

"你说,光明白是不够的。除此之外你还需要什么?"菲利普问。

托尼连连摇头,说:"我目前还说不上来。"

"我想我知道该怎么做了。"朱利亚斯转过身对着托尼说,"你和帕姆今天都在回避对方,不想表达各自的感受。可能你们想以后再说。我知道这会很尴尬,但你们愿不愿意现在就试着把话说开?或许可以试试只对彼此说,不用对着大家说。"

托尼深吸了一口气,转过身去面对着帕姆。他说:"我感觉很不好,心里很不平衡。事情搞成这样,我真的很生气,我想不通你为什么不先跟我打个电话,和我商量一下,好让我有个思想准备?"

"对不起。但我们都知道这件事迟早是要公开的。我们之前也谈过了。"

"就这些吗?这就是你要说的?那今晚呢?我们还见面吗?"

"继续见面未免太尴尬了。团体治疗的规则就是所有的关系都要拿出来讨论,我想尊重自己与大家的约定。我无法再这样下去了。或许等团体治疗结束后……"

没等帕姆说完,菲利普突然插了进来,说:"你对合约的处理一贯是最灵活、最有弹性的。"他说话时显得异常激动。"当它符合你的需求,你就尊重它。当我和你讨论如何遵守我过去的社会契约时,你便冲我破口大骂。然而,你自己却破坏了团体的规则,表面一套背地里一套,肆意地对托尼加以利用。"

"你有什么资格跟我谈合约?"帕姆大声地反驳道,"那老师和学生之间的合约呢,你又如何解释?"

菲利普看了看表,站起身来,向大家宣布:"现在是六点。我今天已经履行了时间上的义务。"他离开房间时,嘴里还生气地嘟囔着:"今天真是在这摊烂泥里待够了。"

由朱利亚斯以外的人来宣布会谈结束,对这个团体来说还是第一次。

THE
SCHOPENHAUER
CURE

第三十七章

他继续走着,但心中已隐约地觉察到,他把他的房子,也就是他的整个人生都建在不堪一击的、虚假的根基上了。

虽然离开了团体活动室这潭泥沼，一团烂泥却仍淤积在菲利普的脑子里，怎么也清不掉。他焦虑不安地走在菲尔莫尔街上。他那套自我安慰的技巧都上哪儿去了？长久以来支撑着他并使他内心宁静的所有方法此刻都在瓦解，其中也包括他的心智训练和宇宙视角。为了竭力使自己平静下来，他告诫自己：不要挣扎，也不要反抗，清空你的脑子；什么都别做，只任由所有想法在脑子里过一遍，让它们漂进意识里，再漂走。

那些思绪倒是都顺利地漂进了意识里，可是怎么也漂不走。相反，那一幕幕画面索性打开了行李，挂起了衣服，在他的脑子里安了家。帕姆的脸渐渐浮现在他眼前。他把注意力集中在她的画面上，吃惊地发现她的容貌正随着岁月的变迁而发生转变：眼前的帕姆正越变越年轻，不一会儿就变回了多年前他们相识时候的样子。在一个年纪大的人身上看到他年轻时的模样是一种多么奇特的体验啊。他通常会反过来想象——从现在看到未来，从年轻人完美无瑕的肌肤看到总有一天要显露出来的头骨。

她的脸是如此的容光焕发！画面清晰得令人难以置信！他曾进入过成群的，不，应该说是成百上千个女人的身体，她们的脸早已在他的记忆里消失褪色，化成了一张统一样式的脸。而帕姆的脸怎么可能被如此细致地留存在他的记忆里呢？

接着，他又惊讶地发现，眼前呈现出更为清晰的关于帕姆年轻时的记忆片段：她的美貌和她忘乎所以的兴奋。他自己的兴奋却只留下一丝模糊的身体记忆。他还记得自己曾在她怀里缠绵了太久。正是出于这个原因，他才将她视为危险人物，当晚就决定不再见她。因为她会威胁到他的自由。他四处猎艳只是为了快速

第三十七章

解决性需求——只有那样他才能获得那该死的平静和孤独。他从不贪图肉欲。他想要自由，想要摆脱欲望的束缚，以便进入真正的哲学家那种无欲的清净，就算是短暂地进入也好。只有在性欲被释放了之后，他才能进行更崇高的思考，并与他的挚友，那些伟大的思想家同在。他把这些思想家写的书通通看作写给自己的私人信件。

这时，他脑子里出现了更多的幻想，他被激情包裹着，"嗖"的一声，他便从哲学家们远处的看台上被吸了出来。他恳求着，渴望着，不停地索要。而此刻他最想做的就是用双手捧住帕姆的脸。原本紧密而有序的思绪渐渐松散开来。他想象着一只海狮被成群的母牛包围，接着，一只狂叫的杂交动物一次又一次地扑向横亘在它和一只发情的母狗之间的铁栅栏。他觉得自己就像一个野蛮的、挥舞着棍棒的穴居人，发出低沉的吼声，警告竞争对手不要靠近。他想要占有她。他想到了托尼肌肉发达的上臂，不由地联想到大力水手一口吞下菠菜，把空罐子往身后一抛的情景。她的身体应该是他的，而且只属于他一人。她没有权利将它交由托尼来亵渎。她和托尼做的每一件事都玷污了他对她的记忆，掠夺了他曾经的体验。他感到一阵恶心。到头来，自己也不过是一只两足动物。

菲利普转了个身，开始沿着游艇码头散步，一路穿过克里西菲尔德公园来到海湾，漫步在太平洋的边缘，任由平静的海浪和空气中时刻弥漫的海盐的芳香安抚着自己。他打了个寒战，于是扣紧了上衣的扣子。在夕阳的余晖中，冰冷的太平洋海风吹过了金门大桥，从他身边呼啸而过，就像他生命里的时光一刻不停地匆匆流走，不留一丝温暖和快乐。寒风预示着绵绵无期的霜冻即将到来,无望能拥有家、爱情、感动和快乐的每一天都犹如生活在北极。奇怪他从前竟不曾留意自己搭建的纯粹的思想大厦里没有一丝暖意。他继续走着,但心中已隐约地觉察到,他把他的房子,也就是他的整个人生都建在不堪一击的、虚假的根基上了。

THE
SCHOPENHAUER
CURE

第三十八章

我们必须以宽容对待人们的每一愚蠢、缺陷和恶行；时刻谨记我们眼前所见的就只是我们自己的愚蠢、缺陷和恶行。㊀

㊀ 译文出自《叔本华思想随笔》，叔本华著，韦启昌译。——译者注

接下来的那次会谈，菲利普既没有分享他那可怕的经历，也没有解释自己上次为何突然离去。虽然他现在参与团体的讨论比以前积极了，但都是出于自己的选择，成员们也已经清楚，想要撬开菲利普的嘴和心，就算花再多的功夫也是白费。于是，他们把注意力转向了朱利亚斯，询问他是否觉得上周由菲利普来宣布会谈结束对自己是种冒犯。

"苦乐参半吧。"他回答说，"苦是因为自己被别人取代了。失去我的影响力和在团体里的角色象征着一切已接近尾声，即将收场。上次会谈结束后，我度过了一个糟糕的夜晚，所有事情都不对劲。凌晨3点钟，我突然对近在眼前的结局感到一阵悲哀。团体要结束了，我对其他患者的治疗也要结束了，我生命里的最后一年就要走完了。以上是苦的部分。乐则是因为我为你们感到骄傲。这里面也包括你，菲利普。我骄傲地看到你们越来越独立，有时候治疗师就像是父母，好的父母会给孩子足够的自主权，使其能离开家像正常的成年人那样生活。同样地，好的治疗师的目标也是让患者最终能够脱离治疗。"

"为了避免误解，我想在这里澄清一下，"菲利普突然发话了，"我上周那么做并不是想越权。当时的行为完全出于一种自我保护。因为那天的讨论使我的情绪激动到无法用言语表达，我是勉强让自己待到会谈结束的，所以不得不迅速离开。"

"我明白你的意思，菲利普。只是我现在一心想着各种结局，所以会看到一些即将结束的迹象，以及发现一些好的替代方法。我也知道，你的这番声明里藏着一些对我的关心。为此我要感谢你才是。"

菲利普微微点了一下头表示回敬。

第三十八章

朱利亚斯继续说道:"你所说的那种激动貌似很重要。我们是不是应该探讨一下?离团体结束还剩五次机会。我劝你趁现在还有时间,好好利用这个机会。"

尽管菲利普默默地摇了摇头,仿佛在暗示他现在仍无法参与探讨,但他注定不会永远保持缄默。在接下来的几次会谈中,菲利普便一发不可收拾地参与了进去。

帕姆在下次会谈一开始便毫不客气地对吉尔说:"我先来道个歉!我最近一直在想,觉得自己欠你一个……不,应该说我确信自己欠你一个道歉。"

"说说看。"吉尔既忍不住好奇又不敢太造次。

"几个月前,我大骂你缺心眼,因为你总是心不在焉,没有人情味,我很受不了听你说话。你还记得吗?当时那些话说得很难听……"

"是挺难听的,没错。"吉尔打断了她的话,"但这都是有必要的,良药苦口嘛。是那些话让我行动起来了,你知不知道,我从那天起就再也没沾过酒?"

"谢谢,但我道歉的不是这个,而是后来发生的事。你的确变了,你变得更加投入了,你比其他人都更坦诚地面对我,但我实在太固执己见,就是不愿肯定你的变化。对此我很抱歉。"

吉尔欣然地接受了道歉,又说道:"那你觉得我给你的反馈如何?对你有帮助吗?"

"嗯,你用'首席法官'来形容我,让我难受了好几天。你说中了我的要害,使我开始思考自己的行为。但我脑子里一直挥之不去的还是你那天说的,约翰之所以不想离开他的妻子不是因为怯懦而是因为他不想应付我的坏脾气。那句话让我很难受,着实让我想了好久。它一直在我脑子里，怎么都忘不掉。你猜怎么了呢？我判定你说的完全正确，约翰离开我是对的。失去他不是因为他的错，而是因为我的错，因为他实在受够了我。几天前，我打了通电话给他，把这些话都跟他说了。"

"他的反应如何？"

"非常好，不过是在他吓得晕倒又爬起来之后。之后，我们进行了友好的交谈，聊了各自的近况，讨论各自的课程和共同的学生，还谈了谈协作教学的事。一切都挺好。他还说，我的声音听起来很不一样。"

"这消息真是太好了，帕姆。"朱利亚斯说，"放下愤怒就是一个很大的进步了。你之前对怨恨太过执着，这一点我同意。我希望我们可以将这个放下的过程做一个心理变化分析，以供将来参考，就是看看你是如何一步步做到的。"

"这一切通通都不是刻意做到的。我想是你的那句格言，'打铁勿趁热'，起了一些作用。我就是等到自己对约翰的感情冷静下来之后，可以退一步看问题了，才得以进行理性的思考。"

瑞贝卡问道："那么，你对菲利普的怨恨还那么执着吗？"

"看来你从来就没有意识到他对我的所作所为是多么的变态。"

"不是这样的。我很同情你……当你第一次描述那件事时，我甚至为你感到心痛——这是多么可怕的糟糕的经历啊。但是15年过去了，通常情况下，15年的时间足以让事情冷却了。究竟是什么使得这块铁始终那么炙热呢？"

"昨晚，我睡得很浅，我在想我和菲利普之间的那段往事，脑海里浮现出这样一幅画面，我把关于他的那一大堆可怕的念头全抓在手里，然后将它们狠狠地摔到地上。然后我看到自己弯下身

第三十八章

去仔细查看那些碎片。我看到了他的脸、他破旧的公寓、我被玷污了的青春、我的学术生活的幻灭,我还看到了我失去的朋友莫莉。当我看着这堆残骸时,我知道发生在我身上的事情是无论如何也……不可原谅的。"

"我记得菲利普说过,不肯原谅和不可原谅是两码事。对吗,菲利普?"斯图尔特说。

菲利普点了点头。

"我好像不大明白。"托尼说。

"当事情不可原谅,"菲利普解释道,"那么责任不在自己,而不肯原谅的责任则要由自己来承担,因为是你自己拒绝原谅的。"

托尼点了点头说:"那么区别在于,是为自己所做的事承担责任,还是怪罪到别人身上了吗?"

"完全正确。"菲利普说,"而且,正如朱利亚斯之前说过的,当'责备结束,责任显现,方能开始治疗'。"

"菲利普,你又引了一次朱利亚斯的话,非常好。"托尼说。

"你把我的话转述得更好了,"朱利亚斯说,"我又一次感觉到你在向我们靠近。我喜欢看到这一点。"

菲利普的脸上露出了一丝不易察觉的微笑。当知道他不打算进一步回应时,朱利亚斯对帕姆说:"帕姆,你的感受如何?"

"说实话,每个人都拼了命地想看到菲利普身上的变化,这让我很困惑。他只需一个小动作,就能引得大家啧啧称赞。他那些华而不实的陈词滥调竟然能引起大家的崇拜,简直是笑话。"说着,她模仿菲利普抑扬顿挫地说道,"当责备结束,责任显现,方能开始治疗。"接着,她又提高嗓门说道:"那么你的责任何在,菲利普?除了扯一些'所有的脑细胞都在变化'之类的废话,你一个字也没说。到头来那些事都不是你干的。不，当时在场的根本就不是你。"

一阵尴尬的沉默之后，瑞贝卡轻声说道："帕姆，我想说，你其实是可以原谅别人的。你已经原谅了很多事。你说过你能原谅我跑去'卖淫'这件事。"

"那是因为那件事不涉及其他受害者，除了你自己。"帕姆飞快地反驳道。

"还有，"瑞贝卡接着说，"我们都注意到你是怎么原谅朱利亚斯的轻率行为的，几乎是立刻就原谅他了，连问都不问他的朋友里有没有人因此而受到伤害。"

帕姆的语气变得柔和了一些："他的妻子刚刚去世。他还没缓过来。想象一下你失去了一个从高中开始就深爱着的人，就饶了他吧。"

邦妮插话道："斯图尔特和那位神志不清的女人发生性关系，你不是也原谅了？甚至还原谅了吉尔长时间向我们隐瞒他酗酒的事。你已经原谅了很多人。为何偏偏不能原谅菲利普？"

帕姆摇了摇头，说："原谅别人对另一个人的冒犯是一回事。当你自己成了受害者，性质就完全不同了。"

虽然大家都在满怀同情地倾听，但嘴上却仍不罢休。"对了，帕姆，"瑞贝卡说，"我原谅你试图让约翰离开他那两个年幼的孩子。"

"我也是，"吉尔说，"我最终也会原谅你和托尼所做的事。而你呢？你能原谅自己突然爆出那一通'坦白'，并当众把托尼给甩了吗？简直是在羞辱人嘛。"

"关于我没和他商量就公布了我们的关系，我已经公开道歉

第三十八章

了。在这一点上,我的确太欠考虑了。"

吉尔又追问道:"不过,还有一件事,你原谅自己利用托尼了吗?"

"利用托尼?"帕姆说,"我,利用了托尼?你到底在说什么啊?"

"看来你们俩的关系对他来说要比对你重要得多。你和托尼的联系似乎还不如和其他人的联系紧密,甚至还不如你通过托尼与菲利普建立的联系来得多。"

"哦,这肯定又是斯图尔特的谬论,我从来就不接受这种说法。"帕姆说。

"利用?"托尼插话道,"你们认为我被利用了吗?那我也毫无怨言,我随时愿意被这样利用。"

"得了吧,托尼,"瑞贝卡说,"别不正经了。"看见托尼突然色眯眯地笑开了,瑞贝卡顿时冲他吼道:"严肃点,托尼。我们没多少时间了。和帕姆在一起的这些事,你不可能真的不受一点影响吧?"

托尼收起了笑容,说:"嗯,突然被甩的感觉就像……被扔掉了,但我还是心存希望的。"

"托尼,"瑞贝卡说,"关于如何与女人交往,你还有很多东西要学。不要再一味讨好了,这样就显得太卑微了。我听你刚才的意思像在说,别人怎么利用你都行,因为你只想同她们做一件事:上床。这么做是在贬低你自己,也在贬低她们。"

"我不认为自己在利用托尼。"帕姆说,"所有的事在我看来都是相互的。但,老实说,我当时并没有想太多,就跟开了自动驾驶模式似的,每一步都机械性地进行着。"

"很久以前，我也是如此，自动驾驶模式。"菲利普轻声附和着。

帕姆吓了一跳。她盯着菲利普看了几秒，又垂下了目光。

"我有个问题要问你。"菲利普说。

见帕姆没有抬头，他又说："我有个问题要问你，帕姆。"

帕姆抬起头，面对着他。其他成员都互相交换着眼色。

"20分钟前你说了'学术生活的幻灭'。但就在几周前，你还说在你申请读研究生时，曾认真考虑过修哲学，甚至还研究了叔本华。如果是这样的话，那么我要问你一个问题，我这个老师真的糟糕到那种程度吗？"

"我从未说过你是个糟糕的老师。"帕姆回答，"当年，你是我遇到过的最好的老师之一。"

菲利普一脸震惊，目不转睛地望着她。

"说说看你现在什么感受，菲利普。"朱利亚斯催促道。

见菲利普不想回答，朱利亚斯又说："你清楚地记得帕姆说的每件事，每个词。我想她对你来说一定非常重要。"

菲利普仍一言不发。

于是朱利亚斯转向帕姆说道："我在思考你刚才的话。既然当年菲利普是你遇到过的最好的老师之一，那一定加剧了你的失望和背叛感。"

"天哪，谢谢你，朱利亚斯，你总是那么懂我。"

斯图尔特也在重复着帕姆那句话："是你'遇到过的最好的老师之一'！我彻底被这句话打败了。我真是服了，你居然对菲利普说出如此……如此慷慨的话。这一步跨得可真大呀。"

"别小题大做了，"帕姆说，"朱利亚斯刚才一针见血地点出了

第三十八章

这句话的深刻含义,那就是,他曾是个好老师这件事令他的行为更加恶劣了。"

关于吉尔针对托尼和帕姆之间的关系说的那些话,托尼认真做了一番思考。他在接下来那次会谈的一开始便直接对帕姆说:"这话说起来……有点尴尬,我其实一直有事瞒着你。我是想说,对于我们的关系,我其实比之前承认的更失望。我没有对你不好过,你和我……呃,我们俩在一起彼此都是为了性,可现在我倒成了那个'person non grata'了……"

"是 persona non grata[⊖]。"菲利普轻声地提醒他。

"persona non grata。"托尼接着说道,"我觉得自己正在受惩罚。我们不再亲近,我很怀念我们之前的亲近。我们先是朋友,然后成了恋人,现在……好像……进退两难……变成什么也不是了……你甚至回避我。吉尔说得对,当众被甩简直丢脸丢到家了。现在我从你身上什么也得不到——既不能成为恋人,连朋友也没得做了。"

"哦,托尼,我真的非常抱歉。我知道我错了,我……我们一开始就不该那样。我现在也很尴尬。"

"不然,我们退回去做朋友怎么样?"

"退回去?"

"单纯做朋友,仅此而已。只在会后跟大家一起玩,就像在座的其他人一样,除了一点,我的好朋友菲利普必须参加。"托尼伸手亲热地搂了一下菲利普的肩膀,说,"大家一起聊团体的事,你

[⊖] 拉丁语,意为"不受欢迎的人",多用于一国政府命令某人返回自己国家时的正式表达。——译者注

教我看一些书,就跟从前一样。"

"这才像成年人说的话嘛,"帕姆回答,"嗯……对我来说,这可是第一次。通常在结束一段关系之后,我都会大闹一场然后彻底断了联系。"

邦妮自告奋勇地说:"帕姆,我怀疑你刻意和托尼保持距离是因为担心他会错把友好的姿态当成性邀请。"

"是的,没错,这的确是一个重要的原因。托尼确实有点'一根筋'。"

"好吧,"吉尔说,"有一个显而易见的解决办法,那就是消除误会。对他实话实说。模棱两可只会让事情变得更糟。几周前,我听见你对他说,也许你们两个可以等到团体解散后再恢复关系——这是真心话呢,还是只是一句缓和失望情绪的假话?这样做只会把水搅浑,让托尼一直耗着。"

"对,没错!"托尼说,"几周前那句'我们将来还可能继续交往'的话我是真的听进去了。所以我一直稳住自己,这样将来这事儿才有可能成。"

"可是,"朱利亚斯说,"这样做的话,你就无法趁我和团体还可以帮你的时候来处理自己的问题了。"

"听着,托尼,"瑞贝卡说,"上床不是这世上最重要的事,也不是唯一的事。"

"我知道,我知道,所以我今天才要提这件事。先让我缓一缓再说嘛。"

沉默了一会儿之后,朱利亚斯说:"好了,托尼,继续说吧。"

托尼面对着帕姆说道:"让我们像吉尔说的那样,把话说开了吧,大家都是成年人了。你想要怎样?"

第三十八章

"我想要我们回到原来的关系。我希望你能原谅我突然说出咱俩的事,这让你难堪了。你是个好人,托尼,我很喜欢你。前几天,我无意中听到我的本科生们用了一个新词,叫'炮友'——也许正好可以形容咱俩的关系。那段时间我们彼此是开心了没错,但是对现在或将来都不是什么好事,还是要以团体的事为先。让我们都集中精力处理好自己的事吧。"

"我没问题,我可以做到。"

"好啦,托尼,"朱利亚斯说,"你终于解放了,从现在起,你可以痛快地说出最近一直憋着的那些话了,说说看你对自己、帕姆以及这个团体都有什么想法。"

在剩下的几次会谈中,解放了的托尼又恢复了他在团体里的重要作用。他敦促帕姆处理好对菲利普的感情。当帕姆肯定了菲利普是一名好老师之后,这一原本可能被突破的关键问题至今尚未解决,于是他催促帕姆再加把劲儿,争取弄清楚自己为什么可以原谅团体的其他成员,唯独对菲利普有如此强烈的怨恨。

"我已经说过了,"帕姆回答,"很明显,原谅别人要容易得多,比如瑞贝卡、斯图尔特或吉尔,因为我不是他们故事中的那个受害者。他们的所作所为并没有改变我的生活。还有,我之所以能原谅在座的其他人,是因为他们都表达了自己的懊悔,最重要的是,他们都已经做出了改变。

"我自己也改变了不少。我现在相信,原谅一个人是可能的,但不可能原谅一个人的行为。我想我也许能原谅一个改变了的菲利普,但事实是他并没有变。你们问我为什么能原谅朱利亚斯,好,你们看,他在不断地付出。我相信你们都知道,他最近一直在为我们准备最后这一份爱的礼物,就是教我们如何面对死亡。我了解原来的那个菲利普,我可以保证,他和面前的这个人没有两样。如果非要找出什么变化,那就是现在的他比从前更冷漠,更自负了。"

她停了一会儿又接着说道:"再说了,他道个歉又不会死。"

"菲利普没有变吗?"托尼说,"我想你眼里只有你想看的吧。他以前追过那么多的女人,光这一点就说明他变了。"说完又转身对着菲利普说道:"你虽然没有明说,但情况的确不同了,对吧?"

菲利普点了点头,说:"我的生活已经大变样了,我已经整整12年没碰过女人了。"

"这样你还不认为是改变吗?"托尼质问帕姆。

"或者说是改过自新?"吉尔说。

未等帕姆回答,菲利普就抢先说道:"改过自新?不不不,这么说不准确。完全没有改过自新的成分在里面。我来澄清一下:我改变自己的生活,或者,像你们所说的,戒了我的性瘾,并不是出于什么道德上的原因。我改变是因为我活得很痛苦,实在是受不了了。"

"你是如何迈出最后这一步的?迫使你做出改变的那根最后的稻草是什么?"朱利亚斯问。

菲利普犹豫了,他在考虑是否要回答朱利亚斯这个问题。然后,只见他深吸了一口气,像是一台上紧了发条的机器,开始一板一眼地说道:"有一天晚上,我和一个特别漂亮的女人在外面放荡了很久后开车回家,一路上我想到自己已然得到了这辈子所有想要的东西,甚至多到已经开始腻了。车内散发着浓浓的肉欲气息,令人无法忍受。每样东西,空气、我的双手、头发、衣服,

第三十八章

甚至我的呼吸都散发着腐肉的恶臭,就好像我刚在一池子女性麝香里泡过似的。接着,我看到自己内心深处的欲望又在积蓄力量,蠢蠢欲动,想要再次冒头。就是那一刻,我突然对自己的生活感到恶心,于是我真的吐了起来。就在那时……"说着他突然转向朱利亚斯,"我想起了你为我建议的墓志铭。我就是在那个时候才意识到叔本华是对的,生活永远是痛苦的,而欲望是无法遏制的。痛苦之轮会不断向前滚动,我必须想办法跳下来。就是从那时起,我开始刻意地模仿他的生活方式。"

"这么多年来,这招对你管用吗?"朱利亚斯说。

"直到现在,直到我进入这个团体之前,还一直是管用的。"

"可是你现在好多了,菲利普。"邦妮说,"你变得更懂得与人接触,也让人更好亲近了。跟你说实话吧,就你刚来的时候那样……我是说,我都不敢想象自己或其他人会去找你做咨询。"

"不幸的是,"菲利普答道,"在团体里,'与人接触'意味着我必须分担大家的不幸。那样只会加重我的痛苦。告诉我,这种'与人接触'的方式怎么可能有用呢?每当我'进入生活',都感觉痛苦万分。在过去的12年里,我一直是生活的旁观者,是生命这出过路戏的观察者。"菲利普十指摊开,双手举起又放下以示强调:"我一直生活得很平静,如今,为了加入团体,我又一次被迫'进入生活',于是又一次陷入了痛苦。我跟你们提过发生在几周前会谈结束后的那次焦虑。直到现在,我都没能恢复到之前的平静。"

"我认为你的推理有个缺陷,菲利普。"斯图尔特说,"问题就出在你说的'进入生活'上。"

此时,邦妮插嘴道:"我也正想这么说呢。我不认为你进入过生活,至少没有真正地进入生活。你从来就不提自己是否拥有过真正的爱情,也从来不提自己是否有过男性朋友,一说到女性朋友,你总说自己是个色狼。"

"这是真的吗,菲利普?"吉尔问,"你真的从来就没有过真正的感情?"

菲利普摇了摇头说:"和我相处过的每个人都让我很痛苦。"

"你的父母呢?"斯图尔特问道。

"我的父亲很冷漠,我想是因为他长期患有抑郁症的缘故。我13岁时他就自杀了。我母亲几年前去世了,但我和她已疏远了20年,连她的葬礼我都没有参加。"

"兄弟姐妹呢?"托尼问。

菲利普摇头道:"我是独生子。"

"你知道我突然想到了什么吗?"托尼插话道,"在我还是个孩子的时候,我不怎么吃我妈煮的东西。我总是说'我不爱吃',而她总是回我说'你不尝尝怎么知道你不爱吃'。你的生活态度让我突然想到了这个。"

"许多事情,"菲利普答道,"是可以单纯靠理性来理解的。比如所有的几何知识,或者一个人可能有过部分的痛苦经历,就能由此推断出整个过程。一个人也可以通过观察周围、阅读和观察别人来获得对生活的理解。"

"可是你的好兄弟叔本华,"托尼说,"你不是说他很重视倾听自己的身体,和依赖……你当时怎么说来着?即时经验吗?"

"是直接经验。"

"对,直接经验。所以你的重大决定该不会都是根据二流的,不,是二手的信息做出来的吧?我的意思是,那些信息都不是你

第三十八章

自己的直接经验。"

"你的观点很有道理，托尼，但在那次'坦白'之后，我有了充分的直接经验。"

"你又回到那个议题上来了，菲利普。看来这件事是一个转折点，"朱利亚斯说，"也许是时候向大家描述一下那天在你身上到底发生什么事了。"

同上次一样，菲利普又是顿了一下，深深吸了一口气，然后有条不紊地把那次会面后的经历一五一十地讲述了一遍。当他谈到自己的不安和无法使出让自己平静的招数时，他明显变得很激动。当他在描述自己的思想残骸没有漂走，而是在脑海里安顿下来时，几颗大大的汗珠在他的额头上闪闪发光。接着，当菲利普讲到他那粗野、贪婪的自我又再次冒出来时，他那件淡红色衬衫的腋窝已湿了一大片，汗水顺着他的下巴、鼻子和脖子淌了下来。房间里异常安静，大家都不约而同地被菲利普滔滔不绝的话和不断涌出的汗水惊呆了。

他停顿了一下，又深吸了一口气，继续说道："我的思维失去了连贯性，脑海中充斥着混乱的画面，那些我早已忘却了的记忆。我想起了我和帕姆的两次性经历。我看到了她的脸，不是现在的脸，而是15年前的脸，简直栩栩如生。那张脸容光焕发，我好想伸手捧住它，然后……"看来菲利普是决意要豁出去了，既不隐藏自己痛苦的嫉妒，也不掩饰自己想占有帕姆的原始冲动，甚至把托尼长着大力水手的粗壮手臂的想象都给说了出来。他此时已控制不住，大量地出汗，浑身都湿透了。说完他突然站了起来，一边说着"我浑身湿透了，我得走了"，一边头也不回地大步走出了房间。

托尼跟着他跑了出去。大约过了三四分钟，他俩又回到了房间，此时的菲利普已换上托尼那件旧金山巨人队的卫衣，而托尼则脱得只剩一件黑色的紧身T恤。

菲利普谁也不看，径直瘫倒在座位上，显然已精疲力竭。

"我们又活着回来了。"托尼说。

瑞贝卡说："如果我还没结婚，看到刚才那一幕，肯定会因此爱上你们俩。"

"我随时奉陪。"托尼说。

"无可奉告，"菲利普说，"我今天实在不行了，已经被榨干了。"

"榨干了？这可是你来这儿以后说的第一个笑话，菲利普。我太喜欢了。"瑞贝卡说。

THE
SCHOPENHAUER
CURE

第三十九章

好些人不能挣脱自己的枷锁,却能做他的朋友的解放者。

终于成名

叔本华最瞧不起的事情就是追名逐利。然而,他自己又如此地渴望成名!

叔本华的成名与他的最后一本书《附录与补遗》有很大的关系。这是一套两卷本的合集,收录了他的观察偶得、随笔和格言,完成于 1851 年,也就是他去世前 9 年。他完成此书时,带着深深的成就感和轻松感,如释重负地说道:"我要擦干笔宣布,'余生无须多言'。"

但是,要找到合适的出版商却是个大难题。先前合作过的出版商们纷纷敬而远之,因为此前出版的几本著作几乎本本滞销,无人问津,给他们造成了不小的损失。甚至连他的代表作《作为意志和表象的世界》也只卖出了区区几本,并且只换来一篇毫无新意的书评。最终,还是由他的一位忠实的"传道者"说服了柏林的一位书商,于 1853 年出版了 750 册。作为作者的叔本华一分钱版税都没得着,只免费得到了 10 本自己的书。

《附录与补遗》的第一卷包含了一系列关于如何获得和保持自我价值感的文章。第一篇题为《人是什么》("What a Man Is")的文章描述了创造性思维是如何使内心丰富的。通过这种途径,人可以获得自我价值感,克服生活中最基本的空虚和无聊。这种空虚和无聊常导致不断地追求性满足、四处旅行和玩投机游戏。

第二篇文章《人拥有什么》("What a Man Has")剖析了弥补内心贫乏的主要方法之一:无休止的财富积累。他认为这种方法最终会使人反被自己的财产所控。

第三篇文章《人代表什么》("What a Man Represents")则明

第三十九章

确表达了他对于名声的看法。一个人的自我价值或内在价值是必不可少的,而名声则是次要的,它只不过是这些价值的影子。真正有价值的不是名声,而是我们借以获得名声的成就。……一个人最大的幸福不在于被后人所知,而在于他提出的思想是否值得世人思考并且流传百世。建立在内在价值的基础上的自我价值感会使人产生自主性,这才是别人无法从你身上夺走的,它为我们所控,而名声永远不受我们的控制。

叔本华知道要消除对名声的渴望并不容易,他把这比作"拔掉折磨我们的肉中刺",并且赞同塔西佗[⊖](Tacitus)的观点,这位古罗马历史学家曾写道:"即使是智者,也难摒弃追求功名这个弱点。"然而叔本华本人却始终放不下对名声的渴望。他的作品中充满了失败的苦涩。他经常在报纸和杂志上搜索一些关于他本人或他的作品的消息。每次外出旅行,他总会把这项任务交给他最忠诚的'传道者'朱利亚斯·弗劳恩施塔特(Julius Frauenstadt)。虽然叔本华无法遏制住被忽视的愤怒,但最终也只好接受这辈子无法成名的命运。他甚至在后期出版的几本书的引言中明确地指出,书里的内容是为后世发现他的人而写的。

接下来,不可思议的事情发生了。《附录与补遗》这本大肆描写追名逐利有多愚蠢的书竟然使他名声大噪。在最后这部作品中,他淡化了自己的悲观主义,不再长篇大论地声讨,而是就如何生活给出了明智的指导。尽管他从未放弃相信生命不过是"地球表面的一部乏味电影"和"虚无的极乐长眠中无用的令人不安的插曲",但是在《附录与补遗》中,他表达了相对务实的态度。他说,

---

[⊖] 塔西佗(约55—120),古代罗马的历史学家,在罗马史学上的地位犹如修昔底德在希腊史学上的地位。——译者注

对于生命我们无从选择，因此，必须尽量减少痛苦地活着。（叔本华一贯以消极的态度来理解快乐，认为没有痛苦即为快乐，他十分喜爱亚里士多德的那句格言："精明的人追求的不是快乐而是没有痛苦。"）

因此，《附录与补遗》这部作品教读者如何独立思考，如何保持怀疑和理性的态度，如何避免寻求超自然的安慰，如何自我肯定，如何降低风险，避免依附任何可能失去的东西。尽管"每个人都必须在人生这出大型的木偶戏中出演，并且感受牵动我们的那根丝线"，但是，仍然可以通过保持哲学家的崇高视角来获得安慰，要知道，从永恒的角度来看，没有一件事是真正重要的，因为一切都会过去。

《附录与补遗》一书采用了全新的语气，不仅继续强调人生在世可悲可叹的痛苦，同时也增加了联结的维度，认为人们必将因这共同的苦难而彼此心灵相通。在以下这段精彩的文字中，这位伟大的厌世者对他的两足动物同胞们表现出了更温和、更宽容的态度：

人与人之间真正恰当的称呼不是"Sir"或"Monsieur"（二者均表示"先生"，前者为英语，后者为法语）……而应该是"我的难友"。无论这听起来有多么奇怪，它都是最符合事实，也最符合彼此的处境的。这一称呼提醒我们什么才是最不可或缺的，比如宽容、忍耐、克制和邻里间的互爱，这才是所有人都需要，也必须给予对方的。

隔了几行，他又补充了一个观点。这一观点完全可以作为当

第三十九章

代心理治疗教科书的开始部分：

我们必须以宽容对待人们的每一愚蠢、缺陷和恶行，时刻谨记我们眼前所见的就只是我们自己的愚蠢、缺陷和恶行。因为它们只是人类的弱点，我们既然同为人类，那么我们的内心深处也埋藏着同样的弱点。我们不应该对他人的这些恶行愤愤不平，因为它们只是暂时还没在我们身上体现。

《附录与补遗》一书的大获成功引发了其中的许多选集也被冠上了更通俗易懂的书名单独出版，如《实用智慧格言》(*Aphorisms on Practical Wisdom*)、《建议与箴言》(*Counsels and Maxims*)、《生活的智慧》(*The Wisdom of Life*)、《叔本华论人生》(*Living Thoughts of Schopenhauer*)、《论文学艺术》(*The Art of Literature*)、《宗教对话》(*Religion: A Dialogue*)等。不久，整个德国知识分子界就都在争相谈论叔本华的言论。即使在邻国丹麦，克尔凯郭尔也在他1854年的日记里写下："所有的文艺八卦、新闻记者和不知名小作家都开始忙于讨论这位叔某某。"

报刊上终于出现了对他的赞誉。险些成为叔本华出生地的英国率先以一篇题为《德国哲学界的反偶像主义》的评论大胆地肯定了他的所有作品，这篇文章被刊登在了当时赫赫有名的《威斯敏斯特评论报》[一]上。不久，这篇评论便被翻译成德文并在德国拥有了众多读者。法国和意大利也很快就出现了类似的文章，这一切令叔本华的生活发生了翻天覆地的变化。

[一] 《威斯敏斯特评论报》(*Westminister Review*)，创办于1823年，是19世纪一份大力支持宣传哲学激进主义的英国报纸。——译者注

午餐时间经常有好奇的来访者蜂拥而至，到他用餐的那家英吉利饭店去一睹这位哲学家的风采。理查德·瓦格纳给他寄来了由他亲笔题词的歌剧《尼伯龙根指环》的原稿。大学开始教授他的作品，学术团体纷纷向他发出入会的邀请，邮箱里塞满了赞美的信件，他以前的书又重新在书店上架，镇上的人在他散步时向他致意，就连与叔本华的同款的贵宾犬也成了宠物店里的热销。

叔本华的狂喜是显而易见的。他写道"一只猫受到爱抚时，就会发出高兴的声音。同样，当一个人受到他人的称赞时，就不禁喜形于色"，并且表示自己希望"成名犹如清晨的太阳，以它的第一缕光芒为我生命的黄昏镀上金色，驱散了它的阴郁"。杰出的雕塑家伊丽莎白·内伊（Elisabeth Ney）为了给他制作半身像，专程到法兰克福待了四个星期。叔本华高兴地说："她全天都在我家工作。我回到家时，我们一起喝咖啡，一起坐在沙发上，我感觉自己就像结婚了一样。"

叔本华在勒阿弗尔与德·布莱希梅尔一家度过的那两年童年时光曾被认为是他一生中最美好的日子，从那以后，他还从未像现在这样满怀温柔与满足地谈起过家庭生活。

THE
SCHOPENHAUER
CURE

第四十章

当一个人的生命即将终结,即使他足够真诚并且有能力做到,也不会希望再活一次。

成员们陆续到场，大家怀着截然不同的心情开启了倒数第二次的会谈：有人对即将结束的团体治疗感到伤心；有人想着自己尚未解决的问题；还有人仔细端详着朱利亚斯的脸，仿佛要把它印在心里；但所有人都很好奇帕姆会对菲利普上次会谈时透露的情况有何反应。

帕姆并未满足大家的好奇心，相反，她从包里抽出了一张纸，缓缓打开并大声朗读道：

木匠不会来到我面前对我说，'听我讲讲木工艺术吧'。相反，他会签订一份盖房合同，并着手建造它……你也要这样做，像一个普通人那样吃吃喝喝……结婚、生子、参与市民生活、学习如何隐忍并宽容别人。

接着，她转向菲利普问道："猜猜这是谁写的？"

菲利普耸了耸肩。

"你的爱比克泰德呀，所以我才带来这里分享。我知道你崇拜他，你向朱利亚斯分享过他的寓言故事。至于我为何要引用他的话呢？我是想谈谈托尼、斯图尔特以及其他人上周提出的那个关于你从未'进入生活'的观点。我相信你是有选择性地从哲学家们的文章中选取不同的片段来支持你的立场，而且……"

这时，吉尔打断了她的话，说道："帕姆，今天是我们的倒数第二次会谈了。如果你又要发表一通'打倒菲利普'的长篇大论，我个人觉得没时间听你多说了。拜托你也照之前教我的那样，面对现实，说出你的感受。你一定对上周菲利普提到你的那些话反应不小吧。"

第四十章

"不,不,你听我说完,"帕姆急忙说道,"我说这个并不是要'打倒菲利普',而是有别的原因。现在'铁'已经冷却下来了。我只是想说一些对菲利普有帮助的东西。我认为他是在有选择性地用一些哲学思想来支持自己观点,这样反而会加剧他对生活的逃避。他只在需要时才借鉴爱比克泰德那些可以证明他观点的话,不需要时就又将其抛到脑后了。"

"你说得太对了,帕姆。"瑞贝卡说,"你指出的这一点很重要。我在旧书店淘了一本平装的《叔本华的智慧》,来之前花了两三个晚上浏览了一遍,发现里面有些话说得极好,有些则说得太离谱,通篇都是奇奇怪怪的观点。昨天我就读到了这么一段话,把我吓得不轻。他说,我们走进任何一个墓地,敲敲那些墓碑,询问里面的死者是否愿意再活一次,他们一个个都会断然拒绝。"说着,她转头问菲利普:"你居然相信这个?"还未等菲利普回答,她又接着说道,"反正我不信。我就不认同他这个说法。我想看看大家是怎么想的,我们来投个票怎么样?"

"我会选择再活一次。人生虽然很苦,但也很酷。"托尼说。大家都异口同声地说着"我也是"。朱利亚斯说:"一想到要再一次承受这种丧妻之痛,我犹豫了一下,但尽管如此,我还是想再活一次。我喜欢活着。"只有菲利普始终一言不发。

"对不起,"他说,"我同意叔本华的看法。生活从头到尾都是痛苦的,还不如从来就不曾活过。"

"你是指谁还不如不曾活过?"帕姆问道,"你是指叔本华吗?显然不可能是在座的各位。"

"叔本华并不是唯一有这种想法的人。请记住,佛陀四圣谛的第一条就是世间是苦果。"

"你是认真的吗,菲利普?你是怎么了?我还是学生的时候你给我讲了那么多关于哲学论证的模式。如今这算哪门子论点呀?我敢肯定你追随的是叔本华的无神论。你是否想过叔本华长期患有抑郁症?是否想过佛陀的时代由于瘟疫和饥荒肆意蔓延,才使得大多数人痛不欲生?是否想过……"

"你这又是哪门子哲学论证?"菲利普反驳道,"就算是那些半文盲的大二学生也懂得区分一件事的起源和效力。"

"等一下,"朱利亚斯打断了他们俩你一言我一语的辩论,"我们停下来思考一下刚才这段话吧。"他扫视了一眼团体,说:"大家对刚才发生的事有何感受?"

"非常精彩,"托尼说,"他俩刚才是真打算一分高下了,但还是手下留情了。"

"没错,总比之前用眼神和暗箭伤人要好。"吉尔说。

"对,我喜欢今天这样。"邦妮表示赞同,"虽然刚才帕姆和菲利普之间火花四溅,但比起之前已经冷静多了。"

"我也觉得,"斯图尔特说,"除了最后那几分钟。"

"斯图尔特,"朱利亚斯说,"记得你第一次来的时候,你说妻子常指责你说话像打电报一样惜字如金。"

"是啊,你今天就小气得很。多说几句话又不用多花钱。"邦妮说。

"你说得对。也许我退步是因为……嗯,这次是倒数第二次了。我也说不准,倒不是觉得难过,像往常一样,我必须靠推断才能知道自己的感觉。但我清楚地知道,朱利亚斯,我喜欢你总是关照我,鼓励我,从不放弃我。这么说可以吗?"

"说得很好,我会继续的。你说你喜欢帕姆和菲利普的对话,

第四十章

'除了最后那几分钟'。那么,最后那几分钟怎么了?"

"一开始感觉还不错,不像是辩论,更像是家人在拌嘴。但是菲利普最后那句话让人听起来很不舒服。我指的是他说'半文盲的大二学生,那句话。我不喜欢他这么说,菲利普。这是一种羞辱。如果你那样对我说,我一定会觉得受了侮辱,甚至是威胁,因为我甚至都不清楚哲学论证是什么意思。"

"我同意斯图尔特说的,"瑞贝卡说,"告诉我,菲利普,你当时是怎么想的?你真打算羞辱帕姆吗?"

"羞辱她?不不,绝对没有。那是我最不想做的事。"菲利普回应道,"一听到她说事态已经冷却了,我就觉得……呃……兴奋或是轻松,我也不知该如何形容。我想想看还有什么?我知道她引用爱比克泰德格言的动机之一就是要把我搞糊涂。这再明显不过了。但我一直记得当时朱利亚斯对我说的话,他说,我为了跟他分享这个寓言付出了努力和关心,他感到很高兴。"

"那么,"托尼说,"让我来当一回朱利亚斯。我听到的情况是这样的,你原本打算做一件事,但你说的话却造成了完全不同的结果。"

菲利普一脸疑惑地看着他。

"我的意思是,"托尼说,"你说过侮辱帕姆是你最不愿意做的事。可你恰恰就是这么做的,不是吗?"

菲利普不情愿地点了点头表示同意。

"所以,"托尼就像在交叉审讯时占了上风的律师一样,洋洋得意地继续说道,"你需要把你的意图和行为统一起来,做到表里一致——我这个词用对了吗?"托尼看着朱利亚斯,朱利亚斯点点头。于是他继续说道:"这就是你需要接受治疗的原因。一致性就是治疗的全部目的。"

"说得好,"菲利普说,"我无可反驳。你是对的。这就是我需要治疗的原因。"

"是吗?"托尼简直不敢相信自己的耳朵。他瞥了一眼朱利亚斯,朱利亚斯冲他点了点头,像是在肯定他"干得好"。

"快拉我一把,我要晕倒了。"瑞贝卡说着瘫倒在椅子上。

"我也是。"邦妮和吉尔也一边附和,一边向后一倒。

菲利普环顾四周,看到在座的一半人都装出一副不省人事的样子,不由地咧嘴一笑。

菲利普一本正经地说回到他个人的咨询方法的问题,于是成员们都停止了玩笑。他说:"瑞贝卡探讨了叔本华的墓碑论,暗示我的方法或任何基于叔本华观点的方法全都是无效的。但请你不要忘了,朱利亚斯没能治好我多年来的痛苦挣扎,我只有仿效叔本华的方法最终才得以痊愈。"

他的说法立刻得到了朱利亚斯的支持。他说:"我不否认你做得很好。现在的大多数治疗师都会说,单靠自己是不可能克服严重的性瘾的。现代的治疗方法需要很长的疗程,动不动就要几年,是一个结构完整的康复计划,包括个别治疗和每周多次的团体治疗,通常都遵循12步原则。但是在当时并没有这样的康复计划,坦率地说,即便是有,我也怀疑你是否觉得适用。"

"所以,"朱利亚斯继续说道,"我想宣布,你的疗效相当显著,你有效地控制住了自己失控的欲望。尽管我当时已经尽力了,但我提供的任何方法都没有你的方法来得奏效。"

"我从来就没想过其他方法。"菲利普说。

"不过,有一个问题,菲利普,你的方法有没有可能已经不合

第四十章

时宜（superannuated）了呢？"

"不合……什么？"托尼问道。

"不合时宜。"坐在一旁的菲利普悄声说道，"'super'是拉丁语'超过'的意思，加上表示'年份'的'annus'，换句话说就是过时了或该淘汰了。"

托尼点点头表示感谢。

"记得有一天，"朱利亚斯继续说道，"当我正在考虑如何向你说明这一点时，一个图像出现在我的脑海里。想象一下，一座古老的城市建了一道高墙，以保护它免受邻近河流的凶猛冲击。几个世纪过去了，尽管这条河早已干涸，这座城市仍然投入了大量的资源来维护这堵墙。"

"你是说，"托尼说，"即使问题已经消失，也要继续使用一些解决方法，就像伤口愈合后还要一直包着绷带一样。"

"完全正确。"朱利亚斯说，"也许绷带这个比喻更形象，完全说到点子上了。"

"我不同意，"菲利普同时对着朱利亚斯和托尼说，"我的伤口已经愈合了，不再需要任何保护了。我在团体中感觉极度不自在就是最好的证明。"

"这说明不了什么，"朱利亚斯说，"你几乎没有亲密接触的经验，没有直接地表达感受，也没有机会得到反馈或自我表露。对你来说，这是全新的体验。你已经隐居多年，被我一把扔进了这个强大的团体，当然会感到不安。但我真正指的是那个更明显的问题，你的性欲强迫或许已经消失了。你年纪变大了，也经历了很多，也许你已经进入了性腺分泌不那么旺盛的阶段。这个阶段感觉好极了，天天阳光灿烂。我已经像这样舒舒服服地过好几年了。"

"我不得不说，"托尼补充道，"叔本华把你治好了，但现在必须把你从叔本华的治疗中拯救出来。"

菲利普张了张嘴似乎想说什么，但随即又闭上了，并开始思考托尼的话。

"还有一件事，"朱利亚斯说，"当你想到自己在团体里的压力时，不要忘了这些沉重的痛苦和内疚，都是因为你在这里偶遇了过去认识的一个人。"

"我可从未听菲利普提到过内疚二字。"帕姆说。

菲利普立刻面对着帕姆做出了回应："如果我当时就知道你过后会痛苦这么多年，我是绝不会那样做的。就像我之前说的，你很不幸碰上了我。当年的我根本不考虑后果，就像一台自动运转的机器。"

帕姆迎着菲利普的目光点了点头。菲利普与她对视了一会儿，就又把注意力转向了朱利亚斯。他说："关于团体内部的人际关系压力，我理解你的观点，但我坚持认为那只是一部分原因。在这一点上我们的基本取向不太一致。我同意与他人建立关系会产生压力，也可能会有回报，我同意你刚刚这个观点，尽管我自己没经历过。尽管如此，我仍然确信生命中存在着悲剧和苦难。请允许我引用叔本华的话，就两分钟。"

不等别人回答，菲利普就抬头看着天花板，开始了他的背诵：

首先，人从来就不曾快乐，但终其一生都在追求自认为会带来快乐的事物。很少有人能实现这一目标，即便实现了也只会失望，因为生命之船终归是要沉的，而在此之前他的船已被摧残得七零八落了。所以无论快乐还是痛苦,到头来都是一回事,因为生命不过是一个不断消逝的当下,而今一切都结束了。

在一段漫长的沉默后,瑞贝卡说道:"这段话听得我脊背一阵阵发凉。"

"我明白你的意思。"邦妮说。

"我知道我现在听上去像个愤怒的英语教授,"帕姆对着整个团体说,"但我还是奉劝各位不要被这些花言巧语所误导。这段话并没有给菲利普一直以来的说法增加任何实质性的内容,不过是听起来更有说服力一些。叔本华是一位杰出的文体家,他的散文是所有哲学家中最好的。当然了,尼采除外,没有人的文笔能胜过尼采。"

"菲利普,我想回应一下你刚才关于我们基本取向不同的说法。"朱利亚斯说,"我不相信我们之间的距离有你想象的那么远,也并不反对你和叔本华所说的大多关于人类悲剧处境的话。我们之间真正南辕北辙的点在于'该如何应对'。我们该如何生活?如何面对必死的命运?当我们知道了自己不过是被扔进这个冷漠世界的生命体,没有任何预先设定的目标时,该如何生活?"

"正如你所知,"朱利亚斯继续说道,"虽然我比大多数治疗师对哲学都更感兴趣,但仍算不上专家。然而,我知道还有其他一些大胆的思想家,他们没有在这些原始的生活事实面前退缩,他们提出了与叔本华完全不同的解决方式。我现在具体想到的有加缪、萨特和尼采,他们都主张生命的参与而不是叔本华式的悲观顺从。这其中我最熟悉的是尼采。知道吗?当我第一次得知自己的诊断,感到无比恐慌时,我打开了《查拉图斯特拉如是说》这本书，并从中获得了平静和鼓舞，尤其是他的庆贺生命论。他认为我们应当以这样一种方式生活，即如果有机会一次又一次地重复过一样的人生，我们也会毫不犹豫地欣然接受。"

"这个观点是如何使你释怀的？"菲利普问道。

"我审视自己的一生，觉得自己过得很好了，内心没有一丝遗憾，当然了，尽管我怨恨这些外部事件使我失去了妻子，但我应该继续做那些一直让我感到满足且有意义的事情，这个观点帮助我下定决心要好好度过余生。"

"我不知道你也喜欢尼采，朱利亚斯。"帕姆说，"我一下子觉得彼此更亲近了，因为《查拉图斯特拉如是说》一直是我最喜爱的书之一，尽管它情节有点夸张。跟你说说我最喜欢里面的哪句话吧。那就是查拉图斯特拉说的'那是生命吗？好吧，那就再活一次吧！'我喜爱拥抱生活的人，那些逃避生活的人只能使我讨厌，比如印度的维贾伊。说不定下一次我会在私人广告栏的征友信息里并排贴出尼采的这段话和叔本华那段关于墓碑的话，并要求被调查者在两者之间做出选择，以此来排除那些志不同道不合的人。"

"我还有一个想法想要分享。"帕姆转身面对菲利普说道，"自从上次会谈结束后，我想了很多关于你的事。我目前正在教授一门关于传记的课程，在上周的阅读中，我偶然在埃里克·埃里克森的马丁·路德传记里读到的一段精彩的内容。大意是说，路德把自己的神经症上升为一种普世的病态心理，并试图为全世界解决这个连他自己都无法解决的问题。我相信叔本华和路德一样陷入了一个严重的误区，而你也步了他们的后尘。"

"或许，"菲利普语气和缓地答道，"神经症就是一种社会建构

第四十章

的产物,针对不同气质的人,可能要采用不同的治疗方法和不同的哲学。一种是针对那些通过与他人亲密接触而获得充实感的人;另一种则是针对那些选择属灵生活的人,比如那一大批被佛教的禅修吸引而选择去静修的人。"

"你这一说,倒使我想起了原本就一直想对你说的一件事,菲利普。"邦妮说,"我认为你对佛教的看法并不全面。我曾参加过佛教静修,那里重视的是对外界的仁爱与联结,并不提倡孑然一身。一个好的佛教徒可以是积极的、入世的,甚至可以参与政治,只要这一切都是为了爱他人。"

"那么事情已经越来越明了了。"朱利亚斯说道,"你在人际关系上也犯了选择性的错误。再举一个例子吧,你曾引用过几位哲学家关于死亡或孤独的观点,却从不提这些哲学家也谈到了'philia'㊀的喜悦,也就是'友谊'的喜悦,比如那些希腊哲学家。我记得我的一位导师曾向我引述过伊壁鸠鲁的一段话,说的是友谊是快乐生活的最重要成分,没有亲密朋友一起吃饭的人生就如同虎狼一般地活着。亚里士多德则把朋友定义为'促使他人变得更好、更健全的那个人',这个说法与我心目中理想的心理咨询师相当接近。"

"菲利普,"朱利亚斯问道,"今天总的来说感觉怎么样?我们是不是一下子对你要求太多了?"

"我一直很想为自己辩护,我想指出,在所有伟大的哲学家中,除了蒙田以外,没有人结过婚,而蒙田对自己的家庭一直保持一种冷漠的态度,他甚至不知道自己究竟有几个孩子。但是,

---

㊀ 希腊语,意为友谊、友情。——译者注

只剩最后一次会谈了，说这些又有何用？我在整个过程中一直遭受攻击，使得我很难积极地去倾听，我不过就是想成为一名咨询师而已。"

"就我个人来看，这不是真的。你的贡献很多，你已经为在座的成员贡献了很多东西，对吧？"朱利亚斯朝大家扫了一眼。

大部分人都使劲点头对菲利普表示肯定，朱利亚斯继续说道："但是，如果你想成为一名咨询师，你就必须进入社交的世界。我想提醒你，将来那些前来向你咨询的人当中有很多，我敢打赌他们大部分人都需要人际关系方面的帮助。如果你想靠成为一名心理咨询师来谋生，就必须成为这方面的专家，别无他法。看看在座的各位，每个人都是由于矛盾的关系加入这个团体来的。帕姆是因为她生活中的男人们的问题而来，瑞贝卡是因为自己的长相影响了和其他人的关系，托尼则是因为他和莉齐之间相互伤害的关系以及他经常和其他男人打架，每个人都有各自的问题。"

朱利亚斯犹豫了一下，然后决定把所有的成员都逐个提一遍。他说："吉尔是因为婚姻冲突而来。斯图尔特是因为他的妻子威胁要离开他，邦妮是因为感到寂寞以及她和女儿还有前夫之间的问题。你明白我的意思了吧，关系是不容忽视的。还有，别忘了，这就是我坚持让你在接受指导之前加入这个团体的原因。"

"也许我已经无可救药了。无论过去还是现在，我的人际关系都是一片空白。没有家人，没有朋友，也没有情人。我珍惜独处的时光，至于珍惜到什么程度，我想会令你大吃一惊的。"

"有几次我们散会后，"托尼说，"我问过你想不想一起吃点东西。你总是拒绝，我还以为是你另有安排了呢。"

"我足足有12年没和别人一起吃饭了。也许偶尔和谁一起匆

第四十章

忙地啃个三明治当午餐,但那算不上正式的用餐。你是对的,朱利亚斯,我想伊壁鸠鲁会说我过着狼一般的生活。在几周前的那次会谈过后,我非常沮丧,脑子里一直有一个想法,我为自己的生命建造的思想大厦竟没有暖气。团体是温暖的,这个房间是温暖的,唯独我的居所冰冷如北极。至于什么是爱,我更是一无所知。"

"你告诉我们的那些女人,那成百上千个女人,"托尼说,"其中一定有一些爱情产生。你一定感觉到了,他们中一定有人爱过你。"

"那都是很久以前的事了。即使曾经有人爱我,我也一定都避开了。即使她们当时感觉到了爱,爱的也不是真正的我,而是我的表现。"

"真正的你是什么样子?"朱利亚斯问道。

菲利普的声音变得异常严肃。他说:"还记得我们第一次见面时我的工作是什么吗?我是一名灭虫者,一个聪明的药剂师,专门研究如何杀虫或者利用昆虫自身的性激素来使它们不育。这个讽刺怎么样?我就是个以性激素做武器的杀手。"

"那真正的你是什么样子?"朱利亚斯坚持问道。

菲利普直视着朱利亚斯的眼睛说:"一个怪物,一个捕食者,我总是一个人,一个昆虫杀手。"说着说着,他的眼里充满了泪水,"总是无缘无故地愤怒,别人无法接近我。认识我的人没有一个是爱我的,从来就没有,没人会爱我。"

突然,帕姆站了起来,朝菲利普走去。她示意托尼跟她换一下座位,然后坐到了菲利普身边,握着他的手,柔声说道:"我本可以很爱你,菲利普。你是我见过的最出色、最了不起的男人。

在你拒绝见我之后,我一连几周不停地给你打电话和写信。我本来可以爱你的,可是你玷污了……"

"嘘……"朱利亚斯伸手拍了拍帕姆的肩膀,示意她别再往下说,"等等,帕姆,先别往下说,把第一部分再说一遍。"

"我本可以爱你的。"

"你是我见过的……"朱利亚斯提示道。

"你是我见过的最出色的男人。"

"再说一遍。"朱利亚斯小声提醒道。

帕姆仍握着菲利普的手,看着他泪如雨下。她重复道:"我本可以爱你的,菲利普,你是我见过的最出色的男人……"

听了这话,菲利普双手掩面,站起身来,拔腿冲出了房间。

托尼也立即冲向门口,说道:"轮到我出场了。"

这时,朱利亚斯站了起来,他拦住了托尼,小声说道:"不,托尼,这回让我来吧。"他大步走了出去,只见菲利普在走廊的尽头面朝墙站着,头枕着手臂一个劲儿地抽泣。朱利亚斯用胳膊搂住菲利普的肩膀说:"把一切都发泄出来是好事,但我们还是得回去。"

菲利普使劲地摇着头,一边大口喘着气,一边哭得更大声了。

"你必须回去,孩子。这就是你来这儿的目的,就为了这一刻,千万别失去这个机会。你今天做得很好,你付出了要成为一名心理咨询师所必需的努力。会谈只剩最后的几分钟了,跟我回去,跟大家坐在一起。我会小心保护你的。"

菲利普伸过手去,迅速地拍了一下朱利亚斯搭在自己肩上的手,然后挺直了身子,和朱利亚斯并肩走回了房间。他刚一坐下,帕姆就碰了一下他的手臂表示安慰,坐在另一边的吉尔也紧紧地

第四十章

搂了一下他的肩膀。

"你感觉怎样,朱利亚斯?"邦妮关切地询问道,"你看上去很累。"

"我精神上感觉很棒,我非常敬佩咱们这个团体今天所做的努力,很高兴自己能成为其中的一员。但身体上确实是累了,我不得不承认自己感到不舒服,而且很疲倦。但我的精力还完全足够应付下周的最后一次会谈。"

"朱利亚斯,"邦妮说,"我可以带一个正式的蛋糕来纪念一下最后一次会谈吗?"

"当然可以,你想带什么样的胡萝卜蛋糕都行。"

但是,这个正式的告别会谈永远不会来了。就在第二天,朱利亚斯突然感到一阵剧烈的头痛,几个小时后,他陷入了昏迷,三天后便去世了。那个周一的下午,大家像往常一样聚集在咖啡店,带着沉痛的心情默默地分享着那个为最后一次会谈而准备的胡萝卜蛋糕。

第四十一章

> 我可以忍受不久之后身体将消亡的想法，但是一想到将来有许多哲学教授慢慢地蚕食我的哲学，我就不寒而栗。

第四十一章

死亡降临叔本华

叔本华以极度清醒的态度面对死亡，就如同他一生面对一切事物一样。直面死亡时，他从不退缩，从不屈服于超自然信仰的慰藉，他始终坚守理性直到生命的最后一刻。他说，正是通过理性，我们才得以发现自己的死亡：我们先是观察他人的死亡，并通过类比意识到死亡一定会降临到自己身上。也正是通过理性，我们才得出了一个不言而喻的结论：死亡是意识的停止，是自我不可逆转的湮灭。

他说，面对死亡有两种方式：一种是理性的方式，另一种是幻觉和宗教的方式，后者寄希望于意识的延续和舒适的死后生活。因此，死亡的事实和对死亡的恐惧既是深刻思想的起源，也是哲学和宗教的根源。

叔本华一生都在与无处不在的死亡做斗争。他20多岁时就在自己的第一本书中写道："我们身体的生命只是一种不断被阻止的死亡，一种永远被推迟的死亡。……每一次呼吸都是我们在抵御不断袭来的死亡，我们正是以这种方式争分夺秒地与它抗争。"

他是如何描述死亡的呢？在他的作品中，关于对抗死亡的隐喻比比皆是，比如，我们就好比在牧场玩耍的羔羊，被屠夫看见了，就一只接着一只地被挑了去宰杀。或者，我们就像剧院里的小孩子一样，热切地等待着演出的开始，但幸运的是，我们不知道接下来会发生什么。又或者，我们就像精力充沛的水手，操纵着船只在航行时避开岩石和漩涡，确保它万无一失地朝着最终的大灾难一路航行。

他总是把生命的循环描绘成一趟不可逆转的绝望的旅程：

我们的开始和我们的结局构成了多么强烈的反差！前者产生于肉欲造成的幻象和性欲快感所带来的心醉神迷之中，后者则伴随着所有器官的毁坏和尸体发出的恶臭。在愉快和享受生命方面，从出生到死亡走的也始终是下坡路：快乐幻想的童年，无忧无虑的青年，艰苦劳累的中年，身衰力竭并经常是令人同情的老年，临终疾病的折磨和最后与死神的搏斗。这一切难道没有表明：存在就是失足，恶果随后就逐步和越来越明显地暴露出来吗？㊀

面对自己的死亡，他害怕吗？步入晚年后，他对死亡表现出了极度的平静。他的平静从何而来呢？如果对死亡的恐惧无处不在，如果我们一生都笼罩在死亡的阴影下，如果死亡是如此可怕，以至于出现了大量的宗教来遏制对它的恐惧，那么与世隔绝的没有信仰的叔本华又是如何平息对死亡的恐惧的呢？

他的方法就是针对死亡焦虑的来源进行理性的分析。我们害怕死亡是因为对它全然不知吗？如果是的话，他坚称是我们错误地认为自己不了解死亡，其实死亡比我们通常以为的要常见得多。我们不仅每天在睡眠或无意识状态下尝到了死亡的滋味，而且，每个人在世之前，都经历了一个永恒的不存在。

我们害怕死亡是因为它的罪恶吗？（人们通常把死亡描绘得阴森可怕。）在这一点上，他仍坚称是我们错了："认为不存在是一种罪恶甚为荒谬，因为每一种恶，就像每一种善一样，都是以存在和意识为前提的……失去了注定要失去的东西显然不是什么罪恶。"并且，他要我们牢记生命是痛苦的，它本身就是一种罪恶。既然如此，失去一个罪恶怎么会是一件坏事呢？他说，死亡应该

㊀ 译文出自《叔本华思想随笔》，叔本华著，韦启昌译。——译者注

第四十一章

被视为一种福气,使人从两足生命不可避免的痛苦中得到解脱:"我们应该把死亡视为一件令人向往的喜事来大方接受,而不是像通常那样战战兢兢。"生命反而应该被谴责,因为它打断了我们极乐的不存在状态,由此而论,他提出了一番备受争议的主张:如果我们去敲敲那些墓碑,询问里面的死者是否愿意再活一次,他们都将摇头拒绝。他还引用了柏拉图、苏格拉底和伏尔泰等人的类似言论。

除了一些理性的论证,叔本华还提出了一个近乎神秘主义的观点。他认同(但并不完全接受)一种永生的形式。在他看来,我们的内在本质是坚不可摧的,因为我们不过是生命力、意志和自在之物(thing-in-itself)的一种表现,这种表现是永久长存的。因此,死亡并不是真正的湮灭。当我们毫无意义的生命结束时,我们将重新加入超越时间的原始生命力。

对于叔本华和他的许多读者来说(如托马斯·曼和他的小说主人公托马斯·布登勃洛克),人死后将重新加入生命力的观点显然是一种解脱,但由于这一观点不包括一个连续的个人自我(personal self),许多人认为它只能提供令人心寒的安慰。(就连托马斯·布登勃洛克所感受到的安慰也十分短暂,仅占了短短几页的篇幅。)叔本华通过杜撰了两位希腊哲学家的对话,从中提出了这样一个问题:究竟他从这些信念中获得了多少安慰?在这段对话中,菲勒列斯试图说服一个彻底的怀疑论者斯拉西马赫死亡并不可怕,因为个体都具有不可摧毁的本质。两位哲学家的论述都非常清晰有力,以至于读者都无法确定作者的观点究竟是什么。最后,怀疑论者斯拉西马赫还是没能被说服,他给出了最后的结论:

菲勒列斯：当你说我，我，我想存在，这话不只是你一个人在说。世间万物，只要有一丝意识的存在，就都在这么说。这不是来自个体的呐喊，而是生存本身在呐喊。……只有彻底地认清你的本质和存在的真相，也就是普世的生存意志，你才会发觉这整个问题是多么幼稚可笑。

斯拉西马赫：你才是那最幼稚可笑的，就像那些哲学家。如果一个人到了我这把年纪还愿意花一刻钟来同这群傻瓜聊天，那他一定是想找点乐子来消磨时间。我还有更重要的事要做，再见吧。

叔本华还有另一种抑制死亡焦虑的方法：自我实现越多，死亡焦虑就越少。如果他的普遍同一性立场在某些人看来是站不住脚的，那么这最后一道防线的坚固性则是毫无疑问的。一些与垂死的患者打交道的临床医生观察到，那些感觉自己一生都没有成就感的人对死亡的焦虑更强烈。就像尼采在"使生命圆满"（"consummating one's life"）里写到的，成就感可以减轻对死亡的焦虑。

那么叔本华呢？他活得正确而有意义吗？他完成自己的使命了吗？他对此深信不疑。请看他在私人日记中记录的最后一笔：

我一直都希望死得轻松。因为对于任何一个孤独终生的人来说，他都更能比别人对这一孤独的况味做出准确的评鉴。我不会出去混迹于适合那些无才乏能、徒具人形的两足动物的胡言愚行，而是将怀着已经完成自身的使命并即将回归于那赋予我如此之高天资的来处而感到满心喜悦，以结束自己的人生旅程。⊖

⊖ 译文出自《叔本华传》，戴维·E.卡特赖特著，何晓玲译。——译者注

第四十一章

他以毕生追求自己的创作之路为骄傲,同样的情感也出现在他的一首短诗里,这首短诗是他最后一本书的终结篇里的最末几行:

我如今疲惫不堪地站在路的尽头;
憔悴的额头几乎连桂冠都难以承受。
但我对此生的成就感到欣喜,
从不因他人的言论而畏缩。[一]

他在自己的最后一本书《附录与补遗》出版时说道:"我非常高兴看到自己最后一个孩子的诞生。我觉得自己从24岁起所背负的重担已经从肩膀上卸下,没人能想象这意味着什么。"

1860年9月21日上午,叔本华的管家准备好早餐,收拾了厨房,打开窗户便外出办事去了。留下已经洗完冷水澡的叔本华独自在家,坐在客厅的沙发上看书。这是一间宽敞通风、陈设简单的房间。沙发旁边的地板上铺着一张熊皮地毯,上面坐着他心爱的贵宾犬阿特曼。一幅巨大的歌德油画挂在沙发的正上方,房间的其他地方分别挂着几幅狗、莎士比亚和克劳狄斯的画像以及叔本华本人的银版照片。写字台上摆着一尊康德的半身像。在一张桌子的一角摆着克利斯托夫·维兰德[二]的半身像,这位哲学家曾鼓励年轻的叔本华学习哲学。桌子的另一角则立着他最敬重的

[一] 译文出自《叔本华》(牛津通识读本),克里斯托弗·贾纳韦著,龙江译。——译者注

[二] 克利斯托夫·M.维兰德(Christoph M. Wieland,1733—1813),德国诗人、哲学家。——译者注

镀金佛像。

过了一会儿，定期来为他做检查的医生走进了房间，发现他仰面躺在长沙发的一角，一次"肺中风"（肺栓塞）已使他毫无痛苦地与世长辞。他面容安详，没有扭曲变形，看不出一丝痛苦挣扎的迹象。

举行葬礼的那天下着雨，由于大家都挤在一间密闭的、充满尸体腐臭的小停尸间里，这场葬礼比大多数葬礼都更令人难以忍受。10年前，叔本华曾留下明确的指示，他的尸体不能直接埋葬，而要在停尸间存放至少五天，直到开始腐烂。这也许是他最后一次表达厌世的态度，也可能是出于对自己一息尚存的担心。葬礼开始不久，由于停尸间密不透风，空气中充满恶臭，几位到场的人就不得不在遗嘱执行人威廉·格温纳冗长而浮夸的悼词中纷纷离去。悼词的开场白是这样的：

此人已在我们中间生活了一辈子，却一直不为人知，也极少表达情感。站在这里的所有人当中，没有一个与他有着血缘关系；他孤独地死去了，正如他之前孤独地活着。

叔本华的坟墓上盖着一块厚重的比利时花岗岩。遵照遗嘱要求，墓碑上只刻了他的名字，亚瑟·叔本华，"不要加上其他东西，不要日期，不要年份，也不要有只言片语"。

长眠于这块不起眼的墓碑下的人希望以不朽的著作来为自己代言。

THE
SCHOPENHAUER
CURE

第四十二章

人类从我身上学到了一些永远不会忘记的东西。

三年后

傍晚时分,阳光透过佛罗里欧咖啡馆大大的推拉窗洒了进来。伴随着咖啡机制作卡布奇诺时嘶嘶的蒸汽声,角落里那台古老的自动点唱机流淌出著名歌剧《塞维利亚的理发师》[1](*The Barber of Seville*)里的咏叹调。

帕姆、菲利普和托尼靠窗而坐。朱利亚斯去世后,他们每周到咖啡馆碰一次面,坐的都是同一张桌子。朱利亚斯去世的头一年,团体的其他成员还和他们一道在这里聚会,从第二年开始就只剩他们三个自己聚了。谈话进行到一半,菲利普突然停了下来,专心地听着一段咏叹调,并跟着哼了起来。一曲听罢,他说:"'Una voce poco fa'[2],我最喜欢的唱段之一。"便又回到了谈话中。托尼给他们看了他社区大学的文凭。菲利普宣布,他现在每周有两个晚上在旧金山国际象棋俱乐部下棋。这是他在父亲去世后第一次面对面地与对手对弈。帕姆谈到了她和新男友之间稳定舒服的关系,对方是一位研究弥尔顿的学者,以及她每周日参加的在马林的绿峡谷举行的佛教仪式。

她看了一眼手表,说:"现在到了你们俩登台亮相的时候了。"她仔细打量着对面这两个男人。"两位帅哥,你们看上去都很棒,只是菲利普,那件夹克……"她摇摇头说,"必须换掉,太老土了。灯芯绒早就过时了,你穿了有20年了吧,肘部的补丁设计也

---

[1] 意大利著名歌剧,1816年由罗西尼谱曲,与《费加罗的婚礼》同改编自法国著名戏剧家博马舍的讽刺喜剧。——译者注

[2] "Una voce poco fa"(美妙歌声随风飘荡),著名咏叹调,出自意大利歌剧《塞维利亚的理发师》,又译"我听到美妙的歌声"或"一个美妙的声音"。——译者注

第四十二章

老掉牙了。下周我们去逛逛街买几件像样的衣服。"她看着他们的脸,说:"你们一定会做得很好的。菲利普,如果你感觉紧张了,就想想那几把椅子。别忘了朱利亚斯有多爱你们俩,我也一样。"说着,她分别吻了他俩的额头,在桌上留下20美元钞票,说:"今天是个特别的日子,我请客。"说完便走了出去。

一小时后,7名成员陆续进入菲利普的办公室,参加他们的第一次团体会谈,他们都小心翼翼地坐在朱利亚斯的椅子上。菲利普长大成人后只流过两次眼泪,一次是在朱利亚斯带领的最后一次团体会谈上,另一次就是在得知朱利亚斯把这9把椅子留给了他之后。

"那么,"菲利普开口道,"欢迎加入我们的团体。在我们的筛选过程中,我们已经试着向你们介绍了团体的程序。现在就开始吧。"

"说完啦?就这样吗?没有什么进一步的说明啦?"说话的人名叫杰森,这是一位身材矮小结实的中年男人,身穿一件黑色紧身的耐克T恤。

"我还记得我第一次接受团体治疗时有多害怕,"托尼说,他在座位上向前探着身子,上身穿着整洁的白色短袖衬衫,下面是卡其裤和一双棕色的便鞋。

"我可没说我害怕,"杰森回答,"我指的是缺乏指导。"

"好吧,那怎样才能帮助你进入状态呢?"托尼问道。

"信息。地球之所以还在转,靠的就是信息。这应该是一个哲学咨询团体,你们俩都是哲学家吗?"

"我是哲学家,"菲利普说,"哥伦比亚大学哲学博士。托尼是我的搭档,他是心理咨询专业的学生。"

"还是个学生?我搞不明白。你们俩打算怎么带领这个团体?"杰森反问道。

"是这样的,"托尼回答,"菲利普会利用他的哲学知识为大家提供有用的观点,至于我,我在这里除了学习,也会尽我所能地做出贡献,因为在情感的可及性方面,我更像是一个专家。对吧,搭档?"

菲利普点了点头。

"情感的可及性?我怎么知道这是什么意思?"杰森问道。

"杰森,"另一位成员插话道,"我叫玛莎,我不得不指出,从开始到现在还不到五分钟,你已经是第五次叫板了。"

"所以呢?"

"所以你就是那种我很烦的大男子主义兼爱出风头的家伙。"

"那你就是那种我想想都头疼的神经质小妞。"

"等等,等等,我们先暂停一下,"托尼说,"来听一听其他成员对开场这五分钟都有什么反馈吧。首先,我想对你说几句话,杰森,还有你,玛莎,这是我和菲利普从我们的老师朱利亚斯那里学来的。我相信你们俩都觉得这是一个暴风雨般激烈的开始,但我有一种预感,一种非常强烈的预感,将来团体结束的时候,你们各自都会证明自己对对方非常有价值。对吗,菲利普?"

"对极了,搭档。"

ACKNOWLEDGEMENTS

致　谢

本书的诞生经历了长时间的酝酿，我十分感激一路上给予我帮助的人们。感谢各位编辑帮助我完成了这部结合了小说、心理传记和心理治疗教程的奇妙作品——我在柯林斯出版社的坚强后盾玛乔丽·布拉曼（Marjorie Braman）、肯特·卡罗尔（Kent Carroll），以及家中两位杰出的编辑，我的爱子本（Ben）和爱妻玛丽莲（Marilyn）。感谢各位读过此书部分或全部手稿并提出宝贵建议的朋友和同事们——范·哈维和玛格丽特·哈维（Van and Margaret Harvey）、沃尔特·索科尔（Walter Sokel）、朱瑟琳·乔塞尔森（Ruthellen Josselson）、卡罗琳·扎罗夫（Carolyn Zaroff）、默里·比尔姆斯（Murray Bilmes）、朱利亚斯·卡普兰（Julius Kaplan）、斯科特·伍德（Scott Wood）、赫伯特·科茨（Herb Kotz）、罗杰·沃什（Roger Walsh）、索尔·斯皮罗（Saul Spiro）、珍·罗斯（Jean Rose）、海伦·布劳（Helen Blau）、大卫·斯皮尔格（David Spiegel）。感谢互助小组的治疗师同事们在整个项目过程中提供了坚定不移的友情与支持。感谢我才华横溢的经纪人桑迪·迪克斯特拉（Sandy Dijkstra），感谢她除了提供其他帮助外，还为本书和我的其他作品推荐了书名（比如我的前一本书《给心理治疗师的礼物》(The Gift of Therapy)。感谢我的研究助理杰里·多兰（Geri Doran）。

许多现存的叔本华的书信，要么未被翻译，要么被拙劣地翻译成蹩脚的英文版。在此要感谢我的德国研究助理马库斯·布尔金（Markus Buergin）和菲力克斯·罗伊特（Felix Reuter），感谢他们提供的翻译服务和海量的图书馆资料研究。感谢沃尔特·索科尔提供了非凡的知识指导，并帮忙翻译了许多叔本华的警句名言作为本书每个章节前的导语，使其更好地体现了叔本华犀利透彻的文风。

同我的其他几部作品一样，这部作品的完成离不开我的妻子玛丽莲的爱与支持。

此外，一大批优秀的书籍为我提供了写作方面的指导。至此，我最感激的要数吕迪格尔·萨弗兰斯基（Rudiger Safranski）的精彩传记《叔本华及哲学的狂野年代》(Schopenhauer and the Wild Years of Philosophy)[一]，感谢他在柏林一家咖啡馆里与我促膝长谈并慷慨地提供了咨询。阅读疗法，即通过完整地阅读哲学文库来进行自我治愈，这一理念来自布莱恩·麦基[二]（Bryan Magee）的优秀著作《一个哲学家的自述》(Confessions of a Philosopher)。其他对我产生影响和为本书提供资料的著作还包括：布莱恩·麦基的《叔本华哲学》(The Philosophy of Schopenhauer)，约翰·E.阿

[一] 中文版《叔本华及哲学的狂野年代》，2010年商务印书馆出版，作者是德国当代著名思想史作家、传记作家吕迪格尔·萨弗兰斯基，译者钦文。——译者注

[二] 布莱恩·麦基（Bryan Magee, 1930—），英国哲学家，政治家，作家，以哲学普及者的身份为人们所熟知。主要著作包括《现代英国哲学》《波普尔》《叔本华哲学》《一个哲学家的自述》《哲学的故事》等。——译者注

特维尔（John E. Atwell）的《叔本华：人性》（*Schopenhauer: The Human Character*），克里斯托弗·詹韦（Christopher Janeway）的《叔本华》（*Schopenhauer*），本—阿米·沙夫斯坦（Ben-Ami Scharfstein）的《哲学家：他们的生活和思想本质》（*The Philosophers: Their Lives and the Nature of their Thought*），帕特里克·加德纳（Patrick Gardiner）的《叔本华》（*Schopenhauer*），埃德加·萨尔图斯（Edgar Saltus）的《觉醒的哲学》（*The Philosophy of Disenchantment*），克里斯托弗·詹韦（Christopher Janeway）的《剑桥哲学指南：叔本华》（*The Cambridge Companion to Schopenhauer*），迈克尔·坦纳（Michael Tanner）的《叔本华》（*Schopenhauer*），弗雷德里克·科普雷斯顿（Frederick Copleston）的《亚瑟·叔本华：悲观主义哲学家》（*Arthur Schopenhauer: Philosopher of Pessimism*），阿兰·德波顿（Alain de Botton）的《哲学的慰藉》（*The Consolations of Philosophy*），彼得·拉贝（Peter Raabe）的《哲学心理咨询》（*Philosophical Counseling*），舒斯特尔（Shlomit C. Schuster）的《哲学实践：心理咨询与心理治疗的替代》（*Philosophy Practice: An Alternative to Counseling and Psychotherapy*），卢·马里诺夫（Lou Marinoff）的《柏拉图灵药》（*Plato Not Prozac*[⊖]），皮埃尔·阿多（Pierre Hadot）和阿诺德·I.戴维（Arnold I. Davidson）合编并由迈克尔·蔡斯（Michael Chase）翻译的《哲学作为一种生活方式：从苏格拉底到福柯的精神操练》（*Philosophy as a Way of Life: Spiritual Exercises from Socrates to Foucault*），玛莎·努斯鲍姆（Martha Nussbaum）的

[⊖] 即百忧解，是一种治疗精神抑郁的药物。——译者注

《欲望的治疗》(*The Therapy of Desire*),亚历克斯·霍华德(Alex Howard)的《心理咨询与心理治疗的哲学:从毕达哥拉斯到后现代主义》(*Philosophy for Counselingand Psychotherapy: Pythagoras to Postmodernism*)。

ABOUT THE AUTHOR
关于作者
欧文·亚隆访谈录

您是在哪里长大的？

在华盛顿特区。我父母在那里开了一家卖酒水和杂货的小店。

您最早的记忆是什么？

夏天灼热的人行道上冒着热气；即使一大早就出门，热浪也会扑面而来；炎热的天气常常迫使我的父母和其他住在市中心的家庭一到晚上就成群结队来到波托马克河岸边的一个叫"Speedway"（高速公路）的公园避暑。我记得父亲清晨五点钟就带我去华盛顿东南部的大型露天市场进货。我记得附近有一家叫"西尔万"（Sylvan）的小电影院，父母生怕我在街上玩不安全，通常一周要把我送去那儿三四次。同样是出于安全的考虑，每年夏

> "我记得附近有一家叫'西尔万'（Sylvan）的小电影院，父母生怕我在街上玩不安全，通常一周要把我送去那儿三四次。"

作者简介

Lrvin D. Yalom

欧文·亚隆（Irvin D. Yalom）是一位畅销书作家，他的作品包括《爱情刽子手》《妈妈及生命的意义》《给心理治疗师的礼物》，以及若干心理治疗方面的经典教科书，其中包括在该领域长期被视为标准教材的重要作品《团体心理治疗的理论与实践》。

天他们都送我去夏令营，那八周的时间成了我迄今为止最美好的童年回忆。

我记得每逢星期天总有家庭聚会。父母有一群来自故乡的亲戚和朋友，他们一直保持着联系，每个星期天都聚在一起野餐和吃饭，饭后的娱乐总是打牌，女人们玩卡纳斯塔㊀（canasta）或扑克，男人们则玩皮纳克尔㊁（pinochle）。我对每个星期天上午轻松愉快的时光都印象深刻。我通常会和父亲下棋，他常常一边下棋一边伴着留声机上（我们当时叫维克多唱机（Victrola））播放的依地语歌曲唱歌。

你的祖先和父母来自哪里？他们留下过什么有趣的故事吗？

我的父亲来自俄罗斯和波兰边境附近的一个犹太人小村庄。他们有时称自己来自俄罗斯，有时又说来自波兰。父亲常开玩笑说，当他们觉得无法忍受俄罗斯漫长而严酷的冬天时，

㊀ 一种两副牌一起玩的，通常由 2 或 6 个人玩的纸牌游戏。——译者注
㊁ 一种 2～4 人玩的纸牌游戏。——译者注

就会把国籍说成波兰。我的父亲来自塞尔兹,我的母亲来自大约15千米外的普鲁西纳。这个地区所有的犹太村庄都被纳粹摧毁了,我的几个亲戚,包括我父亲的姐姐和他兄弟的妻子和孩子,都在集中营里被杀害了。我的爷爷是个靴匠,他常到我外祖父的粮草店买东西。我的父母在十几岁时就认识了,直到1921年移民美国后才结婚。他们初到纽约时身无分文,大部分时间都在为维持生计而奔忙。后来,我父亲的弟弟在华盛顿开了一家巴掌大的小店,就鼓励我父母也搬过去。他们从此开了一家又一家的杂货店,又接连开了几家酒行,店铺的规模慢慢地扩大,经营得也越来越好。

您父母都在酒行和杂货店里工作吗?您对这些店铺有什么记忆?

父亲和母亲每周有6天的时间在店里,从早上8点工作到晚上10点,每逢周五周六甚至加班到半夜,真是难以想象的辛苦。关于我父亲的一个真实故事还被我作为素材写进了《诊疗椅上的谎言》这本书里：

"他有一间很小的杂货店，六尺见方。我们一家就住在店铺的楼上。有一天，一位客人进来说要买双工作手套。父亲指了指后门说，他必须去后面的储藏室拿货，可能要花几分钟时间。其实，根本就没有什么储藏室。后门通往一条巷子。父亲从后门溜了出去，飞奔到两条街外的自由市场，以12美分的价格买了一双手套，然后赶回来，再以15美分的价格卖给了那位客人。"

"我的父母在十几岁时就认识了，直到1921年移民美国后才结婚。"

您在哪里上的大学？大学期间有什么有趣的逸事吗？

乔治·华盛顿大学，当时学校给了我300美元的全额奖学金。我当时就住在家里，每天开车或乘公共汽车去上学。我的大学时光都被浪费了，几乎没留下什么美好的回忆。我一心埋头苦读，医学预科以外的课我一律不选，只花三年的时间就修完了所有的专业课程。我人生最大的遗憾之一，就是错过了电影和文学作品中经常描绘的那些美好的大学时光。为何要这么着急毕业又这么勤奋呢？因为在那个年代，犹太人想进医学院是非常困难的，所有的医学院都只录取5%的犹太裔学生。我和我的四个好朋友都被乔治·华盛顿大学的医学院录取了，我和其中的两位至今关系都很密切。而且，顺便说一句，我们几个人的婚姻都很稳定。我的紧迫感很大程度上来源于我和玛丽莲的关系，我15岁就与她相识了，于是我一心想着尽快确定我们的婚姻关系，趁她还没改变主意。

> "我人生最大的遗憾之一，就是错过了电影和文学作品中经常描绘的那些美好的大学时光。"

您的妻子从事什么工作？

玛丽莲是一名法语教授，后来又担任斯坦福妇女研究中心的主任。她还是一名文化史作家。她的作品包括《妻子的历史》(*A History of the Wife*)、《乳房的历史》(*A History of the Breast*) 以及《国际象棋"王后"诞生记》(*Birth of the Chess Queen*)。

在从医之前，您都做过哪些工作？

我童年时期在父母的店里工作了很长一段时间，还兼职分发《自

> "连续好几年的国庆节我都外出摆摊卖烟花。"

由》杂志和到附近的喜互惠超市（Safeway）门口帮人提重重的购物袋。为了攒钱买一台显微镜，我曾经花一个暑假的时间在人民药店（Peoples Drug Store）的冷饮柜台卖冷饮。然后，由于报纸的分类广告把"farmwork"（农活）错打成了"finework"（精细活），我又误打误撞地到一个奶牛场工作了一个暑假。我在邦兹服装店做了三年的服装和鞋类推销员，每周六上班。连续好几年的国庆节我都外出摆摊卖烟花。曾经有几个暑假，我还当过夏令营顾问和网球教练。我在大学里辅导过有机化学。上了医学院以后，我唯一的额外收入就是实验室工作、卖血和捐精，还有协助教授做图书馆资料搜集。医学博士毕业后，我还到监狱和精神病院做过大量的咨询工作。

您认为最近有哪部小说值得推荐？

这几年我读过的最好的小说是大卫·米切尔（David Mitchell）的小说《云图》（*Cloud Atlas*），称得上是一部天才之作。我一直在阅读并且很

关于作者

喜爱的还有村上春树（Murakami）和保罗·奥斯特[一]（Paul Auster）的几本书。我最近刚刚重读了查尔斯·狄更斯（Charles Dickens）的《我们共同的朋友》（*Our Mutual Friend*），和西格弗里德·伦茨[二]（Siegfried Lenz）的《德语课》（*The German Lesson*），都是杰作啊！

您有什么写作怪癖吗？

我每天上午很早开始写作，大概从上午7点一直写到午后，然后开始接诊患者。我经常从梦中获得很多素材。我在写作时非常专注，认为没有什么事比写作更重要。我常常在骑自行车或泡热水澡的时候为第二天制订一大堆有效的工作计划。

"我的写作灵感来自阅读哲学书籍和小说，以及我的临床工作。"

您靠什么来获得刺激——是否有固定喝哪种饮料的习惯？

我的写作灵感来自阅读哲学书籍

[一] 保罗·奥斯特（1947—），美国当代小说家、诗人、剧作家、译者、电影导演，被视为美国当代最勇于创新的小说家之一。——译者注
[二] 西格弗里德·伦茨（1926—2014），德国当代享有世界声誉的作家。——译者注

和小说，以及我的临床工作，几乎每个小时的治疗过程都会有一些新的想法产生，这些想法便会体现在我的写作中。我并不是指会将患者的情况直接写进书里，而是指那些问题所引发的谈论会唤起一些关于我们思维方式的思考。

您有什么爱好或喜欢什么户外活动吗？

骑自行车、下国际象棋、在旧金山市区散步，还有阅读，我一直有阅读的习惯。在帕洛阿尔托和旧金山，我和妻子都喜欢步行。我们常去剧院，和朋友们见面，与我们的四个孩子保持着密切的联系。我们非常关注他们的事业：伊芙是妇科医生；里德是很有才华的艺术摄影师；维克多是一个心理学家兼创业者；还有本，他是戏剧导演。我们每年都和所有的儿孙们一起度假，通常是去夏威夷。

您目前在做什么？

我刚刚完成了我的教材《团体

关于作者

心理治疗的理论与实践》的第五版修订,正在从语言疲劳中恢复过来。最近几个月我一直在研究希腊哲学,特别是伊壁鸠鲁的思想。我一直在准备和搜集素材,希望什么时候能再有一部新的作品问世。我在等待这一天的到来……

POSTSCRIPT

后　记
《叔本华的治疗》的创作

在讨论我为什么选择写这本小说之前，我必须先回答一个更重要的问题：我为什么要写小说？在我的整个职业生涯中，我一直是一名从事心理治疗的教师和医生，这种身份是如何与写小说联系起来的呢？

我人生的前15年是在华盛顿特区一个险恶的街区度过的，那里最安全的地方就是位于第七街和K街交汇处的公共图书馆。我几乎每个星期六都泡在图书馆里，正是在那里我第一次感受到在另一个充满想象的世界里欢度时光的魅力。从那以后，我就不断地进行着一些虚构作品的创作。在青少年时期，我就已经认定（而且至今我还坚持这种想法），写一本好的小说是一个人一生中所能做的最好的事情之一。

接下来，我来解释一下为何要创作这么一种特殊类型的小说。在我从事精神科医生的职业生涯中，一直有两个相似却又彼此独立的主要兴趣：团体心理治疗和存在主义心理治疗。这两种治疗方法都有各自不同的参考体系。

以人际关系理论为基础的团体疗法会假设个体陷入绝望的原因是无法与他人建立持久的、有意义的、持续性的关系。因此，

后 记

治疗的目的在于探索患者在试图与他人接触的过程中哪里出错了。而团体正是进行这种探索的理想场所，因为它可以强有力地聚焦于成员们之间的关系。但治疗的重点并不是成员们在团体结束后会不会继续增进对对方的了解并成为朋友，这种情况很少见。关键在于，团体就是一个社会的缩影，也就是说，个体在人际关系中遇到的问题，久而久之总会在当下的团体中重现。所以，带领者关注成员之间的关系，就是在力求解决成员之间主要的关系问题。（带领者通常会设想并试图促使成员们将他们在团体中学到的东西转移到各自的现实情境中。）更重要的是，关注当下，关注团体的实时进展，可以为治疗提供更丰富、更强大，也更准确的数据，治疗师们再也不用一味地依赖成员们对自己过去和现在的人际关系问题的描述（这种自述通常不准确），相反，治疗师的眼前会呈现出一幅生机勃勃的壁挂，所有的人际关系问题都会在团体会谈时色彩纷呈地展现在他的眼前。

存在主义疗法有着另一个不同的假设，它假设个体陷入绝望是因为他们在与人类所固有的痛苦进行对抗。个体产生痛苦的原因，不仅包括人类固有的不受约束的破坏性的欲望，或是父母过于深陷自身的痛苦并且神经质地难以为子女提供必要的支持和关爱，或是某段惨痛经历残存的记忆碎片，或是目前正面临的人际、经济和职业的压力，也包括对于存在的残酷事实所固有的焦虑。这些残酷事实指的是什么呢？指的就是人终有一死，每个人都面临不可避免的死亡，我们注定要独自进入并离开生命；指的是每个人都比自己认为的更大程度地成为自己人生的设计者和现实形态本身的创造者；指的是我们生来就是追求意义的生物，却不幸被抛入了一个没有任何内在意义的世界，因此我们必须着手构建自己生命的意义——一个强大到足以支撑我们一生的意义。

在我职业生涯的前半段，我完成了作为大学教授的使命。我对自己感兴趣的领域进行了研究，并在专业期刊上发表了不少流行一时的文章。我编写了两本很厚的教科书：一本是关于团体治疗的《团体心理治疗的理论与实践》，另一本是关于存在主义心理疗法的《存在主义心理治疗》。

尽管这两本书都算得上是成功的教科书，并被广泛地用于培训机构，但我仍感觉有些遗憾：两本书都没有展现出治疗过程中真实发生的人性的一面。专业性的文章不允许我去传达治疗过程中真正关键的部分，即治疗师与患者之间那种深刻的、亲密的、人性化的、危险的、互相关怀（甚至是关爱）的关系。于是我开始寻找另一种写作方式并最终决定采用文学的形式：我将完全弃用专业的表达和术语，改用文学的方式进行教学，使用小说的技巧来阐明来访者和治疗师的内心世界。由于其他存在主义思想家也选择了同样的方式，他们为我提供了很好的示范：比如萨特和加缪。今天已经很少有人读过或记得他们正式的哲学著作，一直以来，是他们的小说和戏剧使他们的思想为世人所接受和了解，也正是通过这种媒介，他们才得以被世人铭记。

因此，1990年，我开始以不同的方式写作。为了全面地解释心理治疗的存在主义方法，我一共写了两部教学故事集，分别是《爱情刽子手》和《妈妈及生命的意义》，以及三部教学小说，即《当尼采哭泣》《诊疗椅上的谎言》和《叔本华的治疗》。例如，《当尼采哭泣》研究了如果心理疗法的发明者是哲学诗人尼采，而不是临床科学家弗洛伊德，它会是什么样子。《诊疗椅上的谎言》则探索了治疗师与患者之间的本质关系，特别是治疗师是否应该自我表露以及自我表露到何种程度。

我在写这些书的时候，心目中都有一个特定的读者：一位年轻的心理治疗师。但是，由于心理治疗是一个非常人性化的过程，许多人都渴望进行自我探索并获得个人成长，这些书便拥有了一大批包括治疗师和普通大众在内的跨界读者。

不像一般的作家在动笔前脑子里总构思着某个情节（或某个角色的发展，或某个场景），我的出发点总是一连串的想法。比如，我希望能在《叔本华的治疗》这本书里探讨四个主题：

（1）团体治疗如何起作用？

（2）一般的哲学和亚瑟·叔本华的哲学会如何影响心理治疗实践？

（3）叔本华奇特的人生经历和他重要的个人病状是如何影响他的哲学论断的？

（4）死亡意识将如何影响一个人的生活行为？

40年来，我一直在带领和撰写关于团体治疗的文章，我非常看重这种治疗模式的力量和疗效。然而，近年来，我越来越关注团体治疗领域的现状。有两个趋势让我特别不安：一是媒体对团体治疗的严重歪曲，二是医学经济学对团体治疗实践的有害影响。

大众媒体有时会以准确和同情的方式来描绘个别治疗，试问有谁不想和罗宾·威廉姆斯在《心灵捕手》(*Good Will Hunting*)中饰演的治疗师进行个别治疗呢？但团体治疗却总是被描绘成一种可笑的，更确切地说是一种极度失真的时尚行为，比如1972年的电视剧《鲍勃·纽哈特秀》(*The Bob Newhart Show*)里面的团体治疗。

此外，专业领域里也出现了相当大的倒退。出于经济上的原因，卫生组织选择有限地使用团体治疗方式。目前一些大型卫生保健组织提供的绝大多数团体治疗都是"心理信息咨询",主要用于向团体成员传递有关心理障碍的信息。虽然这也体现了一些有限的治疗价值,但团体治疗具有更为强大的机制来为患者提供帮助。每一位有经验的团体治疗师都具有丰富的治疗经验,懂得如何让成员们全身心且全方位地去探索彼此之间的关系。团体治疗就好比是一艘救援船,把许多人运送到一个更好、更安全的地方。为了能够在《叔本华的治疗》里更加准确和现实地对团体治疗进行描述,我着实费了一番苦心。在我的新版团体治疗教科书中,我经常建议治疗师学员们参考《叔本华的治疗》里的某些章节,以获取与临床理论和实践相关的各方面生动形象的例证。

为什么选择亚瑟·叔本华?他和心理治疗之间有什么联系?(他早在1860年就去世了,距离当代心理治疗法的出现还有几十年的时间。)我是在为小说《当尼采哭泣》做文献研究时第一次对叔本华的作品产生了兴趣。叔本华去世时尼采才16岁,尽管他们从未谋面,尼采还是学习了大量叔本华的思想。一开始,他在文章中对叔本华大为赞赏,而后又转为激烈地反对。我对他们之间的分裂十分着迷。尼采和叔本华有着许多相似之处:他们都无所畏惧、不屈不挠地对人类的境况进行研究,有意地避开所有权威观点,摈弃一切关于存在的错误认识。然而,他们对生活的态度大相径庭:尼采热爱和赞美生命,叔本华则冷酷、悲观、厌世。

是什么导致了他们的分裂?他们的生活环境和人格结构在多大程度上决定了他们的哲学论断?我越深入地研究叔本华的生活和作品,就越被他广阔高深的超凡视野所折服。不难理解为什么有些哲学家认为叔本华的著作中包含的思想比柏拉图以外的任何一位哲学家的著作都更有趣。但是,毫无疑问,他绝对是一个深陷忧虑的怪人。

我最初本打算写一本历史小说，介绍叔本华以及他的作品对心理治疗领域的影响。然而，后来还是放弃了这个想法。首先，我永远无法克服叔本华在1860年去世，而当时心理疗法还没有出现在历史舞台这一障碍。（我认为现代心理疗法诞生于1895年，那一年弗洛伊德和布洛伊尔㊀合作出版了《癔症研究》（Studies in Hysteria）一书，在这本书的最后一章，弗洛伊德分享了一个具有惊人预见性的思考，他预测了心理治疗即将在下一个世纪展开的诸多发展。）然而叔本华对心理治疗有着巨大的影响：他是弗洛伊德学生时代最著名的德国哲学家，他的许多见解必将影响到后来提出的一些概念，如潜意识、本我、压抑、性的作用，以及不借助超自然信仰进行自我探索的必要性。

叔本华的生活本身是另一个障碍。正如他本人所说，他的生活是一部独幕剧，而独幕剧不适合用来写小说。他是有史以来最痛苦、最孤独的人之一，没有朋友，没有妻子，也没有家人和同事。因此我需要虚构出另一个人物来做陪衬，于是花了好几个星期的时间，尝试创造一个博学的耶稣会士这样的人物形象。然而，却又一直没想到合适的情节，最终只好放弃了这个项目，而转向另一本书，《给心理治疗师的礼物》。

两年后，当我又回到当初设想的叔本华小说的雏形时，我高兴地发现自己对这一想法依然感兴趣，并很快有了完全不同的创作方向。我想写一本当代的小说，故事就发生在一个治疗团体中，其中的一位成员菲利普，既是活生生的亚瑟·叔本华的化身，又对他的思想倒背如流，能在团体讨论中引入不少叔本华的思想。

㊀ 约瑟夫·布洛伊尔（Josef Breuer，1842—1925），奥地利医生。——译者注

我还会在其中穿插一些章节与故事的发展交替出现来作为叔本华的心理传记,以保持我与这位历史人物的联系。

毫无疑问,叔本华非常愤世嫉俗。他悲观、自大、诡秘,好操纵和蔑视他人(他把人类称为"两足动物"),简直是史上最不可能加入治疗团体的人之一。但如果他真的进了团体呢?对于一个团体治疗师来说,他将是一个多么大的挑战啊!要是有他在团体里,那该多好啊!试想一下,如果一个团体能治疗亚瑟·叔本华,那么它治疗任何人都不在话下了!

最后,简单地谈一谈这部小说的悲剧故事线——朱利亚斯的致命疾病。我希望我的主角不仅要处理他本人的死亡,还要帮助他的来访者面对他们各自的死亡。我选择在治疗过程中引入死亡这个话题的原因可以回溯到我多年来与癌症患者打交道的经历。我遇到过许多患者,他们在面对死亡时并没有退缩,相反,他们纷纷经历了一些诸如个人成长和心智成熟之类的改变。他们重新安排了生活的优先顺序,把琐事简单化,并更加关注和重视那些重要的事物,例如所爱的人、季节的变化、被他们长期忽视的音乐和诗歌。正如一位患者所说的,"癌症能治愈神经官能症"。

于是我想,如果一个人在治疗过程中毫不掩饰地引入死亡的话题,会发生什么?成员们会被吓跑吗?他们会不会决定最好不要在不痒的地方挠痒痒?也许死亡太过向他们逼近,会令他们连日常的个人问题都无法处理?又或者情况会恰恰相反?认清死亡是不可避免的这一事实,会不会为他们的改变增添重要的视角、严肃性和动力呢?我不确定情节会如何发展。我所做的就是把舞台搭建好,让故事里的人物一个个活起来,记录下发生在他们身上的故事,并且乐在其中。

I'M CALLING
THE POLICE

作者：欧文·D. 亚隆（Irvin D. Yalom）
罗伯特·L.伯杰（Robert L. Berger）

我要叫警察了

医学院 50 周年同学会的告别晚宴已接近尾声，我的老朋友鲍勃·伯杰（Bob Berger）向我示意他需要找我谈谈。鲍勃是我医学院时代的好友当中唯一一位还在世的，我们之间一直保持着密切的联系，彼此都把对方视为终生的朋友。尽管我们选择了不同的专业方向，但都和"心脏"有关——他进了心脏外科，用手术刀来修复患者的心脏；我的治疗手段是交谈，靠谈话来治愈一颗颗破碎的心。鲍勃一把抓住我的胳膊，把我拉到一旁。那一刻起，我就有了不祥的预感。他几乎从未有过这样的动作，我们心理医生往往会注意这样的细节。他凑近我的耳朵，粗声粗气地说："大事不好了……那些过去的记忆正在爆发……我黑夜和白天的两种生活，眼看我就要分不清了。我必须和你谈谈。"

我明白了。自从童年在匈牙利经历了那场犹太人大屠杀，鲍勃就一直过着两种不同的生活：白天，他是一个和蔼可亲、爱岗敬业、不知疲倦的心脏外科医生；到了晚上，他的梦中便充斥着那些恐怖记忆的碎片。我对他白天的生活一清二楚。至于他夜间的情况，即便是对我这位一起走过了半个世纪的老朋友，他也从不透露，更不会如此直截了当地向我求助。要知道，鲍勃一向是个独立、神秘、高深莫测的人。此刻在我耳边低语的他完全像换了个人。我一个劲儿地点头，心里很是担心，也止不住地好奇。

我和鲍勃在医学院里居然能成为朋友，这件事本身就很奇怪。单从姓氏这一点来看就不太可能——毕竟"伯杰"是以字母"B"开头的，和"亚隆"的"Y"隔着几乎一整个字母表。医学院的学生交朋友通常以姓氏的字母表顺序为参考，因为无论是做尸体解剖、搭档做实验，还是到病房轮转，都是按姓氏的首字母顺序进行分组，所以我大部分时间都和姓氏首字母"S"到"Z"的同学分在一组，比如谢林（Schelling）、思德鲁斯（Siderius）、维尔纳（Werner）、黄（Wong），还有扎克曼（Zuckerman）。

　　也许是因为鲍勃与众不同的外表。一开始，我是被他那双灵动的蓝眼睛所吸引。我从未见过如此凄美而深远的凝视，那目光仿佛在向你发出召唤，不经意间与你四目相接，却又若即若离，从不完全迎合你的目光。他的脸可不是一般的可爱[⊖]，完全称得上是一幅立体派画作，处处棱角分明，高鼻梁尖下巴，甚至连耳朵都是细长的。脸上依稀可见被剃刀刮伤的痕迹，皮肤显得苍白黯淡。我当时心想，此人定是缺乏日晒，不吃胡萝卜，而且不爱运动。

　　他的衣服永远是皱皱巴巴、毫无特征的灰褐色（我一次也没见他穿过颜色鲜艳的衣服）。然而正是这样的一个人，当时却深深吸引了我。在以后的日子里，我常听到女人评价他毫无魅力可言，却又令人无法抗拒。用"无法抗拒"来形容似乎有点过了，"令人着迷"更恰如其分。没错，我的确对他非常着迷，因为无论是在华盛顿特区的高中还是到了大学，我都没遇见过像鲍勃这样的人。

　　关于我俩的第一次邂逅，我仍记忆犹新。我当时在医学院的图书馆学习，而他每晚都在那里为罗宾斯教授的病理学教科书（此书正是后来那本成功地培养了全世界一代又一代医生的著名教材）做文献研究。一天晚上，在图书馆里，他踱到我面前，提示我无须再为第二天的肾脏学考试做更多的复习了。

　　"你想不想挣钱？"他问道，"罗宾斯给了我太多的工作，我需

[⊖] 原文为"punum"，在意第绪语中表示"可爱"，常用来形容人或小动物的脸。——译者注

要帮手。"

我欣然接受了这一提议。那个时候的我几乎完全靠父母开杂货店的收入来维持生活,偶尔也靠卖血和捐精来赚点零花钱——这是当时的医学生最传统快速的赚钱手段。

"为何想起问我?"我问。

"我一直在观察你。"

"结果呢?"

"结果发现你可能有这方面的潜力。"

不久后,我们便开始每周见面三四个晚上,要么一起到波士顿大学的医学图书馆为罗宾斯医生工作,要么在我的公寓里闲聊或自习。通常都是我在自习,而鲍勃似乎根本用不着学习。此外,他还沉迷于玩单人纸牌游戏,一玩就是好几个小时。他声称是为了参加比赛,有时是新英格兰锦标赛,有时甚至是世界锦标赛。

我很快便了解到他是第二次世界大战的难民,在一场大屠杀中幸存了下来,年仅17岁就颠沛流离,孤身一人来到波士顿。

我不禁联想到自己的17岁——成天被朋友包围,被家人怀抱,满脑子除了各式各样的宽领带、笨手笨脚地和姑娘跳舞,就是在联谊会里钩心斗角,日子过得无知、安逸、松松垮垮。"你是怎么做到的,鲍勃?有谁帮你吗?你当时会说英语吗?"

"一句都不会。我刚上波士顿拉丁高中那会儿,水平仅相当于八年级学生,一年后就考上了哈佛大学,接着又顺利考进了医学院。"

"你是怎么做到的?我敢肯定,我就算申请了也绝对考不上哈佛大学。你当时住哪儿?和谁一起生活?资助人还是亲戚?"

"你一口气提了那么多问题,我一句话就能回答你——全靠我自己。"

我还记得在我们的毕业典礼上，我被父母和妻儿团团围住，却看见鲍勃独自一人远远地站着，手里抓着他的毕业证书，踮着脚跟轻摇轻摆。他一毕业便进入医院实习，成了一名普通外科住院医生，随后又进入心脏和普通胸外科当了几年住院医生。实习结束的第二天，他就被波士顿一家教学医院聘为心脏外科主任。五年后，他已是波士顿大学的外科教授和心胸外科的专业主任了。他疯狂地发表了大量作品，孜孜不倦地教学和工作。他成功完成了世界上首例植入部分人造心脏且患者长期存活的手术。他自始至终都孑然于世——那场大屠杀使他失去了所有的亲人。

　　他对自己的过去只字不提。我对他充满了好奇，因为在我认识的人当中，他是唯一一个亲身体验过集中营的恐怖的。可他对我的问题从来都置之不理，甚至斥责我有窥阴癖（voyeurism）。

　　"你若表现得克制一点，"他揶揄道，"我说不定会多告诉你一些。"

　　直到若干年后，他才愿意回答我那些关于战争的问题，尽管我一直表现得相当克制。直到我们都过了花甲之年，我忽然注意到一个变化。一开始，他只是显得比以往更开放，更愿意开口说话了。渐渐地，随着光阴的流逝，他变得越发急切地想跟我讲述那些过去的恐怖岁月。

　　然而，当年的我准备好了吗？或许我只是单纯地心怀好奇，却从未做好各方面准备来当他的倾诉对象？直到后来，我接受了精神病学的训练，开始从事精神分析，并且掌握了一些人际交流的微妙规律，才对我和鲍勃之间的关系有了一些本质的了解。事实上，不仅是鲍勃对自己的过去三缄其口，就连我也并不是真的想了解那些过去。他长久以来的缄默，除了他本人之外，我也难辞其咎。

我还记得，少年时期的我曾经被战后新闻短片里记录的解放集中营的场景吓得目瞪口呆，甚至感觉恶心。我很想看个究竟，也觉得自己应该看。毕竟那些受难者都是我的同胞，我没有理由不了解这段历史。但每一次观看对我来说都是一次彻底的打击与震撼。直到今天，当时的那些原始图像——那些带刺的铁丝网、冒着烟的焚尸炉、瘦骨嶙峋穿着破烂条纹衫的幸存者，仍在不断地入侵我的大脑。我不禁感叹自己是何其幸运，要不是当年父母赶在纳粹掌权之前就移民的话，我很可能就是那些骷髅中的一个。这其中最可怕的画面，要数推土机移动着那些堆积如山的尸体的情形。他们当中就有我的家人：我父亲的妹妹是在波兰遇害的，同时还有我叔叔亚伯的妻子和他的三个孩子。叔叔是1937年来的美国，本打算带着家人一起移民，却遗憾地来不及了。

这些画面激起了我内心无限的恐惧，我也因此产生了一些愤怒的幻想，这些通通都令我难以忍受。它们总在夜深人静时潜入我的脑海，搅得我无法入睡。这些画面既无法被消除，也不曾自动消退。早在遇到鲍勃之前，我就下定决心不再往自己的记忆里添加这类图像，并开始下意识地回避一切关于大屠杀的电影和书面描写。我曾一次又一次地试图让自己更成熟地面对这段历史，但都以失败告终。我强迫自己走进电影院去观看《辛德勒的名单》和《苏菲的选择》等影片，但都熬不过三四十分钟。每回从电影院出来，我都决心不再做这类尝试，以免再忍受同样的痛苦。

鲍勃曾跟我分享过几件骇人听闻的事情，其中一件是他早在20年前就告诉我的，至今仍牢牢地刻在我的记忆里。故事的主人公是他的好朋友，米克洛斯。那一年，14岁的鲍勃以基督徒身份潜伏在布达佩斯为抵抗组织工作。他偶然撞见了数月不见的米克洛斯，被他的外表着实吓了一跳：他看上去很憔悴，衣衫褴褛，像是刚从犹太人区逃出来，或是从开往奥斯维辛的火车上跳下来似的。鲍勃警告米克洛斯要当心很快就会被纳粹党抓住，并极力劝说他一道去找临时住宿，领取换洗的衣物和一些假的基督徒身份证件。米克洛斯点了点头，说他得先去一个地方，两小时后再回来。鲍勃不得不再次警告他有危险，并恳求他立刻前往，但米克洛斯坚持说有急事，必须去见一个人。

然而，就在他们约定见面的时间之前，突然响起了空袭警报，街上的人群都被疏散了。90分钟后，空袭警报一解除，鲍勃立刻冲到约定的地点，但米克洛斯并没有出现。

战后，鲍勃终于从他往日的体育老师卡罗利·卡帕蒂口中得知了米克洛斯的遭遇。卡罗利·卡帕蒂虽然是犹太人，但由于他在柏林奥运会上作为一名摔跤手为匈牙利赢得了一枚金牌，才得以免受反犹太法律的制裁。那天，解除警报的信号响起时，卡帕蒂的妻子正要离开防空洞，就见一帮纳粹分子把一个小男孩拖进了她家公寓的前厅。她一眼就认出了米克洛斯，于是远远地看着他。他们脱下他的裤子，发现他是受了割礼的，便朝他的腹部连开了好几枪。米克洛斯一时失血过多，但神志还清醒，于是一个劲儿地讨水喝。卡帕蒂夫人想上前给他一点水，却被纳粹分子一把推开了。她在附近徘徊了一两个小时，也只能眼睁睁地看着他流血而死。鲍勃以他典型的方式结束了这个故事：他责怪自己当时没有立即强迫米克洛斯和他一起走。

这个故事多年来一直在我脑海里挥之不去。许多个夜晚，我躺在床上睡不着，心怦怦直跳，此时，米克洛斯被杀的场景就会不断地在我的想象中反复上演。

终于,老同学们在一片道别声中纷纷离开了宴会厅。这群75岁上下、白发苍苍的干瘪小老头虽然嘴上说着"我们很快会再聚的"和"下次再见",内心深处却都清楚得很,他们基本不可能再见面了。于是,待人群散去,我们才在旅馆的酒吧里找了一处安静的角落坐下并点了两杯气泡葡萄酒。接着,鲍勃开始讲述他的故事。

"上周我出差去了加拉加斯[1]。"

"去加拉加斯做什么?那里的局势那么动荡,你疯了吗?"

"问题就在这儿。我们组的其他人都不愿意去,他们都认为太危险了。"

"对你来说就安全吗?你一个75岁高龄、心脏安了三个支架的半残老头儿。"

"你究竟是想听这个故事呀,还是要在你唯一的朋友面前摆你治疗师的谱?"

他这句话没问题。鲍勃和我总是互相打趣,这也是我们之间的友谊独一无二的存在方式。我和其他的朋友就做不到这样。我相信我们彼此间的打趣是一种深厚感情的体现,也许这就是我们相互认可的唯一能拉近彼此距离的方式。经历了童年的创伤和亲友的亡故导致了他无法在人前表现出脆弱的一面,也难以公开表达自己的感情。

由于习惯了长期动荡不安的生活,鲍勃工作起来总是连轴转。他每周要工作七八十个小时,除了做手术就是为患者提供术后护

---

[1] 加拉加斯(Caracas),委内瑞拉首都。——译者注

理。虽然每天做两三台开胸手术为他带来了可观的收入，但钱对他来说并不重要：他生活节俭，把大部分收入都捐给了以色列或与大屠杀有关的慈善机构。身为多年的好友，我总是不停地唠叨他工作过度。有一次，我把他比作安徒生童话里那个一穿上红舞鞋就不停跳舞的小女孩。他立刻反驳说情况恰恰相反，小女孩的结局是跳舞跳死的，他"跳舞"则是为了活着。

他思维能力极强，总能产生新的想法。由他开发的新外科手术层出不穷，这不仅使他闻名于世，还挽救了许多危重患者的生命。从活跃的外科手术生涯中退休以后，鲍勃曾一度陷入严重的抑郁，后来成功地自愈了，所用的方法相当了不起。他摇身一变，成了一名研究大屠杀的学者，并积极投入一场关于现代医学是否应该使用纳粹集中营医学研究成果的激烈辩论。最终，鲍勃以一篇发表在《新英格兰医学杂志》(*The New England Journal of Medicine*) 上的史诗级论文证明了纳粹的研究在很大程度上是骗人的，这场争论才得以平息。他正是用这种"行动加效能"的方法快速地克服了自己的抑郁。

他不断地冒出各种关于治疗方法、手术设备和程序的新想法，那些想法多到足够让十几个科学家去研究了。就在不久前，他又帮忙开发了一种针对晚期肺气肿患者的更安全的非手术治疗新方法。作为开发该项目的公司的创始人之一，他四处奔波授课，向各地的医生介绍这一成果。

尽管知道他闲不下来，但我还是不停地向他灌输一些明知不会被采纳的建议，比如放慢脚步，享受生活，花点时间和朋友打打电话之类的。他几乎忙碌到了类似强迫症的程度。有一回，他因为严重的心绞痛住院接受心脏导管插入术治疗，竟然连一个亲友都没通知。我一如既往地劝诫他要多分享，要学会抱怨和寻求帮助。他也依旧一如既往地无视我的建议。

但此时此刻，在今晚的50周年同学会上，情况有了变化。这是他第一次向我求助，为了帮他我在所不辞。

"鲍勃，快跟我说说，在加拉加斯究竟发生了什么事。"

"我刚刚结束为期三天的行程。这趟出行还算成功：委内瑞拉的医生对我们治疗肺气肿的新方法很感兴趣，并准备在大学的医院里进行临床试验。考虑到有遭抢劫或绑架的巨大风险，负责接待我的医生全程与我寸步不离。然而，就在最后一顿晚餐的时候，我告诉他们不必陪我去机场了，因为我搭的是第二天一早的航班，酒店会提供交通服务。他们坚持要来送我，我却坚决认为乘坐酒店的专车看起来很安全。"

"安全？就委内瑞拉目前的情况，怎么可能安全？"我对他这一判断感到很警觉，立刻表示坚决反对，但他摇着手指对我说，"你又来了。我要是想听唠叨，就用不着找心理治疗师了，随便抓个人来聊天便是。"

"没办法，鲍勃，条件反射。一听到你把自己暴露在那样的危险当中，我都要疯了。"

"欧文，你还记得吗？昨天我们在熟食店吃完午饭，是一路走着回车上的。"

"嗯，我记得我们一块儿吃的午餐。可走回车上跟这件事有什么关系吗？"

"你还记不记得，我们是拐过街角，然后沿着小巷走向停车地点的？"

"对。没错。我当时还教训你怎么走在马路中间，还开玩笑地问你布达佩斯有没有人行道。"

"不只这些，还有。"

"还有？还有什么？哦，对对，后来我说马路中间比人行道更安全，因为那里有更宽阔的视野。"

"嗯，其实你完全错了，我只是对你客气，不想反驳你而已。恰恰相反，我正是因为知道那样更危险才那么做的。这就是问题的关键，也是你从来都不了解的我的那一面。我是在危险中长大的，它已成了我生命的一部分。有时候，一点点危险反而能使我放松。我最近才意识到，手术室就是我在抵抗组织里那段危险岁月的替代品。在手术室里，我时刻与危险同在，并且要用一台台有风险却能挽救生命的手术来面对它。因此，手术室一直是我待得最舒服的地方。对我来说，它的存在就像母乳一般。你懂我意思吗？"说罢，他一脸期待地望着我。

"我这样的小心理医生，只会看些小伤小痛，看不来你这种极端的精神错乱。"我说。

"实际上，"鲍勃对我的评论置之不理，继续说道，"多年来，我一直没意识到自己的与众不同。我从来都认为，对于所有称职的人来说，为患者做心脏手术和与死神争夺生命都是再自然不过的事；那些对心脏手术不感兴趣，或是无缘进入这一领域的人，简直错过了生命中最大的挑战。直到最近几年，我才把自己如此热衷于冒险和我过去的经历联系起来。大约 25 年前，波士顿大学决定以我的名义设立一个讲席教授⊖，并发行了一本精美的小册

⊖ 讲席教授（endowed chair），在美国的教授级别中最高的，相当于荣誉教授（distinguished professor）。——译者注

子。封面上印着手术室里的我,周围全是助手、手术服和小器械,标题是'拯救无法挽救的生命'。几十年来,我一直认为这个标题就是一个广告业惯用的噱头,目的是赚更多的钱。直到最近我才意识到,当年发明这个短语的那个人,简直比当时的我更了解我自己。"

"我把你带跑题了。还是回到刚才加拉加斯的事情上吧。第二天早上你被酒店专车接走时发生了什么事吗?"

"除了司机多收我钱之外,去机场的路上风平浪静。我要求他把我送到机场的正大门,但司机告诉我,从侧门下车会离检票点更近。一进航站楼,果然航空公司的柜台就在我前方不到50米的地方,甚至能看到一些乘客正在通过登机口。我刚走了几步,一个穿着卡其布裤子和白色短袖衬衫的年轻人就走到我面前,说着一口相当流利的英语,要我出示机票。我问他是谁,他告诉我他是机场的安保。我让他证明一下自己的身份,他从衬衣口袋里翻出一张写满西班牙语的塑料卡片,上面有他的照片。我把票递给他,他仔细研究了一下,然后问我是否带够现金支付机场税。我问他机场税多少钱,他说'6万玻利瓦尔[一]'。

"我回答说'没问题'。他提出要看我的钱包,我再次向他保证我有足够的钱交机场税。接着他告诉我,我的航班延误了,我必须和他一起上楼去另一个大厅候机。他说他会帮我提行李,说着一把拎起了我的包,然后又向我要护照。为何要我的护照?我的脑子里立刻敲起了警钟。护照就是我的身份,是我的安全保障,是我通往自由的门票。在获得美国国籍和护照之前,我一直是一

[一] 玻利瓦尔(Bolívar),委内瑞拉货币。——译者注

个漂泊的无国籍犹太人。没有护照,我就无法回到波士顿的家。我将再次成为一个流离失所的人。

"我知道事态严重了,便本能地做出了一系列反应。我一把握住别在腰带上的手机,把手按在右上角突出的短天线上,目光犀利地盯着他说道,'这是一个可以与警方直接联系的发射器。把我的包还给我,否则我就按下这个按钮,通知警察'。

"他犹豫了一下。

"我说'我要叫警察了',说完又大声重复了一遍:'我要叫警察了。'

"他犹豫了几秒钟,我从他手里一把夺回了我的行李,冲他一顿大喊大叫——我已不记得当时喊了什么,然后转身朝安全门跑去。我回头一看,只见那个人也以同样的速度朝相反的方向跑去。在安全门口,我气喘吁吁地把刚才发生的事告诉了工作人员,他立马打电话报了警。工作人员一放下电话就对我说:'你很幸运,刚才差点就被绑架了。上个月我们机场发生了六起绑架案,有些人被绑架之后就再也没有音讯了。'"

鲍勃说完深深地吸了一口气,又长长地啜了一口气泡酒,然后对着我说道,"以上就是这个故事的委内瑞拉部分。"

"真够惊险刺激的!"我说道,"这么说,故事还有其他部分?"

"这仅仅是故事的开头部分。我有好一阵子没反应过来究竟发生了什么。我没法儿捋清事情的经过,我当时惊呆了,差点没晕过去。我不明白自己为何会有这样的反应。"

"你差点遭绑架,任何人遇到这种事都会被吓坏的。"

"不,就像我刚才说的,这只是个开始。你听我往下说。我顺利地通过了安检,直到我走到登机口坐下时,都还是糊里糊涂的。

我随手翻开一本杂志，却一个字也没看进去。我等了大约一个小时，脑子里一片混乱，然后就梦游一般地登上了飞往迈阿密的飞机。"

"飞机在迈阿密经停三个小时，我一直安静地坐在椅子上，小口地喝着健怡可乐，舒服地打起了瞌睡。这时，奇怪的事情发生了：一段尘封了将近60年的往事突然闯进了我的记忆。一开始还有点模糊，但我使劲儿地想，试图回忆起每一个细节。最后我总算想起来了，那是60年前我15岁时在布达佩斯发生的一件事。我顿时被那些回忆的画面淹没了，几乎重温了每一个细节。几个小时后，当我重新登上了飞往波士顿的飞机，我已经感到如释重负，之前的焦虑基本都消失了。"

"快告诉我你都看到了什么。把一切都告诉我……不要遗漏任何细节。"我之所以这么请求，完全是出于对他的关爱和多年的友谊。我意识到，如果鲍勃把他的经历告诉我，他就能松一口气了，但我自己却对即将听到的内容隐隐感到畏惧。同时我也知道，是时候陪着我的朋友一起走进他的噩梦了。

他一口气喝光了杯子里的气泡酒，身子往后一坐，靠在酒吧的沙发上，闭上了眼睛，不紧不慢地开始了他的叙述……

"那一年我15岁。纳粹分子正在把我们一行人从犹太人区押送到火车站，打算将我们驱逐出城。我侥幸从队伍中逃了出来，一路逃回了布达佩斯，在那里冒充基督徒的身份东躲西藏地生活。我所有家人都已被捕并且被驱逐出境了。我和一个朋友合租了一间房，他是1942年从捷克斯洛伐克逃到匈牙利的。在我来之前，他已经用假的身份证明生活了一段时间，所以他知道些内情。保罗是他的化名。我不记得他当时用的是什么姓，也不知道他的真名。我们成了非常亲密的朋友。除了记忆之外，我书房的桌子上至今仍有一张放大了的他的旧照，虽然那张照片已饱经风霜。我当时还有另一个好朋友，米克洛斯，几个月前被尼拉斯⊖（The Nyilas）杀害了……"

"我记得你之前提到过这位名叫米克洛斯的朋友，他被纳粹抓住并枪杀了。但我不知道这个'尼拉斯'是什么意思？"

"尼拉斯就是匈牙利的纳粹组织。他们简直是一群野人，是一支由武装暴徒组成的民兵队伍。他们在街上四处扫荡，围捕犹太人，要么当街杀害，要么带回到他们的聚点进行折磨和屠杀。他们对待犹太人的手段比德国人和匈牙利警察都更恶毒。'尼拉斯'是匈牙利语'箭'的意思。他们的徽章和标志是两个交叉的箭头，和纳粹党所用的万字旗十分相似。"

"保罗和我曾是非常亲密的朋友。当我们听说犹太人在斯洛伐克起义抵抗纳粹时，就一心想加入那里的抵抗运动。但由于我不会说斯洛伐克语，他认为最好由他先去调查一下情况再说。如

⊖ 尼拉斯，即匈牙利箭十字党，为匈牙利的极右组织，仿效德国纳粹党，前身为"国家希望党"，萨拉希·费伦茨为其主要领导人，1939年改组为箭十字党。——译者注

果一切顺利,他会通过秘密途径返回布达佩斯接我。我送他去了布达佩斯最大的火车站,火车缓缓驶出站台的那一刻,我还十分确信几周后就会再见到他。然而,他一去不复返,从此音讯全无。战后我四处打听保罗的消息,仍寻不到他一丝踪迹。我敢肯定他是被纳粹杀害了。

"抵抗组织给我布置了许多任务,我总是尽可能地见机行事。事实上,我很擅长为犹太人伪造基督徒的证件。我白天在一家为匈牙利军队生产药品的小工厂里打杂,靠着这份工资糊口。

"以下是我上周在迈阿密机场候机的时候恢复的记忆。15岁那年,有一天早上我迟到了,匆匆忙忙赶去上班,一出门就看到街对面有一个尼拉斯暴徒,戴着军帽,扎着军用皮带,腰间别着一把手枪,手臂上有黑色的箭十字臂章。只见他举着一把冲锋枪,枪口对准了正前方一对上了年纪的、步履蹒跚的犹太人老夫妻。这对倒霉的老人大概60多岁,左胸前戴着那枚强制性佩戴的巴掌大的黄色星星。老先生显然是刚被痛打过,也许就在几分钟前,因为他的脸肿得厉害,肿到几乎看不见他的眼睛,青一块紫一块的。他的鼻子不仅又红又肿,还被打歪了,不停地往外冒着血。一道道鲜血从他灰白的发际线流到前额,再顺着脸颊流淌下来。一对大大的耳朵被打得血肉模糊。那位妻子搀扶着丈夫边走边哭,不时地回过头去求情,那恶棍则用枪托再三地把她的头顶了回去。

"要知道,这一幕在当时并不罕见。我知道这对你来说很难接受,但是在当时,全城上下每天都要发生无数起这样的事件,几乎成了家常便饭。犹太人只要一出门,动不动就会被抓,有时甚至被当场枪毙。那些尸体就这么横在人行道上,通常要一两天后才有人来领走。毫无疑问,这对夫妇会被带到尼拉斯的一处聚集点,在那里遭受严刑拷打,然后像死刑犯那样在脑袋上挨一枪,或者被那帮禽兽用一根钢琴弦吊起来,挂在天花板的挂钩上,也有可能先被射击再被丢到河里淹死,这是尼拉斯最惯用的手段之一。尼拉斯经常领着一群犹太人来到多瑙河边,将他们逐一射杀,再丢进冰冷的河里。有时还会将三个犹太人绑在一起,只射杀其中一人,另外两个也一起被扔进水里,任其淹死或冻死。"

注:图中文字意为,纪念当年遭尼拉斯射杀并投入多瑙河的受害者。

听到这儿,我不由自主地打了个冷战,三具被捆绑在一起的躯体在冰冷的河水里扑腾的景象强烈地刺激了我。我立刻预感到这一幕今晚必将强势入侵我的梦境,但我什么也没说。

鲍勃注意到我在发抖,于是把目光移开了。"会习惯的,欧文。虽然很难以置信,但听多了见多了也就习惯了。尽管我至今仍不愿相信这一切曾经发生过,但事实如此,曾经有一个时期,这样的悲剧天天上演。我目睹过好几起这样的大规模枪杀事件,那些受害者即使挨了一枪后没死,一旦被扔进冰冷的河水里,最终也难逃一死。

"在布达佩斯的街上，总能看见一批又一批的犹太人被尼拉斯警卫一前一后押送着。有时，特别是在天黑以后，会有一个抵抗组织战士（我本人也曾做过几次）悄悄地跟在后面，朝那些警卫扔手榴弹，企图杀死那些混蛋。当然，这难免会伤及队伍里的犹太人，但他们原本就是被押去送死的，这样一来，至少还有一部分人能趁乱逃脱。和抵抗组织并肩作战的这些经历从未在我的记忆里消失。我明白，这些见闻让你听得胆战心惊，但我想告诉你，这段经历是我人生的巅峰体验。

"我在犹太复国主义抵抗组织的另一项任务就是在街上跟踪被尼拉斯暴徒押送的犹太人，并记下他们被送往的尼拉斯聚集点的地址。这些房子通常分布在城市的各个角落，一旦有像我这样的侦查员发现并报告哪些房子里关押着大量的犹太人，抵抗组织就会在夜间对这些聚集点进行突袭。抵抗组织中的犹太男青年会骑着摩托车，在经过这些聚集点时朝里面扔手榴弹，或是用冲锋枪对房子进行扫射。

"虽然我们袭击的目标都是房子的楼上部分，囚犯们通常被关在地窖里，我们也清楚必定有一部分囚犯会被误杀，但当时我们已顾不了那么多，因为横竖这些犹太囚犯都在劫难逃。我们一心只想着杀死那些纳粹分子。同时，我们也希望袭击造成的混乱能使一部分被关押的犹太人得以逃脱。虽然就整个局势来看，我们零星的攻击起不了什么作用，但至少让他们尝到了我们的厉害，也让那些尼拉斯认识到他们屠杀犹太人的罪行必将受到惩罚，我们想让他们知道，他们一样没好日子过。

"我的脑海里渐渐浮现出越来越多的细节。我记得自己当时多看了两眼那位受虐待的老人和他哭泣的妻子。尽管我只是站定了一下，呆呆地望着他们不过三四秒钟时间，还是引起了那位尼拉斯暴徒的注意。他把枪口对着我，从街对面冲我大声吼道：'你——你给我过来。'

"我尽量装作若无其事的样子过到马路对面去。我每天都要面对各种紧要的关头和死亡的威胁，因此也练就了一个时刻保持清醒的头脑。我心里绝对是害怕的，但此时此刻我不能让恐惧占据我的内心，因为我必须集中精力想办法脱身。在那个年代，出门必须带着一大堆身份证件，尽管我那些证件都是假的，但仿造的手段很高明，看起来和真的没两样。他问我是不是犹太人。我回答'不是'，然后给他看了一张又一张的身份证明。他又问我住在哪里，和谁住在一起。当我告诉他我住在一间出租屋时，他问道：'为什么？'看得出他的疑心越来越重了。我告诉他，我在一家为军队生产药品的工厂工作，为的是养活乡下贫困的寡母和祖母。又告诉他，我的父亲曾是一名匈牙利战士，在苏联前线与共产党作战时牺牲了。但这些话对那个混蛋丝毫不起作用。他听了半天只回了一句：'你看着就像个犹太人。'然后便拿枪指着我，吼道：

'去，和那两个犹太人站一排，都给我走起来。'"

我的焦虑正在不断升级。鲍勃见我直摇头，于是冲我关切地点了一下头，一脸询问的表情。

"太可怕了，鲍勃，这一点我感同身受。我虽然一字不落地听下来，但实在是受不了。毕竟我从小到大都很安全，过得那么……那么安逸，没经历过什么大风大浪。"

"别忘了，我每天都可能遭遇这样的事情。我走在那对犹太夫妇身边，心想情况已经够糟糕了，然而，我突然意识到，我口袋里的东西才是真正的危险，这些东西很有可能使情况变得更糟。那是三枚正式的匈牙利政府橡皮印章。我前一天刚从一家制作图章的商店把它们偷出来，计划当天晚上与我的抵抗组织成员一起制作一批假文件，为犹太人同胞伪造基督徒的身份证明。把这些罪证带在身上一整天简直太蠢了，愚蠢至极！我原本打算那天晚上要把任务完成的。所有人都不知道下一秒会发生什么，当真是每时每刻都处于危险的边缘。

"所以，这才是眼下最棘手的问题。我很清楚他们一定会对我进行搜查，一旦被发现身上藏有这几枚印章，我压根就没机会辩解，必死无疑。他们会以间谍或抵抗组织成员的罪名指控我，对我严刑拷打，逼我供出抵抗组织的信息，比如我们的据点和同伴们的姓名。一番折磨过后，他们会将我枪毙或绞死。我还担心自己会不会被折磨到崩溃然后供出点什么。无论如何我必须把这些印章处理掉。

"幸好我当时还带了些真的商业信件在身上，全是些工厂寄给军队总部的信函。当我们继续前进时，我看到街对面有一个邮筒，当下就意识到我绝不能错过这个好机会。我从包里抽出那几封写给匈牙利军队的信，递给那位尼拉斯看，并告诉他老板嘱咐我今天必须把这些信寄出去，因为里面有运往苏联前线的那批药物的剂量说明。

"我告诉这个纳粹分子，我必须把这两封信投到街对面的邮筒里。他放下枪，仔细查看了一番信件后点头表示允许，却又警告我不要试图耍什么小聪明。我利用过马路的时间，从口袋里摸出那几枚橡皮印章（谢天谢地我只偷了橡皮的部分，没有连着上面的木柄），把它们夹在信件中间，打开邮筒的顶盖，将它们一股脑儿全丢进那个金属容器里。我顿时大大地松了一口气，因为摆脱掉这个主要的罪证之后，现在就只差让那个畜生相信我不是犹太人了。他随时有可能脱下我的裤子，查看我是否割过包皮。就像我之前说过的，我清楚一旦被发现身上藏有印章，就必死无疑；同时我也知道，一旦被带到他们的聚集点，我也只有不到5%的生存机会了。"

我无法继续安静地倾听了。我感到非常焦虑，我的心怦怦乱跳，我此刻必须得说点什么，随便说什么都行。

"鲍勃，我实在无法想象你是如何做到的，你这辈子究竟是怎么熬过来的？你内心是种什么感觉？我真的无法想象自己在15岁的时候要经历你的处境，不得不面对几乎已成定局的死亡……那个年纪的我，受过的最大的心灵创伤就是除夕夜没有约会对象。很差劲吧。我不明白当年的你怎么能如此从容地面对死亡……你知道，我现在可以接受死亡的想法，是因为我毕竟76岁了，我这辈子过得很好，实现了我所有的承诺。我已经准备好面对死亡了。但在我还是15岁的时候，记得有几次我想到了死亡……嗬！那感觉就像……脚下有一扇活板门被打开了……太可怕了，让人实在受不了。因此，我认为你夜惊和做噩梦的根本原因一点儿也不神秘。我不过是听了你年轻时的故事，就已经被吓得不轻了，而且我今晚很可能还会梦到你的经历。"

鲍勃拍了拍我的肩膀。想不到，居然变成他来安慰我。"人总会慢慢习惯一些事情的。别忘了，这只是我无数次死里逃生中的一次。我想，你甚至会习惯各种可怕的死法。而且，我当时一门心思想着如何生存，根本没空考虑死亡。满脑子只有活下去这一个念头。如果我当年，甚至在接下来的20年里，允许自己去感受，我肯定承受不了。你还想听后面发生的事吗？"

我极力掩饰自己的颤抖，点了点头说："当然想。"既然鲍勃好不容易决定向我敞开心扉，我便决意不再让这扇门关上。

"又走了大概10到15分钟，"他继续说道，"我看见一个匈牙利警察拐过街角朝我们走来。我当时走投无路，一看到他，就在心里默念，机会来了，这是唯一能让我脱身的机会，'我要叫警察了'。"

"于是我对他喊道：'警官，警官，求求您先生，我有话跟您说。我正要去上班，这个人拦住了我，不让我走，要把我带去什么地方。他硬说我是犹太人，可我不是。我讨厌犹太人，我有证件证明我是基督徒。如果他不让我走，我一天的工资就没了，就没钱寄给我孤苦伶仃的母亲和祖母了。来，请看看我的证件。这些证件能证明我是基督徒，你看了就会放我去上班了。'我举起手，朝他挥舞着手中的身份证明。

"那位警察立刻上前询问出了什么事，这位尼拉斯暴徒胡搅蛮缠道，'他是犹太人，由我来处置，其他两个犹太人也得由我处置'。"

"'在我这儿你休想,'"警察大声喝道,'这条街是我的地盘。这件事归我管。'"

"他们争论了一小会儿,直到警察失去耐心,拔出了手枪,嘴里反复说道:'这是我的地盘。我在这条街上巡逻,发现了这个孩子,我要把他带回警察局。'"

"出人意料的是,那位尼拉斯暴徒一下子被唬住了,立刻说他同意把我交给警察看管,但过后会向警察局核实我是否有被带回去审问。说完,他把前面的那对老夫妇带到了马路中间,继续朝前走。警察手里仍握着枪,让我在他前面走。我回过头,最后看了一眼那对犹太老夫妻,心里清楚他们注定要去送死,我却无能为力。"

"尼拉斯和警察之间向来关系紧张,因为警察瞧不起尼拉斯,认为他们根本算不上专业队伍,不过是一群篡夺警察执法权力的流氓罢了。类似我在警察和尼拉斯之间挑起的这种冲突的例子屡见不鲜。"

说到这里,鲍勃转过身来直接对着我说话——此前他一直专心地讲着故事,时而闭着眼睛,时而又半梦半醒地望向远方。他此时的瞳孔很大,我直勾勾地盯着他的瞳孔看了几秒钟,然后提示他:"接下去呢?"

"警察开始押着我往前走,过了一个街区,他才把枪收起来。他没有问任何问题,我也就保持沉默。又过了几个街区,他四下看了看,说:'滚去上班吧。'我向他表示感谢,并向他保证我是一个不折不扣的匈牙利爱国者,我的母亲一定会因此感激他的。我头也不回地走了,脚步越来越快。拐过一个街角,一出警察的视线,我差点儿就撒腿跑起来。正好一辆有轨电车从身边减速通过，我毫不犹豫地跳了上去。我确信有人在跟踪我。我瞥见车尾站着一个警察，于是慢慢地侧着身子挪到了车厢的前部。开过了几个街区，电车慢了下来，我跳下车，绕了好长一段路才去上班，以确保不被跟踪。一进工厂，老板就问我为何迟到。我说我平时走的那条街前一天晚上遭轰炸，满街的碎石瓦砾把路给封了，不得不绕道走。他似乎对我的解释很满意。

"事情就是这样。"鲍勃在沙发里往前挪了挪，又一次直视着我，"你怎么看？这就是你们心理学所说的压抑，对吧？一段被遗忘了半个世纪的记忆？"

"毫无疑问。"我说，"这是我听过的最明显的压抑和去压抑的案例。我们应该把它写下来发表到精神分析杂志上去。"

"所以，"鲍勃说，"或许你的好朋友弗洛伊德并没有瞎说。你知道弗洛伊德也是我们的人吗？他算得上是匈牙利人，他的父亲是摩拉维亚⊖人，当时整个地区都是奥匈帝国的一部分。"

"让我特别感兴趣的是，有这么一个关键词，能够帮你把这段往事从记忆深处提取出来。就是这句话，'我要叫警察了'，是它把两件事给联系上的。这句话上周把你从委内瑞拉绑架者手中解救了出来；也是这句话，在你15岁时救了你的命。告诉我，鲍勃，当时那位匈牙利警察为何放你走？"

"是啊，小伙子，这个问题问得好。我也为此想了很长一段时间，但生活还得继续。我问过自己无数个问题：他究竟知不知道我是犹太人？也许他就是个好人想要做一件好事？或许他是为了显示自己的宽容大度而放我一条生路？还是他压根就不想在我这

⊖ 摩拉维亚（Moravia），捷克共和国东部的一个地区。——译者注

种小人物身上浪费时间？或者我根本就不重要，对他来说这只是一个偶然事件？或许我只是幸运地成为警察和尼拉斯之间鹬蚌相争的获利者？这个问题的答案将永远不得而知。"

"这件事还有后续吗？"我问道，"你回来后的那一周又发生了什么？"

"我马不停蹄地从机场直奔我在波士顿的办公室（波士顿和加拉加斯之间没有时差），在同事面前守口如瓶，生怕绑架未遂这件事会吓得他们不敢去委内瑞拉开展临床试验。在接下来的两周里，我又去了其他六个城市。"

"你也太拼了，鲍勃。你到底在干什么？这么做简直是在自杀。你已经 77 岁了。光是听你的日程安排就够我累的了。"

"我知道这项新技术可以帮助到那些饱受肺气肿折磨、呼吸困难、慢慢窒息而死的人。而且我喜欢自己目前的工作。还有什么比这更重要呢？"

"鲍勃，你这是换汤不换药。你还在做手术那会儿，你做的开胸手术可能比任何一位在世的外科医生都要多。你夜以继日，一周工作七天。你做任何事都用力过猛，从来不懂何为适度。"

"所以我交你这种心理医生朋友有何用？你以前怎么不阻止我呀？"

"我已经尽力了。我记得我成天跟你谈话、唠叨，对你大吼大叫，警告你，规劝你，直到有一天你给了我一个答案，立刻让我觉得前功尽弃。这件事我可从没忘记。"

鲍勃抬起头，问道："我说了什么？"

"你忘了吗？我们讨论了为什么你生命中的大部分时间是在手术室里度过的。我为你预设的主要想法是，因为你可以完全掌控手术室里的一切，这就抵消了你眼看着亲友们一个个消失的无助感。你拯救了许多生命。在手术室里，一切尽在你的掌控。"

"这就是我能猜到的最好的解释。"我继续说道，"但有一天你告诉了我另一件事。我至今仍清楚地记得你说这话的时间和地点。当时就在你家，你坐在一幅巨大的画作下面，那是一幅彩色蜡笔画，画的是一堆扭曲的裸体。你一贯喜欢坐那个位置，似乎对那幅画情有独钟。我却十分讨厌它，一看到它就莫名地紧张，恨不得赶紧躲到另一个房间去。就是在那里，你告诉我，只有当你手中握着一颗跳动的心脏时，你才真正感觉到活着。这句话让我彻底无话可说了。"

"为何无话可说？这可不像你呀。"

"我能说什么呢？实际上，你是在对我说，要想感觉自己还活着，你就得在生死之间的那层薄薄的薄膜里待着。我知道你需要这种危险，这种紧迫感，来克服你内心的死亡感。那阵子，我被你那些恐怖的经历搞得不知所措，之前从未有过这样的感觉。我不知该向谁求助，也不知该说什么。我朴素无力的语言如何斗得过死亡的体验？我想我当时尝试过采取一些行动。我们一起度过了那么多美好的时光，你和我，还有我们的妻子和孩子，我们一起做了那么多事情，我们还一起旅行。但这一切真实吗？和你每天夜里回想起来的现实一样的真实吗？或许你的心已长出了坚硬的外壳，我们的共同经历也只渗入不足两毫米的深度，转眼就消散了？鲍勃，换作我经历了你所经历的那些事，我肯定活不到今天，即便是活着也感觉跟死了没两样。没准儿我也和你一样，也会想要把一颗跳动的心握在手里。"

鲍勃看上去有些感动。"你的话我都听进去了，别以为我都当耳旁风了。我知道你认为我是在努力克服自己的无助感,甚至是所有那些被迫面临枪林弹雨或被送进毒气室的犹太人、吉卜赛人、共产主义者的无助感。你说得对,我很清楚,只有当我在手术室里掌控一切的时候,我才感觉自己又重新有了力量。我知道自己需要危险,需要在生死之间的钢丝上保持平衡。你说过的话和做过的努力,我全都感受到了。"

"但是,"鲍勃继续说道,"我生命中还有一个部分是你所不知道的。这部分或许比其他事情都更重要,也是我接下去马上要告诉你的。这部分只出现在我的'第二人生',也就是我的夜间生活里。确切地说,它只出现在我的梦里。"

我惊讶地抬起头,问道:"什么?你要跟我分享你的梦吗?这可是破天荒第一次啊。"

"你就当作咱们50周年聚会的礼物吧。如果这个梦你解析得好的话,我会考虑在我们75周年聚会的时候再告诉你一个。我所有的梦……基本都离不开这两个主题,不是关于大屠杀,就是和手术室有关,有时甚至会将这两件事杂糅到一个梦里。奇怪的是,不管前一天晚上做了多可怕、多残酷、多血腥的梦,第二天我总能头脑清醒地开始新的一天。做梦仿佛是我人生的应急出口,它就像一个大滚筒,把所有记忆统统在里面过一遍,那些黑暗的记忆就这样被漂白了,从此褪去了恐怖的颜色。

"好,我们再来说说上周发生的那件事,就是我在加拉加斯差点遭绑架的那一天。我回到家,没告诉任何人发生了什么。我感觉筋疲力尽,累得连饭都吃不下,九点钟不到就早早地睡下了,还做了一个信息量很大的梦。也许这个梦就是专门为你做的,是我送你的礼物,我的心理医生老伙计。梦里的情景是这样的。"

午夜时分，我在一间急诊室的候诊室里，这里看起来像极了我在波士顿城市医院值了无数个夜班的那间急诊室。我看着那些候诊的患者。我的注意力被一个坐在长椅上的老人吸引住了。他的外套上有一颗亮黄色的大卫之星。我想我认得他，但又记不清他是谁。

接着，我发现自己在手术室的更衣间里，正准备换手术服。但是，我到处都找不到手术服，只好脱掉西装外套，穿着里面的条纹睡衣冲进了手术室。那套睡衣的条纹是蓝灰相间的——没错，和集中营里的囚服一个样。

手术室里空荡荡的，气氛有点阴森——既不见护士和助手，也不见麻醉师。既没有铺着蓝色消毒布的手术台，也没有整齐摆放着的手术器械，最重要的是，居然没有人工心肺机。我感到孤独、失落、绝望。我环顾了一下四周，手术室的四壁都堆满了破旧的黄色皮箱，一摞一摞的，从地板直堆到天花板。墙上没有窗户，事实上，就连放一台X光观片灯箱的位置都没留，满满一墙都是手提箱。还记得那个在布达佩斯的街上被尼拉斯暴徒用机关枪指着的犹太老先生吗？这一屋子的皮箱就跟他当时提着的箱子一模一样。

手术台上躺着一个赤裸的男人，一声不响地扭动挣扎着。我走上前去，他看起来很眼熟，原来就是我刚才在急诊室看见的那个人。直到这时我才想起来，他就是那个我在布达佩斯街头偶遇的、拎着手提箱、注定要挨打送死的老先生。此时，他胸口的两处弹孔正突突地往外淌着血，这两枪正好打穿了缝在他赤裸的胸膛上的那颗黄色的大卫之星。他的伤口急需处理。而我身边一个帮手也没有，也没有手术器械。那人发出痛苦的呻吟。他已经奄奄一息了，我必须尽快打开他的胸腔才能替他止血，但我没有手术刀。

接着，我看到那个男人的胸腔敞开着，一颗疲软无力的心脏袒露在切口的正中央，心跳已十分微弱。每跳一下，一股鲜血就从心脏前壁的两个弹孔处喷涌出来，先是飞溅到手术台灯的玻璃灯罩上，为明亮的灯光蒙上了一圈血红色的光晕，随后又滴落到他自己赤裸的胸膛上。心脏的那两个弹孔必须马上缝合，但我却没有外科补片来缝合它们。

紧接着，我的右手顿时有了一把剪刀，于是我立刻从条纹睡衣的衣襟上剪下一块圆形的补丁，把其中一个弹孔给补上了。血止住了。心脏立刻又充满了血，心跳也比之前有力了。但随后，另一个弹孔又开始喷血。于是心跳又慢了下来，血流再度变得缓慢，还没来得及喷到灯罩上就滴落到我手上了。我只能一只手捂住弹孔，另一只手从条纹睡衣上又剪下一块圆形补丁，迅速将它缝在了第二个弹孔上。

血再次止住了，但不到一会儿的工夫，血就流光了，心跳越来越弱，直至完全停止。我试图去按摩心脏，想让它恢复跳动，但双手却不听使唤。就在这时，一大群人涌了进来，原本的手术室此时看来更像是一个法庭，所有人都齐刷刷地看着我，眼神里充满了指责。

"我满头大汗地从梦中惊醒，才发现床单和枕头早就湿透了。醒来的那一刻我还一直在想'要是能为他按摩一下心脏就好了，这样他就有救了'。直到我把自己拍醒，意识到这一切不过是一场梦，才稍稍不那么压抑。但即便是醒着，我也一直在心里默念，

'我要是能救活他就好了'。"

"你要是能救活他就好了,那么……然后呢……说下去,鲍勃。"

"但我根本救不了他。因为没有工具,就连一块补丁或一根缝合线都没有。我实在无能力。"

"没错,你救不了他。你的手术室里什么也没有,所以救不了他。而当年在街上偶遇犹太老夫妇的你,也不过是个吓坏了的15岁少年,赤手空拳,差点连自己的小命都丢了。我认为这才是这个梦的关键。当时的情形,你本就无力挽回,却仍旧每天晚上在梦里为自己定罪,一生都在为自己赎罪。我已经观察你很长一段时间了,罗伯特·伯杰[⊖],并且得出了一个结论。"

鲍勃抬头看着我,我的话显然引起了他的注意。

"我宣布,你是无罪的。"我说。

这一次轮到鲍勃哑口无言了。

我站起身来,用手指着他,又一次郑重其事地说道:"我宣布,你是无罪的。"

"法官大人,我不确定您是否考虑了所有的证据。这个梦难道不是在暗示我本可以舍己救他吗?在梦中,我至少剪了自己的衣服去救他。然而,60年前在布达佩斯的大街上,我却没有多想想那位老人和他的妻子,一心只想着如何救自己。"

"但是鲍勃,这个梦恰恰明确地回答了你的问题。在梦里,你付出了一切努力,甚至把自己的衣服都剪碎了,却还是力不从心,

[⊖] 此处的罗伯特·伯杰(Robert Berger)与全文的鲍勃·伯杰(Bob Berger)是同一个人,鲍勃(Bob)在英文姓名里是罗伯特(Robert)的昵称。——译者注

他的心脏最终还是停止了跳动。"

"我本可以为他们做点什么的。"

"听从你的梦吧,因为梦才是你内心最真实的反应。你根本救不了他,也救不了其他人。当时救不了,现在也一样。你压根就没有错,鲍勃。"

鲍勃若有所思地点了点头,又一声不响地坐了一会儿,然后看了看表。"已经 11 点了,早过了我的睡觉时间了。我要去睡个好觉了。你打算收我多少诊费呀?"

"数字太大,这会儿没有计算器,算不出来。"

"不管结果如何,都等我的夜间陪审团来裁决吧。也许他们会同意你的说法,没准儿第二天一早我还要请你吃熏鲑鱼和百吉饼。"他转过身来面对着我,我们彼此给了对方一个有史以来最长的拥抱,然后,各自拖着沉重的步伐缓缓地走向那一夜的梦乡。

存在主义心理学